MAGGIE O'FARRELL
Seit du fort bist

Buch

An einem kalten Tag im Spätherbst besteigt Alice Raikes in London den Zug nach Edinburgh, um ihre Familie zu besuchen. Doch schon Minuten nach ihrer Ankunft und nach einer zutiefst schockierenden Beobachtung ist Alice bereits wieder auf dem Rückweg. Und noch am selben Abend wird sie auf der Straße von einem Auto erfaßt und schwer verletzt – ein Unglück, das wie ein Unfall erscheint und doch ein zumindest halb bewußter Schritt in den Tod war. Alice, deren Bewußtsein im Koma zwischen Traum und Wachheit schwebt, gleitet in die Vergangenheit zurück, in ihre Kindheit und vor allem zu John, der Liebe ihres Lebens. Eine Fülle von Stimmen und Bildern begleitet ihre Reise in ihr früheres Leben, zu ihrer Mutter Ann, ihrer geliebten Großmutter Elspeth, ihren beiden Schwestern Kirsty und Beth, die so ganz anders sind als Alice selbst. Und zu John Friedman, dem Journalisten, in den sie sich Hals über Kopf verliebte und den sie trotz aller Hindernisse schließlich heiratete. Schritt für Schritt enthüllt sich nicht nur das tragische Ende ihrer Ehe, sondern auch ein sorgsam bewahrtes Familiengeheimnis, das Alices Leben, ohne dass diese es ahnte, so lange bestimmte …

Autorin

Maggie O'Farrell wurde in Nordirland geboren, wuchs in Wales und Schottland auf und lebt heute als Journalistin in London. »Seit du fort bist« ist ihr erster Roman, ein zweiter ist bereits in Vorbereitung.

Maggie O'Farrell

Seit du fort bist

Roman

Aus dem Englischen
von Claus Varrelmann

GOLDMANN

Die Originalausgabe erschien 2000
unter dem Titel »After you'd gone«
bei Review, London

Umwelthinweis:
Alle bedruckten Materialien dieses Taschenbuches
sind chlorfrei und umweltschonend.

Der Wilhelm Goldmann Verlag, München,
ist ein Unternehmen der Verlagsgruppe Random House GmbH.

Taschenbuchausgabe August 2002
Copyright © der Originalausgabe 2000
by Maggie O'Farrell
Copyright © der deutschsprachigen Ausgabe 2000
by Hoffmann und Campe Verlag, Hamburg
Umschlaggestaltung: Design Team München
Umschlagfoto: Wolf Huber
Satz: DTP-Service Apel, Hannover
Druck: Elsnerdruck, Berlin
Titelnummer: 45056
AB · Herstellung: Sebastian Strohmaier
Made in Germany
ISBN 3-442-45056-X
www.goldmann-verlag.de

1 3 5 7 9 10 8 6 4 2

FÜR MEINE MUTTER,
weil sie nicht wie Ann ist

Was geschehen ist, geschieht ständig

ANDREW GREIG

Die Vergangenheit tut sich überall auf

MICHAEL DONAGHY

PROLOG

An dem Tag, an dem sie versuchen würde, sich umzubringen, spürte sie, daß es wieder Winter wurde. Sie hatte mit angezogenen Knien auf der Seite gelegen, geseufzt, und ihr warmer Atem hatte in der kalten Luft des Schlafzimmers eine kleine Dampfwolke gebildet. Sie drückte erneut die Luft aus den Lungen und schaute zu, was passierte. Dann tat sie es noch einmal und noch einmal. Dann wickelte sie sich aus der Bettdecke und stand auf. Alice verabscheute den Winter.

Es mußte etwa fünf Uhr morgens sein; sie brauchte nicht auf die Uhr zu schauen, das Licht hinter den Vorhängen verriet es ihr. Sie hatte fast die ganze Nacht lang wach gelegen. Im schwachen Schein der Morgendämmerung hatten die Wände, das Bett und der Fußboden den graublauen Farbton von Granit angenommen, und als sie durch das Zimmer ging, war ihr Schatten ein körniger, unscharfer Fleck.

Im Badezimmer drehte sie den Kaltwasserhahn auf, beugte sich hinunter und trank, indem sie den Mund direkt an den eisigen Strahl hielt. Während sie sich mit dem Handrücken über das Gesicht wischte, füllte sie den Zahnputzbecher, um die Pflanzen auf dem Badewannenrand zu gießen. Sie hatte sich schon so lange nicht mehr um sie gekümmert, daß die ausgedörrte Erde das Wasser nicht aufnahm, sondern es sich auf der Oberfläche in vorwurfsvoll wirkenden, quecksilbrigen Tropfen sammelte.

Alice zog sich rasch an, streifte sich die Sachen über, die zufällig auf dem Boden herumlagen. Sie stellte sich ans Fenster, schaute kurz nach unten auf die Straße, ging dann die Treppe hinunter, hängte sich ihren kleinen Rucksack über die Schulter und schloß die Haustür hinter sich. Dann ging sie einfach los, den Kopf gesenkt, eng in ihren Mantel gewickelt.

Sie lief ziellos durch die Straßen. Sie kam an Läden mit heruntergelassenen, durch Vorhängeschlösser gesicherten Rolläden vorbei, an Wagen der Straßenreinigung, die mit großen runden Bürsten den Rinnstein schrubbten, an ein paar Busfahrern, die schwatzend und rauchend an einer Straßenecke standen und sich die Finger an Plastikbechern voll dampfendem Tee wärmten. Die Männer starrten ihr hinterher, aber das sah sie nicht. Sie sah nichts außer ihren Füßen, die sich unter ihr bewegten, die in gleichmäßigem Rhythmus aus ihrem Blickfeld verschwanden und wieder darin erschienen.

Es war beinah hellichter Tag, da stellte sie fest, daß sie am Bahnhof King's Cross angekommen war. Taxis bogen auf den Vorplatz ein und verließen ihn wieder, Menschen gingen durch die Türen. Sie betrat den Bahnhof mit der vagen Absicht, einen Kaffee zu trinken oder eine Kleinigkeit zu essen. Aber kaum stand sie in der neonbeleuchteten Halle, blieb ihr Blick wie gebannt an der riesigen Tafel mit den Abfahrtszeiten hängen. Zahlen und Buchstaben stürzten übereinander; Städtenamen und Zeitangaben, gespeichert auf halbverdeckten, elektrisch betriebenen Rollregistern wanderten in regelmäßigen Abständen weiter nach oben. Sie las sich die Namen vor: Cambridge, Darlington, Newcastle. Ich könnte an jeden dieser Orte fahren. Wenn ich wollte. Alice tastete nach der massigen Armbanduhr unter ihrem Ärmel. Die Uhr war entschieden zu groß für sie, das Gehäuse breiter als ihr Handgelenk, und sie hatte zusätzliche Löcher in das abgewetzte Armband stechen müssen. Sie schaute auf die Uhr, und erst, als sie den Arm automatisch wieder gesenkt hatte, wurde ihr bewußt, daß sie die Bedeutung der Ziffern gar nicht wahrgenommen hatte. Sie hob die Uhr erneut vor ihr Gesicht, und dieses Mal paßte sie auf. Sie drückte sogar auf den kleinen Knopf an der Seite, durch den der winzige, graue Bildschirm – auf dem Flüssigkeitskristalle, die sich ständig bewegten, Uhrzeit, Datum, Höhe über dem Meeresspiegel, Luftdruck und Temperatur anzeigten – papageienblau beleuchtet wurde. Es war die erste Digitaluhr, die sie je getragen hatte. Sie hatte John gehört. Sie verriet ihr, daß es 6 Uhr 20 war. Und zwar an einem Samstag.

Alice schaute wieder hoch zur Abfahrtstafel. Glasgow, Peterborough, York, Aberdeen, Edinburgh. Alice blinzelte. Lies das noch mal: Edinburgh. Sie könnte nach Hause fahren. Ihre Familie besuchen. Wenn sie wollte. Sie schaute sich die oberste Zeile in der Spalte an, um festzustellen, wann der Zug abfuhr – 6 Uhr 30. Wollte sie? Dann lief sie rasch zum Fahrkartenschalter und unterschrieb mit klammen Fingern ungelenk einen Beleg. »The Scottish Pullman to Edinburgh« stand auf dem Schild des Waggons, in den sie stieg, und fast hätte sie gelächelt.

Sie schlief unterwegs, den Kopf gegen das vibrierende Fenster gelehnt, und sie war im ersten Moment überrascht, als sie in Edinburgh ihre Schwestern am Ende des Bahnsteigs auf sie warten sah. Aber dann fiel ihr ein, daß sie Kirsty vom Zug aus angerufen hatte. Kirsty hatte den kleinen Jamie in einem Tragetuch dabei, und Beth, Alices jüngere Schwester, hielt Annie, Kirstys Tochter, an der Hand. Sie stellten sich auf die Zehenspitzen und winkten, als sie Alice entdeckten. Kirsty hob Annie auf ihre Hüfte, und die beiden Schwestern rannten auf sie zu. Dann umarmte sie beide gleichzeitig, und obwohl sie wußte, daß die Überschwenglichkeit der beiden nur ihre Besorgnis kaschierte, und sie ihnen unbedingt zeigen wollte, daß es ihr gutging, wirklich gut, konnte sie nicht anders, als den Kopf abwenden, sobald ihre Schwestern sie an sich drückten, und Annie auf den Arm nehmen und so tun, als vergrabe sie das Gesicht am Hals des Kindes.

Sie schleppten sie mit ins Bahnhofscafé, nahmen ihr den Rucksack ab und stellten einen Kaffee vor sie hin, bedeckt von einer weißen, mit ein paar Tupfern Schokoladenpulver verzierten Schaumschicht. Beth hatte am Tag zuvor eine Prüfung gehabt, und sie erzählte, welche Fragen gestellt worden waren und wie die Aufsichtsperson gerochen hatte. Kirsty, die Windeln, Fläschchen, Puzzles und Knetmasse dabeihatte, hielt Jamie mit einem Arm fest, während sie gleichzeitig Annie routiniert einen Laufgurt umschnallte. Alice stützte das Kinn in die Hände, hörte Beth zu und beobachtete Annie, wie sie ein Stück Zeitung mit grünem Buntstift vollmalte. Das von Annies ruckartigen Bewegungen ausgelöste Vibrieren der Tischplatte pflanzte sich über die Violinbögen von Alices Unterarmen fort und hallte in ihrem Schädel wider.

Sie stand auf und verließ das Café, um auf die Toilette zu gehen, während Kirsty und Beth gerade das Programm für den restlichen Tag besprachen. Sie lief durch den Wartesaal zu dem supermodernen Bahnhofsklo, dessen Eingang hinter einem stählernen Drehkreuz lag. Ihre Abwesenheit von dem Kaffeehaustisch, an dem ihre Schwestern mit ihrer Nichte und ihrem Neffen saßen, dauerte nicht länger als vier Minuten, aber in dieser Zeit sah sie etwas derart Eigenartiges, Unerwartetes und Grauenvolles, daß es ihr vorkam, als hätte sie beim Blick in den Spiegel festgestellt, daß ihr Gesicht nicht so aussah, wie sie geglaubt hatte. Alice schaute genau hin, und es war, als würde das, was sie sah, sie von dem entfernen, was ihr noch geblieben war. Und von dem, was sie zuvor schon verloren hatte. Sie schaute von neuem und dann noch einmal. Sie war sich sicher, obwohl sie sich dagegen sträubte.

Sie stürmte hinaus aus der Toilette und schob sich durch das Drehkreuz. Mitten in der Halle blieb sie für einen Augenblick reglos stehen. Was würde sie ihren Schwestern erzählen? Darüber kann ich jetzt nicht nachdenken, sagte sie sich, das kann ich einfach nicht; dann ließ sie im Geiste etwas Schweres, Breites, Flaches darauf niedersausen, und es verschloß die Ränder, so fest wie die einer Muschel.

Sie ging schnell zurück ins Café und griff nach ihrem Rucksack, der neben ihrem Stuhl stand.

»Wo willst du hin?« fragte Kirsty.

»Ich muß weg«, sagte Alice.

Kirsty starrte sie an. Beth erhob sich.

»Weg?« echote Beth. »Wohin?«

»Zurück nach London.«

»Was?« Beth machte einen Satz auf sie zu und hielt den Mantel fest, den Alice gerade anzog. »Das kannst du nicht tun. Du bist doch gerade erst angekommen.«

»Ich muß aber.«

Beth und Kirsty tauschten einen kurzen Blick.

»Wieso ... Alice ... was ist passiert?« rief Beth. »Sag schon, was hast du? Bitte, geh nicht. Du kannst nicht einfach so verschwinden.«

»Ich muß«, murmelte Alice erneut und ging los, um herauszufinden, wann und wo der nächste Zug nach London abfuhr.

Kirsty und Beth nahmen die Kinder, ihre Taschen und den Baby-Krimskrams und liefen hinter ihr her. In Kürze würde ein Zug fahren, also rannte Alice zu dem Bahnsteig, gefolgt von ihren Schwestern, die immer wieder ihren Namen riefen.

Auf dem Bahnsteig umarmte sie die beiden. »Wiedersehen«, flüsterte sie. »Tut mir leid.«

Beth brach in Tränen aus. »Ich versteh dich nicht«, schluchzte sie. »Erzähl uns, was los ist. Warum fährst du schon wieder?«

»Tut mir leid«, sagte sie erneut.

Beim Einsteigen verlor Alice plötzlich das Koordinationsvermögen. Der Abstand zwischen der Bahnsteigkante und den Waggonstufen verwandelte sich in ihren Augen in einen breiten, schier unüberquerbaren Graben, und ihr Gehirn übermittelte ihrem Körper anscheinend nicht die richtige Entfernungsangabe: Sie streckte ihre Hand nach der Klinke aus, um sich über den Graben hinwegzuziehen, griff aber daneben, taumelte und kippte rückwärts gegen den Mann, der hinter ihr stand.

»Nur die Ruhe«, sagte er, faßte sie am Ellbogen und half ihr hoch. Als sie sich hingesetzt hatte, stellten sich Beth und Kirsty ganz dicht vor das Fenster. Kirsty weinte jetzt ebenfalls, und sie winkten wie wild, als der Zug abfuhr, und rannten, so lange sie konnten, neben ihm her, aber dann wurde er zu schnell, und sie blieben zurück. Alice schaffte es nicht zurückzuwinken, schaffte es nicht, sich die vier blonden Köpfe anzuschauen, die über den Bahnsteig sausten und zwischen dem Rahmen des Zugfensters wie Gestalten in einem flackernden Super-8-Film aussahen.

Ihr Herz pochte so laut in ihrer Brust, daß die Ränder ihres Sichtfeldes hektisch im selben Rhythmus pulsierten. Regentropfen schlängelten sich quer über die Fensterscheibe. Sie vermied es, ihrem Spiegelbild in die Augen zu schauen, das in einem seitenverkehrten, schräg geneigten Geisterzug über die Felder huschte, während sie in Richtung London brauste.

Im Haus war es bei ihrer Rückkehr eiskalt. Sie fummelte

am Heizkessel und am Thermostat herum, las sich die unverständlichen Bedienungsanleitungen laut vor und studierte dabei die Schaubilder, auf denen es vor Pfeilen und Skalen nur so wimmelte. In den Heizkörpern keuchte und gluckste es, und sie verströmten die erste Wärme der kalten Jahreszeit.

Im Badezimmer steckte sie die Finger in die Blumentöpfe. Die Erde fühlte sich feucht an.

Sie hatte eigentlich gerade vor, wieder nach unten zu gehen, als sie sich einfach dort hinsetzte, wo sie war – auf die oberste Stufe. Sie schaute erneut auf Johns Uhr und war erstaunt, daß es erst fünf Uhr nachmittags war. Sie vergewisserte sich dreimal: 17:02. Das bedeutete ohne jeden Zweifel fünf Uhr. Ihre Fahrt nach Edinburgh kam ihr inzwischen unwirklich vor. War sie wirklich dort gewesen und zurückgekehrt? Hatte sie wirklich gesehen, was sie gesehen zu haben glaubte? Sie wußte es nicht. Sie umklammerte mit den Händen die Knöchel und ließ ihren Kopf auf die Knie sinken.

Als sie ihn wieder anhob, hatte der Regen aufgehört. Im Haus herrschte eine eigenartige Stille, und es schien urplötzlich dunkel geworden zu sein. Ihre Finger taten weh, und als sie sie bewegte, machten die Gelenke scharfe, knackende Geräusche, die von den Wänden widerhallten. Sie zog sich am Geländer hoch und ging, an die Wand gestützt, langsam die Stufen hinunter.

Im Wohnzimmer angekommen, stellte sie sich vors Fenster. Die Straßenlaternen waren angegangen. Gegenüber flackerte das Licht des Fernsehers hinter den Tüllgardinen. Ihre Mundhöhle fühlte sich geschwollen und wund an, so, als hätte sie glühendheiße Bonbons gelutscht. Von irgendwoher tauchte Lucifer auf, sprang geräuschlos auf die Fensterbank und rieb den Kopf gegen ihre gefalteten Hände. Sie strich mit den Fingerspitzen über das samtige Fell an seinem Hals und spürte, wie er schnurrte.

Sie knipste eine Lampe an, und die Pupillen des Katers verengten sich so rasch, als würde man einen Fächer zusammenklappen. Er sprang auf den Fußboden und strich laut maunzend um ihre Füße. Sie beobachtete ihn, als er durchs Zimmer schlich, ihr immer wieder kurze Blicke zuwarf und seinen langen schwarzen Schwanz hin und her schwenkte. Im Licht der Deckenlampe konnte man meinen, in seinem einfarbigen Fell die Schemen einer gestreiften Katze schimmern zu sehen. Aus einer entlegenen Ecke ihres Bewußtseins drang eine Stimme: Er hat Hunger. Der Kater muß gefüttert werden. Füttere den Kater, Alice.

Sie ging in die Küche. Der Kater rannte vor ihr durch die Tür und begann, am Kühlschrank hochzuspringen. Auf dem Regalbrett, wo sie immer sein Futter aufbewahrte, entdeckte sie lediglich eine ältliche Pappschachtel mit Trockenfutter sowie die bräunlichen Rostringe von Dosen, deren Inhalt längst verspeist war. Sie kippte die Schachtel aus. Drei Brocken fielen aufs Linoleum. Nachdem Lucifer sie eine Weile beschnüffelt hatte, zerkaute er sie sorgsam.

»Hab ich dich vernachlässigt?« Sie streichelte ihn. »Ich geh schnell was für dich holen.«

Lucifer folgte ihr dicht auf den Fersen, erschrocken, weil es für ihn so scheinen mußte, als hätte sie es sich anders überlegt und wollte ihn jetzt doch nicht füttern. An der Haustür nahm sie ihre Schlüssel und ihr Portemonnaie aus dem Rucksack. Der Kater schlüpfte gemeinsam mit ihr hinaus und setzte sich auf die Eingangsstufe.

»Bin gleich zurück«, murmelte sie und zog die Pforte hinter sich zu.

Vielleicht lag es an dem Rhythmus ihrer Schritte auf dem

Asphalt oder vielleicht daran, daß sie sich draußen zwischen lauter Menschen statt im kühlen, abgeschlossenen Inneren des Hauses befand, jedenfalls fiel ihr, während sie auf der Camden Road zum Supermarkt ging, alles wieder ein. Sie sah sich selbst in der Kabine, deren weiße Plastiktrennwände mit aufgespießten Herzen und Liebeserklärungen vollgekritzelt waren. Sie sah sich, wie sie die Hände an dem mit silbrigen Wasserkügelchen gesprenkelten Edelstahlwaschbecken wusch. Sie versuchte, diese Bilder zu verdrängen. Versuchte, an etwas anderes zu denken, an Lucifer, an die Dinge, die sie im Supermarkt sonst noch kaufen könnte. Sie hatte den glänzenden Seifenspender betätigt; grellrosa Seife hatte sich auf ihrer nassen Handfläche gekringelt und war im Wasser zu öligen Blasen aufgeschäumt. Hinter ihr in den Kabinen hatten zwei Teenager über ein Kleid gesprochen, das eine von ihnen an diesem Tag kaufen wollte. »Glaubst du nicht, daß es irgendwie ein bißchen zu rüschig ist?« »Zu rüschig? Tja, jetzt wo du's sagst.« »Du blöde Kuh!« Was war dann passiert? Was sich ein paar Augenblicke später ereignet hatte, war so verwirrend, daß es ihr schwerfiel, einen klaren Gedanken zu fassen ... Brauchte sie sonst noch etwas? Milch vielleicht? Oder Brot? ... Alice hatte sich dann zum Handtrockner umgedreht, auf den Metallknopf gedrückt und die Hände abwechselnd übereinander gehalten. In dem Gehäuse war auf der Vorderseite einer dieser kleinen Spiegel eingelassen. Alice hatte nie begriffen, wozu die dienten. Angeblich war es möglich, sich die Haare zu fönen, wenn man die Düse herumdrehte, aber sie hatte nie das Bedürfnis verspürt, sich in einer öffentlichen Toilette die Haare zu fönen ... Was würde sie tun, wenn sie wieder zu Hause war? Vielleicht ein bißchen lesen. Sie könnte sich eine Zeitung kaufen. Wie lange war es eigentlich her, seit sie zuletzt eine Zeitung gelesen hatte? ... Der Raum schien aus lauter Spiegelflächen zu bestehen – die schimmernden Keramikkacheln, die Stahlwaschbecken, der Spiegel über ihnen und der Spiegel am Handtrockner ... Vielleicht sollte sie Rachel anrufen. Sie konnte sich nicht erinnern, wann sie zuletzt mit ihr gesprochen hatte. Rachel war womöglich sauer auf sie ... Die Stimmen der Mädchen waren von den Wänden widergehallt. Eine von beiden hatte sich in ihrer Kabine auf die Toilette gestellt und schaute über die Trennwand zu ihrer Freundin hinunter. Alice war aus irgendeinem Grund – warum? warum hatte sie das getan? – näher an den Handtrockner herangetreten, und durch den neuen Blickwinkel war etwas, das sich hinter ihr befand, in dem winzigen quadratischen Spiegel aufgetaucht ... Vielleicht wollte Rachel nicht mir ihr sprechen. Das wäre allerdings sonderbar. Sie hatten sich noch nie zuvor verkracht. Vielleicht würde sie sich im Laden einen Korb nehmen oder einen Einkaufswagen, ja, am besten einen Einkaufswagen. Sie würde all das hineintun, was sie brauchte. Dann müßte sie für eine Weile nicht mehr herkommen. Aber wie würde sie das alles nach Hause transportieren ... Während sie die Hände weiterhin unter den heißen Luftstrom gehalten hatte, hatte sie in den Spiegel gestarrt und sich dann langsam zu ihnen umgedreht, so langsam, daß es ihr hinterher vorgekommen war, als hätte es mehrere Minuten gedauert.

Inzwischen stand Alice am Fußgängerüberweg. Bei der Ampel gegenüber leuchtete die grüne, energisch ausschreitende Figur. Auf der anderen Straßenseite sah sie den Supermarkt; die Kunden liefen durch die neonbeleuchteten Gänge. Es kam ihr so vor, als würde sich das Leben auf einen Fluchtpunkt verengen. Leute strömten an ihr vorbei, überquerten die Straße, gingen weiter. Aber sie blieb stehen.

Jemand stieß sie von hinten an, und sie wurde bis an den Rand des Bürgersteigs geschoben. Die grüne Figur begann zu blinken. Ein paar Nachzügler liefen noch schnell über die Straße, ehe das Licht umsprang. Die strammstehende rote Figur erschien, und nach einem kurzen Moment der Stille gaben die wartenden Fahrer Gas. Als die Autos an ihr vorbeisausten und ihr dabei Abgase ins Gesicht bliesen, kam ihr deren Wuchtigkeit beneidenswert vor – kantenlose, glatte Gebilde aus Stahl, Glas und Chrom. Alices Schuhsohlen lösten sich vom Asphalt, und sie trat vom Kantstein hinunter.

Teil 1

Alice sieht von ihrem Vater nichts außer seinen Schuhsohlen. Sie sind blaßbraun, zerschrammt von dem Schotter und dem Belag der Bürgersteige, die er entlanggegangen ist. Alice darf ihm abends, wenn er von der Arbeit kommt, auf dem Bürgersteig vor ihrem Haus entgegenlaufen. Im Sommer trägt sie dabei manchmal ihr Nachthemd, und dann wickeln sich die Falten des hellen Stoffs um ihre Knie. Aber nun ist es Herbst – wahrscheinlich bereits November. Die Schuhsohlen wölben sich um den Ast eines Baums hinten im Garten. Alice drückt den Kopf so weit in den Nacken, wie sie kann. Die Blätter rascheln und schlagen gegeneinander. Ihr Vater flucht. Sie spürt, daß ein Schrei wie Tränen in ihr aufsteigt, dann wird das rauhe orangefarbene Seil, das sich wie eine Kobra windet, von dem Ast heruntergelassen.

»Hast du's?«

Sie packt das gewachste Ende des Seils mit ihren Handschuhen. »Ja.«

Die Äste erzittern, als sich ihr Vater herabschwingt. Er legt Alice kurz eine Hand auf die Schulter, dann bückt er sich und hebt den Autoreifen hoch. Sie ist fasziniert von den Rillen, die in Schlangenlinien die Lauffläche durchziehen, und dem Metallgewebe unter dem dicken schwarzen Gummi. »Das ist der Gürtel, der hält das Ganze zusammen«, hatte der Mann im Laden zu ihr gesagt. Die abgeschabten, glatten Stellen, die plötzlich die gewundenen Kerben unterbrechen, lassen sie erschaudern, und sie weiß nicht genau, warum. Ihr

Vater wickelt das orangefarbene Seil um den Reifen und macht einen dicken, festen Knoten.

»Darf ich jetzt schaukeln?« Ihre Hände packen den Reifen.

»Nein. Erst will ich ausprobieren, ob er auch mein Gewicht aushält.«

Alice schaut zu, wie ihr Vater auf den Reifen springt, um sich zu vergewissern, ob für sie keine Gefahr besteht. Sie blickt nach oben, sieht den Ast im selben Takt wie der Reifen wippen und blickt rasch wieder auf ihren Vater. Was wäre, wenn er herunterfiele? Aber er steigt ab und hebt sie mühelos hinauf, denn ihre Knochen sind so klein, weiß und biegsam wie die eines Vogels.

Alice und John sitzen in einem Café in einem Dorf im Lake District. Es ist Frühherbst. Sie hält ein Stück Würfelzucker zwischen Daumen und Zeigefinger, und das Licht, das darauf fällt, verwandelt die Kristalle in die zusammengeballten Zellen eines komplexen, unter einem Mikroskop betrachteten Organismus.

»Wußtest du«, sagt John, »daß man bei einer chemischen Analyse von Würfelzucker in den Zuckerdosen von Cafés deutliche Spuren von Blut, Sperma, Kot und Urin gefunden hat?«

Sie verzieht keine Miene. »Nein, das wußte ich nicht.«

Er hält ihrem starren Blick stand, bis seine Mundwinkel nach unten wandern. Alice bekommt einen Schluckauf, und er zeigt ihr, wie man ihn los wird, indem man versucht, von der falschen Seite aus einem Glas zu trinken. Durch das Fenster hinter ihnen ist ein Flugzeug zu erkennen, das einen dünnen weißen Streifen über den Himmel zieht.

Sie beobachtet Johns Hände, wie sie ein Brötchen durchbrechen, und ist sich plötzlich sicher, daß sie ihn liebt. Sie schaut weg, guckt aus dem Fenster und sieht erst jetzt den weißen Streifen, den das Flugzeug hinterlassen hat. Inzwischen hat er sich so weit aufgelöst, daß er ganz bauschig wirkt.

Sie überlegt kurz, John darauf aufmerksam zu machen, läßt es aber sein.

Der Sommer in Alices sechstem Lebensjahr war heiß und trocken. Das Haus ihrer Familie hatte einen großen Garten, und da man vom Küchenfenster die Terrasse und den Garten überblickte, brauchten Alice und ihre Schwestern, wenn sie draußen spielten, bloß hochzuschauen, und sie sahen ihre Mutter, die auf sie Obacht gab. Die geradezu groteske Hitze trocknete sogar die Wasserreservoirs aus, etwas, das in Schottland noch nie dagewesen war, und Alice ging mit ihrem Vater zu einer Pumpe am Ende der Straße, um in runden Emailbottichen Wasser zu holen. Das Wasser prasselte auf die trockenen Böden. Auf halber Höhe zwischen dem Haus und dem hinteren Rand des Grundstücks war ein Gemüsebeet, wo sich Erbsen, Kartoffeln und Rote Bete durch die dunkle, schwere Erde ihren Weg ans Tageslicht bahnten. An einem besonders warmen Tag in jenem Sommer zog Alice sich völlig aus, nahm Klumpen jener Erde und beschmierte ihren ganzen Körper mit dicken Tigerstreifen.

Sie kroch in die Hecke und erschreckte die gehorsamen, ängstlichen Kinder von nebenan mit ihrem Raubtiergebrüll, bis ihre Mutter gegen die Fensterscheibe klopfte und rief, sie solle sofort damit aufhören. Sie zog sich ins Gebüsch zurück, sammelte Zweige und Blätter und baute ein Versteck, das einem Wigwam ähnelte. Ihre jüngere Schwester kam zu dem Versteck und verlangte plärrend, hineingelassen zu werden. Alice sagte, hier dürfen nur Tiger rein. Beth betrachtete erst die Erde, dann ihre eigene Kleidung und schließlich das Gesicht ihrer Mutter im Fenster. Alice saß, bedeckt mit ihren Streifen, in der moderigen Dunkelheit, knurrte und schaute durch das Dach ihres Verstecks auf ein dreieckiges Stück Himmel.

»Du hast gedacht, du wärst ein kleiner Negerjunge, stimmt's?«

Sie sitzt in der Badewanne, ihr Haar hat sich in lauter tropfende Stacheln verwandelt, und ihre Großmutter seift ihr den Rücken, die Brust und den Bauch ein. Die Hände ihrer Großmutter fühlen sich wie aufgerauht an. Das Wasser ist graubraun, voll mit der Gartenerde, die an Alices Haut geklebt hat. Von nebenan dringt der gleichmäßige Tonfall ihres Vaters herüber, der gerade telefoniert. »Reib dich nie wieder mit Erde ein, hörst du, Alice?«

Unter Wasser sieht ihre Haut heller aus. Sieht abgestorbene Haut so aus?

»Alice? Du mußt mir versprechen, daß du so was nie wieder tust.«

Sie nickt und spritzt Wasser auf die Kacheln neben der gelben Wanne.

Ihre Großmutter trocknet ihr den Rücken ab. »Die Stummel von Engelflügeln«, sagt sie, als sie über Alices Schulterblätter reibt. »Jeder Mensch war einst ein Engel, und hier waren die Flügel.«

Sie verdreht den Kopf, um zu sehen, wie die spitzen, rechtwinkligen Knochendreiecke unter ihrer Haut nach außen und dann wieder nach innen klappen, so, als übte sie dafür, himmelwärts zu fliegen.

John sieht quer über den Kaffeehaustisch Alice an, die aus dem Fenster sieht. Sie hat heute ihre langen Haare nach hinten gebunden, was ihr das Aussehen einer spanischen *Niña* oder einer Flamencotänzerin verleiht. Er stellt sie sich vor, wie sie am Morgen ihr glänzendes, dichtes Haar gebürstet hat, ehe sie es im Nacken zusammensteckte. Er greift über die leeren Kaffeetassen hinweg nach dem dicken Haarknoten. Sie wendet ihm erstaunt den Blick zu.

»Ich wollte bloß wissen, wie sich das anfühlt.«

Sie berührt den Knoten selbst, ehe sie sagt: »Ich denke oft darüber nach, mir das Haar ganz kurz schneiden zu lassen.«

»Tu's nicht«, sagt John rasch. »Du darfst es niemals abschneiden.« Die Aureolen ihrer Augen weiten sich vor Verblüffung. »Möglicherweise sind sie die Quelle deiner Kraft«, fügt er in dem schwachen Versuch, einen Witz zu machen, hinzu. Er will das Haar von der silbernen Spange befreien und sein Gesicht darin vergraben. Er will dessen Duft bis tief in seine Lungen einsaugen. Er hat den Geruch schon einmal in der Nase gespürt. Bei ihrer ersten Begegnung stand sie mit einem Buch in der Hand in der Tür zu seinem Büro, und ihr hüftlanges Haar schwang so gleichmäßig, daß er fast glaubte, ein glockenähnliches Geräusch zu vernehmen. Er will es im Dunkeln bis in den letzten Winkel erkunden und zwischen den Strähnen erwachen.

»Willst du noch einen Kaffee?« fragt sie, und als sie sich umdreht, um nach der Kellnerin zu schauen, sieht er, wie sich die kürzeren Haare in ihrem Nacken aufstellen.

Einige Zeit nachdem John den zweiten Becher Kaffee getrunken hatte, streckte er die Arme aus und nahm Alices Kopf zwischen die Hände. »Alice Raikes«, sagte er, »ich fürchte, ich muß dich jetzt küssen.«

»Mußt du das?« sagte sie in ruhigem Ton, obwohl ihr das Herz laut im Brustkorb pochte. »Du meinst also, jetzt wäre der passende Moment dafür?«

Er rollte theatralisch mit den Augen und legte die Stirn in tiefe Falten, um den Eindruck zu erwecken, er dächte ernsthaft nach. »Ich finde, es spricht eigentlich nichts dagegen.«

Dann küßte er sie, zuerst sehr zart. Sie küßten sich lange mit verschlungenen Fingern. Nach einer Weile löste er sich von ihr und sagte: »Wenn wir nicht bald von hier verschwinden, wird man uns wahrscheinlich bitten zu gehen. Ich glaube, man würde es nicht schätzen, wenn wir hier auf dem Tisch miteinander schlafen.« Er hielt ihre Hand so fest umklammert, daß ihre Knöchel zu schmerzen begannen. Sie suchte mit der anderen Hand unter dem Tisch nach ihrem Rucksack, ertastete aber bloß Johns Beine. Er klemmte ihre Hand zwischen seinen Knien fest.

Sie lachte. »John! Laß mich los!« Sie versuchte, ihre Hände wegzuziehen, aber er verstärkte den Druck seiner Beine. Er lächelte sie an, einen verdutzten Ausdruck auf dem Gesicht.

»Wenn du mich nicht losläßt, können wir weder von hier verschwinden noch miteinander schlafen.«

Er gab ihre Hände sofort frei. »Da hast du vollkommen recht.«

Er schnappte sich ihren Rucksack vom Boden und half ihr ungeduldig in den Mantel. Als sie zur Tür hinausgingen, drückte er sie fest an sich und atmete dicht an ihrem Haar.

Als Alice ein kleines Mädchen war, hingen im Wohnzimmer ihres Elternhauses Vorhänge aus schwerem dunkelvioletten Damast, an der Außenseite mit einer dünnen Isolierschicht aus einem vergilbten, schwammähnlichen Material versehen. Diese Vorhänge konnte Alice nicht leiden. Es machte ihr ungeheuren Spaß, große Placken der Schwammschicht abzukratzen, woraufhin der violette Stoff an diesen Stellen fadenscheinig aussah und das Licht durchließ. Einmal an Halloween starrten Beth und Alice, nachdem die Schwestern das weiche Fleisch eines Kürbisses ausgekratzt und quadratische Augen sowie einen schiefen Mund in die

Schale geschnitten hatten, ehrfurchtsvoll auf das flackernde, unheimliche Licht aus seinem Innern. Kirsty hatte zuviel Kürbis gegessen und bekam gerade in einem anderen Zimmer des Hauses eine Medizin. Alice wußte hinterher nicht, ob sie wirklich geplant hatte, die Vorhänge anzuzünden, jedenfalls stand sie plötzlich neben ihnen, ein brennendes Streichholz in ihrer kleinen Hand, und hielt die züngelnde Flamme an die Vorhänge. Sie fingen erstaunlich rasch Feuer; der Damast verglühte zischend, während die Flammen nach oben wanderten. Beth begann zu schreien, die lodernden Flammen breiteten sich über die Zimmerdecke aus. Alice sprang vor Freude und Aufregung in die Luft und klatschte laut brüllend in die Hände. Dann kam ihre Mutter ins Zimmer gestürmt und zerrte sie weg. Sie schloß die Tür, und die drei standen starr vor Entsetzen in der Diele.

Ann rennt, immer zwei Stufen auf einmal, die Treppe hinunter. Die Schreie von Beth werden immer lauter. Es sind ernstgemeinte, entsetzte Schreie. Das Wohnzimmer ist voller Qualm, die Vorhänge brennen. Beth stürzt sich schluchzend auf Ann und klammert sich mit aller Kraft an ihre Knie. Ann kann sie für einen Moment nicht bewegen, dann sieht sie Alice. Sie starrt gebannt auf die Flammen, ihr Körper ist ganz verkrampft und verrenkt vor Begeisterung. In der rechten Hand hat sie ein abgebranntes Streichholz. Ann stolpert vorwärts und packt ihre Tochter bei der Schulter. Alice windet sich wie ein Fisch an der Angel. Ann ist fassungslos, wieviel Kraft ihre Tochter plötzlich hat. Es gibt eine Rangelei, Alice spuckt und schimpft, aber dann gelingt es Ann, ihre Hände zu packen und sie, obwohl sie um sich tritt, zur Tür zu schleifen. Sie schließt ihre drei Töchter in der Diele ein und rennt in die Küche, um Wasser zu holen.

John schläft tief und fest. Der Rhythmus seines Atems gleicht dem eines Tiefseetauchers. Sein Kopf liegt auf Alices Brustbein. Sie schnuppert an seinem Haar. Ein leichter Holzgeruch wie von einem frisch angespitzten Bleistift. Der Duft eines Shampoos. Zitrone? Sie atmet erneut ein. Ein leichter Hauch des Zigarettenqualms im Café.

Sie legt die Hand auf seinen Brustkorb und spürt, wie sich seine Lungen heben und senken. Das wispernde Ticken ihres eigenen Pulsschlags pocht gegen ihr Trommelfell.

Sie rutscht unter ihm heraus und zieht die Knie an die Brust. Sie hat Lust, ihn aufzuwecken. Sie will reden. Sein Körper ist gebräunt, schimmert mattgolden, nur seine Schamgegend ist bleich und wirkt dadurch verletzlich. Sie legt eine Hand auf seinen Penis, der gekrümmt an seinem Bein liegt. Der Penis zieht sich etwas zusammen. Sie lacht und legt sich auf ihn, drückt die Nase und den Mund an seinen Hals. »John? Bist du wach?«

Meine Mutter hat das Feuer mit Wasser gelöscht. Noch Jahre später verunstalteten die schwarzen Rußstreifen die Decke. Zwar redeten meine Eltern oft davon, das Zimmer zu streichen, aber das Feuer wurde nie erwähnt, es wurde nie darüber gesprochen. Kein einziges Mal fragten sie mich, was mich veranlaßt hatte, die Vorhänge in Brand zu setzen.

Ann tastet im Dunkeln nach der Zigarettenpackung auf ihrem Nachttisch. Als sie das Feuerzeug anzündet, schaut sie zu Ben hinüber, um festzustellen, ob sie ihn geweckt hat. Er macht im Schlaf ein etwas überraschtes Gesicht. Sie zieht an der Zigarette und spürt, wie der beißende Rauch ihre Lungen füllt. Sie ist von einem Traum über das Internat aufgewacht, auf das man sie als Mädchen geschickt hat, und jetzt kann sie nicht wieder einschlafen. Sie ist wieder sieben Jahre alt, steht in unbequemen Schnürschuhen am Eingang zum Internatsgebäude und schaut zu, wie sich das Auto ihrer Eltern auf der Kiesauffahrt entfernt. Sie ist zu verstört, um zu weinen. Die Nonne, die neben ihr steht, nimmt ihr den kleinen Koffer ab. »Da wären wir nun«, sagt sie.

Ann weiß nicht, wen sie mit »wir« meint: Sie hat sich noch nie in ihrem Leben einsamer gefühlt. Das werde ich euch nie verzeihen, denkt Ann, und in diesem Moment verwandelt sich die Liebe, die sie bisher für ihre Eltern empfunden hat, in ein Gefühl, das Haß sehr nahe kommt.

Sie verbringt die folgenden elf Jahre in dem Internat, wo die Nonnen ihr beibringen, wie man bei Tisch Obst vorschriftsmäßig ißt. Siebenundzwanzig Mädchen stellen sich in einer Reihe auf, siebenundzwanzig Äpfel und siebenundzwanzig Obstmesser in Händen, um zuzuschauen, wie Schwester Matthews mit geschickten Bewegungen die feste Schale eines Apfels in eine grüne Spirale verwandelt und sie auf den bereitstehenden Teller fallen läßt. Ein andermal stellen sie sich hinter dem Gebäude vor einem längsseits halbierten alten Auto auf, um zu lernen, wie eine Frau aus einem Auto aussteigt, ohne daß man ihren Unterrock sieht. Als Ann einsteigt, stört sie das klaffende Loch zu ihrer Rechten. Die Karosserie endet dicht neben ihrem Sitz, und dahinter beginnt die feuchte, neblige Landschaft Dartmoors. Schwester Clare klopft gegen das Fenster. »Na los, Ann. Wir haben nicht den ganzen Tag Zeit.«

Ann betrachtet sich im Rückspiegel. Sie neigt nicht zu Rebellion, sondern zu stillem Trotz. Sie erhebt sich elegant von dem Sitz, und der Stoff ihres Rocks bildet im richtigen Augenblick die gewünschten Falten.

»Sehr gut, Ann. Habt ihr anderen gesehen, wie Ann das gemacht hat?«

Ann bleibt stehen, ehe sie das Ende der Reihe erreicht hat. »Schwester Clare? Was ist, wenn man am Steuer sitzt? Funktioniert das dann genauso?«

Schwester Clare ist perplex. Was für eine Frage. Sie denkt kurz nach, dann lächelt sie. »Mach dir darüber keine Sorgen. Dein Ehemann wird dich fahren.«

Die Nonnen verteilen dicke Wälzer, und die Mädchen balancieren sie auf dem Kopf. Diejenigen, die sich die Haare hochgesteckt haben, werden getadelt. Die Mädchen sollen in einer Acht durch die Turnhalle schreiten. Ann verabscheut diese Übung noch mehr als alles andere; sie kann es nicht leiden, in ein geometrisches System eingezwängt zu werden, am Ende wieder am Ausgangspunkt anzukommen. Trotzdem meldet sie sich, als gefragt wird, wer als erste gehen will, und erfüllt die Aufgabe perfekt. Die Nonnen loben sie, und die anderen Mädchen ebenfalls, allerdings weniger enthusiastisch. Sie nimmt das Buch von ihrem Kopf, und während die anderen Mädchen die Übung absolvieren, schlägt Ann es auf und beginnt zu lesen. Das Buch ist voll mit Abbildungen und Querschnitten von Pflanzen. Sie folgt mit dem Finger dem Weg des Wassers durch die Pflanze, von dem Geäst der Wurzeln durch den Stengel bis hin zu den Blüten. Sie liest weiter und erfährt, wie Pflanzen befruchtet werden. Sie findet es ermutigend, wie sanft die Pollen auf die Staubgefäße treffen, und sie hofft, daß es bei Männern und Frauen genauso ist und die geflüsterten Gerüchte, die im Schlafsaal die Runde machen, nicht stimmen. Sie hat stundenlang heimlich ein Exemplar von *Lady Chatterleys Liebhaber* studiert und war hinterher auch nicht klüger. Ging es denn nicht doch nur um Erblühen und Samen?

Zur völligen Überraschung ihrer Eltern, der Nonnen, der Schulleitung und von Ann selbst schnitt sie bei der Abschlußprüfung gut ab und bekam einen Studienplatz in Biologie an der Edinburgh University. Edinburgh gefiel Ann; sie mochte die hohen, ehrwürdigen Gebäude aus grauem Stein, die kurzen Tage, die sich um fünf Uhr, mit dem Anschalten der Straßenbeleuchtung, in Abende verwandelten, die zwei Gesichter der Hauptstraße mit den prächtigen Läden auf der einen Seite und der Grünfläche der Princes Street Gardens auf der anderen. Sie mochte die kleine Wohnung direkt am Meadow Park, die sie sich mit zwei anderen Mädchen teilte; die Wohnung lag im obersten Stock eines Mietshauses, das Treppenhaus war kalt und zugig, und das Wohnzimmer, in dem sie abends zu dritt saßen und eine Kanne Tee nach der anderen tranken, kaum wärmer.

Das Universitätsleben gefiel ihr nicht. Jeder Tag schien neue Wissenslücken bei ihr zu offenbaren. Sie fand die Vorlesungen verwirrend und die Seminare demütigend; sie war eine der wenigen Frauen in ihrem Semester, und die Männer kommandierten sie entweder herum oder ignorierten sie. Sie fanden sie distanziert und altmodisch und zogen die Gesellschaft der freizügigeren Studentinnen der Krankenpflege vor. Sie war zu gelangweilt und zu stolz, um irgendeinen der Dozenten um Hilfe zu bitten. An dem Tag, an dem sie die Ergebnisse der Abschlußprüfung des ersten Studienjahrs erhielt, machte Ben Raikes ihr einen Heiratsantrag. Sie kannte ihn seit genau einem halben Jahr. Zwei Tage nach ihrer ersten Begegnung hatte er ihr gesagt, daß er in sie verliebt sei; das war ein überraschendes und, wie sie später herausfinden sollte, für seine Verhältnisse ungewöhnlich spontanes Geständnis. Sie wußte nicht, was sie antworten sollte, also schwieg sie. Das schien ihn jedoch nicht zu stören, er stand einfach neben ihr auf dem Platz vor der St. Giles' Cathedral und lächelte sie an. Er ging mit ihr zum Tanzen – für sie etwas völlig Neues – und drückte sie dabei fest an sich, eine Hand auf ihrem Rücken, die Wange an ihrem Haar. Er hatte die Angewohnheit, die Tanzschritte abzuwandeln, die ihr die Nonnen mit unerbittlicher Strenge beigebracht hatten. Das brachte sie zum Lachen. Er hatte klare blaugrüne Augen und ein nettes Lächeln. Einmal, als er sie in der Wohnung besucht hatte, hatte er ihr Blumen mitgebracht – gelbe Rosen, die gewölbten Blütenblätter zu schmalen gelben Mündern übereinandergeschoben. Als er gegangen war, schnitt sie die Enden der Stengel unter fließendem Wasser an und stellte sie in einem Marmeladenglas auf ihren Schreibtisch. Jedesmal, wenn sie das Zimmer betrat, zog das leuchtende Eidottergelb ihren Blick auf sich.

Den Heiratsantrag machte er ihr im Meadow Park. Als sie ja sagte, war ihr klar, daß sie das nur tat, weil sie die Vorstellung nicht ertrug, wieder bei ihren Eltern wohnen zu müssen. Seit sie Ben Raikes kennengelernt hatte, war ihr bewußt geworden, daß ein wichtiger Teil von ihr stets abwesend war, ein Teil, der durch Liebe niemals vollständig wiederhergestellt werden könnte. Er nahm ihre Hand und küßte sie und sagte, seine Mutter werde sich freuen. Sie berührte den Abdruck seines Kusses, während sie zurückgingen. Der Ring, den er ihr schenkte, sandte einen Kranz aus Lichtblitzen an die Decke, wenn sie nachts wach lag.

Das Telefon läutete schrill. Ben spürte im Schlaf, wie Ann das Bett verließ. Später wird er versuchen, sich einzureden, daß er aufschreckte und sich bemühte, dem Gespräch zu lauschen. Aber er wird genau wissen, daß er wieder einschlief, denn er wird sich daran erinnern, daß beim Aufwachen Anns Hand auf seiner Brust lag und ihre Finger seinen Hals berührten. Seine Augenlider öffneten sich wie Falltüren. Er konnte ihr Gesicht nicht genau erkennen, das Halbdunkel verwischte die Umrisse, aber Worte erreichten ihn nur als einzelne Geräusche, noch bar jeder Bedeutung. »Ein Unfall«, sagte Ann wieder und wieder zu ihm, »ein Unfall«, und: »Alice.«

Alice ist seine Tochter. Ein Unfall.

»Wach auf, Ben, wir müssen aufstehen. Alice liegt im Koma. Los, Ben, wach auf.«

Ist das meine Stimme, die ich da höre? Es kommt mir vor, als befände ich mich im Inneren eines Radios, würde auf Ätherwellen aufwärts und abwärts schweben, von denen eine jede mit verschiedenen Stimmen erfüllt ist – manche erkenne ich wieder, manche nicht. Ich kann die Bandbreite nicht bestimmen.

Dieser Ort fühlt sich sauber an. Der Geruch nach einem Antiseptikum kribbelt in meiner Nase. Bei einigen Stimmen erkenne ich, daß sie außerhalb von mir ertönen, es sind jene, die aus größerer Entfernung wie durch Wasser zu mir dringen. Und dann gibt es jene Stimmen in mir – alle möglichen Geister.

Warum ist das Leben nicht so eingerichtet, daß man eine Vorwarnung erhält, ehe etwas Schlimmes passiert? Ich habe etwas gesehen. Etwas Furchtbares. Was hätte er dazu gesagt?

Ann hält Alice am Kinn fest und mustert ihr Gesicht. Alice, die an solch ein Verhalten ihrer Mutter nicht gewöhnt ist, schaut aufmerksam zu ihr hoch.

»Woher kennst du dieses Lied?«

Alice hat vor sich hin gesungen, während sie im Garten nach Blumen für den Miniaturgarten suchte, den sie gerade in einem Schuhkarton anlegt.

»Äh. Weiß nicht. Aus dem Radio, glaube ich«, antwortet

sie ausweichend, beunruhigt. Wird sie gleich ausgeschimpft werden?

Ihre Mutter starrt sie weiter an. »Es ist ein Lied von einer Kassette, die ich erst gestern gekauft habe. Du kannst es unmöglich woanders gehört haben.«

Ann scheint nun mit sich selbst zu sprechen. Alice zappelt herum, sie hat es eilig, sich wieder ihrem winzigen Garten zu widmen. Sie will Cocktailstäbchen für ein paar Stangenbohnen klauen.

»Ich habe das Gefühl, Alice, daß du sehr musikalisch bist. Mein Vater war ein hervorragender Musiker, und offenbar hast du sein Talent geerbt.«

Alice beschleicht ein ungewöhnliches, prickelndes Gefühl. Ihre Mutter lächelt sie bewundernd an. Alice schlingt die Arme um ihre Hüften und drückt sich an sie.

»Wir müssen dich zum Unterricht schicken, um deine Begabung zu hegen und zu pflegen. Du darfst sie nicht vergeuden. Weißt du, wenn mein Vater eine Note hörte, wußte er sofort, welche es war. Er hatte das absolute Gehör und ist mit vielen verschiedenen Orchestern überall auf der Welt aufgetreten.«

»Bist du mit ihm mitgefahren?«

»Nein.« Ann schiebt Alice abrupt von sich weg. Alice schlendert durch den Garten, ihren Schuhkarton-Garten hat sie ganz vergessen. Sie ist musikalisch! Was für eine Rolle spielt es, daß sie nicht hübsch ist, so wie ihre Schwestern. Sie hat etwas, das sie heraushebt, von den anderen unterscheidet. Das absolute Gehör. Hegen und pflegen. Sie läßt die neu gelernten Ausdrücke auf der Zunge zergehen.

Ihre Großmutter kommt in den Garten, um die Wäsche von der Leine zu nehmen. Alice läuft hüpfend zu ihr hinüber. »Weißt du was, Oma? Ich bin musikalisch! Ich soll Unterricht kriegen.«

»Tatsächlich?« sagt Elspeth. »Na, hoffentlich steigt dir das nicht zu Kopf.«

Einmal die Woche wurde ich zu einer Frau in unserer Nähe geschickt, um Klavierunterricht zu bekommen. Mrs. Beeson war großgewachsen, spindeldürr und hatte langes graues Haar, das sie normalerweise zu Kränzen zusammengerollt auf dem Kopf feststeckte, manchmal aber auch wie einen fettigen grauen Vorhang über die Schultern fallen ließ. Sie trug lange, orangefarbene Häkeljacken. Wenn sie redete, bildeten sich in ihren Mundwinkeln Spucketropfen. Während des Unterrichts in ihrem düsteren Wohnzimmer lag meistens ihre große gefleckte Katze schnurrend auf dem Klavier.

Ich lernte, meine Hände beim Spielen so zu halten, als wollte ich zwischen den Fingern eine Apfelsine einklemmen, und die schwarzen Punkte auf den Notenblättern auf die glatten weißen oder die dünnen, fingerartigen schwarzen Tasten zu übertragen – geh du alter Esel Heu fressen, frische Brötchen essen Affen des Gesangsvereins – ich lernte die Bedeutung der ausdrucksvollen italienischen Spielanweisungen und wie ich meinen Anschlag auf sie einstellen mußte.

Ich übte fleißig. Das Klavier stand bei uns zu Hause direkt neben der Küche, und meine Mutter öffnete oft die Tür, um mir zuzuhören. Meine Finger wurden muskulös, ich hielt meine Nägel kurz, ich merkte mir die genaue Anzahl der Kreuze und ›bs‹ bei jeder Tonart, und wenn ich nervös war, trommelte ich den Fingersatz verschiedener Tonleitern auf irgendeine Unterlage.

Ich legte eine Prüfung nach der anderen ab, mühte mich monatelang ständig mit den drei gleichen Stücken ab, um sie dann in einem muffigen Gemeindesaal vor einem teilnahmslosen Prüfer darzubieten. Ich glaube, ich war wirklich davon überzeugt, daß ich Talent hatte: Die Urkunden, die meine Mutter einrahmte, besagten es schließlich, oder?

Alice war seit einer Dreiviertelstunde auf der Party gewesen. Die erste halbe Stunde hatte Mario sie mit Beschlag belegt, aber sobald er betrunken genug war, ließ sie ihn stehen und verzog sich in eine Ecke des überfüllten Zimmers. Es war das Zimmer eines Studenten im zweiten Studienjahr, und die Wände waren mit Postern der Stone Roses und der Happy Mondays bepflastert; das Bett hing unter dem Gewicht von sechs Leuten durch, und ein Mädchen in einem engen weißen Catsuit tanzte auf dem Schreibtisch und versuchte durch lautes Rufen, die Aufmerksamkeit einiger der glupschäugigen Jungs auf sich zu ziehen.

Alice fand die Jungs hier sonderbar: Entweder waren sie hochgradig introvertiert und besaßen ein immenses Wissen über irgendein abseitiges Fachgebiet, oder sie waren unglaublich arrogant, hatten jedoch überhaupt keine Ahnung, was sie mit ihr reden sollten. Es war das erste Mal, daß sie sich in Gesellschaft so vieler Engländer befand. Am ersten Tag hatte ein Junge namens Amos sie gefragt, wo sie herkomme. »Schottland«, hatte sie geantwortet.

»Aha, und wieviel Tage hat die Fahrt hierher gedauert?« hatte er in völlig ernstem Tonfall von ihr wissen wollen.

Sie schaute sich in dem verrauchten Zimmer um und beschloß, der Party noch fünf Minuten zu geben und dann zu verschwinden. Mario winkte ihr quer durch den Raum zu, Alice trank ihren Becher mit lauwarmem, sirupartigen Wein leer und lächelte halbherzig zurück.

Mario war ein Italoamerikaner aus New York, sehr reich und sehr gutaussehend. Er war dank seines Vaters für ein Jahr zum Studieren in England. Als Alice ihn fragte, wie er es geschafft hatte, in das Austauschprogramm aufgenommen zu werden, sagte er: »Mein Vater hat seine Brieftasche gezückt«, und brach in schallendes Gelächter aus. Sie hatte ihn in ihrer ersten Woche an der Universität kennengelernt, als sie durch die Korridore der Universitätsbibliothek gelaufen war. Sie hatte gesehen, wie er sie anlächelte, und ihn nach dem Weg in den Nordflügel gefragt. Er bot ihr an, sie dorthin zu bringen, aber statt dessen führte er sie in die Cafeteria, wo er sie zu Tee und Kuchen einlud. Er schickte ihr Blumen, die ihr Zimmer mit einem schweren, süßen Duft erfüllten, und rief sie zu allen Tages- und Nachtzeiten an. Er wollte Schauspieler werden und hatte die Angewohnheit, ihr an öffentlichen Orten lange Passagen aus Theaterstücken vorzutragen. Er hatte eine wild gelockte schwarze Mähne, die ihm fast bis auf seine muskulösen Schultern reichte. Sie hatte ihr Lebtag noch nie jemanden wie ihn kennengelernt, er wirkte imposant und farbig verglichen mit den bläßlich-wohlerzogenen Menschen, die sie bisher hauptsächlich gekannt hatte. Außerdem fühlte sie sich durch sein Interesse geschmeichelt: Viele Frauen waren hinter Mario her.

Am vorigen Abend waren sie nach einem Kinobesuch durch die leeren Straßen der Innenstadt gelaufen. Plötzlich drückte Mario sie gegen das Metallgitter eines leeren Marktstandes und küßte sie leidenschaftlich. Sie war überrascht. Sein Körper fühlte sich hart und heiß an, und seine Hände glitten über ihren Körper. Er preßte sein Becken gegen ihres, wodurch ihr Rücken gegen den Eisenstab hinter ihr gedrückt wurde.

»Mein Gott, Alice, ich hab den dicksten Ständer aller Zeiten«, stöhnte er, den Mund an ihrem Hals.

»Ständer?« brachte sie mühsam heraus.

»Ständer. Du weißt schon, Erektion. Willst du meinen Schwanz sehen?«

Sie lachte ungläubig. »Was? Hier?«

»Klar. Warum denn nicht? Es ist niemand in der Nähe.«
Er knöpfte ihr Hemd auf und begann, an ihren Brüsten zu knabbern.

»Sei doch nicht albern, Mario. Wir sind mitten in der Stadt.«

Alice merkte, wie er ihren Rock hochschob und nach ihrem Slip tastete.

»Mario!« Sie wand sich und schob ihn weg. »Laß das gefälligst.« Er packte sie an den Hüften und wollte sie erneut küssen, aber sie riß sich los. »Was zum Teufel ist nur los mit dir?« brüllte er, das Gesicht rot vor Erregung.

»Nichts ist mit mir los. Wir sind mitten in der Stadt. Ich will nur nicht verhaftet werden, das ist alles.«

Sie wollte weggehen, aber Mario erwischte sie noch am Arm und riß sie herum. »Mein Gott, Alice, ich bin auch nur ein Mann. Findest du nicht auch, daß ich bisher sehr geduldig gewesen bin? Ich habe heute eine Packung Kondome gekauft, falls es das ist, worüber du dir Sorgen machst. Ich nahm an, wir würden vielleicht eines brauchen.«

»Das hast du also angenommen?« höhnte sie. »Tja, da hast du wohl was Falsches angenommen.«

»Verdammte Scheiße, man könnte ja fast auf den Gedanken kommen, daß du noch Jungfrau bist, mein Schatz.«

Sie starrten sich an, Mario außer Atem und Alice stocksteif vor Zorn. »Übrigens, nur zu deiner Information, ich bin es noch«, sagte sie leise und lief weg.

Mario holte sie vor dem dunklen Schaufenster einer Buchhandlung ein. »Es tut mir furchtbar leid, Alice.«

»Verschwinde.«

»Alice, bitte.« Er zog sie an sich und schlang die Arme so fest um sie, daß sie kaum noch Luft bekam und keine Chance hatte weiterzugehen.

»Geh weg. Ich will nach Hause.«

»Alice, es tut mir leid. Es war blöd von mir, so was zu sagen. Ich hatte ja keine Ahnung. Ich meine, wieso hast du mir das nicht erzählt?«

»Was meinst du damit, wieso ich es nicht erzählt habe? Was hätte ich denn sagen sollen? Guten Tag, ich heiße Alice Raikes und bin noch Jungfrau.«

»Ich hatte einfach keine Ahnung. Du wirkst so … ich weiß auch nicht … ich meine, ich habe es dir nicht angesehen.«

»Du hast es mir nicht angesehen?« Ihre Wut kehrte zurück. »Woran erkennst du das denn normalerweise?« Sie versuchte vergebens, sich aus seinem Griff zu befreien. »Laß mich los, Mario.«

»Das kann ich nicht.«

Ihr wurde bewußt, daß er am ganzen Körper zitterte, und sie stellte mit Entsetzen fest, daß er weinte. Er umarmte sie und schluchzte lautstark an ihrem Haar. »Alice, es tut mir furchtbar leid. Bitte, verzeih mir. Bitte verzeih mir, Alice.«

Sie spürte eine Mischung aus Widerwillen und schlechtem Gewissen. Sie hatte noch nie einen Mann weinen sehen. Leute gingen an ihnen vorbei und starrten sie an. Sie legte ihm die Hände auf die Schultern und schüttelte ihn. »Mario, es ist in Ordnung. Wein nicht.«

Er löste endlich seine Umklammerung, hielt sie mit ausgestreckten Armen fest und betrachtete sie mit forschendem Blick. Seine Miene war verzweifelt, sein Gesicht tränenverschmiert. »Mein Gott, wie wunderschön du bist. Ich verdiene dich nicht.«

Sie unterdrückte den spontanen Drang zu lachen. »Nun komm schon, Mario, laß uns gehen. Die Leute gucken ja schon.«

»Das ist mir egal.« Er warf sich gegen eine Mauer. »Ich habe dich gekränkt, und das verzeihe ich mir nicht.«

»Du redest dummes Zeug, Mario. Ich gehe jetzt.«

Er griff nach ihren Händen. »Geh nicht. Sag mir, daß du mir verzeihst. Verzeihst du mir?«

»Ja.«

»Sag: ›Ich verzeihe dir, Mario.‹«

»So ein Unsinn.«

»Sag es! Bitte.«

»In Ordnung. Ich verzeihe dir, Mario. Gut. Ich geh' dann jetzt. Tschüs.«

Sie marschierte die Straße hinunter und ließ ihn an die Mauer gelehnt zurück, in einer Pose schweren Leids. Gerade, als sie um die Ecke biegen wollte, hörte sie, wie er ihren Namen rief. Sie drehte sich um. Er stand mitten auf der Straße, die Arme in einer überaus dramatischen Geste weit gespreizt.

»Alice! Weißt du, warum ich mich heute abend so aufgeführt habe?«

»Nein.«

»Weil ich in dich verliebt bin! Ich bin in dich verliebt!« Sie schüttelte den Kopf. »Gute Nacht, Mario.«

Am nächsten Tag klopfte er an ihre Tür, als Alice sich gerade mit kritischer Theorie beschäftigte. Er lächelte sie strahlend an und überreichte ihr einen Strauß leicht verwelkter Chrysanthemen.

»Ich habe dir doch gesagt, daß wir uns heute nicht treffen können, Mario. Ich habe zu arbeiten.«

»Ich weiß, Alice. Aber ich mußte einfach vorbeischauen. Ich bin die ganze Nacht wach gewesen und am Flußufer entlangspaziert.« Er schlang eine Hand um ihre Hüfte und gab ihr einen tiefen Zungenkuß. »Weißt du, ich habe das ernst gemeint, was ich gestern abend gesagt habe.«

»Oh. Gut. Du kannst nicht bleiben, Mario. Ich muß ein Referat schreiben.«

»Kein Problem. Ich verspreche, ich werde dich nicht ablenken.« Er strich mit den Händen seitlich über ihren Körper.

»Du störst mich bereits.«

Er ging durch das Zimmer und setzte sich aufs Bett. »Ich tu's auch nicht wieder. Versprochen.«

Sie las weiter. Er kochte sich in der winzigen Kochnische des Zimmers einen Tee. Er blätterte einige ihrer Bücher durch und legte sie geräuschvoll wieder ab. Er fummelte an den Reglern ihrer Stereoanlage herum, inspizierte ihre CD-Sammlung und fing schließlich an, Liegestütze zu machen.

»Hör auf damit.«

»Womit?«

»Mit dem Gekeuche. Ich kann mich nicht konzentrieren.«

Er rollte sich auf den Rücken und schaute zu ihr hoch. »Weißt du was, du arbeitest zu viel.«

Sie versuchte, ihn zu ignorieren. Er begann, einen ihrer Fußknöchel zu streicheln. »Alice«, flüsterte er.

Sie stieß ihn weg. Er packte ihren Knöchel. »Alice.«

»Mario. Du gehst mir wirklich auf die Nerven.«

»Komm, gehen wir ins Bett.« Er fuhr mit der Hand bis zu ihrem Oberschenkel hoch und legte den Kopf in ihren Schoß.

»Okay, das reicht jetzt. Raus hier.«

»Nein, nicht ehe ich das gekriegt habe, weswegen ich hier bin.« Er lächelte anzüglich. »Weißt du, wieso ich heute hergekommen bin?«

»Ehrlich gesagt, nein.«

»Ich bin hergekommen«, er hielt inne und küßte sie auf die linke Brust, »um dich deiner Jungfräulichkeit zu berauben.«

Ich klammerte mich mit beiden Händen am unteren Treppenpfosten fest und schaukelte hin und her. Das hatte man mir verboten, da es dem Holzgeländer schadete, aber meine Mutter hatte Besuch, und ich wollte lauschen.

»Mein Vater war sehr musikalisch«, erklärte sie in ihrem aufgesetzt-geselligen Tonfall, »und ich habe mir immer sehnlichst gewünscht, daß eine meiner Töchter sein Talent geerbt hätte.«

»Und haben sie's?« erkundigte sich die Besucherin.

»Ich dachte früher, bei Alice wäre es der Fall. Sie spielt Klavier, aber sie ist nicht besonders begabt. Sie strengt sich wirklich an, die Resultate sind jedoch leider nur durchschnittlich.«

Ich lief durch die Diele und die Küche in den Garten. Mit der rechten Hand testete ich im Gehen die Elastizität meines kleinen Fingers. Er fühlte sich zart, zerbrechlich an. Ich hätte ihn mit einem heftigen Ruck durchbrechen können.

Es war, als habe eine große Schale voll warmer Flüssigkeit, die ich in meinem Inneren mit mir herumgetragen hatte, ein Leck bekommen. Das Gefühl der Wärme verschwand unaufhaltsam. Ich war wütend auf mich selbst, weil ich so naiv gewesen war, und auf meine Mutter, weil sie erst diese Hoffnungen in mir geweckt und sie dann bei einer müßigen Plauderei mit einer dämlichen Nachbarin wieder zerstört hatte. Draußen war es schon fast dunkel, aber ich stürmte wutentbrannt kreuz und quer durch den Garten und riß Blumenblätter aus, bis meine Hände bluteten.

Zufällig kam meine Großmutter mit einem Stapel frischgewaschener Handtücher ins Badezimmer, als ich meine Hände in lauwarmem Wasser badete. Sie sah mich, legte die Handtücher auf dem Rand der Wanne ab, strich mir übers Haar und klemmte lose Strähnen hinter meinen Ohren fest.

»Alice Raikes, wie kommt es, daß du so mit dem Leben haderst?«

Ich schwieg. Bitter schmeckende Tränen rannen meine Wangen hinunter.

»Magst du mir erzählen, wieso du so weinst? Oder lieber nicht? Ist heute in der Schule etwas Schlimmes passiert?«

Ich schaute hoch und erblickte unser beider Gesichter im Spiegel. »Ich bin so furchtbar häßlich«, platzte es aus mir heraus, »und ich kann überhaupt nichts.« Heftig schluchzend rang ich nach Luft.

»Tja, Liebes, ich muß zugeben, daß du schon mal besser ausgesehen hast.«

Ich sah mir mein Gesicht an und lachte. Meine Augen waren aufgequollen und blutunterlaufen und meine Wangen mit Erde und Streifen von Blattgrün beschmiert. Meine Großmutter drückte meine Schultern mit ihren kräftigen Händen.

»Weißt du denn nicht, wie hübsch du bist? Liegt es daran, daß du blonde Locken haben willst, so wie deine Schwestern?« Ich ließ den Kopf hängen. »Hab ich's mir doch gedacht.« Sie drehte mich zu sich herum. »Alice, ich verrate dir jetzt ein Geheimnis. Hier drin«, sie legte ihre Hand auf meinen Solarplexus, »genau hier ist bei dir ein großer Vorrat an Liebe und Leidenschaft für einen anderen Menschen. Du hast eine enorme Liebesfähigkeit. Weißt du, die hat nicht jeder.«

Ich hörte ihr mit feierlicher Miene zu. Sie klopfte mir gegen die Nase. »Paß nur auf, daß du nicht alles an den falschen Mann verschwendest.« Sie wandte sich ab, um sich die Handtücher zu nehmen. »Und jetzt husch ins Bett. Du bist doch bestimmt ganz erschöpft von dem vielen Weinen.«

Ich gab nicht auf. Ich ging weiterhin einmal die Woche in Mrs. Beesons flohverseuchtes Wohnzimmer, damit sie mich mit Tonleitern und dem richtigen Anschlag piesackte. Irgendwie wirkte die Erklärung meiner Mutter befreiend auf mich. Ich hörte auf, wie besessen eine Prüfung nach der anderen abzulegen, sondern spielte nur noch, worauf ich Lust hatte. Mrs. Beeson rief meine Mutter an, um ihr zu sagen, daß ich meinen Ehrgeiz verloren hatte und eine »ganz passable Pianistin« werden könnte, wenn ich mich etwas mehr anstrengte. Daran hatte ich jedoch kein Interesse mehr.

Alice schaute hinunter in Marios gerötetes, grinsendes Gesicht. Sie hatte bereits beschlossen, eines Tages mit ihm zu schlafen, fand aber, daß es für sein schon jetzt beträchtliches Ego nicht gut sei, ihn entscheiden zu lassen, wann der richtige Zeitpunkt war. Momentan hatte er seine Hände unter ihrem Hemd und mühte sich mit dem Verschluß ihres BHs ab. Sie versuchte, seine Arme zu fassen zu bekommen. Sie rangelten miteinander.

»Hör auf, Mario. Ich schlafe heute nicht mit dir. Das ist mein Ernst.« Er schlug sich mit der Hand gegen den Kopf und rief: »Und wann dann? Ich will mit dir schlafen! Unbedingt!«

»Ich muß arbeiten. Ich habe noch ein Referat zu schreiben.«

Er warf sich mit dem Kopf nach unten auf den Boden und begann, stöhnend herumzurollen.

»Ich werde mit dir schlafen.« Alice merkte, daß Mario plötzlich mucksmäuschenstill war. »Aber nicht jetzt.«

»Okay. Aber warte bitte nicht zu lange. Meine Eier sind schon so dick wie Wassermelonen.«

Sie lachte und wandte sich wieder ihren Büchern zu. Nach einiger Zeit stellte sie fest, daß er eingeschlafen war. Später gingen sie dann zu der Party.

John lief die Treppe hoch, immer zwei Stufen auf einmal. Typisch Alice, ein Büro in der obersten Etage eines fünfstöckigen Gebäudes zu haben. Oben sah er durch die Glastür, daß Alice ganz allein in dem Raum war. Sie saß kerzengerade da, eine Hand auf dem Telefonhörer, so, als hätte sie gerade ein Gespräch beendet. Er marschierte hinein, legte ihr die Arme um die Schultern und küßte sie auf den Hals, nachdem er die schwere Haardecke angehoben hatte. »Ich habe mich gefragt, ob du vielleicht Lust hättest, mit mir zu Mittag zu essen«, flüsterte er.

Sie fühlte sich in seinen Armen wie erstarrt an. Ihr Gesicht war blaß und reglos.

»Was ist los?«

Sie sagte kein Wort. Er hockte sich neben sie und griff nach ihrer Hand. »Alice? Was hast du?«

Erst jetzt schaute sie ihn an. Ihre Pupillen waren so stark geweitet, daß ihre Augen beinahe schwarz aussahen. Er streichelte ihre Hand und küßte sie. »Erzähl's mir, bitte.«

Sie grub ihre Fingernägel in seinen Handrücken, während sie versuchte, genug Kraft aufzubringen, um zu sprechen.

»Meine Großmutter ist gestorben.«

Er umarmte sie. »Das tut mir ja so leid, Alice«, und noch ehe er sie an sich drücken konnte, fielen die ersten Tränen auf den Schreibtisch.

Alice hatte John untersagt, die Einladung anzunehmen, die ihre Mutter nach der Trauerfeier garantiert aussprechen würde.

»Aber ich würde gern das Haus sehen, in dem du aufgewachsen bist.«

»Pech gehabt«, hatte sie kurz angebunden geantwortet.

Als Ann ihn drängte mitzukommen, hatte John daher die

Ausrede parat, daß sie den nächsten Zug nach London nehmen mußten. Aber Alices Vorsichtsmaßnahmen hatten ihre Mutter nicht daran gehindert, sie in der Toilette des Krematoriums abzufangen. »John scheint sehr nett zu sein.«

»Ja. Das ist er.«

»Bist du schon lange mit ihm zusammen?«

»Ein paar Monate.«

»Woher kommt er?«

»Aus London.«

»Ich meine ursprünglich.«

»Ursprünglich? Was soll das heißen: ursprünglich? Er wurde in London geboren.«

»Man könnte ihn glatt für einen Italiener oder Griechen halten, so dunkel, wie er ist.«

»Dunkel?«

»Die Haarfarbe.«

»Also, das trifft zufällig auch auf mich zu, falls dir das bisher entgangen sein sollte.«

»Ist er Jude?«

Alice wurde wütend. »Was zum Teufel spielt denn das für eine Rolle?« »Es stimmt also«, sagte Ann ruhig.

»Ja, es stimmt. Hast du damit Probleme? Manchmal bist du wirklich eine echte Heuchlerin. Du behauptest, Christin zu sein, und sorgst hier für diese lächerliche Veranstaltung, obwohl du genau weißt, daß Oma gar nicht gläubig war. Christen sollen doch tolerant sein und ihren Nächsten lieben wie sich selbst, oder?«

»Alice, es gibt keinen Grund, aus der Haut zu fahren. Ich habe bloß eine simple Frage gestellt.«

Eine fremde Frau kam in den Toilettenraum und ging in eine der Kabinen. Alice wusch sich die Hände in dem kochendheißen Wasser, und ihre Mutter gab ihr ein Papierhandtuch.

»Ich mache mir bloß Sorgen, daß es für dich zu einem Problem werden könnte, das ist alles.«

»Was meinst du damit?« zischte sie. »Was für ein Problem? Wir haben keine Probleme. Du bist diejenige, die Probleme macht.«

»Wissen seine Eltern von eurer Beziehung?«

Alice beging den großen Fehler zu zögern. »Nur zu deiner Information: Seine Mutter ist tot.«

Ann verdrehte die Augen. »Also, weiß es sein Vater?« Alice schwieg.

»Hat er seinem Vater gesagt, daß er mit einer Christin liiert ist?«

»Ich bin keine Christin, verdammt noch mal!«

»Alice! Hier wird nicht geflucht!« Anne drehte sich um, weil sie feststellen wollte, ob die andere Frau etwas gehört hatte. »Dann eben mit einer Nichtjüdin«, flüsterte sie.

»Nein, hat er nicht.«

Ann hielt das Gesicht dicht vor den Spiegel, um ihr Make-up zu kontrollieren. »Ich verstehe.«

Alice hatte eine gereizte, trotzige Miene aufgesetzt und den Mund zu einer geraden Linie zusammengepreßt. Ann seufzte und faßte ihre Tochter in einer für sie ungewöhnlichen Geste an der Hand. »Alice, ich kritisiere dich doch gar nicht. Was mich betrifft, so kannst du zusammensein, mit wem du willst. Das solltest du doch inzwischen wissen. Ich kann es bloß nicht ertragen, mit ansehen zu müssen, wie deine Gefühle deine Urteilskraft trüben. Laß nicht zu, daß das Gefühl, verliebt zu sein, deinen Selbsterhaltungstrieb schwächt.«

»Wovon redest du da?«

»Ich will nur verhindern Ich will nicht, daß du seinetwegen leidest.«

»Das werde ich nicht. So ein Mann ist John nicht.«

»Das kann man nie wissen. Den Männern fehlt die Entschlußkraft von uns Frauen. Und das Judentum ist bekannt dafür, Druck auf Männer auszuüben, damit sie sich nicht außerhalb ihres Glaubens verheiraten.« Ann wollte, daß Alice das begriff, wußte aber nicht, wie es ihr gelingen könnte, ohne sie noch wütender zu machen. »Bekannt dafür«, wiederholte sie halbherzig. »Frag, wen du willst.«

»Was weißt du denn schon davon?« entgegnete Alice in verächtlichem Ton. »Und überhaupt, ich bin erst seit zwei Monaten mit ihm zusammen. Wir haben keinerlei Pläne zu heiraten.«

Beth kam herein. »Hab ich da eben das Wort heiraten gehört? Du willst doch nicht etwa heiraten, Alice, oder?«

»Oh, Gott.« Alice griff sich theatralisch an den Kopf. »Nein, will ich nicht.«

»John ist Jude«, verkündete Ann Beth mit Nachdruck.

»Ja, und?« Beth schien verblüfft.

»Ha!« sagte Alice. »Da hast du's. Nicht alle reagieren so wie du.« Beth schaute nacheinander ihre Schwester und ihre Mutter an und hakte sich dann bei beiden unter. »Na kommt. Das ist nicht der richtige Augenblick, um sich über so was zu streiten.«

Sie gingen nach draußen. John stand bei Ben und Kirsty.

»John, ich habe versucht, Alice zu überreden mitzukommen, sie weigert sich jedoch standhaft. Sie begleiten uns doch aber, nicht wahr?« Ann faßte John am Arm.

»Der Felsen wird ›The Law‹ genannt«, sagte Alice.

»The Law? Wie ›das Gesetz‹? Was für ein komischer Name.«

»Offiziell heißt er North Berwick Law. Es ist ein Vulkanstumpfkegel, einer von dreien, die anderen beiden sind Arthur's Seat und Bass Rock. Sie bestehen alle aus dem selben Vulkangestein.«

»He, den Namen Bass Rock habe ich schon mal gehört.«

»Er ist ziemlich bekannt. Eine der weltweit größten Tölpel-Kolonien ist dort beheimatet.«

»Kann man ihn von hier aus sehen?«

»Normalerweise kann man ihn gut sehen, aber heute ist es dafür ein bißchen zu dunstig.«

Sie hielten angestrengt Ausschau, und sie zeigte John den Umriß einer schartigen Felssäule, die aus dem Meer aufragte.

»Ist das Weiße da Felsen oder Vogelscheiße?«

Sie lachte kurz auf. »Keine Ahnung. Wahrscheinlich Scheiße. Im Sommer fahren vom Hafen Ausflugsboote dorthin.«

Sie drehte sich um fünfundvierzig Grad. »Das da ist meine Schule.« John schaute hinab auf die graubraunen Gebäude, die dicht nebeneinander am Fuß des Law standen, und auf die weißen, H-förmigen Rugbytore des benachbarten Sportplatzes. »Die ist ja winzig!« Sie lachte. »Findest du? Na ja, mit einer Gesamtschule in North London ist sie nicht zu vergleichen. Die Schülerzahl liegt bei etwa sechshundert, glaube ich, aber nicht alle stammen aus North Berwick. Auch Eltern aus den umliegenden Städten und Dörfern schicken ihre Kinder hierher. Das kleinere Gebäude ist die Grundschule, das größere die Oberschule.«

»Bist du auf beide Schulen gegangen?«

»Oh ja, genau wie Beth und Kirsty.«

Sie stiegen langsam den grasbewachsenen Abhang hoch, Alice mit der Urne in Händen, die Elspeths Asche enthielt. Möwen schienen in der nebligen Salzluft auf unsichtbaren Trapezen hin und herzuschwingen. Ben hatte Alices Vorschlag, die Asche auf dem Law zu verstreuen, sofort zugestimmt. Ann hingegen hatte nicht so bereitwillig geglaubt, daß Elspeth tatsächlich zu Alice gesagt habe, dies sei ihr Wunsch, und sie hätte lieber einen Rosenbusch damit gedüngt. Aber Ben hatte sich dieses eine Mal durchgesetzt, hatte gesagt, es solle so gemacht werden, wenn das der Wille seiner Mutter gewesen sei. Die drei Schwestern waren ganz überrascht gewesen. John hatte gefunden, es sei der passende Moment, um sich in einen anderen Teil des Zimmers zu begeben und ein Gespräch mit einer angejahrten und, wie er rasch herausfand, stocktauben Freundin von Elspeth zu beginnen.

»Okay. Das hier ist eine gute Stelle«, sagte sie und blieb stehen. Sie gab John den Deckel und schaute zum ersten Mal in die Urne. John beobachtete ihre Miene.

»Das sieht ja aus wie Sand«, sagte sie tonlos, ohne genau zu wissen, was sie erwartet hatte. Sie steckte die Hand hinein.

John holte die kleine Kelle aus der Tasche, die der Bestattungsunternehmer ihnen gegeben hatte. »Hier. Die kannst du nehmen.«

»Nein«, sagte Alice barsch, in dem Bemühen, sich innerlich zu wappnen.

Der Wind blies so kräftig, daß sie die Asche entgegen ihrer Befürchtung nicht werfen mußte. Kaum hatte sie die Finger geöffnet, schnappte sich eine Bö die feinen Körner.

»Der Wind weht nach Norden!« rief sie. »Richtung North Berwick! Dahin, wo sie geboren wurde!«

Sie übergab eine Handvoll nach der anderen dem Wind. John beobachtete sie aus einiger Entfernung, eingehüllt in einen Schleier aus Asche und Staub. Die feierliche Stimmung war von ihr gewichen; sie wirkte aufgeregt und tanzte beinahe, während sie dafür sorgte, daß Elspeth dorthin zurückkehrte, woher sie stammte.

Mario krabbelt aus dem Bett und durchwühlt seine Hosentaschen. »Ich hab irgendwo eins«, murmelt er. »Scheiße. Wo ist das blöde Ding?«

Alice hebt den Kopf ein paar Zentimeter vom Kissen und blickt an ihrem Körper herunter, so, als hätte sie ihn noch nie gesehen. Wenn sie so wie jetzt auf dem Rücken liegt, ragen ihre Hüftknochen wie Bücherstützen heraus, während ihre Brüste nach außen sacken und die Brustwarzen an die Decke zeigen. Mario rast durch das Zimmer, rauft sich die Haare, schmeißt abgelegte Kleidungsstücke durcheinander, und seine Erektion verschwindet dabei. Er kann es doch unmöglich bei sich liegengelassen haben, oder? Er hat seit Wochen ständig eines dabei. Alice legt eine Hand unter ihren Kopf und eine auf ihren Bauch und spürt das Grummeln ihrer Verdauungsorgane. Als sie klein waren, bat Beth immer, das Ohr an Alices Bauch drücken zu dürfen, um den Geräuschen in ihren »Rohren« zu lauschen. Alice fragt sich unbestimmt, wie es Beth wohl gehen mag, hört aber gleich wieder damit auf, denn Mario kommt zurück zu ihr ins Bett. »Mein Gott, diese Betten sind für so was wirklich nicht geeignet«, mault er.

»Tja, das hier ist eben ein Wohnheim für Studentinnen. Wenn vor fünfzig Jahren eine der Frauen Männerbesuch hatte, kam der Hausmeister vorbei und schob das Bett aus dem Zimmer in den Flur.«

Mario lacht. »Das ist nicht wahr, oder?«

»Doch, das stimmt. Und Frauen durften auch kein Examen machen.«

Er findet, es ist weder der richtige Ort noch der richtige Zeitpunkt für eine ihrer feministischen Tiraden und legt den Arm um sie. Schlagartig wird ihr bewußt, daß er vollkommen nackt ist. »Hast du ein Kondom gefunden?« fragt sie, leicht beunruhigt. Sie traut Mario nicht ganz.

»Es ist alles geregelt.«

»Ich hab nicht gesehen, wie du es übergestreift hast«, sagt sie, hebt die Laken an und schaut nach. »Du trägst ja gar kein Kondom.«

Sie mustern beide Marios schlaffen Penis.

»Du mußt echt noch viel lernen.« Er seufzt. »Wenn ein Mann in einer gewissen Situation plötzlich aufstehen und ein Kondom suchen muß, ist es nicht ungewöhnlich, daß seine Erektion flöten geht. Und ohne Erektion kann man kein Kondom überziehen.« Er nimmt ihre Hand und legt sie auf seine Schamgegend. »Also müssen wir dafür sorgen, daß sie wiederkommt.«

Sie küssen sich von neuem. Alice spürt, wie sein Penis in ihrer Hand anschwillt. Sie rückt von ihm ab und lacht. »Das ist wirklich erstaunlich.« Sie zieht die Laken weg, um nachzuschauen, und lacht erneut.

»Was ist daran so komisch?«

»Weißt du, es ist wie bei diesen Zeitraffer-Szenen in Naturkundefilmen, wo innerhalb weniger Sekunden Blumen zur vollen Größe anwachsen.«

Mario starrt sie an. »Sag mal, was für Idioten waren die Jungs aus North Berwick eigentlich? Wie kommt's, daß du untätig herumgesessen hast, während alle anderen es miteinander getrieben haben?« Sie zuckt die Achseln. »Ich glaube, sie haben's gar nicht. Miteinander getrieben, meine ich. Du darfst North Berwick nicht mit New York vergleichen. Es ist eine Kleinstadt. Wenn ich mit einem Jungen gegangen wäre, hätten das alle möglichen Leute mitgekriegt, und irgendwer hätte es wahrscheinlich meiner Mutter erzählt. Und es gab offen gestanden keinen, für den sich der Ärger gelohnt hätte.« Sie faßt seinen Penis an und bewegt ihn hin und her, so, als wollte sie ihn auf mögliche Fehler überprüfen.

Bei der Berührung zieht sich Marios Unterleib vor Verlangen zusammen. Alice trägt bloß einen schwarzen Slip, und sie beugt sich über seine Schamgegend, ihr Haar kitzelt an seinen Waden, ihre Brüste schweben über seinem Bauch. Mit nervösen Fingern reißt er hastig die Verpackung des Kondoms auf und entrollt es über seinem Penis. Sie lehnt sich kniend zurück und schaut ihm zu, immer noch mit demselben Ausdruck wissenschaftlichen Interesses. Mario packt sie am Arm und drückt sie nach unten. »Okay, Alice.« Er liegt jetzt auf ihr, seine Hände greifen nach ihren Pobacken. »Sei ganz entspannt.«

Sie hat Mühe zu atmen. Mario kommt ihr plötzlich unglaublich schwer vor. Er fummelt an ihrem Slip herum, zerrt ihn nach unten. Seine Hände scheinen überall gleichzeitig zu sein, ihre hingegen liegen wie gelähmt seitlich neben ihr. Sie windet sich, um sich ein bißchen Luft zu verschaffen. Er stöhnt. »Oh, Alice.«

Er atmet schnell und keuchend, und plötzlich merkt sie, daß sein latexumhüllter Penis sich an sie drängt. Vor Schreck zuckt sie zusammen. Er packt sie so fest an den Schultern, als zöge er sich eine hohe Mauer hinauf. Sein rutschiger, harter Penis stößt immer wieder gegen ihre Schamlippen.

»Mario.« Sie versucht etwas zu sagen, aber seine Brust liegt auf ihrem Mund. Mühsam dreht sie den Kopf zur Seite. »Mario!«

Augenblicklich taucht sein Gesicht über ihr auf, und er preßt hechelnd seine heißen Lippen auf ihren Mund.

Es gelingt ihr, einen Arm zu befreien und mit ihm gegen seine Schulter zu drücken. Er zieht sie sogar noch näher zu sich heran und hebt dann mit beiden Händen ihr Becken an. Sie zerrt ihm an den Haaren. »Mario, hör bitte auf.«

Plötzlich spürt sie, wie er in sie eindringt, und gleich darauf schießt ein scharfer Schmerz durch ihren Unterleib. Sie strampelt und schlägt nach ihm. »Mario! Bitte nicht! Können wir nicht damit aufhören? Du tust mir weh!«

»Mach dir keine Sorgen. Beim ersten Mal tut es immer weh. Entspann dich einfach, Schatz. Du machst das ganz prima.«

Bei jedem der trockenen, schabenden Stöße rammt er ihr die Schulter gegen das Kinn. Sie fühlt einen pulsierenden Schmerz in ihren Schamlippen, und ihre Beine tun furchtbar weh, weil sie mit Gewalt gespreizt werden. Alice blendet ihren Verstand völlig aus. Sie fängt an, die harten Stöße zu zählen, um die Anwesenheit dieses bebenden, ächzenden Körpers zu verdrängen, der über ihr vor und zurück schnellt. Als sie bei achtundsiebzig angekommen ist, merkt sie, wie er den Rücken krümmt, und bei neunundsiebzig durchläuft ihn ein langer, krampfartiger Schauder, und dann bricht er schwer atmend auf ihr zusammen.

Nachdem sie gute fünf Minuten lang so liegengeblieben sind, stützt sich Mario selig lächelnd auf einen Ellbogen. Ihm fällt auf, daß Alice ein bißchen blaß ist und verstört wirkt, aber er sagt sich, daß das eine normale Reaktion eines Mädchens nach dem ersten Mal ist. Ihn wundert allerdings, warum sie ihn nicht anschaut, aber dann fällt ihm etwas ein: »Bist du gekommen?«

Auf dem Weg nach unten griff Alice nach Johns Hand. Sie fühlte sich kalt an, und Alice rieb sie zwischen ihren Handflächen. Der Blauton des Himmels wurde dunkler, tintiger, und unter ihm gingen allmählich die Lichter North Berwicks an.

»Du hast danach nie wieder geweint, stimmt's?« sagte John.

»Sie mochte es nicht, wenn ich weinte.«

Dr. Brimble spähte zu der Studentin auf der anderen Seite ihres Schreibtischs hinüber. Sie sollte wirklich mal ihre Augen überprüfen lassen. Das Mädchen sah nicht besonders krank aus, vielleicht ein bißchen erschöpft. »Womit kann ich Ihnen helfen ... äh ...« – sie zog die Zettel vor ihr zu Rate – »... Alice?«

Das Mädchen blickte stur geradeaus, vermied es, ihr in die Augen zu schauen. »Letzten Freitag habe ich zum ersten Mal mit einem Mann geschlafen, und seitdem leide ich unter Blutungen.«

»Ich verstehe. Spüren Sie ein Brennen beim Wasserlassen?«

Das Mädchen nickte.

»Hatten Sie in den letzten Tagen erhöhte Temperatur?«

»Nein, ich glaube nicht.«

»Das klingt nach Flitterwochen-Zystitis. Diese Krankheit ist ebenso weitverbreitet wie lästig, und wenn eine Frau sie einmal gehabt hat, ist sie leider dafür prädestiniert, sie immer wieder zu bekommen. Es ist das beste, wenn ich einen kurzen Blick darauf werfe. Gehen Sie doch bitte hinter den Wandschirm dort, machen sich untenherum frei, und sagen Sie Bescheid, wenn Sie soweit sind.« Dr. Brimble war froh, daß sie bei dem Mädchen keine ernsten inneren Verletzungen feststellen konnte, war aber recht besorgt über die Anzahl der Blutergüsse auf ihrer Hüfte und ihren Schenkeln. Sie schaute erneut in ihr ziemlich angespanntes, ausdrucksloses Gesicht und warf einen kurzen, verstohlenen Blick auf ihre Uhr. Sie hinkte zehn Minuten hinter ihrem Zeitplan her. Als das Mädchen sich wieder angezogen hatte und ihr gegenüber am Schreibtisch saß, beschloß Dr. Brimble, sich möglichst schonend zu erkundigen. »Der Mann, mit dem Sie Verkehr hatten«, begann sie, »war das ...?« Und sie wartete darauf, daß das Mädchen den Satz vollendete. Alice schaute sie verständnislos an.

53

»War das Ihr Freund?«

Das Mädchen schien darüber einen Moment nachzudenken, dann sagte sie: »Ja.«

»Gut.« Erleichtert gab die Ärztin ihr ein Rezept. »Diese Antibiotika sollten das Problem lösen. Wenn keine Besserung eintritt, kommen Sie bitte wieder.«

Als Alice später am selben Nachmittag in ihr Zimmer zurückkehrte, fand sie eine Nachricht von Mario an ihre Tür geheftet vor, auf der stand, wo sie verdammt noch mal sei und daß er in zwei Stunden erneut vorbeikäme. Sie setzte sich auf ihr Bett, erhob sich aber nach wenigen Augenblicken wieder und holte ihren Rucksack vom Schrank herunter. Eine Stunde später saß sie bereits in einem Zug nach Schottland.

Elspeth holte tief Luft. »Das ist ja großartig, Ben. Wann werde ich sie kennenlernen?« Sie hoffte, daß ihr Tonfall überzeugter klang, als sie es war. Geschah das nicht ein bißchen übereilt?

»Sehr bald. Ich bringe sie bald zum Tee nach North Berwick mit.«

»Gut.« Inzwischen hatte sie sich von dem Schreck erholt und ihre Stimme wieder unter Kontrolle. »Ich freue mich schon auf euren Besuch. Wie heißt sie eigentlich?«

»Ann. Sie ist Engländerin.«

»Aha. Also, das ist wirklich eine wunderbare Neuigkeit, mein Junge. Meine allerherzlichsten Glückwünsche. Wie wäre es mit kommendem Donnerstag?«

»Ich frage Ann und rufe dich morgen an.«

»Fein. Ich höre dann also von dir. Wiederhören.«

Elspeth legte den Hörer auf die schwarze Bakelitgabel und strich sich mit einer raschen Bewegung das Haar glatt.

Diese Sache sah Ben, dem jüngeren und besonneneren ihrer beiden Söhne gar nicht ähnlich. Sollten sie tatsächlich am Donnerstag kommen, wäre es ratsam, bereits heute mit dem Kuchenbacken anzufangen, damit die Früchte in aller Ruhe auf einem Tuch abtropfen konnten. Sie ging die gefliesten Stufen zur Küche hinunter, nachdem sie im Wohnzimmerspiegel ihr Aussehen überprüft hatte.

Elspeth wurde 1912 in North Berwick geboren, einer kleinen Küstenstadt östlich von Edinburgh; im selben Jahr sank die *Titanic*. Ihr Vater war Geistlicher der Church of Scotland, und sie wohnten in einem kleinen, feuchten Pfarrhaus in Kirkports, einer der schmalen, gewundenen Straßen nahe des Strands. Es war North Berwicks Blütezeit als mondäner Ferienort, und am Stadtrand wurden ständig neue Villen gebaut. Elspeths Mutter machte mit ihr an warmen Tagen Spaziergänge über die Promenade, und sonntags gingen sie in die Kirche in der Mitte der High Street, um zuzuhören, wie die Stimme ihres Vaters bis in die hintersten Bankreihen schallte. Sie ging auf die Grundschule am Meer, und jeden Tag wartete ihre Mutter am Tor, um sie nach Hause zu bringen. Oft nahmen sie den Weg am Oststrand entlang, und Elspeth bat ihre Mutter, ihr zu erzählen, wie es gewesen war, als der riesige Wal auf den Strand gespült wurde. Ihr Vater hatte sie nämlich einmal ins Royal Scottish Museum in Edinburgh mitgenommen, um ihr das Walskelett zu zeigen, das dort wie ein überdimensionaler grauer Flugdrachen unter der Decke hing. Er hatte sie hochgehoben und über den Rand der Brüstung im Obergeschoß gehalten, damit sie es anfassen konnte; es fühlte sich warm und mürbe an, und sie vermochte diese staubigen Knochen nicht mit dem gewaltigen Tier in Verbindung bringen, das vom Meer ausgespieen worden war und den ganzen Strand bedeckt hatte.

Als sie sieben Jahre alt war, wurden ihre Eltern als Missionare nach Indien geschickt. Elspeth erfuhr nie, ob es ihre eigene Idee war oder ob sie dem Rat von jemand anderem folgten, jedenfalls beschlossen sie, daß es besser sei, ihrer Tochter nichts von der bevorstehenden Abreise zu erzählen. Sie zogen Elspeth ihr Sonntagskleid an, nahmen sie beide an die Hand und gingen mit ihr zum Meer. Während sie am Strand im stürmischen Wind mit Muscheln und Seegras spielte, verschwanden sie heimlich, und als Elspeth sich umdrehte, sah sie an ihrer Stelle eine Lehrerin der St. Cuthbert-Mädchenschule stehen. Die Frau faßte sie am Arm, brachte sie zum Bahnhof und fuhr mit ihr nach Edinburgh ins Internat. Sieben Jahre lang sah sie weder ihre Eltern noch North Berwick wieder.

»Es ist jammerschade, daß Kenneth, Bens Bruder, nicht kommen konnte. Er hätte dich zu gern kennengelernt, Ann.«

Ann nickte und nahm sich noch ein Stück von Elspeths Kuchen.

»Er ist beruflich sehr eingespannt.« Es entstand eine Pause, und Elspeth hoffte, daß Ann etwas sagen würde. Sie hatte ihre Stimme bisher so gut wie gar nicht gehört. »Er ist Arzt«, erläuterte Elspeth ungefragt.

Sie war verblüfft über diese junge Frau und hoffte, daß man es ihrem Gesichtsausdruck nicht ansah. Ann war hübsch, auf eine zerbrechliche, typisch britische Art, hatte schmale Handgelenke und gute Manieren. Ihr Haar war flachsblond, ihr Teint rein und blaß. Ihre ganz hellen, blauen Augen waren von zarten Wimpern gesäumt. Alles an ihr war klein, wirkte zerbrechlich. Als Elspeth ihr die Hand geschüttelt hatte, war es ihr so vorgekommen, als reiche ein leichter Druck aus, um die Fingerknochen der jüngeren

56

Frau zu zerbrechen. Neben Ben mit seinem sandfarbenen Haar und seiner gesunden rötlichen Gesichtshaut sah sie aus, als gehöre sie zu einer anderen Spezies. Sie war offensichtlich intelligent, allerdings fragte sich Elspeth, ob sie aus Schüchternheit schwieg, was jedoch wenig wahrscheinlich war. Ann wirkte selbstsicher, sie saß aufrecht im Sessel, gab Ben klare Anweisungen, wie sie ihren Tee wollte, und sah sich mit kaum verhohlener Neugier um.

»Wo lebst du, Ann?«

»Wie bitte?«

Ben mischte sich ein. »Sie meint, wo du wohnst.« Er tätschelte ihre kleine, blasse Hand und lachte. »Du mußt dich erst noch an unsere schottischen Sprachgewohnheiten gewöhnen. Wir sagen ›leben‹ wenn wir ›wohnen‹ meinen.«

»Oh, ich verstehe. Also, ich wohne in der Nähe des Meadow Parks, Mrs. Raikes.«

»Nenn mich doch bitte Elspeth. Das tun alle.« Ann senkte bedächtig ihren Kopf mit den glatten blonden Haaren. »Nun erzählt mal von euren Hochzeitsplänen«, fuhr Elspeth fort. »Habt ihr euch schon für ein Datum entschieden? Was sagen deine Eltern dazu, Alice?«

Sie sah, wie die beiden verlegene Blicke tauschten. Ben räusperte sich. »Ann hat es ihren Eltern noch nicht erzählt.«

Elspeth war sich bewußt, daß man ihr die Überraschung ansah, und sie bemühte sich vergebens, nur beiläufig interessiert zu wirken. »Ach so, ich verstehe.«

»Wir haben keine Lust auf eine lange Verlobungszeit, stimmt's?« Ben wandte sich an Ann, die sich in einer sonderbaren Geste eine Hand gegen den Mund gedrückt hatte. Für Elspeth war es plötzlich klar, daß diese Frau ihren Sohn nicht liebte. Ein schmerzhaftes Gefühl des Mitleids für Ben überkam sie, denn es war derart offenkundig, daß er Ann vergötterte. »Daher werden wir wohl im Herbst heiraten«, sagte Ben gerade. »Vielleicht im Oktober.« Er lachte, eindeutig vor Aufregung. »Ich fange im September an der Universität an, und wieso sollten wir noch lange warten?«

»Habt ihr euch schon überlegt, wo ihr wohnen werdet?«

Bens Miene verdüsterte sich. »Nein, noch nicht. Wir werden irgend etwas Kleines mieten. Das Universitätsgehalt ist nicht besonders hoch.«

»Ich habe mir darüber ein paar Gedanken gemacht«, sagte Elspeth. »Dieses Haus ist für eine Person viel zu groß. Ich weiß nicht, ob ihr euch vorstellen könntet, in North Berwick zu leben. Immerhin braucht man mit dem Zug nur eine knappe Stunde nach Edinburgh. Ich würde mich wirklich sehr freuen, wenn ihr beide hier bei mir einziehen würdet, das würde ich wirklich, aber die Entscheidung liegt natürlich bei euch.«

Ben zögerte, schaute zu Ann hinüber. »Ich bin mir nicht sicher …«

»Ihr Haus ist wunderschön, Mrs. … pardon, Elspeth. Wie lange wohnen Sie schon hier?« fragte Ann.

»Fast seit Bens Geburt. Es ist das Elternhaus meines Mannes. Er ist sehr früh verstorben. Ben war damals erst ein Jahr alt, und meine Schwiegereltern boten mir an, bei ihnen zu leben.«

»Woran ist ihr Mann gestorben?«

Elspeth lächelte, um zu zeigen, daß sie nichts gegen eine derart unverblümte Frage hatte. »An Malaria. Er war Missionar, genau wie mein Vater, und wir lebten damals in Afrika. Irgendwann bekam dort jeder Malaria, und es gab noch nicht so gute Medikamente wie heute. Ihn hat es besonders schlimm erwischt. Binnen zwei Wochen war er tot. Das brachte mich in eine schwierige Lage. Wir waren nur zwei Jahre verheiratet gewesen, und ich hatte kein Zuhause, mußte aber zwei kleine Jungs großziehen. Wir hatten großes Glück, daß Gordons Eltern uns aufgenommen haben.«

»Was war mit Ihren Eltern?«

»Mein Vater war, wie schon gesagt, Missionar. Dabei verdient man bekanntlich nicht besonders viel, und meine Eltern hätten es sich daher nicht leisten können, für uns drei zu sorgen. Sie hätten uns natürlich niemals abgewiesen, aber das Leben bei ihnen wäre sehr beschwerlich gewesen. Gordons Eltern waren sehr gut zu uns, obwohl sie ursprünglich mit der Ehe zwischen ihrem Sohn und mir nicht einverstanden gewesen waren.« Elspeth lachte.

»Und Sie haben nicht wieder geheiratet?«

Ben rutschte in seinem Sessel nervös hin und her, weil er befürchtete, seine Mutter könne an Anns direkten Fragen Anstoß nehmen.

Aber Elspeth war froh darüber, daß Ann endlich redete.

»Nein, mein Liebes. Gordon war für mich der Mann meines Lebens.«

»Gordons Eltern haben Ihnen also das Haus vermacht?«

»Das stimmt. Sie haben es mir vermacht, in der Hoffnung, daß ich es an die Jungs weiterreiche, und das werde ich auch eines Tages tun.«

»Ich für meinen Teil würde liebend gern hier wohnen.«

Ann lächelte, und Elspeth war erleichtert.

»Das wäre also geregelt. Glaubst du, daß dir North Berwick gefallen wird?«

Wenn Elspeth an die Zeit auf dem Internat zurückdenkt, erinnert sie sich vor allem daran, daß sie Hunger hatte oder fror, oft auch beides gleichzeitig. Die meisten Schülerinnen von St. Cuthberts stammten aus wohlhabenden Edinburgher Familien und kehrten am Ende jeden Schultages in ihr Zuhause in den Stadtteilen Morningside oder Grange zurück. Im Internatsgebäude, das sich direkt hinter der Schule befand, wohnten zwanzig Mädchen zwischen acht und achtzehn. Elspeth wußte noch, daß sie ständig erkältet war und in den Ärmeln ihrer Wolljacken feuchte, mit dem Namen »E. A. Laurie« bestickte Taschentücher steckten. Ihre Eltern liebten sie, davon war sie überzeugt, sie schrieben ihr einmal die Woche und schickten ihr kleine Stücke leuchtend bunten Seidenstoff, aus Ebenholz geschnitzte Elefanten oder Postkarten mit Bildern staubiger Straßen. Sie fragte nie, wann sie die beiden wiedersehen würde oder warum sie ihr nichts von ihrer bevorstehenden Abreise erzählt hatten.

Die schwierigste Zeit waren die Ferien. Jede der anderen Internatszöglinge, allesamt bemitleidenswerte, dünne Mädchen, wußten, wo sie diese Zeit verbringen konnten, aber Elspeth Eltern hatten viel zuwenig Geld, um ihre Tochter nach Indien zu holen. In der ersten Zeit rechnete sie an jedem Ferientag hoffnungsvoll mit einem freundlichen Brief von ihrer Großmutter oder ihrer Tante aus Glasgow, aber vergebens. Beide mißbilligten die Ehe von Elspeths Mutter und straften ersatzweise die Tochter, die dieser Verbindung entsprungen war.

Sie vermißte ihre Eltern und North Berwick furchtbar. Das Wetter in Edinburgh war ganz anders als in North Berwick, obwohl die beiden Städte gerade mal vierzig Kilometer auseinander liegen. Auf Edinburgh lasteten beständig dicke Nebelschwaden; wenn Elspeth Bilder ihrer Kindheit heraufbeschwor, sah sie feuchte, glitschige Straßen im Dämmerlicht, hinter einem Vorhang aus Nieselregen, gesäumt von grauen Gebäuden. Jeden Winter litt sie unter Asthma und lag nachts wach, rang nach Atem und sehnte sich nach der frischen, trockenen Seeluft ihres Geburtsorts.

Elspeth wurde zu einem besonders aufgeweckten, selbständigen Kind, unempfindlich gegen die Sticheleien der anderen, reicheren Mädchen. Bei einem Ausflug nach Kirkaldy, der während ihres dritten Jahres in St. Cuthbert's stattfand, trug Elspeth ihre Schuluniform, die anderen Mädchen hingegen bunte Pullover und farblich dazu passende Hüte. Im Zug setzte ein Mädchen namens Catriona MacFarlane das Gerücht in Umlauf, Elspeth Laurie besäße keine anderen Kleider als ihre Schuluniform. Catriona war das beliebteste Mädchen in der Klasse, deshalb fühlten sich selbst die Mädchen, die Elspeth mochten, gezwungen, ebenfalls zu kichern und ihre Nachbarinnen anzustupsen. Elspeth starrte beharrlich aus dem Fenster auf die regennassen Außenbezirke von Edinburgh. Angestachelt von Elspeths fehlender Reaktion, wurde Catrionas Geflüster immer lauter, und schließlich stellte sie sich in den Gang und zerrte grob am Ärmel von Elspeths vorschriftsmäßiger roter Strickjacke. »Warum trägst du die Schuluniform, Elspeth? Hast du etwa nichts anderes anzuziehen?«

Elspeth drehte sich um und schaute ihr direkt ins Gesicht. »Nein, habe ich nicht.«

Catriona war perplex. Sie hatte erwartet, daß Elspeth es abstreiten oder schweigen würde. Die anderen Mädchen beobachteten die beiden in gebannter Stille.

»Warum hast du nichts anderes anzuziehen, Elspeth?«

Elspeth wandte ihren Blick wieder dem Fenster zu. »Mein Vater ist Missionar und hat nicht viel Geld.«

»Und wieso kann er es sich dann leisten, dich auf unsere Schule zu schicken?«

»Die Kirche bezahlt für mich.« Elspeth sprach mit so leiser Stimme, daß die anderen Mühe hatten, sie zu verstehen.

Dann kam eine Lehrerin, Miss Scott, durch den Gang gelaufen. »Catriona MacFarlane, was stehst du da rum? Setz dich sofort wieder hin. Wir sind gleich da.«

Elspeth bietet Ann an, ihr den Garten zu zeigen.

»Du bist Biologin, hat mir Ben erzählt«, sagt Elspeth, als sie durch die Hintertür hinausgehen. »Was ist dein Spezialgebiet?« Elspeth hofft, daß Ann jetzt, da sie allein sind, ein bißchen mehr von sich erzählen wird. Elspeth mag Frauen. Sie findet ihre Gedanken und ihr Leben interessant und ist gerne mit ihnen zusammen, vor allem, wenn es gebildete, intelligente junge Frauen sind. Sie bedauert es, daß sie nach ihren beiden Jungs keine Tochter mehr bekommen konnte.

»Die Pflanzenwelt, glaube ich. Das Thema meines letzten Referats hatte mehr mit Botanik als mit Biologie zu tun.«

»Das ist ja großartig. Dann erwartet dich hier ja das ideale Betätigungsfeld. Wie du siehst, ist der Garten viel zu groß, als daß ich mich allein ordentlich um ihn hätte kümmern können.«

Der Garten ist wirklich riesig, umfaßt eine saftig grüne Rasenfläche, die sich leicht abfallend in Richtung Westgate erstreckt, und einen Krocketrasen links neben dem Haus. Durch die Lücken zwischen den Bäumen sieht man den Horizont über dem glitzernden Meer. Ann spaziert in den hinteren Teil des Gartens. Das leuchtende Weiß von Anns Kleid schmerzt Elspeth in den Augen. Sie entdeckt, daß Ben hinterm Küchenfenster steht, tut aber so, als hätte sie ihn nicht gesehen.

»Woher stammst du eigentlich, Ann?« ruft sie.

Ann antwortet, ohne sich umzudrehen. »Meine Eltern leben inzwischen in London, aber ich bin viele Jahre in einem Internat mitten im Dartmoor gewesen.«

»Ich habe den größten Teil meiner Kindheit in einem Mädcheninternat in Edinburgh verbracht. Es ist erstaunlich, wie vielen Leuten es genauso ergangen ist. Lebten deine Eltern im Ausland?«

»Mein Vater war Musiker, und meine Mutter hat ihn auf seinen Reisen um die ganze Welt begleitet.«

»Ah ja. Spielst du auch ein Instrument?«

Ann schüttelt den Kopf. »In meiner Schule wurden uns nur gesellschaftliche Umgangsformen beigebracht.«

»Ich verstehe. Internate sind schon merkwürdige Einrichtungen. Ich habe mich geweigert, die Jungs wegzugeben, obwohl Gordons Eltern dafür waren. Ich wollte, daß sie hier in North Berwick aufwachsen.«

»Menschen, die ihre Kinder aufs Internat schicken, hätte man verbieten sollen, welche zu bekommen«, sagt Ann in bitterem Ton und streift die Blätter von dem Ast ab, den sie gerade befühlt. Allmählich beginnt Elspeth ihre zukünftige Schwiegertochter etwas besser zu verstehen.

Ben und Ann heirateten in der ehemaligen Kirche von Elspeths Vater an North Berwicks High Street. Fast die gesamte Stadt versammelte sich auf dem gegenüberliegenden Bürgersteig, um mit anzusehen, wie Ben Raikes blasse Braut in ihrem unerhört kurzen und engen Kleid aus der roten Sandsteinkirche trat. Das Kleid hatte Anns Mutter ausgewählt in dem Versuch, der Hochzeit ihrer Tochter etwas Schick zu verleihen. Ann hatte sich geweigert, auf einem Standesamt in London zu heiraten, und statt dessen darauf bestanden, die Zeremonie in diesem elenden, windumtosten Provinzkaff abzuhalten. Während der Fotoaufnahmen hielt Anns Mutter ihre in Auflösung begriffene Hochfrisur fest und beäugte gleichzeitig Elspeths streng zurückgekämmtes, ungefärbtes Haar und ihre Schnürschuhe. Anns Vater versuchte sich trotz der steifen Oktoberbrise eine Zigarette anzuzünden und ignorierte nach Kräften die neugierigen Zuschauer auf der anderen Straßenseite. Ihre einwöchige Hochzeitsreise verbrachten sie in den französischen Alpen, wo die Sonne Anns Haare zu einer faszinierenden, fast weißen Farbe ausblich. Ben konnte sein Glück kaum fassen, und während Ann schlief, saß er über sie gebeugt da und fuhr mit den Fingerspitzen über die verzweigten violetten Bäche, die dicht unter ihrer Haut entlangliefen.

Ann wollte sofort Kinder haben, und Ben widersetzte sich ihr nicht, so wie er sich ihr auch später nie widersetzte. Während der ersten paar Monate ihrer Ehe nahm sie es gelassen hin, daß sie nicht schwanger wurde. Aber als ein halbes empfängnisloses Jahr verstrichen war, begann sie sich Sorgen zu machen. »Kein Grund zur Beunruhigung«, sagte Ben, als er wieder einmal sah, wie sie bedrückt ins Regal griff, um sich eine der Monatsbinden zu nehmen, die sie an einem mit Schlaufen versehenen Gürtel festhakte, den sie unter ihrer Kleidung trug. »Es dauert eben seine Zeit.«

Ben ging gegen acht aus dem Haus, und Elspeth war normalerweise fast den ganzen Tag in North Berwick unterwegs, wo sie entweder ihrer Wohltätigkeitsarbeit nachging oder eine ihrer zahllosen Freundinnen besuchte. Ann wanderte oft ziellos durch die Räume des Hauses, das ihr Zuhause sein sollte, in dem sie sich aber stets wie ein Besuch vorkam, der die Gastfreundschaft der Bewohner schon zu lange in Anspruch genommen hatte, und sie drückte ihre zur Faust geballten Hände gegen ihren Bauch, so, als könnte sie ihren Körper dadurch zwingen, sich auf wundersame Weise fortzupflanzen. Wenn sie ein Kind hätte, sagte sie sich, würde sie das Gefühl haben, daß es ihr gutes Recht sei, in diesem alten Haus mit den hohen Decken, den unbequemen Stühlen, den ledergebundenen Büchern und den Aquarellen von Meeresvögeln zu leben.

Nach einem dreiviertel Jahr Ehe wurde Ann abwechselnd leidenschaftlich und abweisend. Manchmal erwartete sie Ben, wenn er von der Universität nach Hause kam, oben in ihrem Schlafzimmer auf dem Bett, brennend vor Verlangen, bekleidet nur mit einem Unterkleid. Wenn Ann ihn dann mit ihren heißen Händen packte, sich an ihn drückte und ihn aufs Bett zerrte, drehte Elspeth im Erdgeschoß das Radio lauter. Hinterher klammerte Ann sich an Ben, weil sie wollte, daß er so lange wie möglich in ihr blieb, lag vollkommen regungslos da und stellte sich vor, wie die Spermien sich voranschlängelten. Aber jeden Monat stellten sich erneut die schmerzhaften Krämpfe in ihrem Rücken und die sich langsam ausbreitende Wärme zwischen ihren Beinen ein. Dann wandte sie sich im Bett von Ben ab. Verwirrt streichelte er zögernd ihren steifen Rücken, küßte ihr regloses, angespanntes Gesicht und murmelte: »Ann, mein Liebling. Bitte, Ann. Nimm's nicht so schwer, Liebling.«

Das ging ein Jahr lang so. Am Ende war es Elspeth, die es nicht mehr aushielt. Eines Morgens beim Frühstück warf sie, nachdem Ben gegangen war, einen Blick auf Anns verkniffenes, bleiches Gesicht und sagte: »Es muß endlich etwas passieren.«

Ann sagte kein Wort, aber Elspeth sah etwas, das sie noch nie gesehen hatte: Eine einzelne silbrige Träne rann Anns Porzellanwange hinunter.

»Ich glaube, wir sollten zu einem Arzt gehen.«

Ein heiserer Schluchzer entfuhr Anns zartem Körper. »Nein, ich will nicht. Ich könnte es nicht ertragen.«

»Was könntest du nicht ertragen?«

»Gesagt zu bekommen, daß ich niemals Kinder haben werde.«

Zum ersten und einzigen Mal nahm Elspeth Ann in den Arm. Ann verkrampfte sich zuerst, drückte dann aber ihr Gesicht heulend an Elspeths Schulter.

»Na, na. Wein nur. Laß alles raus. Weinen hat noch nie

jemandem geschadet«, sagte Elspeth immer wieder. »Wir kriegen das schon hin. Keine Sorge.«

Der Hausarzt der Familie fühlte Ann den Puls, maß ihren Blutdruck, tastete durch den Rock ihren Bauch ab, stellte ihr diskrete Fragen über Menstruationszyklus und den »ehelichen Verkehr« und machte sich dabei ständig Notizen in seiner flinken, sauberen Handschrift. »Mit Ihnen und Ihrem Ehemann ist alles in Ordnung, Mrs. Raikes. Bestimmt werden Sie schon in Kürze schwanger sein. Ich empfehle Ihnen, Sport zu treiben, viel an die frische Luft zu gehen.« Außerdem gab er ihr ein Rezept.

In der Apotheke in der High Street hielt Elspeth sich das Rezept dicht vor die Nase und studierte es. »Was ist das für ein Medikament?« fragte sie den Apotheker.

»Das sind Tabletten«, sagte er munter, aber so leicht ließ Elspeth sich nicht abspeisen.

»Das habe ich mir schon gedacht, junger Mann, aber wogegen sind die? Was für eine Wirkung haben sie?«

Der Mann schaute erneut auf den Zettel. »Es ist ein Beruhigungsmittel.«

Elspeths Lippen wurden zu einem schmalen Strich. »In diesem Fall wollen wir die Tabletten nicht. Komm mit, Ann. Auf Wiedersehen.«

Dank Kenneths Kontakten zu anderen Ärzten und Elspeths Hartnäckigkeit bekamen Ann und Ben einen Termin bei Douglas Fraser, Schottlands bestem Gynäkologen. Fünf Monate lang fuhr Ann einmal in der Woche nach Edinburgh, und dort wurde ihr Blut abgenommen, wurde sie mit kalten, dünnen Metallinstrumenten untersucht und über ihre Ernährungsgewohnheiten, ihre bisherigen Erkrankungen, ihren Menstruationszyklus und ihr Sexualleben befragt. Einmal mußten sie und Ben hinter blickdichten weißen Wandschirmen wie Teenager miteinander fummeln, um von

Ben eine Spermaprobe zu erhalten, während Elspeth ein paar Meter entfernt saß und in einer Illustrierten blätterte. Schließlich, fast zwei Jahre nach ihrer Heirat, bestellte der Arzt sie zu sich, um ihnen seine abschließende Diagnose mitzuteilen. Sie saßen auf roten Lederstühlen und schauten zu, wie Dr. Fraser auf seinem Schreibtisch Papiere hin und herschob. Er war ein großgewachsener, liebenswürdiger Mann mit wäßrigen Augen. Als er sie anblickte, war er erstaunt, wie jung sie aussahen, und es kam ihm beinahe ungehörig vor, mit ihnen über Fortpflanzung zu reden.

»Mit Ihnen beiden ist soweit alles in Ordnung. Sie sind normal funktionierende, fruchtbare Menschen.«

Ann seufzte tränenerstickt, und Ben fragte: »Aber warum haben wir noch keine Kinder?«

»Das Problem liegt in der Kombination von Ihnen beiden. Die entscheidende Tatsache ist, daß Sie, Mrs. Raikes, das Sperma Ihres Gatten abstoßen.«

Ann schüttelte ungläubig den Kopf. »Was meinen Sie mit ›abstoßen‹?«

»Sie sind – wenn man so will – allergisch gegen Bens Sperma. Es löst bei Ihnen eine allergische Reaktion aus, Ihr Körper sammelt all seine Kräfte zur Immunabwehr und – stößt es ab.«

Ann sah den Arzt an. »Heißt das, es gäbe das Problem nicht, wenn ich einen anderen Mann geheiratet hätte?«

»Na ja, so könnte man es auch ausdrücken. Was bei Ihnen passiert, kommt bei einer Million Paaren nur einmal vor. Sie haben recht: Wenn Sie jemand anderen geheiratet hätten, würden Sie dieses Problem wahrscheinlich nicht haben. Es handelt sich schlicht und einfach um eine Unverträglichkeit Ihrer beider Antikörper.«

»Aber was können wir dagegen unternehmen?« fragte Ben und griff nach Anns Hand.

»Zur Zeit gibt es noch keine wissenschaftlich fundierte Therapie«, sagte Dr. Fraser bedächtig, »aber ich würde bei Ihnen gerne etwas ausprobieren. Ich wüßte nicht, warum es nicht funktionieren sollte.«

»Was wollen Sie machen?«

»Mein Vorschlag ist – und dabei geht es um etwas, das schon seit einer Weile erforscht wird –, ein Stückchen Haut hier herauszuoperieren«, und er zeigte auf Bens Oberarm, »und es hierhin zu transplantieren«, und er zeigte auf Anns Oberarm. »Anns Antikörper werden sich dem Transplantat anpassen und aufhören, Ihr Sperma abzustoßen. So einfach ist das.«

In ihren Mienen spiegelte sich, wie er nicht anders erwartet hatte, eine Mischung aus Staunen und Hoffnung.

»Es wäre nur ein kleiner Eingriff. Er könnte ambulant vorgenommen werden.«

»Aber das Ganze klingt so … so …« Ann suchte nach dem passenden Wort.

»Mittelalterlich? Ja, ich weiß. Aber ein schlichtes physiologisches Problem verlangt nach einer schlichten physiologischen Lösung. Allerdings kann ich für den Erfolg nicht garantieren.«

»Ist das … Ist das die einzig mögliche Behandlung?« fragte Ben.

»Ja«, sagte Dr. Fraser sanft. »Es ist die einzige Hoffnung für Sie.«

Elspeth holt sie mit dem Auto vom Krankenhaus in Edinburgh ab. Sie gehen Hand in Hand über den Parkplatz, und sie haben identische Verbände am linken Arm. Ben trägt eine wulstige, farblose Narbe davon, und Ann ein fünf mal fünf Zentimeter großes Quadrat aus etwas dunklerer Haut, das sich bereits nach kurzer Zeit anfühlt, als wäre es schon immer ein Teil von ihr gewesen. Außerdem wird sie innerhalb eines Monats schwanger.

Anns erste Entbindung dauerte lange und war schwierig. Sie begriff die Herkunft des Wortes »Wehe«. Eineinhalb Tage lang zog sich ihr kuppelartiger Bauch immer wieder unter furchtbaren Schmerzen zusammen, und sie sah, wie ein Apparat den Herzschlag ihres Kindes in Form einer welligen roten Linie abbildete. Als die Linie keinen Ausschlag mehr anzeigte und ein schrilles, monotones Piepen ertönte, schnitt man sie in Windeseile auf und zerrte das Baby mit Metallzangen gewaltsam, den Kopf voran, aus ihr heraus. Sekunden später starrten sie sich fassungslos in die Augen. Sie entfernte sich nie weit von Ann. Später trug sie selbst eine Tochter aus und gab ihr Anns Namen.

In der zweiten Stunde des Lebens ihrer zweiten Tochter wickelte Ann diese fest in einen Schal. Sie strampelte zornig mit Armen und Beinen, bis sie sich befreit hatte, die winzigen, seesternartigen Hände trotzig geballt. Sie nannten sie Alice – ein kurzer Name, der ihrem Charakter nie gerecht zu werden vermochte. Das Wort beginnt ganz weit hinten im Mund und endet mit dem Ausstoßen eines Zischlautes. Sie hatte von Geburt an schwarzes Haar und schwarze Augen. Leute, die sich über ihren Kinderwagen beugten, schauten danach erst Ann, dann das engelsgleiche ältere Mädchen und schließlich wieder das Baby mit den pechschwarzen Augen an. »Sieht sie nicht aus wie ein kleiner Wechselbalg?« sagte eine Frau. Anns Finger umklammerten krampfhaft den Kinderwagengriff. »Ganz und gar nicht.« Alice war noch jung genug, um in Anns Augen noch ein Kind zu sein, da beschloß sie, die Welt zu bereisen. Als sie ihnen zum Abschied hinter einem Zugfenster winkte, hatte sie sich Perlenschnüre in die langen schwarzen Haare geflochten und einen bodenlangen Rock in Regenbogenfarben an. Als sie zurückkehrte, hatte sie kurzgeschorene Haare, trug eine hautenge Lederhose, und auf ihrer Schulter prangte ein orientalischer Drache. »Wie war es draußen in der Welt?« fragte Ann. »Voll«, antwortete sie.

Ihre dritte Tochter war wachsam und wurde von allen geliebt. Sie saugte den Anblick ihrer beiden älteren Schwestern in sich ein und war wie beide zugleich und daher ganz anders als jede einzelne. Sie beobachtete, kopierte, ahmte nach. Sie war vorsichtig, beging keine Fehler, weil alle Fehler von den anderen vorgemacht worden waren. Wenn Ann sie besuchte, kochte sie ihr Tee aus den Kräutern, die sie in den Blumenkästen vor ihrem Fenster zog.

Jamie schreit und haut mit seiner Lerntasse gegen das Tablett an seinem Kinderstuhl. Annie stimmt begeistert in das Geheul mit ein und läßt ihre Cornflakes in der Milch matschig und unappetitlich werden.

»Ruhe!« ruft Neil hinter dem *Scotsman* hervor.

Die Kinder ignorieren ihn. Kirsty stopft Jamie einen Löffel voll Babybrei in den Mund, in der Hoffnung, so den Lärm zu dämpfen. »Iß dein Frühstück, Annie, sonst kommst du zu spät in den Kindergarten.«

»Kindergarten find ich blöde.«

»Wieso denn? Letzte Woche fandst du es dort toll.«

»Aber heute nicht.«

»Woher willst du das denn wissen? Du warst doch heute noch gar nicht da.«

»Ich weiß es eben.« Annie fährt mit dem Löffel im Kreis durch ihre Schale, und die Milch schwappt über den Rand.

»Spiel nicht damit rum, sondern iß auf«, sagt Kirsty. Jamie sucht sich diesen Moment aus, um den Reis auf Kirstys Bluse zu spucken.

»Oh, verdammte Scheiße«, schimpft sie und springt auf, um einen Lappen zu holen.

»Mama flucht! Mama flucht!«

Neils Gesicht taucht hinter der Zeitung auf.

»Du ißt jetzt sofort auf, mein Fräulein«, herrscht er Annie an. »Nein, das eß ich nicht, das schmeckt nicht!« ruft sie.

Neil gibt ihr einen Klaps auf die Hand. »Tu, was ich dir sage.«

Annie fängt wieder an zu schreien, und diesmal meint sie es ernst. Trotz des Tohuwabohus hört Kirsty das Klingeln des Telefons. »Ich geh ran.«

Sie hebt mit einer Hand den Hörer ab und reibt mit der anderen über ihre Bluse.

»Ja?«

»Kirsty, ich bin's, Dad.«

»Oh, hallo. Du, kann ich dich später zurückrufen? Bei uns ist gerade Raubtierfütterung, und wie du vielleicht hörst, gerät die Lage etwas außer Kontrolle.«

»Ich habe leider eine ziemlich schlechte Nachricht.«

Kirsty dreht der Küche den Rücken zu und faßt den Hörer mit beiden Händen an. »Was ist los? Geht es um Mum? Was ist passiert?«

»Mit deiner Mutter ist alles in Ordnung. Sie ist hier bei mir. Es geht um Alice.«

»Alice?«

»Sie wurde von einem Auto angefahren und liegt im Koma.«

»Was? Seit wann denn?«

In der Küche herrscht Totenstille. Annie hält sich den Löffel an die Brust und starrt mit offenem Mund ihre Mutter an. Neil läuft zur Tür und stellt sich hinter Kirsty, um mitzuhören. Jamie, der die Anspannung spürt, die plötzlich in der Luft liegt, fängt an zu heulen.

Ben hört seine Tochter durchs Telefon schluchzen. Ann kommt, wie schon mehrmals zuvor, ins Zimmer, legt Kleidungsstücke in die Koffer und geht wieder hinaus.

»Seit gestern abend. Man hat uns heute mitten in der Nacht angerufen. Wir fanden es besser, bis jetzt mit dem Anruf bei dir zu warten. Was für einen Sinn hätte es gehabt, euch alle aufzuwecken?«

»Aber, aber ... ich verstehe das nicht. Ich habe sie doch gestern noch gesehen.«

»Gestern?«

»Ja. Sie ist mit dem Zug nach Edinburgh gekommen. Vollkommen unerwartet. Beth und ich haben sie am Bahnhof abgeholt. Es schien ihr einigermaßen gut zu gehen. Anfangs zumindest. Aber nur wenig später wurde sie ganz merkwürdig, und sie sagte, sie müsse sofort wieder zurückfahren. Und dann ist sie in den nächsten Zug gestiegen, und weg war sie.«

»Tatsächlich?«

»Oh, mein Gott, oh, mein Gott, wie furchtbar. Ich fasse es einfach nicht.«

»Ich weiß, Liebes, ich weiß«, sagt Ben. »Deine Muter und ich fahren gleich runter. Ich habe gefragt, ob man sie nach Edinburgh verlegen kann, aber mir wurde gesagt, sie sei absolut nicht transportfähig.« Zum ersten Mal stockt Bens Stimme. Es entsteht eine Pause, in der er versucht, sich zu sammeln. Er will nicht weinen, denn das würde Kirsty noch mehr aus der Fassung bringen.

»Wir müssen Beth noch Bescheid sagen.«

»Was? Wie meinst du das?«

»Na ja, ich hab bei dem öffentlichen Fernsprecher in ihrem Studentenwohnheim angerufen, aber sie ist offenbar nicht da. Und ich wollte keine Nachricht hinterlassen, bei der es um ... so etwas geht.«

»Natürlich, natürlich.«

»Sie ist manchmal wirklich schwer zu erreichen.«

Neil nimmt Kirsty den Hörer ab. »Mach dir deswegen keine Sorgen, Ben. Fahr du mit Ann nach London runter. Ich kümmere mich um Beth.«

»Das ist sehr nett von dir, Neil. Wir fahren dann also jetzt zum Bahnhof. Ich rufe heute abend wieder an.«

Teil 2

Die Sonnenstrahlen vertreiben den Nebel, geben den Blick frei auf die spitzen Felsen, die entlang des Strands aufragen. Am Strand befindet sich eine sonderbare, unvollständige Versammlung aus Mitgliedern meiner Familie – meine ältere Schwester ist auf dem College, gemeinsam mit dem Mann, den sie später heiraten wird, meine Großmutter besucht Freunde in Glasgow. Außerdem ist Mario bei uns.

Ich bin weggefahren, ohne ihm Bescheid zu sagen, und habe meinen Eltern nicht erklärt, warum ich bereits eine Woche vor Beginn der Ferien nach Hause gekommen bin. Mario stand am nächsten Tag bei uns vor der Tür, nachdem er einer Frau vom Studentenwerk unter Einsatz seines Charmes die Adresse entlockt hatte. Meine Familie nahm sein Erscheinen mit unerwartetem und ungekanntem Gleichmut auf, und hier sind wir nun und spielen am Strand von Gullane trautes Familienglück.

Meine Mutter hat es sich neben einem Felsen bequem gemacht und benutzt den *Scotsman on Sunday*, um zu verhindern, daß ihr Rock vom feuchten Sand naß wird. Um sie herum stehen eine schwarze Schlangenleder-Handtasche, ihre Schuhe, deren Senkel sie unter die Lasche geklemmt hat, das Buch meines Vaters über Seevögel und etliche weiße Plastikbehälter mit dem Imbiß, den Beth und ich zu Hause vorbereitet haben. Neben ihr schläft mein Vater mit offenem Mund in einem Liegestuhl.

Beth rollt ihr Haar zu seidigen, flachsfarbenen Kringeln zusammen und schneidet die gespaltenen Spitzen mit einer

Nagelschere aus der Handtasche meiner Mutter ab. Das Sonnenlicht spiegelt sich in der Schere, und Beth wirft Mario immer wieder lange Seitenblicke zu, während er unverdrossen ein Sandwich nach dem anderen aus den Plastikbehältern holt und vertilgt. Er kaut mit andächtiger Sorgfalt, sein Kiefer klappt abwechselnd weit auf und schnappt wieder zu. Er spricht kein Wort. Sein Blick streift über den langsam aus dem Dunst auftauchenden Horizont. In etwa zwei Stunden werde ich ihm sagen, daß ich ihn nie wiedersehen will, und er wird nach Amerika zurückkehren. Aber das wissen wir jetzt noch nicht. Im Augenblick gibt es nur den Strand und die krächzenden Möwen über unseren Köpfen.

Die blauen Flecke auf meinen Schenkeln und meiner Hüfte sind inzwischen gelb geworden, und die Blutungen haben seit kurzem aufgehört. Über meinem linken Busen ist, tief eingegraben in die Haut, eine runde, rote Bißstelle. Jeden Abend betupfe ich sie, um sie auszubleichen, mit stechend riechender Hamamelis-Tinktur, aber die leuchtende Farbe will einfach nicht weggehen. Das geht mir gerade durch den Kopf, als meine Mutter meinen Blick auffängt. Ich schaue weg.

Mein Vater wacht auf und fragt meine Mutter nach der Uhrzeit. Als sie nicht reagiert, nimmt er sich die Zeitung und faltet sie sorgfältig zu einem Quadrat zusammen, ehe er zu lesen beginnt. »Sind Sie auch wirklich satt geworden, Mario?« fragt meine Mutter in derart sarkastischem Ton, daß ich aufblicke. Sein Name erstaunt sie. Sie kann ihn nicht aussprechen, ohne die Stirn zu runzeln. Er nickt ihr mit vollem Mund zu und streckt zur Bekräftigung den Daumen hoch. Beth kichert. Ich stehe auf. »Wollen wir schwimmen gehen?« frage ich Beth.

Sie springt auf und hilft mir, den Reißverschluß am Rücken meines Kleides zu öffnen. Wir ziehen uns hastig aus und werfen die Sachen zusammengeknüllt auf einen Haufen – darunter haben wir bereits unsere Badeanzüge an. Meiner ist schwarz, ihrer weiß mit blauen Streifen. Ich rücke die Träger zurecht, lasse das elastische Material gegen meine Haut schnappen. Meine Mutter starrt die blauen Flecken auf meinen Beinen an, und ihre Gesichtszüge entgleisen vor Verblüffung. Ich drehe mich um. »Wer zuerst am Wasser ist!«

Wir rennen gemeinsam zum Meer, lassen Mario mit meinen Eltern zurück. Die harten Sandriffel prallen schmerzhaft gegen die weichen Stellen an meinen Fußsohlen. Beth ruft mir von hinten zu, ich solle langsamer laufen.

Am Wasser bleibe ich überrascht und keuchend stehen: Es ist voller Quallen mit ihren glibbrigen Körpern, die wie pulsierende Herzen beben, und den fransigen Ranken, die nur darauf zu warten scheinen, sich bei jemand festzukrallen und ihn zu stechen. Kein Quadratmeter Wasser ohne einen dieser zitternden Organismen aus einer feuchten, klebstoffartigen Substanz, und es kommt mir vor, als wären sie, nur um uns zu ärgern, wie aus dem Nichts entstanden. »Bei so vielen Quallen geh ich da nicht rein«, sagt Beth und stupst eine mit einem Stock an. Das Tier zuckt erschrocken zusammen, zieht seine Fäden ein und saust erstaunlich schnell weg. Ich packe Beth und tue so, als wolle ich sie ins Wasser schubsen. Sie kreischt, windet sich lachend, und für einen Moment bin ich von ihrem Haar geblendet, das der Wind mir ins Gesicht weht.

Wir legen uns auf dem Bauch in eine flache Pfütze und zeichnen mit den Zehen Linien in den Sand. Ich lege mein Kinn auf meine Fingerknöchel. Die letzten Nebelschleier treiben langsam den Strand hoch. Beth wickelt sich eine Haarsträhne um den Finger und pfeift. Ich merkte, daß ich ihr unbedingt etwas Bestimmtes sagen will, aber als ich den Mund aufmache, um zu sprechen, wird mir klar, daß ich nicht weiß, was. Ein Hund nähert sich, dessen Zunge wie ein rotes Tuch aus dem Mund baumelt. Er mustert uns kurz, zuckelt dann aber weiter, zu sehr mit anderem beschäftigt, um stehenzubleiben.

»Huuuhuuuuu!«

Die Stimme unserer Mutter dringt durch das Vogelgeschrei zu uns. Ich verdrehe den Hals und sehe unter meinem Oberarm hindurch, wie meine Mutter in dem Laufstil angerannt kommt, den ich nur von Frauen ihres Alters kenne – linkisch und schamhaft, die Knie eng zusammen, so, als würde sie lieber in normalem Tempo gehen. Sie hält einen Fotoapparat hoch. Beth und ich lächeln pflichtschuldig in die Sonne, ehe der Auslöser klickt. Das Foto wird in meinem Zimmer hängen, bis ich in meinem letzten Studienjahr eine Party gebe, bei der es verschwindet, weil es entweder von der Wand fällt und im Müll landet, oder von jemandem geklaut wird, der uns hübsch findet.

Mein Vater kommt eilig zu uns herüber, da er vermutlich nicht mit Mario allein sein will. Mario folgt ihm. Er hat sein Hemd ausgezogen. Seine Brust ist braungebrannt. Er läßt seine Armmuskeln spielen. Wenn es mir gelingt, ihn aus meinem Gesichtsfeld zu verbannen, könnte ich fast so tun, als wäre er gar nicht da. Oben am Strand weht die Zeitung meiner Mutter über den Sand.

»Willst du nun schwimmen gehen oder nicht?« Er fixiert mich.

Ich stehe auf. Mein Badeanzug ist klamm und mit einer Sandkruste bedeckt.

»Im Wasser sind zu viele Quallen«, erklärt Beth ihm.

Mario schließt seine Finger um mein Handgelenk, läuft los, zum Meer, und zerrt mich dabei so gewaltsam hinter sich her, daß die Knochen meines Handgelenks knacken und sich dehnen. Unter meinen stolpernden Füßen spritzt Gischt hoch, die Quallen werden im aufgewühlten Wasser herumgewirbelt, und ich höre einen Schrei, der eindeutig nicht von den Möwen stammt. Plötzlich bleibt Mario stehen, das eisige Wasser schlägt mir gegen die Brust, und dann drückt er mich, die Hände auf meine Schultern gelegt, nach unten. Meine Beine knicken ein, das Wasser schlägt über meinem Kopf zusammen. Ich zucke und zappele, schlage nach ihm, verschlucke dabei große Mengen des bitter schmeckenden Wassers. Meine Haut prickelt, aus panischer Angst vor der stechenden Berührung der Quallenschweife. In seinen Fingern spüre ich das Vibrieren seines Gelächters. Plötzlich läßt er mich los. Mein Kopf steigt empor, durchbricht die Wasseroberfläche, und das Sonnenlicht knallt auf mich hernieder. Die Geräusche vom Strand dröhnen mir in den Ohren, und ich ringe röchelnd und hustend nach Luft. Ich wische mir mit zitternden Händen das Wasser aus den Augen, und wir starren uns für den Bruchteil einer Sekunde an, ehe ich wieder in die Stille des Meeres hinuntergedrückt werde. Diesmal schließe ich rechtzeitig den Mund. Lichtstrahlen tanzen im Wasser. Seine Finger werden auf meinen Schultern kleine runde Blutergüsse hinterlassen. Scharen von Quallen schweben wie Fallschirme dicht unter der Wasseroberfläche entlang. Jenseits davon sehe ich verschwommen, in weiter Ferne, meine Eltern am Strand stehen.

Ich weiß, wo ich bin. Ich weiß mehr, als sie vermuten. Irgendwann heute sagte jemand mit einer amtlich klingenden Stimme, dicht an meinem Ohr: »Es steht Spitz auf Knopf. Niemand kann vorhersagen, ob sie je das Bewußtsein wiedererlangen wird.« Spitz auf Knopf. Klingt wie ein Kinderspiel.

Heute mache ich mir Gedanken wegen der Geschichte

mit König Knut. (Ich sage aus reiner Gewohnheit »heute« – ich habe keine Ahnung, ob es Tag oder Nacht ist und wie lange ich schon hier bin. Besonders merkwürdig ist, daß ich manchmal Schwierigkeiten habe, mich an den Namen einzelner Dinge zu erinnern. Gestern, oder wann immer das auch gewesen sein mag, fiel mir das Wort für das vierbeinige Holzgestell zum Sitzen nicht ein. Ich durchforstete mein Gedächtnis und stellte fest, daß mir de Saussures Sprachtheorie, lange Passagen von *König Lear* und das Rezept für Eisomelett einfielen, ich jedoch keinerlei Erinnerung an das von mir gesuchte Wort hatte.) Aber zurück zu König Knut. Es geht selbstverständlich um die Geschichte, daß er ein so überheblicher, despotischer Regent war, daß er glaubte, alles beherrschen zu können – sogar Ebbe und Flut. Wir sehen ihn am Strand, umgeben von Untertanen, das Zepter in der Hand, wie er den Wellen ohne Erfolg befiehlt zurückzuweichen; kurz und gut, eine Witzfigur. Aber was wäre, wenn wir einem völligen Mißverständnis unterlägen? Was, wenn er in Wirklichkeit ein so guter und weiser König war, daß immer mehr Menschen aus seinem Volk in ihm einen Gott sahen, glaubten, er sei allmächtig. Um ihnen zu beweisen, daß er auch bloß ein gewöhnlicher Sterblicher war, ging er mit ihnen zum Strand und befahl den Wellen zurückzuweichen, die natürlich weiterhin unbeeindruckt an den Strand brandeten.

Wie entsetzlich, wenn wir uns derart geirrt, seine Beweggründe so lange mißverstanden hätten.

Vielleicht wäre es ganz gut, wenn ich nicht zurückkehrte. Allerdings wäre es mir dann nie mehr möglich, Dingen auf den Grund zu gehen, Fragen zu stellen. Aber will ich denn überhaupt die Wahrheit wissen?

»Bleiben Sie bitten einen Moment in der Leitung.« Susannah drückte den Halte-Knopf am Telefon. »Alice, da ist irgendein blöder Journalist am Apparat. Könntest du bitte mit ihm reden? Ich hab heute noch tausend Sachen zu erledigen, und so einer hat mir jetzt gerade noch gefehlt.«

Alice, die mit einem Stapel Bücher in Händen auf der obersten Stufe einer Aluminiumleiter stand, stellte die Bücher aufs Geratewohl ins Regal. Der Literary Trust machte zur Zeit eine schwere Krise durch: Nicht nur, daß sie mitten in dem Umzug von einer zugigen, viel zu großen, baufälligen georgianischen Villa in Pimlico in ein schmales Bürohaus in Covent Garden waren, sondern gestern hatten sie auch noch erfahren, daß ihre Trägerorganisation ihr Budget kürzen würde und dem Geschäftsführer gekündigt hatte. Ein neuer Geschäftsführer war bereits eingestellt worden und würde am nächsten Tag die Arbeit aufnehmen. Während Alice und Susannah noch die Neuigkeiten verarbeiten mußten, packten sie gleichzeitig die Kartons aus Pimlico aus.

»Oh, nein«, stöhnte Alice. »Die Geier kreisen bereits über uns. Hat er gesagt, was er will?« Sie wischte sich die Hände an ihrem Overall, wobei sie breite Staubspuren auf ihren Beinen hinterließ.

»Nein. Er hat nach der Presseabteilung verlangt.«

»Presseabteilung?« wiederholte Alice. »Für wen hält der uns? Frag ihn doch bitte, worum es geht. Vielleicht kann ich ihn ja zurückrufen.«

Susannah nahm das Gespräch wieder entgegen. »Tut mir leid, daß Sie warten mußten. Unser Presseabteilung ist momentan ziemlich überlastet … Sie steht auf einer Leiter … Ja … Dürfte ich erfahren, worum es geht?« Susannah zog eine Grimasse, während die Stimme am anderen Ende der Leitung blechern schnarrte wie eine eingesperrte Biene. »Okay. Gut. Warten Sie bitte.« Sie drückte ihn erneut weg. »Alice, das ist ein John Sowieso, Feuilletonredakteur beim …« Susannah nannte den Namen einer überregionalen Zeitung. »Er sagt, er will einen Artikel über uns schreiben – das neue Image des Literary Trust. Warum wir umgezogen sind, was für Zukunftspläne wir haben, blablabla.«

»Klar, sicher doch«, sagte Alice, während sie rückwärts von der wackeligen Leiter herunterstieg. »Ich verwette mein Körpergewicht in Schokolade, daß er bloß im Schmutz wühlen will.«

Ich hatte vor zwei Monaten beim Literary Trust angefangen, und die Arbeit machte mir großen Spaß. Was ein Glück war, denn abgesehen davon gab es kaum Anlaß zur Freude. Ich wohnte im obersten Stock eines in Apartments umgebauten viktorianischen Stadthauses in Finsbury Park. Die Gegend war ziemlich übel und die Miete niedrig – gemeinnützige Kulturorganisationen können kein hohes Gehalt zahlen. Das Haus mußte ursprünglich sehr ansehnlich gewesen sein, ein Beweis dafür, daß in der Gegend früher einmal wohlhabende Leute gewohnt hatten. Aber aus irgendeinem Grund war es mit der Straße bergab gegangen, und abgesehen von diesem einen Block aus neun oder zehn Häusern waren alle Gebäude abgerissen und durch eine große Siebziger-Jahre-Siedlung ersetzt worden. Die Stadthäuser wirkten wie auf verlorenem Posten, ein Überbleibsel vergangener Pracht, umgeben von deprimierender Schäbigkeit.

Kürzlich hatte ich Jason verlassen, einen Musiklehrer, mit dem ich etwa ein Jahr lang zusammengelebt hatte, und war mangels Alternative dort eingezogen. Es war die erste Wohnung, die ich besichtigt hatte, nachdem ich tagelang die engbedruckten Kleinanzeigenspalten der *Loot* durchgegangen war. Der Vermieter war ein elender Halsabschneider, er rief nie zurück, wenn der Spülkasten meines Klos überlief und das winzige Bad überschwemmte oder wenn ich irgendwelche Möbel für meine angeblich möblierte Wohnung einforderte. Monatelang gab es in meiner Küche weder Vorhänge noch Stühle. Ich gewöhnte mich daran, im Stehen zu essen, den Rücken gegen den brummenden Kühlschrank gelehnt.

Bis zu meiner Wohnung mußte ich drei Treppen hochsteigen. Früher waren im Obergeschoß vermutlich die Dienstbotenzimmer gewesen, aber inzwischen hatte man die Etagen umgebaut und bis zum Gehtnichtmehr aufgeteilt. In der gesamten Zeit, in der ich dort wohnte, sah ich kein einziges Mal einen der anderen Mieter. Weil ich es in der Wohnung nicht aushielt, ging ich jeden Abend aus. Ich führte ein zwanghaft geselliges Leben, verabredete mich mit Freunden in Soho oder Covent Garden oder organisierte literarische Veranstaltungen und kam meist erst nach Mitternacht zurück, sank erschöpft ins Bett und verließ am nächsten Morgen bereits um acht Uhr wieder das Haus. Daß außer mir noch andere Leute dort wohnten, verrieten mir nur die Baß-Rhythmen der Musik, die sie hörten, und die akustischen Begleiterscheinungen und die Häufigkeit ihrer Orgasmen. Das ganze Gebäude war übrigens ein große Mausefalle. Die Haustür war stets, wie in dieser Gegend üblich, zum Schutz vor Einbrechern mehrfach verriegelt; es gab keine Notausgänge, und meine Wohnung befand sich etwa fünfzehn Meter über dem Erdboden. Wäre ein Feuer ausgebrochen, wäre ich in Ermangelung eines Fluchtwegs umgekommen. Ich lag nach den auswärts verbrachten Abenden im Bett und fragte mich, was das wohl für Leute waren, die in den unteren Stockwerken wohnten. Hatten sie die Angewohnheit, im Bett zu rauchen, Kerzen anzuzünden und dann zu vergessen oder aus Versehen den Gashahn nicht abzudrehen? Sie hinderten mich am Schlafen, diese gesichtslosen Menschen und ihre imaginären, pyromanischen Unternehmungen; ungewollt hatte ich ihnen mein Leben anvertraut.

»Guten Tag, hier ist Alice Raikes.« Alice fummelt, während sie spricht, mit einer Büroklammer herum. Auf der anderen Seite des Zimmers verzieht Susannah das Gesicht. Alice ignoriert sie.

»Guten Tag, Alice Raikes.« Er klingt arrogant und belustigt. Alice findet ihn sofort unsympathisch. »Hier ist John Friedmann.«

»Was kann ich für Sie tun? Wie ich höre, wollen Sie einen Artikel über uns schreiben.«

»Ja, das stimmt. Sprechen Sie von der Leiter aus, oder sind Sie inzwischen wieder heil unten angekommen?«

»Äha, ein Gefühl der Verärgerung durchfährt sie. »Sie müssen wissen, wir sind gerade umgezogen.«

»Das wurde mir schon berichtet. Gefallen Ihnen die neuen Büros, Alice?«

»Ja, danke der Nachfrage«, sagt sie ungeduldig. »Schade, mir war gar nicht bewußt, daß die Mitarbeiter Ihrer Zeitung so fürsorglich und mitfühlend ist. Ich hätte Sie glatt gebeten, vorbeizukommen und uns beim Tragen zu helfen.«

Er lacht. »Gut. Okay.« Sie hört ihn mit Papier rascheln. »Ich weiß nicht, was Ihre Kollegin Ihnen erzählt hat, aber ich beabsichtige, einen Artikel über den Literary Trust zu schreiben – den Umzug, Ihre neuen Ziele und so weiter.«

»In Ordnung. Was wollen Sie wissen?«

»Tja, ich würde gerne mit Ihnen Ihre Pläne fürs nächste Jahr durchgehen …«

»Okay.«

»… und außerdem …«

»Ja?«

»… hätte ich gern die Bestätigung des Gerüchts, daß man Ihnen Gelder gestrichen und Ihren Geschäftsführer entlassen hat?«

Alice seufzt. »Ich hatte mich schon gefragt, wann Sie darauf zu sprechen kommen.«

»Können Sie das bestätigen? Hat man Ihren Geschäftsführer rausgeschmissen? Und wenn ja, wieso? Und wer –«

»Leute wie Sie kotzen mich wirklich an«, unterbricht sie ihn. »Wie bitte?«

»Der Literary Trust organisiert seit fast fünfzig Jahren kulturelle Veranstaltungen. Wußten Sie das? War Ihnen das auch nur ansatzweise klar, ehe Sie anriefen?«

»Ja, war es.«

»Ich glaube Ihnen nicht«, erwidert Alice. »Sie sind Feuilletonredakteur, oder?«

»Ja-aah«, sagt er.

»Dann nennen Sie mir eine unserer Veranstaltungen aus den letzten zwölf Monaten. Na los. Nur eine einzige.«

Am anderen Ende der Leitung herrscht Schweigen. »Hören Sie«, sagt er schließlich, »darum geht es doch gar nicht. Ich will bloß wissen –«

»Ich weiß, was Sie wissen wollen, und ich werde es Ihnen nicht sagen.«

»Wieso?«

»Weil wir eine landesweit tätige Kultureinrichtung sind und Sie bei Ihrer Zeitung für Kultur zuständig sind und mir nicht eines unserer Projekte nennen können. Wenn wir wichtige und nützliche Dinge organisieren, wie zum Beispiel Workshops in Gefängnissen oder Schulen oder Lesereisen von Commonwealth-Autoren durch England oder einen landesweiten Wettbewerb für junge Autoren, dann interessiert das Ihresgleichen nicht die Bohne. Sie interessieren sich nur für uns, wenn wir in Schwierigkeiten stecken.«

»Also, ich verstehe ja sehr gut, daß Sie so engagiert –«

»Ich glaube nicht, daß Sie das verstehen. Ich glaube, Sie

verstehen das kein bißchen. Wenn Sie wirklich einen Artikel über unsere Pläne und Ziele schreiben wollen – so wie
Sie das anfangs behauptet haben –, dann werde ich Ihnen
mit Vergnügen Auskunft geben. Aber nicht, wenn Sie bloß
angerufen haben, um im Schmutz zu wühlen. Ich sage es nur
ungern, aber ihr Journalisten seid alle gleich.«

»Ach, tatsächlich? Inwiefern?«

»Ihr bauscht immer bloß Skandale auf – egal, ob ihr
für ein Revolverblatt oder die sogenannte seriöse Presse
schreibt. Es wäre toll, wenn sich einer mal eine neue Herangehensweise ausdenken würde. Oder wenn sich ein Journalist ein paar Gedanken über den Literary Trust oder vielleicht sogar über Literatur machen würde, ehe er mich
anruft und mir dumme Fragen über Dinge stellt, die im
Endeffekt kaum eine Rolle spielen.« Sie bricht ab. Sie ist außer Atem.

»Verstehe«, sagt er. »Eine neue Herangehensweise. Wie
könnte die Ihrer Meinung nach denn aussehen?«

»Hätte ich Journalistin werden wollen, hätte ich mir einen Job bei einer Zeitung gesucht. Die Herangehensweise
müssen Sie sich schon selbst einfallen lassen. Ich stehe Ihnen bloß zur Verfügung, um Fragen zu beantworten – dumme oder andere.«

Es entsteht ein angespanntes Schweigen, sowohl im Büro
als auch am anderen Ende der Leitung. Sie merkt, daß alle
im Büro sie entsetzt anstarren, und dreht sich zur Wand um.

»Klar. Klar. Ich verstehe. Ist das Ihr letztes Wort?«

»Ja«, sagt Alice mutig. »Wenn Sie sich nicht die Mühe
machen, ordentlich zu recherchieren, kriegen Sie von mir
kein Interview.« Es entsteht eine weitere Pause. Sie hört ihn
ausatmen. »Verstehe, verstehe …« Er verstummt. Sie wartet
ab. »Ähm … in diesem Fall, nun ja … ich rufe Sie später
noch mal an. Okay?«

»Okay.« Sie legt auf.

»Na«, sagt Susannah, während sie auf der anderen Seite des Zimmers die Zettel im Eingangskorb auf ihrem Schreibtisch durchschaut, »der wird es sich zweimal überlegen, hier wieder anzurufen. Wie fandest du ihn?«

»Das war echt ein blöder Wichser.«

An diesem Tag spürte Alice den vertrauten, dicken, festen Wutknoten in ihrem Bauch. Würde sie versuchen, ihn zu lösen, würden bestimmt ihre Fingernägel abbrechen. Sie konnte sich selbst nicht ausstehen.

Sie begriff nicht – und das würde sich auch später niemals ändern –, wieso Menschen so unbeständig waren. Wie kam es, daß ein Mensch einen gestern noch gern mochte, einem heute aber, nur, weil man der Lehrerin zufällig erzählt hatte, daß man zu Hause auf der Fensterbank in feuchten Papiertaschentüchern Kresse zog, die Freundschaft kündigte.

Eine Nebelbank zog vom Meer herauf. Sie hing bleiern über dem Ort und hatte bereits den Abhang vor der Schule erreicht. Auf dem Schulhof war es kalt, ein feiner Nieselregen fiel. Der Law, der direkt neben dem Gelände aufragte, wirkte riesig und dunkel, seine Spitze war nicht zu sehen. Alice bemühte sich verbissen, nicht dorthin zu schauen, wo ihre Freundin – ihre ehemalige Freundin Emma zusammen mit vier oder fünf anderen Mädchen Seilspringen spielte. Das Seil wurde immer nasser; es klatschte auf den feuchten Betonboden, und jedesmal, wenn es den höchsten Punkt des Kreises überschritt, sprühte es Wasser auf die Haare des hüpfenden Mädchens. Emma sprang in vollkommenem Gleichklang mit dem sich drehenden Seil in die Höhe, und ihre Kniestrümpfe rutschten langsam immer weiter nach unten. »Du kannst nicht mitspielen«, hatte sie gesagt, und

ihre Stimme hatte dabei vor Entrüstung, daß Alice überhaupt gefragt hatte, ganz quäkig geklungen. Jetzt sang sie im
Chor mit den anderen: »Greeeeeen gravel, greeeeeen gravel
growing up so high, why did the sweetheart that I loved, why
did he have to die?«

Alice blickte sich nach Kirsty und Beth um. Sie waren
normalerweise zwischen den anderen Kindern leicht zu erkennen, denn das leuchtende Hellblond ihrer Haare stach
deutlich hervor. Sie entdeckte Kirsty, die an die Mauer des
Schulhofs lehnte und sich mit zwei Freundinnen unterhielt.
Beth war drüben in der Sandkiste und schimpfte streng ein
kleines, verängstigtes Mädchen aus, das es gewagt hatte, eine
Handvoll nassen Sand in die Luft zu werfen.

In Alices Tasche befand sich, sorgsam in steifes, weiß
schimmerndes Papier eingewickelt, ein Fischkopf. Sie erschauderte beim Gedanken daran, wie Flüssigkeit aus der
Stelle, an er kürzlich abgeschnitten worden war, langsam in
ihren Dufflecoat sickerte und auf dem Stoff einen dunklen
Fleck bildete. Wenn sie gegen seine Backen drückte, ging
der Mund auf. Seine Zunge war schmal, grau, fleckig. Aber
die Augen – die Augen! – kreisrunde, leuchtende, silbrige
Kügelchen. Sie drehten sich in den Höhlen hin und her. Sie
überprüfte ihre eigenen Augen – drehten sie sich? Links von
ihr war das dunkle, massige Schulgebäude, rechts die Mauer des Unterstands; vor sich sah sie Gestalten, die ihr vor-
kamen, als seien sie mit einem breiten Filzstift auf den regennassen Schulhof gekritzelt worden. Sie wünschte, ihre
Augen wären silbrig.

Sie zog sich die Kapuze über das Gesicht, bis der Hals-
ausschnitt des Mantels sich oben auf ihrem Kopf befand und
die Kapuze ausgebeult unterhalb ihres Gesichts baumelte.
Die Schule, der Unterstand und die Gestalten waren verschwunden. Sie hörte alle Geräusche wie im Wasser – ver-

zerrt und weit entfernt. Jetzt war sie allein mit dem Fisch in der scheinbar flüssigen Dunkelheit.

Fünf Minuten später klingelt das Telefon wieder.

»Ha! Ich hab mich geirrt!« ruft Susannah und winkt mit dem Hörer in Alices Richtung. »John, der Journalist, ist dran.«

Alice stöhnt auf und geht an den Apparat. »Hallo, sind Sie das, John? Lassen Sie mich raten – Sie haben innerhalb von fünf Minuten alles Wissenswerte über Literatur und den Literary Trust herausgefunden. Ich bin beeindruckt. Sie gehen ja wirklich mächtig ran.« Alice wird plötzlich die unbeabsichtigte Zweideutigkeit des letzten Satzes bewußt und spürt, wie eine ungewohnte Röte ihre Wangen erglühen läßt. Sie ist heilfroh, daß er sie nicht sehen kann. »Ich möchte Ihnen einen Vorschlag machen, Alice …« Er lacht. Mistkerl. »… unabhängig davon, wie mächtig ich nun rangehe oder nicht.«

»Und die wäre?«

»Ich mache meine Hausaufgaben in Sachen Literary Trust, wenn Sie sich mit mir für ein Interview treffen.«

Alice überlegt einen Moment, dann sagt sie: »Wo?«

»In den Büros des Literary Trust. Oder was hatten Sie denn gedacht?«

Alice merkt, daß ihre Wangen wieder anfangen zu glühen. »Bei uns sieht es furchtbar aus. Mir würde es nicht mal im Traum einfallen, einen Schreiberling wie Sie hier reinzulassen. Auf allem liegt eine dicke Staubschicht, und viele der Kartons sind noch nicht ausgepackt. Hören Sie, ich habe morgen sowieso in den Docklands zu tun. Ich könnte zu Ihnen kommen. Ihre Redaktion befindet sich doch im Canary Wharf Tower, oder?«

»Ja. Gut, das ist mir auch recht. Um welche Zeit würde es Ihnen denn passen?«

»Ich habe momentan ziemlich viel zu tun. Wie wär's gegen Mittag? Dann könnten wir beim Essen reden.«

»Ich dachte immer, das sei ungezogen.«

»Tja, mir macht es eben nichts aus, ungezogen zu sein.«

»Tatsächlich?«

Um Himmels willen, sagt sie sich, das wird langsam wirklich lächerlich, leg schnell auf.

»Gut.« Sie knurrt beinahe. »Dann komme ich morgen um eins zu Ihnen.« Und sie legt auf, ohne auf eine Antwort zu warten.

Ann und Ben nehmen am Bahnhof ein Taxi. Die Fahrt verläuft in ungleichmäßigem Tempo; zuerst fährt das Taxi schnell, und die Reifen surren über den Asphalt, dann geraten sie in einen Stau und stecken scheinbar endlos fest, während der Motor im Leerlauf vibriert, sich der Fond des Wagens mit sauer riechenden Abgasen füllt und die rote Anzeige des Taxameters blinkt. Ann sitzt kerzengerade da, die Sehnen an ihrem Hals treten deutlich hervor, und sie starrt durch die Windschutzscheibe, so, als beabsichtigte sie, das Hindernis auf der Straße mit telepathischen Kräften zu beseitigen. Ben rutscht auf dem Lederpolster herum. Seine Kleidung ist von der Bahnfahrt ganz zerknittert. Er kommt nur selten nach London, und vergißt danach jedesmal, wie aufdringlich er die Stadt findet. Er streckt den Kopf aus dem Fenster, um zu sehen, warum es nicht weitergeht, und das weißliche, flach einfallende Licht draußen auf der Straße brennt in seinen Augen. Die Sonnenstrahlen – die hier viel wärmer scheinen als in Schottland – wirken gleißend, lassen die Umrisse der Menschen stärker hervortreten, die Farben ihrer Kleidung greller wirken. Er spürt, wie die stickige Luft um seinen Kopf herum erzittert, ein Radfahrer saust vorbei, das Gesicht durch einen Atemschutz und einen verspiegelten Schirm über den Augen unkenntlich gemacht, und schlängelt sich mit knirschenden Reifen zwischen den stillstehenden Autos voran. Ben zieht den Kopf zurück in den Wagen und kurbelt das Fenster hoch. Er wird nie verstehen, wieso Alice Schottland verlassen hat, um hier zu leben.

Sie hätten auch die U-Bahn nehmen können. Vielleicht wäre das schneller gegangen. Aber die U-Bahn jagt sowohl ihm als auch Ann Angst ein: Eine grauenvolle Maschinerie, die einen einsaugt, in der man dann von Menschenmassen und Rolltreppen nach unten geschoben wird, um schließlich auf rußgeschwärzten Bahnsteigen zu landen, wo Züge in Wahnsinnstempo einlaufen und wieder abfahren, und zur Orientierung gibt es nur einen Übersichtsplan mit einem Gewirr aus bunten Strichen und sonderbar klingenden Namen. In seiner Brusttasche steckt ein Zettel mit der Adresse des Krankenhauses und dem Namen des behandelnden Arztes. Man hat ihm beides heute morgen am Telefon durchgegeben. Er legt eine Hand auf die Tasche, um das beruhigende Knistern des Papiers zu hören, und während er das tut, wechselt das Taxi in eine Fahrspur, in der der Verkehr fließt.

Jetzt rasen sie wieder durch die Stadt, fast ohne anzuhalten. Ben hat das Gefühl, daß sie bergauf fahren. Bruchstücke von lautem Rufen, von Gesprächen, Musik und Autogehupe wirbeln als Tonfetzen ins Innere des Taxis. Und die Umgebung draußen verändert sich. Große edwardianische Häuser und Bäume, unter denen glänzende Autos parken, haben die heruntergekommenen Straßenzüge in der Nähe von King's Cross abgelöst. Ben hat keine Ahnung, in welchem Stadtteil sie sich befinden. Seine Kenntnis von London beschränkt sich auf zwei Fixpunkte – den Bahnhof und Alices Haus in Camden Town. Er war auch schon in Alices

Büro in der Innenstadt und in der National Gallery, die in der Nähe sein muß, weil sie eines Freitags, als Alice Feierabend hatte, zu Fuß dorthin gegangen sind. Einmal, vielleicht beim selben Besuch, waren sie in einem Park im Norden von London gewesen, wo die Leute in einem brackigen, algenverseuchten Teich schwammen. Alice schwamm auch darin: Er erinnert sich noch genau, wie ihr dunkler Kopf, glitschig wie der einer Robbe, in einiger Entfernung von der Bank, auf der er saß, die Wasseroberfläche durchbrach. Die spontane Regung eines Vaters, immer, wenn eins seiner Kinder beim Schwimmen untertaucht, genau hinzuschauen, ob es auch wieder auftaucht, hat ihn nie verlassen. John ist an jenem Tag auch geschwommen, fällt Ben jetzt wieder ein, er sprang mit Anlauf von einem rutschigen hölzernen Steg ins Wasser. War dieser Park hier irgendwo in der Nähe? Ben schafft es nicht, diese beiden Orte – die für ihn weder in einen geographischen noch einen zeitlichen Zusammenhang stehen – einander zuzuordnen.

Das Krankenhaus ist ein massiger grauer Gebäudekomplex auf einem Hügel. Bereits ehe sie aussteigen, während Ben noch dem Taxifahrer Münzen in die geöffnete Hand zählt, hört er das dumpfe Dröhnen der Krankenhaus-Aggregate – Klimaanlage, Elektrogeneratoren, Verbrennungsöfen.

Als sie die Stufen zum Eingang hochsteigen, fassen sie sich an den Händen, so, wie sie es als frisch Verlobte getan haben. Ben hält sich eine zusammengerollte Zeitung unnatürlich hoch vor die Brust. Darin eingewickelt nicken die Köpfe von einigen spätblühenden gelben Rosen im Takt seiner Schritte.

Drinnen verleiht das künstliche Licht allem einen Grünstich. Es ist hier ganz anders als in den Krankenhäusern, in denen Ben bisher war – etwas heruntergekommene Gebäude mit sich ablösenden Fußbodenplatten und verblichener Farbe an den Wänden. Dieses hingegen ist neu und modern und erinnert Ben an einen Flughafen. Ann spricht mit der Frau hinterm Informationsschalter, sie beugt sich vor, damit ihre Stimme durch das Loch im Plexiglas besser zu verstehen ist. Eine Krankenschwester mit der für London typischen tonlosen Aussprache der Vokale, die Ben immer nur mit Mühe versteht, führt sie einen Korridor entlang, und dann befinden sie sich in einem sonderbaren, widerhallenden, schwach erleuchteten Labyrinth. Sie biegen nach links ab, dann erneut nach links, dann nach rechts, und dann verliert Ben den Überblick und folgt einfach der Schwester, deren Gummisohlen bei jedem Schritt auf dem rosa Linoleum quietschen. Die rosa Farbe erinnert ihn an die Farbe von Fleisch. Sie passieren schwere sich geräuschlos in ihren Scharnieren bewegende Holztüren, kommen an Leuten auf Plastikstühlen vorbei, an einer Cafeteria, an Fahrstühlen, Treppen, durchqueren einen verglasten Verbindungssteg, vor dem sich ein gefliester Teich mit zwei orangefarbenen Goldfischen befindet, einen Raum mit lauter zusammengeklappten Rollstühlen, einen Flur voller lärmender Menschen, eine Krankenstation, wo bunte Comicfiguren an die Wände gemalt sind und Kinder mit stumpfen Blick im Schneidersitz auf den Betten sitzen, und eine andere, auf der ein junger Mann gerade einen Pappbecher unter einen Wasserspender hält und Blasen oben in dem Behälter aufsteigen. Dann gehen sie durch eine zweiflügelige Schwingtür. Dahinter herrscht Stille, sie stehen in einem Raum mit einem großen Fenster, durch das man Bäume, Autos und den Himmel sieht. Alice liegt dort in einem Bett. Der erste Gedanke, der Ben in den Sinn kommt, ist, daß er vergessen hat, wie groß sie ist. Ihr dünner Körper scheint die gesamte Länge des Bettes einzunehmen.

Er geht ums Bett herum und legt den Zeitungskegel mit den Rosen auf den Nachttisch. Er schaut hoch, um sich bei der Krankenschwester zu bedanken, aber sie ist verschwunden. Ann beißt sich auf die Lippen, was nach Bens Erfahrung bedeutet, daß sie sich bemüht, nicht zu weinen. Ihre Blicke treffen sich über das Bett hinweg. Sie haben beide Angst, sie zu berühren, wird Ben klar. Rasch greift er nach einer von Alices Händen. Sie fühlt sich schlaff, aber warm an, die Finger sind biegsam, lassen sich widerstandslos bewegen. Wenn er die Hand losließe, würde sie wieder aufs Bett fallen. Ben fährt mit der Fingerspitze über die weiße Vertiefung am unteren Ende ihres Ringfingers. Sie hat kleine Halbmonde unter jedem ihrer Nägel. Wie lange ist es her, seit er zuletzt die Hand seiner Tochter gehalten hat?

Er legt ihre Hand neben ihrer Hüfte ab, krümmt ihre Finger nach innen, geht ums Bett herum zu Ann, legt ihr einen Arm um die Schulter und küßt sie aufs Haar. Man hat Alice die Haare abrasiert; sie sind so kurz, daß die helle Kopfhaut durchscheint.

»Weißt du noch damals, als sie mit der Tätowierung aus Thailand zurückgekommen ist?« sagt Ben. »Was waren wir wütend.«

Ann lacht stockend, tränenerstickt. »Aber das hat sie nicht gekümmert.«

Ein dünner Plastikschlauch steckt in Alices Mund und ist mit einem Klebestreifen an ihrem Gesicht befestigt. Das Beatmungsgerät gibt in regelmäßigen Abständen einen tiefen Seufzer von sich.

Ein weiterer, dünnerer Schlauch führt von einem durchsichtigen Beutel, der oben an einem Ständer hängt, zu ihrem Arm. Ben beugt sich über sie. Ihre Lippen sind blaß, blutleer. Der größte Teil ihrer linken Gesichtshälfte und die Haut um eines der Augen herum sind mit Blutergüssen bedeckt, und auf einem Wangenknochen hat sie eine fransige Schürfwunde. Ihm fällt auf, daß violette Adern ihre Augenlider wie winzige Zweige durchziehen. Ihre Augen darunter sind reglos, so, als starrten sie gebannt auf ein Bild, das auf die Innenseite ihrer Lider gedruckt ist.

Fast gleichzeitig holen sich beide einen Stuhl und setzen sich einander gegenüber ans Bett, die Ellbogen auf die Matratze gestützt. Das Bett ist ungewöhnlich hoch, und Ben kommt sich vor wie ein Kind an einem hohen Tisch.

»Hallo, Alice, wir sind's«, sagt er und fühlt sich dabei ein bißchen unsicher, genauso, wie es ihm immer geht, wenn er mit besonders kleinen, besonders schüchternen Kindern redet. »Deine Mutter und ich sind hergekommen, um dich zu besuchen.«

Ann streicht ihr über die Wange. »Ich traue mich kaum, sie zu berühren, denn ich habe Angst, daß eines dieser Geräte Alarm schlägt«, flüstert sie. »Glaubst du, sie spürt unsere Anwesenheit?« Ben ist sich noch nicht sicher, was er glauben soll, aber seiner Frau zuliebe nickt er entschlossen. Dann schauen beide wieder ihre Tochter an. Ben wird klar, daß sie sich so sehr auf die Details der Fahrt, auf ihre Ankunft im Krankenhaus konzentriert haben, daß keiner von ihnen darüber nachgedacht hat, was sie tun würden, wenn sie hier wären.

Ann läßt die Spüle vollaufen. Das Wasser glitzert und wirft harte Lichtpfeile an die Decke. Es ist ein strahlend heller, frischer Nachmittag – bei solchem Wetter findet sie es in North Berwick am schönsten. Vielleicht wird sie später zum Strand gehen, wo bestimmt ein eisiger, messerscharfer Wind weht. Durch das Fenster sieht sie die Insel Craigleith, deren Umrisse sich deutlich von dem marineblauen Meer abheben. Das Meer ist Annes Wetterfahne; sie kann es von fast jeder Stelle im Haus sehen. Farbe und Gestalt ändern sich stündlich, das Spektrum reicht vom bedrohlichen Airforce-Blau an stürmischen Tagen bis zum dunklen Grün an wolkenlosen Augusttagen. Sie gibt nichts auf Wettervorhersagen, allerdings hat der immer gleiche Rhythmus, in dem der Seewetterbericht verlesen wird, eine beruhigende Wirkung auf sie. Vor Jahren schenkte ihr Ben, weil er glaubte, ihr damit eine Freude zu machen, eine Landkarte, auf der all die Vorhersagegebiete verzeichnet waren – Faröer, Shetlands, Utsira, Fischer, Forties, Pentlands. Er hatte nicht begriffen, daß sie überhaupt nicht interessierte, wo sie sich befanden – und warum sollte es auch? – und daß sie sich eben deshalb so gern die Durchsagen anhörte, weil sie für sie vollkommen bedeutungslos waren. Ann seufzt. Natürlich hatte sie, um ihn nicht zu kränken, die Karte aufgehängt. Dann hatte eines der Mädchen sie eingerissen, als es bei einem pubertären Wutanfall durch die Hintertür hinausstürmte – vermutlich war es Alice gewesen. Ja, bestimmt sogar. Insgeheim war Ann froh darübergewesen, die Karte abnehmen zu können und sie zusammenzufalten, so daß im Mülleimer die Nördlichen Hebriden sanft die Isle of Wight berührten und sich ihre zerklüfteten Küstenlinien aneinanderrieben.

Ein plötzliches Krachen in dem Zimmer über ihr läßt sie zusammenfahren. Sie schaut an die Decke und horcht auf Elspeths Schritte. Der Augenblick dehnt sich aus, ihre Hände verharren im lauwarmen Wasser der Spüle. Nichts.

»Elspeth?« Sie hat eine durchdringende Stimme, die auch nach all den Jahren immer noch sehr englisch klingt. »Elspeth! Bist du da oben?«

Ann trocknet sich die Hände an einem geblümten Geschirrhandtuch ab, geht durch das Wohnzimmer und dann die Treppe hoch. Die Tür zu Elspeths Zimmer ist zu. Elspeth bewohnt nach wie vor das Elternschlafzimmer. Dieser

Umstand ärgert Ann regelmäßig; das Zimmer, in dem Ben und sie seit ihrer Hochzeit schlafen, ist kleiner und geht zur Marmion Road hinaus. Wenn man sich aus dem Fenster in der Seitenwand des Hauses lehnt, kann man zwar ein kleines Stück Meer sehen, aber das ist kein Vergleich zu dem breiten Horizontstreifen, der, nur durch die hohen Felsen von Craigleith, Fidra und Lamb unterbrochen, den Blick aus der Fensterfront in Elspeths Zimmer beherrscht. »Meine Aussicht«, lautet gewöhnlich Elspeths ziemlich überflüssiger Kommentar.

Ann klopft mit dem Fingernagel gegen die Tür. »Elspeth? Ist alles in Ordnung?« Ihre Stimme zittert ein wenig. Sie drückt die Türklinke nach unten.

Elspeth liegt auf dem Teppichboden, eine Hand über dem Kopf. Ihr Körper liegt völlig parallel zum Horizont, über dem der Himmel, wie Ann auffällt, langsam dunkler wird. Ann läßt den Türgriff los, er schnellt mit einem lauten *Ping* nach oben, und sie geht zu Elspeth hinüber. Elspeths Gesicht ist grau, ihre Miene verzerrt. Ihr Körper hat im Fallen eine sonderbar aufreizende Starlett-Pose angenommen; der eine Arm ist nach oben ausgestreckt, der andere liegt quer über der Brust, die Beine sind angewinkelt. Ann beugt sich hinunter. Kein Anzeichen von Atmung.

Sie richtet sich wieder auf und geht auf Zehenspitzen durch das Zimmer. Auf halbem Weg zur Tür fragt sie sich, wieso sie sich bemüht, leise zu sein. Sie läßt die Tür absichtlich offenstehen und geht zurück nach unten.

In der Küche schüttet sie ungewaschene Kartoffeln aus einer braunen Papiertüte in die Spüle. Sie prallen im Wasser gegeneinander, und die Erde löst sich langsam ab und bildet eine körnige Ablagerung auf dem Boden. Als Ann einen ganzen Stapel nasser Schalen neben sich aufgehäuft hat, wird ihr klar, daß sie jetzt nicht mehr so viele Kartoffeln braucht wie ursprünglich gedacht, aber sie schält trotzdem weiter.

Später hört sie Ben nach Hause kommen. Er ruft »Hallo!«, stapft nach oben, betätigt im Bad die Spülung, geht in ihr Schlafzimmer. Ihr ist nie bewußt gewesen, wie schwerfällig seine Schritte sind. Sie wartet ab, lauscht, die Hände auf das Abtropfbrett gelegt. Es entsteht eine kurze Stille. Sie pult an einem losen Stück Fingernagel, nimmt sich eine Nagelfeile, legt sie aber gleich wieder zurück. Ben ruft dreimal ihren Namen: »Ann, Ann, Ann!«, und während sie sich abwartend zur Tür umdreht, setzt sie einen Gesichtsausdruck tiefer Besorgnis auf.

Ich war noch nie zuvor im Canary Wharf Tower gewesen. Natürlich war mir der Anblick des Wolkenkratzers vertraut. Es ist kaum möglich, seine glitzernde pyramidenförmige Spitze in der smogverhangenen Londoner Skyline zu übersehen. Aber obwohl ich ihn immer häßlich fand, durchfuhr mich doch ein leichtes Gefühl der Ehrfurcht, als ich neben ihm stand und den Kopf in den Nacken schob, um zu sehen, wie hoch er in den Himmel ragte.

Beim Pförtner füllte ich ein Formular aus, in das ich eintrug, wo ich wohnte, was der Grund für meinen Besuch war und mit wem ich mich treffen wollte. Unzählige Male habe ich im Geiste den Moment Revue passieren lassen, als ich zum erstenmal seinen Namen schrieb, als sich aus dem Zusammenspiel der Muskeln und Sehnen meiner Finger, meiner Hand und meines Arms die runden und geraden Striche formten, die den Namen »John Friedmann« bilden. Habe ich irgend etwas dabei gespürt?

Ich glaube nicht an das Schicksal. Ich glaube nicht daran, die Ungewißheit durch ein Glaubenssystem abzufedern, das einem sagt: »Sorge dich nicht. Du hast keine Kontrolle über dein Leben. Es gibt eine höhere Macht, die auf dich aufpaßt – es ist bereits alles geplant.« Das Leben wird von Zufällen und Entscheidungen bestimmt, was ich sehr viel beängstigender finde.

Ich würde mir gern einreden, ich hätte, während der Fahrstuhl nach oben glitt, gespürt, daß sich etwas Bedeutsames ereignen würde, daß mein Leben kurz davor war, von den Erwartungen abzuweichen, die ich daran hatte. Aber so war es natürlich nicht. Bei wem ist es je so? Das Leben ist eben grausam – es gibt einem keine Fingerzeige.

Alice schwebt aus den Tiefen des Schlafs empor. Wie lange klingelt es bereits? Es herrscht eine sonderbare Stille, und ihr wird bewußt, daß von der Hauptstraße, die vor dem Haus vorbeiführt und deren Lärm sie den ganzen Tag im Hintergrund hört, kein Geräusch kommt. Sie stellt sich den Anblick vor – das kilometerlange, wie ausgestorben daliegende Asphaltband, gebleicht vom orangefarbenen Licht der Straßenlaternen. Das Telefon klingelt und klingelt und klingelt. Sie lauscht, ob vielleicht eine ihrer Mitbewohnerinnen aufsteht, um an den Apparat zu gehen.

Sobald sie das erste Klingeln wahrnahm – vielleicht sogar schon früher –, wußte sie, daß es Mario war. Wer sonst würde mitten in der Nacht anrufen und so beharrlich sein?

Alice ist inzwischen im zweiten Studienjahr. Sie ist den tristen Korridoren des Studentenwohnheims entronnen, denn sie hat zusammen mit ihrer Freundin Rachel und zwei anderen Mädchen ein Haus gemietet. Es ist klein, hat keine Zentralheizung, eine schmale, baufällige Treppe und keine Küche, sondern bloß einen kleinen Elektrokocher in einer Ecke des Wohnzimmers. Dennoch gefällt es ihnen hier. Sie spüren einen Hauch von Freiheit und Unabhängigkeit, einen Vorgeschmack auf ein Leben ohne Prüfungen, Eltern, Zwänge. Ihre Freunde, die noch im Studentenwohnheim leben, kommen oft vorbei und sitzen dann in den bunt zusammengewürfelten Sesseln und schauen zu, wie Alice oder eine der anderen einen Topf voll Nudeln auf einer der beiden Herdplatten kocht.

In einem plötzlichen Anfall von Entschlossenheit (seit Wochen läßt sie sich bei seinen Anrufen verleugnen, und die anderen haben schon Routine darin, Antworten auf die Frage, wo sie sei, zu erfinden) zerrt sie die Laken zur Seite und springt aus dem Bett – das aus einer Matratze auf dem Fußboden besteht. Sie ist nicht drauf vorbereitet, wie kalt es ist, und hat das Gefühl, in einen Windkanal geraten zu sein. Barfuß und auf Zehenspitzen läuft sie die Treppe hinunter und reißt den Hörer von der Gabel. Schweigen in der Leitung. Sie sagt kein Wort.

»Alice?«

»Sag mal, Mario, weißt du eigentlich, wie spät es hier ist?«

Mit der Verbindung stimmt etwas nicht. Die Kabel scheinen sich unterwegs wie Chromosomen miteinander verknüpft zu haben, denn Alice hört, beunruhigend nah an ihrem Ohr, das Echo ihrer eigenen Stimme.

»Ja, weiß ich, Liebling, entschuldige, aber ich mußte dich einfach anrufen. Hab ich dich aufgeweckt?«

»Blöde Frage, natürlich hast du mich aufgeweckt. Was willst du?«

»Du weißt genau, was ich will.«

»Mario, wie oft soll ich es dir noch sagen? Es ist vorbei. Ruf bitte nicht mehr an.«

Ihr Stimme hallt dünn und gereizt an ihr Ohr. Irritiert schüttelt sie den Hörer.

»Ich weiß, daß du das nicht wirklich so meinst. Wir können die Sache klären, da bin ich mir sicher. Das ist natürlich schwierig, solange wir so weit von einander entfernt sind. Deshalb möchte ich, daß du über Weihnachten nach Amerika kommst. Ich bezahle auch die Reise. Wir müssen uns unbedingt wiedersehen und uns aussprechen.«

Alice starrt auf das ausladende Muster des Teppichbodens zu ihren Füßen und konjugiert die mögliche Antwort – ich liebe dich nicht, ich werde dich nicht lieben, ich habe dich nicht geliebt.

»Nein.«

»Was meinst du mit ›nein‹, Alice? Ich kann ohne dich nicht leben. Ich liebe dich. Ich liebe dich so sehr.«

Jetzt weint er. Die abgehackten Schluchzer, die durch das Telefon dringen, hören sich für sie irgendwie obszön an. Sie nimmt interessiert zur Kenntnis, daß sein Weinen bei ihr überhaupt keine Wirkung erzielt. Was mit Mario gewesen ist, kommt ihr so unwirklich vor, als hätte sie es gelesen oder erzählt bekommen. Es betrifft sie nicht. Sie weiß kaum noch, wie er aussieht. Sie kann nur wenige Erinnerungen an ihn heraufbeschwören – außer seiner bedrohlichen körperlichen Präsenz, wenn er in ihrer Nähe war; weder seinen Geruch noch das Gefühl, wie es war, als er auf ihr lag, noch das Aussehen seiner Hände, noch sonst etwas. Sein Weinen erreicht ein Crescendo, auf das er, als Schauspieler, stolz sein sollte. Sie hockt auf der Armlehne eines Sessels und zittert in ihrem dünnen Schlafanzug. Sie ärgert sich, daß sie sich keine Socken angezogen hat, ehe sie herunterkam.

»Mario. Das muß aufhören. Im Ernst. Es ist aus zwischen uns. Du mußt dich damit abfinden und dein eigenes Leben weiterleben.«

»Das kann ich nicht!« Er brüllt jetzt, verliert immer mehr die Fassung. »Ich brauche dich!«

Sie seufzt genervt. »Nein, das stimmt nicht. Vergiß es, Mario, es ist vorbei. Laß mich in Ruhe. Ich will nie wieder mit dir reden. Ich bin wirklich müde und friere, und ich will jetzt wieder ins Bett.«

»Das darfst du mir nicht antun. Ich lasse es nicht zu. Ich lasse nicht zu, daß du sagst, es ist vorbei.«

»Mario … weißt du was … fick dich doch selbst.«

»Wie bitte? Hast du eben gesagt, ich soll mich selbst ficken?«

»Jawohl, das habe ich, und ich sage es dir gern noch mal. Fick dich selbst.« Alice knallt den Hörer auf die Gabel.

John schaut hoch, als jemand an die Glastür seines Büros klopft. Im Türrahmen steht eine junge Frau mit langem dunklem Haar, das in sanften Wellen bis zu ihrem Rücken hinunterreicht. Sie hält ein Buch gegen die Brust gedrückt.

»Hi. Ich suche John Friedmann.«

»Das bin ich.« John steht auf. »Sind Sie Alice? Kommen Sie rein.« Sie durchquert das Zimmer, aber statt auf dem Stuhl Platz zu nehmen, auf den er zeigt, geht sie zum Fenster. Er ist verblüfft: Er hatte einen naturverbunden aussehenden, strengen Blaustrumpf mit Brille und weiter, formloser Kleidung erwartet und ist daher etwas verunsichert über das Auftauchen dieser hochgewachsenen, phantastisch aussehenden Frau, die einen Minirock, kniehohe Stiefel und schwarz-grün gestreifte Nylonstrümpfe trägt.

»Einen herrlichen Blick haben Sie hier.«

»Ja, allerdings. Das ist der einzige Vorteil, wenn man in diesem Kasten in der Wallachei arbeiten muß.« John ist außerdem etwas verunsichert, weil sie ihm vage bekannt vorkommt; er ist sich sicher, sie schon mal irgendwo gesehen zu haben, hat aber keine Ahnung, wo. Das bringt ihn in eine schlechte Position, findet er. Das ziemlich aggressive Geplänkel mit ihr am Telefon kommt ihm jetzt vollkommen abwegig vor. »Gestern gab es einen grandiosen Regenbogen – das muß kurz nach unserem Telefonat gewesen sein – quer über den gesamten Ostteil von London.« Er beschreibt mit einer Handbewegung die Wölbung. »Er war ewig lange zu sehen. Man sieht von hier oben ziemlich oft welche. Das muß an der Höhe liegen.«

»Also liegt irgendwo in Leytonstone ein Topf voller Gold vergraben.« Sie dreht sich um und schaut ihn an.

Flirtet sie mit ihm? Nein. Sie scheint ihn zu mustern. Ihre Augen sind so dunkel wie ihre Haare, mit bernsteinfarbenen Sprenkeln um die Pupillen herum. John zwingt sich, den Blick von ihr zu wenden, und er marschiert mit männlicher Entschlossenheit zu seinem Schreibtisch. Was zum Teufel ist nur mit ihm los? Kaum hat eine gutaussehende Frau sein Büro betreten, ist er das reinste Nervenbündel. »Sie sehen gar nicht so aus, als würden Sie für den Literary Trust arbeiten.« Er hofft, sie wird darüber lachen. Aber weit gefehlt.

»Wie sollte denn jemand, der beim Literary Trust arbeitet, Ihrer Ansicht nach aussehen?«

»Ich weiß nicht«, antwortet er ausweichend, was sie aber nur noch mehr erbost.

»Doch, das wissen Sie genau. Sie glauben, wir sind alle vertrocknete Intellektuelle mit Brille. Wieso geben Sie es nicht zu, wenn das Ihre Meinung ist?«

»Nein! Ist es überhaupt nicht.« Er konzentriert sich darauf, den Text auf seinem Computerbildschirm zu speichern. Sie setzt sich ihm gegenüber hin. »Wie auch immer«, sagt er zaghaft. »Sie haben offenbar eine ebenso vorgefaßte Meinung über Journalisten. Sie glauben, wir schreiben nichts weiter als verschiedene Versionen derselben Vorurteile.«

Sie neigt den Kopf zur Seite und kneift die Augen leicht zusammen. Wunderschöne Augen. Toller Hals. Verdammt, reiß dich gefälligst zusammen.

»Ich lasse mich gern eines Besseren belehren. Das ist der Unterschied zwischen uns.«

Ihre Worte scheinen in der Luft zu schweben. Die Fest-

platte des Computers brummt. Sie starren sich an. Das Wort
»uns« hat John, soweit er zurückdenken kann, noch nie so
gut gefallen, und plötzlich überfällt ihn eine Vision, in der
eine allgegenwärtige Kamera im Zeitraffer von ihnen weg-
zoomt und zeigt, daß mit Ausnahme dieses Zimmers, in
dem sie sich gegenübersitzen, Canary Wharf, ja sogar ganz
London, menschenleer ist. Er muß an eine Zeile aus einem
John-Donne-Gedicht denken und versucht, sich an den genauen Wortlaut zu erinnern. Irgend etwas darüber, daß die
Liebe aus kleinstem Raum ein Überall macht, oder war es
ein Irgendwo? Sie schaut ihn mit einem Ausdruck leichten
Entsetzens an. Hat er sie angestiert? Er überlegt fieberhaft,
was er sagen könnte, und dank einer vom Himmel gesand-
ten Eingebung bleibt sein Blick an dem Buch hängen, das
sie dabeihatte, als sie hereinkam. Sie hat es vor sich auf den
Schreibtisch gelegt und bedeckt mit der Hand den halben
Umschlag. Dennoch kann er den Titel entziffern: *Vertrauli-*
che Aufzeichnungen und Bekenntnisse eines gerechtfertigten
Sünders.

»Das klingt nach einer ziemlich schweren Lektüre.«

Zum ersten Mal lächelt sie. »Ja, das stimmt wohl. Ich
würde nicht behaupten, ein Lieblingsbuch zu haben, aber
das hier habe ich schon mehrmals durchgelesen. Ich habe es
heute für die U-Bahn-Fahrt mitgenommen, weil ich mir
eine bestimmte Stelle anschauen wollte.« Sie gibt es ihm.
Als Umschlagbild dient ein düsteres Gemälde eines bösar-
tig aussehenden Jungen.

»Wovon handelt es?«

»Schwer zu sagen. Sie müßten es schon selbst lesen. Es ist
das beängstigendste Buch, das ich je gelesen habe. Ein Junge wird einem Teufel namens Gilmartin, der ständig die
Gestalt wechselt, verfolgt und gequält. Die Handlung spielt
in Schottland, und Gilmartin jagt ihn quer durch all diese

kargen, trostlosen Landstriche. Man ist sich allerdings nie sicher, ob der Teufel wirklich existiert oder ob er bloß die Projektion, die Verkörperung des Bösen in ihm ist.« Sie erschaudert, dann lächelt sie erneut.

»Oh«, sagt er, ein wenig amüsiert. Er sucht im Geiste nach einem passenden, geistreichen Kommentar, und das Resultat ist: »Sie stammen aus Schottland, stimmt's?«

»Ja. Aber ich bin erst während des Studiums auf das Buch gestoßen. Bei uns an der Universität gab es in der Bibliothek einen großen Lesesaal mit einer kuppelartigen Decke. Es war verboten, dort zu reden, und man wurde schon zurechtgewiesen, wenn man nur geräuschvoll atmete. An den Pulten saßen reihenweise strebsame Gelehrte vor obskuren, längst vergriffenen Wälzern. Eines Tages las ich am späten Nachmittag, als es draußen bereits dunkel wurde, in diesem Buch. Ich war gerade bei einer besonders unheimlichen Stelle angekommen – wo sie eine uralte Leiche ausgraben, die aber vollkommen unversehrt ist –, als mir jemand von hinten eine Hand auf die Schulter legte. Ich habe lauthals aufgeschrien, und der Ton hallte durch den gesamten Saal. Die anderen Leute waren völlig konsterniert. Es war bloß eine Freundin, die mich fragen wollte, ob ich Lust auf eine Tasse Tee hatte. Auch ihr habe ich eine Heidenangst eingejagt.«

Bei John hat es *Klick* gemacht – dank der Beschreibung des Lesesaals. »Ich war auch da!« ruft er.

»Wo?«

»In der Bibliothek ... ich meine an der Universität ... ich meine, wir sind auf dieselbe Universität gegangen.«

In ihr regt sich sofort Mißtrauen. »Wirklich?«

»Bis wann waren Sie dort?«

»Bis vor ... ähm ... fünf Jahren. Nein, sechs.«

»Hab ich's doch gewußt! Hab ich's doch gewußt!« Er hat-

104

te große Lust, aufzuspringen und durchs Zimmer zu tanzen. »Ich wußte, daß ich Sie schon mal irgendwo gesehen habe! Ich habe vor acht Jahren meinen Abschluß gemacht, da müssen Sie demnach …«

»Knapp vor dem Abschluß meines ersten Studienjahrs gewesen sein«, vollendet sie den Satz für ihn, und nach einem prüfenden Blick auf sein Gesicht sagt sie freiheraus: »Ich erinnere mich nicht, Sie je gesehen zu haben.«

»Nun ja, also, ich erinnere mich eigentlich auch nicht an Sie. Nicht direkt jedenfalls. Sie kommen mir bloß vage bekannt vor. Vielleicht habe ich Sie einmal in der Bibliothek oder sonstwo gesehen, allerdings glaube ich nicht, daß ich Sie schreien gehört habe.«

»Das werden Sie doch nicht in Ihrem Artikel erwähnen, oder?« Sie wirkt ernstlich besorgt.

»Nein. Das behalte ich für mich – großes Journalistenehrenwort.« Es entsteht eine Pause. John lehnt sich auf seinem Stuhl zurück und verschränkt die Hände hinter dem Kopf.

Alice schaut umher. »Nun gut …«, sagt sie schließlich. »Wollen wir es hier machen?«

»Was?«

»Das Interview.«

»Ach so, ja, natürlich. Das Interview. Ich dachte, wir könnten vielleicht rauf in die Kantine gehen. Ist Ihnen das recht?«

Sie nickt und steht auf.

Das merkwürdigste hieran ist, daß einem ein und derselbe Gedanke unablässig durch den Kopf gehen kann, daß man sich selbst nicht daran hindern kann, über etwas nachzugrübeln, daß man keine Notbremse ziehen kann, wenn man über bestimmte Dinge nicht mehr nachdenken will. Im normalen Leben lenkt man sich einfach ab – liest Zeitung, geht spazieren, sieht fern, telefoniert. Man kann seinen Verstand überlisten, sich einreden, alles sei in Ordnung, das Problem, das einen quält, sei gelöst. Das klappt natürlich nur vorübergehend – eine oder, wenn man Glück hat, zwei Stunden lang –, weil man ja nicht dumm ist und weil diese Dinge immer dann zu einem zurückkehren, wenn man untätig ist, keine Ablenkung mehr hat. Spät abends, wenn man im Dunkeln vom Schaukeln eines Busses in einen Zustand geistiger Trägheit versetzt wird.

Das Problem bei einem Zustand wie diesem ist, daß man diesem Kreisen der Gedanken wehrlos ausgeliefert ist. Momentan beschäftigt mich unablässig, daß er es nicht weiß.

Er, der mich besser als jeder andere Mensch kennt, hat keine Ahnung davon. Nicht einmal den Hauch einer Ahnung. Wir glauben, alles übereinander zu wissen, was man nur irgend wissen kann. Und dann entdecke ich plötzlich etwas enorm Wichtiges, das mein Leben von Grund auf verändert.

Es ist wie bei diesen kitschigen Postkarten mit religiösen Motiven, die man in katholischen Ländern kaufen kann; ich meine diese Karten mit einer geriffelten Plastikbeschichtung, die einem zuerst bloß merkwürdig, grellbunt und dreidimensional vorkommen, bis man sie dann ein bißchen schräg hält und hinter dem ersten Bild ein weiteres entdeckt. Wenn man sie hin und her dreht, sieht es so aus, als erhöbe Maria die Hände zum Gebet oder als segnete Jesus den Betrachter oder als weinten die Engel. Ich habe das Gefühl, als sei alles schräg gestellt worden, um den Blick auf dieses andere Bild freizugeben, das schon immer, nur leicht verborgen, vorhanden war.

Ich versuche ständig – wieder und wieder, denn ich kann nicht abschalten, kann mich nicht betrügen, indem ich mich mit belanglosen Tätigkeiten betäube –, mir vorzustellen, was er sagen würde; wie er reagiert hätte, wenn er bei meiner Rückkehr zu Hause gewesen wäre und ich zu ihm gesagt hätte: »John, ich habe heute etwas absolut Entsetzliches gesehen. Du wirst nicht glauben, was ich gesehen habe, hör zu, ich erzähle dir, was ich gesehen habe.«

»Halt endlich still, Alice«, schimpft Ann und klemmt Alices Unterschenkel zwischen ihre Knie. Sie hat ihre Tochter auf die Arbeitsplatte in der Küche gesetzt. Alice ist auf eine Biene getreten und in den weichen, bläulichen Teil ihrer Fußsohle gestochen worden. Wieder einmal. »Wie oft hab ich dir schon gesagt, du sollst nicht barfuß in den Garten gehen? Wie oft?«

Alice zuckt schluchzend die Achseln. Der Schreck ist eigentlich schlimmer als der Schmerz. Allerdings ist der Schmerz erstaunlich stark, er zieht bis in ihren Oberschenkel hinauf, und ihr Fuß ist so stark angeschwollen, daß ihre Knöchel unter der Haut verschwunden sind, wie Rosinen in einem Kuchenteig.

Alice wäre es wesentlich lieber, wenn Elspeth sich um das hier kümmern würde, aber sie weiß nicht, wo sie ist. Als es passiert war, hatte sie sofort angefangen zu schreien, Kirsty war ins Haus gestürmt und hatte dabei gerufen: »Mamiiiiiii, Alice ist schon wieder in 'ne Biiiiiiiene getreten!«, und Ann war in den Garten gerannt und hatte sie vom Boden hochgerissen und hier in der Küche abgesetzt.

»Stell deinen Fuß ins Wasser.« Ann hatte die Spüle neben Alice mit kaltem Wasser gefüllt. Aus einem sowohl für sie selbst als auch für Ann unerfindlichen Grund weigert sich Alice. »Stell ihn rein, Alice.«

»Wo ist Oma?« stößt sie, von Schluchzern unterbrochen, hervor. Sie sieht, wie das Gesicht ihrer Mutter ruckartig ein Stück nach unten sackt. Dann richtet Ann sich wieder auf, packt Alices Fuß am Knöchel und taucht ihn gewaltsam ins Wasser. Alice kreischt gellend auf und strampelt mit dem Fuß. Beide werden naß. Sie ringen miteinander, und Ann schafft es, Alice die Arme seitlich gegen den Körper zu drücken. Als Alice außer Gefecht gesetzt ist, sagt Ann mit zusammengebissenen Zähnen: »Wenn du deinen Fuß nicht ins Wasser steckst, geht die Schwellung nicht weg. Wenn die Schwellung nicht weggeht, können wir den Stachel nicht rausziehen. Wenn wir den Stachel nicht rausziehen, wird es nicht aufhören weh zu tun. Warum gehorchst du mir nicht?« Alice fängt wieder an zu zappeln. Ann packt mit den Fingern fester zu, drückt das Kind mit ihrem Körpergewicht nach unten. »Nie tust du, was man dir sagt. Du bist genau wie dein verdammter Vater.«

Die fast unverständlichen Worte klingen boshaft, schießen aus Anns Mund wie Hornissen. Obwohl erst acht Jahre alt, ist Alice überrascht. Sie schaut aus dem Fenster und sieht die Silhouette ihres Vaters, der sich gerade bückt, um Löcher in das Beet neben dem Haus zu graben. Die winzige Gestalt ihrer jüngeren Schwester folgt ihm und läßt Blumenzwiebeln aus einer braunen Papiertüte, die ihr Vater festhält, in die Löcher fallen. »Braves Mädchen«, sagt er zu Beth. »Sehr gut machst du das.« Alice spürt, daß das Gesicht ihrer Mutter, das wegen der Rangelei ihr eigenes fast berührt, vor Hitze glüht. Sie dreht sich um und sieht, daß ihre Mutter die Zähne gegen die Unterlippe drückt und eine plötzliche Röte ihre blassen Wangen verfärbt hat.

Ann läßt sie los, aber Alice bleibt still sitzen, weint nicht mehr, wehrt sich nicht, als ihre Mutter ihre Fußsohle nach dem Stachel absucht. Alice merkt, daß etwas geschehen ist, aber sie weiß nicht, was. Ist ihre Mutter wütend, weil sie nach Elspeth verlangt hat? Das würde sie gern von ihrer Mutter wissen, aber ihr fallen nicht die richtigen Worte ein, um danach zu fragen. Ann schweigt, hat den Kopf gebeugt, ihre Hände sind jetzt ganz zärtlich. Alice überkommt ein sonderbares, wässeriges Gefühl im Brustkasten. Sie will ihr sagen, daß es ihr leid tut – leid tut, so ungezogen gewesen zu sein, leid tut, nach Oma verlangt zu haben. Sie wünschte, ihre Mutter würde die Hände auf ihr heißes, feuchtes Gesicht legen.

Ann reckt den Kopf triumphierend in die Höhe. »Da!«

Sie stellt Alice auf den Fußboden ab und hält den Stachel vor sie hin. Beide betrachten sie ihn. Er ist winzig, pfeilförmig, braun und sieht zerbrechlich aus. Er klebt an den Riffeln und Wirbeln von Anns Fingerkuppe. Alice staunt, daß etwas so Kleines derartig starke Schmerzen verursachen konnte. »Darf ich ihn haben? Darf ich?«

»Nein.«

»Bitte!«

»Was um alles in der Welt willst du damit anfangen?« Alice fällt keine Antwort ein, aber sie weiß, sie will ihn haben. Sie will ihn in der Hand haben, ihn sich genau anschauen. Sie klammert sich an den Arm ihrer Mutter. »Bitte! Bitte, darf ich ihn haben?«

Wider Erwarten gibt Ann nach und streift den Stachel, nachdem sie sich hinuntergebeugt hat, auf Alices Finger ab. Dann verläßt sie die Küche, und Alice hört, wie sie rasch die Treppe hochgeht und die Schlafzimmertür hinter sich schließt. Aber darüber denkt Alice in diesem Moment nicht nach, sie hält den Bienenstachel in der Beuge ihres Mittelfingers und trägt ihn, dort eingeklemmt, den Rest des Tages mit sich herum.

Hinterher ging er mit ihr zum Fahrstuhl. Es dauerte ewig, bis der Fahrstuhl kam, und Alice fiel nichts ein, was sie zu John hätte sagen können.

»Du brauchst nicht zu warten. Ich finde den Weg zum Ausgang auch allein.«

»Nein, nein. Das macht mir nichts aus.«

Ein übergewichtiger Mann mit gelockerter Krawatte schlenderte durch die Halle, sagte: »Alles klar, John?« und zwinkerte ihm nach einem bewundernden Blick auf Alice zu. Sie tat so, als hätte sie es nicht bemerkt. John war wütend, das sah sie deutlich. Eine Ader trat an seiner Schläfe hervor.

»Mußt du heute nachmittag noch viel arbeiten?« fragte sie ihn, um das Schweigen zu brechen.

»Ja klar, wie üblich.«

»Wie lange bist du schon Journalist?«

»Seit dem Ende des Studiums. Ich habe an der City University meinen Magister gemacht und mich die erste Zeit als freier Mitarbeiter durchgeschlagen. Die Stelle hier habe ich vor einem Jahr bekommen.«

Ein künstliches Klingeln signalisierte die Ankunft des Fahrstuhls. »Also dann, vielen Dank für das Essen. Wann erscheint der Artikel?«

»Wahrscheinlich nächsten Donnerstag. Wenn du willst, rufe ich dich an, sobald ich den genauen Termin weiß.«

Sie ging in die Kabine. »Ach, das ist wirklich nicht nötig. Du hast bestimmt genug anderes zu tun.«

»Nein, das macht mir keine Mühe … Alice!« Rasch schob er seinen Fuß zwischen die sich schließenden Türen, die sich daraufhin ruckartig wieder öffneten. »Scheiße … das hat weh getan.«

»Alles in Ordnung?«

Er massierte seinen Fuß und lehnte sich an eine der Fahrstuhltüren, damit sie nicht wieder zuging. »So einigermaßen. Weißt du, mit so was ist nicht zu spaßen. Ich hätte den Fuß verlieren können, und das wäre deine Schuld gewesen.«

»Wohl kaum. Und überhaupt, das wäre doch ein Arbeitsunfall gewesen, oder? Du hättest ein Vermögen von der Versicherung kassiert.«

In dem Moment betrat eine mürrisch aussehende Frau den Fahrstuhl.

»Hör mal … Ich habe mich gefragt, ob du vielleicht …« Er brach ab, als die Frau demonstrativ an ihrer Uhr herumzupfte. »Ähm … also, würdest du mir vielleicht das Buch leihen?«

Sie war verblüfft. »Ja, warum nicht. Willst du es auch wirklich lesen?«

»Unbedingt.«

Sie holte es aus ihrer Handtasche und gab es ihm. Er trat einen Schritt zurück. »Du kriegst es auch bestimmt zurück.«

Ehe Alice ihm sagen konnte, daß das nicht nötig sei, schlossen sich die Türen.

Rachel war eben von einer frühen Vorlesung nach Hause gekommen und klopfte an Alices Tür. »Alice? Bist du wach? Bist du schon angezogen?«

Alice saß im Bett, ein aufgeschlagenes Buch auf den Knien. Die Vorhänge waren geöffnet, und das Vormittagslicht warf helle Dreiecke auf den Teppich. »Ja, komm rein. Wie war die Vorlesung?«

Rachel erschien, noch in Mantel und Schal, im Türrahmen, in den Händen ein Päckchen. »Ziemlich langweilig. Rate mal, was der Postbote für dich gebracht hat.«

»Was?«

»Abgeschickt ist es in New York.«

Alice legte die Hände über die Augen. »Ich will es nicht! Nimm es weg!«

Rachel setzte sich aufs Bett und warf das Päckchen in Alices Schoß. »Na los, mach auf. Vielleicht ist es irgendwas Hübsches, Teures.«

Alice drehte es in den Händen herum. Kein Absender, aber unverkennbar Marios Handschrift. Es war ein ganz gewöhnlicher brauner, gepolsterter Umschlag, und der Inhalt war leicht, voluminös, ließ sich aber mit den Fingern zusammendrücken. Was war das? Etwas zum Anziehen?

»Mach du es auf«, sagte sie und legte es Rachel in die Hand. »Nein. Es ist an dich adressiert. Mach es selber auf.«

Alice riß die Klebefolie an der einen Seite des Umschlags ab und schüttelte ihn mit der Öffnung nach unten über ihrer geöffneten Hand. Heraus fiel etwas so Schockierendes, daß die Wahrnehmung bei ihr verkehrt herum ablief. Haar. Ein Menge Haar. Schwarzes Haar. Lockiges, verknotetes Haar. Vertrautes Haar. Haar, das büschelweise abgeschnitten worden war. Haar, das sie schon früher zwischen den Fingern gespürt hatte. Marios Haar.

Beide Mädchen schrien laut auf und sprangen vom Bett. Sie liefen zur gegenüberliegenden Wand, klammerten sich aneinander, während Alice krampfhaft versuchte, lose Haarsträhnen von den Fingern abzuschütteln, und starrten dabei den schwarzen Klumpen auf der Bettdecke an, der einem Nagetier mit übermäßigem Haarwuchs glich.

»Herrje, der Typ ist wirklich total gestört«, murmelte Rachel.

Alice sprang immer wieder in die Luft und rieb ihre Hände an ihrem Schlafanzug. »Ääääh! Igittigittigitt! Das ist ja ekelhaft. Mein Gott, wie kann man nur.« Das Haar in den Händen zu halten, die verhedderten Kringel und Wellen zu berühren, brachte ihr schlagartig wieder in Erinnerung, wie es gewesen war, als sie miteinander geschlafen hatten. Es kam ihr vor, als wäre er zusammen mit ihnen in dem Zimmer und nicht Tausende Kilometer entfernt, auf der anderen Seite eines eisigen Ozeans. Sie schaute sich verzweifelt um. »Was machen wir damit?«

»Wir schmeißen's weg.«

»Das kann ich nicht. Ich fasse das nicht noch mal an.«

Rachel nahm Alices Papierkorb und marschierte, ihn vor sich hertragend, hinüber zum Bett. Sie fegte das Haar hinein und brachte ihn nach unten. Alice hörte, wie sie ihn in den Mülleimer vor dem Haus leerte.

»Danke, Rachel«, rief sie.

»Stets zu Diensten.«

Aber noch wochenlang tauchten immer wieder einzelne Haare auf, die sich in einer Teetasse festgesetzt oder um die Seife gewickelt hatten oder plötzlich an Alices Zunge klebten, und jedesmal spuckte sie angewidert aus.

John lief in der Halle herum und schlug sich mit dem Buch gegen den Kopf.

»Du dämlicher Feigling, du dämlicher, bescheuerter Feigling.« So etwas hatte ihm jetzt gerade noch gefehlt.

Als Alice an jenem Nachmittag zurück ins Büro kam, strahlte Susannah sie quer durch den Raum an.

»Was ist denn mit dir los, du Honigkuchenpferd?« fragte Alice, als sie sich hinsetzte.

»Da war ein Anruf für dich«, sagte Susannah und wurde dann von irgendeinem Problem mit ihrem Computer abgelenkt.

»Von wem?«

»Von diesem Mann«, sagte Susannah geistesabwesend, den Blick starr auf den Bildschirm gerichtet.

John Friedmann, dachte Alice instinktiv und war sofort sauer auf sich selbst. Sie begann, ihre Adresskartei durchzublättern. »Was für ein Mann?« fragte sie, betont gleichgültig.

»Dieser Mann. Wieheißternochgleich. Du weißt schon.«

Alice hörte auf, in der Kartei zu blättern. »Suze, könntest du mir vielleicht einen etwas präziseren Hinweis geben?«

113

»Entschuldigung.« Susannah schaute zu ihr hinüber, schenkte ihr wieder ihre volle Aufmerksamkeit. »Dieser Mann von der Organisation in Paris.«

»Oh.« Alice bekämpfte ein Gefühl starker Enttäuschung. »Dieser Mann.« Das war doch lächerlich. Sie konnte sich doch unmöglich in diesen Journalisten verknallt haben? Oder?

»Ist das nicht der, den du schon die ganze Woche zu erreichen versucht hast?« Susannah schien verblüfft über ihre wenig begeisterte Reaktion zu sein.

»Ja. Ja, das ist er.«

Um irgend etwas zu tun, schlug Alice ihren Terminkalender auf.

»Aber er hat zurückgerufen. Ist das denn nicht eine gutes Zeichen?« hakte Susannah nach, »Ich meine, das bedeutet doch, daß er bei deinem Projekt mitmachen will.«

»Na, hoffentlich. Ich rufe ihn gleich an.«

Eine Pause entstand. Alice, die spürte, daß Susannahs Blick immer noch auf sie gerichtet war, beugte sich über ihren Terminkalender und machte überflüssige Eintragungen darin.

»Wie war übrigens das Interview?«

»Oh ... es war ... okay ... nett ... ja, prima. Also ... es war ... eigentlich ganz okay.«

Als die an einem Draht hängende Glocke klingelt, kommt Elspeth aus dem Hinterzimmer des Oxfam-Ladens und sieht, daß ihre Ablösung, die den Nachmittag über Dienst hat, bereits hinter der Kasse steht und den Mantel auszieht: eine korpulente, rotgesichtige Frau in einem türkisfarbenen Plastikregenmantel.

»Sie sind heute aber früh dran«, bemerkt Elspeth.

»Ja«, sagt die Frau. »An einem Tag wie heute gehe ich gern möglichst zeitig aus dem Haus.«

Elspeth fühlt sich in Gegenwart der Frau unbehaglich, das war schon immer so. Sie trägt eine Brille, deren Gläser auf das Sonnenlicht reagieren. Wenn es draußen so hell ist wie heute, kann man ihre Augen überhaupt nicht sehen. Jemandem, der einem seine Augen nicht zeigt, ist nicht zu trauen. Und sie bringt immer ihren Hund mit in den Laden. Der Hund ist zwar lieb, aber er stinkt. Das schreckt die Kunden ab.

Draußen vor dem Laden zögert Elspeth. Sie muß noch in den Supermarkt, damit für die Mädchen später etwas zu essen da ist, wenn sie von der Schule nach Hause kommen, aber sie hat jetzt unverhofft eine zusätzliche Stunde Zeit. Einem Impuls folgend, schlägt sie nicht die Richtung ein, die nach Hause führt, sondern geht bis zum Ende der High Street. Nachdem sie unterwegs etliche Leute begrüßt hat, biegt sie beim Fish&Chips-Laden nach rechts in die Quality Street ab, überquert die Straße und betritt den Lodge Ground.

Sie kommt nicht oft hierher, obwohl es einer ihrer Lieblingsorte in der Stadt ist. Ihr gefällt, daß dieser hübsche, künstlich angelegte Park auf halber Strecke zwischen den breiten flachen Stränden und dem von Stechginster bewachsenen, schroffen North Berwick Law liegt. Obwohl es ein Wochentag ist, schlendern etliche Leute mit Buggys oder Kinderwagen über die unebenen, gewundenen Betonwege und schauen sich die Blumen an oder genießen die Sonne. Als sie an der Voliere vorbeikommt, erschaudert sie. Elspeth hat eingesperrten Vögeln noch nie etwas abgewinnen können.

Am höchsten Punkt des Hügels sieht sie ein Grüppchen Teenager in der rot-schwarzen Schuluniform der High-

School. Ein rascher, prüfender Blick verrät ihr, daß weder Kirsty noch Alice darunter sind. Letztes Jahr ist sie eines Mittwochs vormittags um elf am Hafen Kirsty und zwei ihrer Freundinnen begegnet. Elspeth versprach der peinlich berührten Kirsty, sie nicht zu verraten, sofern sie ihr Wort gab, es nicht wieder zu tun.

Elspeth, die sich noch immer ein bißchen wie ein Kind vorkommt, das früher als sonst Schulschluß hat, setzt sich auf eine grüne Bank, auf der sie den Minigolfplatz im Rücken und freien Blick auf die Stadt und das Meer hat. Hier oben hatten sie und ihr damaliger Verlobter Robert bei einem Spaziergang einen Mann getroffen, den Robert ihr als Gordon Raikes vorstellte. Elspeth kannte die Familie Raikes, ihr großes Haus an der Marmion Road und ihre Golfschlägerfabrik am Stadtrand, aber Gordon, dem jüngsten Sohn der Familie, war sie noch nie begegnet. Erst sei er auf dem Internat gewesen und dann auf der Universität in St. Andrews, erzählte ihr Robert, während sie und Gordon sich stumm anschauten. Später sagt sie oft zu ihm, sie hätte eigentlich bereits in jenem Moment Roberts Verlobungsring abnehmen können. Robert und sie gingen gemeinsam weiter, und an der nächsten Biegung, ehe der Weg den Abhang hinunterführte, drehte Elspeth sich um und sah ihn immer noch an derselben Stelle neben der Ligusterhecke stehen. Es mußte genau hier gewesen sein. Damals gab es natürlich noch keine Betonwege, sondern bloß unbefestigte Pfade, die nach Regenfällen von einer dicken Schlammschicht überzogen waren.

Sie trafen sich eine Woche später wieder, in der belebten High Street, beide in Begleitung ihrer Mutter, beide mit Lebensmittelpaketen beladen. Er zwinkerte ihr zu, während ihre Mütter miteinander plauderten, und zu ihrer eigenen – und zweifellos auch zu seiner – Überraschung zwinkerte sie zurück. Bereits ein paar Tage später sah sie ihn, als sie am Hafen die ein- und auslaufenden Fischkutter beobachtete, um eine Ecke biegen. »Hallo, Elspeth«, sagte er und stellte sich neben sie, um zusammen mit ihr auf die Kutter hinunterzuschauen. Die glitschigen Fische rutschten über die Decks, ihre Schwänze zuckten, ihre verdorrten Mäuler gingen auf und zu. Die Weidenkörbe, die die Fischer einen nach dem anderen hoch auf die Kaimauer warfen, landeten oben mit einem dumpfen Rums.

»Nennen dich alle Leute Elspeth?« fragte er.

»Nein, nicht alle. Manche benutzen die Kurzform Ellie.«

»Ich wette, daß dir das nicht gefällt«, sagte er und lehnte die Ellbogen neben ihr auf das Geländer.

Sie schüttelte der Kopf. »Nein, das mag ich nicht.«

»Hab ich mir gedacht. Eine Kurzform paßt auch nicht zu dir.«

Er ging mit ihr bis zu dem Aussichtspunkt jenseits der Badeanstalt, wo sie sich hinsetzte, die Arme um die Knie geschlungen, etwas ängstlich wegen der hohen Wellen, die regelmäßig dicht unter ihnen gegen die Felsen schlugen, und wegen der steifen Brise, durch die ihr Haar um ihr Gesicht herumwirbelte, und sie hörte zu, wie er ihr erzählte, daß er vorhabe, in den Missionarsdienst der Kirche einzutreten.

»Mein Vater will, daß ich in unserem Familienbetrieb anfange, aber ich glaube, das ist nichts für mich. Ich kann mir nicht vorstellen, mit dieser Arbeit glücklich zu werden. Und das sollte doch unser wichtigstes Ziel sein, oder, Elspeth?« In dem Moment hörte er auf, Kiesel in das grünliche Wasser zu werfen, und schaute sie an. Sie sagte nichts, ihr Mund war trocken, sie dachte bloß, was um Himmels willen werden meine Eltern sagen?

»Meinst du nicht auch, Elspeth, daß man immer so glücklich wie möglich sein sollte?« fragte er erneut.

Sie hob das Kinn, und ihre Augen trafen seinen beharrlichen Blick. »Ja, ja, ich glaube schon.«

Er ging in die Hocke, so daß er auf gleicher Höhe mit ihr war. »Willst du Robert wirklich heiraten?«

»Ich weiß nicht.«

»Heirate ihn nicht. Heirate mich«, sagte er. Dann kletterte er über die Felsen und tat etwas, das Robert noch nie getan hatte – er küßte sie direkt auf die Lippen.

Elspeth beschattet mit der Hand die Augen und dreht den Kopf nach Osten, in Richtung Bass Rock. Ein Stück den Weg hinunter, wo früher viele Bäume und Sträucher standen, sieht sie einen unverwechselbaren blonden Haarschopf und eine vertraute zierliche Gestalt. Ann. Elspeth ist ein wenig verwirrt. Hat Ann nicht gesagt, sie werde heute nach Edinburgh fahren? Dennoch beugt sich Elspeth auf der Bank vor, hebt die Hand, um zu winken, und holt Luft, um ihren Namen zu rufen – aber kein Laut kommt aus ihrem Mund.

Die Hand immer noch hocherhoben, schaut sie zu, wie ein Mann, den sie für einen Passanten gehalten hatte, Ann an sich zieht. Der Streifen Sonnenlicht zwischen ihren Körpern verschwindet, und sie küssen sich. Elspeth läßt die Hand in den Schoß sinken und blickt zu Boden. Ist wirklich hier die Stelle, an der sie Gordon zum ersten Mal begegnet ist? Oder war das in der Nähe der Eiche dort drüben? Sie schaut wieder zum Weg hinunter. Die beiden Körper trennen sich gerade. Zwischen ihnen leuchtet wieder das Sonnenlicht. Sie reden. Ann legt die Hand an seine Wange. Diese Geste ist Elspeth vollkommen vertraut: Sie hat oft gesehen, wie sie es bei den Kindern oder bei Ben gemacht hat.

Der Mann geht rasch weg und entfernt sich auch von Elspeth. Ann schlägt die entgegengesetzte Richtung ein.

Elspeth beobachtet, wie ihre Schwiegertochter, langsamer als der Mann, in kaum hundert Meter Abstand von ihr den gewundenen Pfad hinuntergeht und dann durch das Tor des Lodge Ground verschwindet. Elspeth schaut erneut der immer kleiner werdenden Gestalt des Mannes hinterher, und plötzlich krümmt sie sich, wie unter einem körperlichen Schmerz, und drückt sich die geballte Faust an die geschlossenen Augen. Ein noch furchtbarerer Gedanke ist ihr plötzlich in den Sinn gekommen.

Zwei Tage später ging Alice vormittags im Büro an die Gegensprechanlage, weil jemand unten an der Eingangstür geklingelt hatte.

»Ich möchte zu Alice Raikes.«

Es knisterte in der Leitung, und der Verkehrslärm drang dröhnend an Alices Ohr. Sie erkannte die Stimme nicht. »Wer ist da?«

»John Friedmann.«

Sofort legte sie knallend den Hörer auf. »Oh, verdammt.«

Alle im Büro schauten hoch. Dann drückte sie auf den Knopf, um ihn hereinzulassen. »Verdammte Scheiße.« Sie riß ihren Rucksack auf, schnappte sich ihre Bürste und begann, sich mit langen, ungestümen Bewegungen die Haare zu bürsten.

»Wer um Himmels willen ist da?« rief Susannah durch den Raum. Anthony, der neue Geschäftsführer, kam aus seinem Zimmer.

»Was ist denn los?« fragte er freundlich. »Warum rennt Alice wie angestochen herum?«

»O Gott. Fragt nicht … Mist … Was mach ich bloß. Wie seh ich aus?« erkundigte sie sich bei Susannah.

»Völlig durch den Wind.«

Sie rannte die Stufen bis zur nächsten Etage runter, dann verlangsamte sie ihr Tempo, um ihm nicht atemlos und rot im Gesicht gegenüberzutreten. Er stand im Erdgeschoß am Fuß der Treppe und las den Text eines der Literaturposter an der Wand.

»Hallo.« Er drehte sich um und lächelte wie ein ertappter Sünder. Sie bemühte sich, ihren Magen zu ignorieren, der anscheinend versuchte, sich in die Speiseröhre zu quetschen. »Hi«, sagte sie und lehnte sich, in einer lässig wirkenden Pose, wie sie hoffte, gegen den Treppenpfosten. »Was machst du denn hier? Hast du bei dem Interview eine Frage vergessen?«

Er schüttelte den Kopf.

»Hast du das Buch schon gelesen?«

»Nein. Noch nicht.«

Eine quälende Pause entstand. Alice fummelte an ihrem Haar herum und steckte sich eine Strähne in den Mund.

»Ich bin zufällig hier vorbeigekommen und …« Er brach ab, seufzte und richtete den Blick zur Decke empor. Dann warf er seine Tasche zu Boden, schaute Alice an und sagte: »Ich glaube, wir wissen beide, daß das gelogen ist.«

Mit Alices Gesicht passierte etwas Merkwürdiges. Die Muskeln an ihrem Mund, jene, die man zum Lächeln braucht, begannen zu zucken, und sie mußte sich auf die Lippen beißen, um zu verhindern, daß sie dümmlich grinste. Sie schaute zu Boden. Draußen brauste ein Taxi vorbei. Er kratzte sich mit der Hand eine seiner unrasierten Wangen. »Du mußt heute abend mit mir ins Kino gehen.«

Augenblicklich verschwand ihr Lächeln. »Was soll das heißen: ich ›muß‹? Es gehört sich doch wohl, so etwas in der Art von ›bitte‹ oder ›Hättest du vielleicht Lust‹ zu sagen?«

»Nein. Warum sollte ich das sagen, wo es mir doch völlig

klar ist, daß du eine Hexe bist und mich mit einem bösen Zauber belegt hast?« Er ging auf sie zu. Oh, mein Gott, wollte er sie küssen? Gleich hier? Sie wich entsetzt zurück und stieß gegen den Ständer mit den Faltblättern für einen Lyrik-Wettbewerb. Er kam so dicht an sie heran, daß sie seinen Atem an ihrem Hals spürte: Bestimmt konnte er ihr Herz pochen hören. Sie zwang sich, seinem Blick standzuhalten, ohne zu lächeln. »Ich finde dich toll, wenn du zornig bist«, flüsterte er.

Gelächter brach aus ihr heraus, wie Wasser, das einen Damm sprengt, und sie boxte ihn kräftig in die Brust. »Du bist der abscheulichste Mann, dem ich je begegnet bin. Ich würde niemals mit dir ins Kino gehen! Niemals! Selbst dann nicht, wenn … wenn …« Rasch suchte sie nach einem besonders kränkenden Vergleich. »Selbst wenn mein Lieblingsfilm zum allerletzten Mal überhaupt gezeigt würde und du die letzten beiden Eintrittskarten hättest.« John rieb sich über die Stelle an seiner Brust, wo sie ihn geschlagen hatte. »Bei jedem unserer Treffen trage ich eine Blessur davon. Aber ich habe noch Hoffnung. Im Kino kann selbst eine Hexe nicht viel Schaden anrichten.«

»Ich komme nicht mit!« rief sie.

»Doch, das wirst du!« rief er zurück.

»Nein, werde ich nicht! Ich werde nirgendwo mit dir hingehen.«

Sie sieht ihn zuerst vor dem Kino in der Shaftesbury Avenue stehen, den Kopf leicht stirnrunzelnd über eine Zeitung gebeugt. Er schaut in der falschen Richtung die Straße hinunter. Sie sieht, daß er einen Fuß auf den anderen gestellt hat, daß er ziemlich groß ist und daß die Sehnen seines Halses seine Anspannung verraten, als er den Kopf dreht, um den Bürgersteig voller Menschen entlangzuschauen.

»He«, sagt sie und klopft gegen die Zeitung. »Du hast Feierabend. Steck die weg.«

Erleichterung macht sich auf seinem Gesicht breit, als er sich ihr zuwendet. Sie berühren sich nicht, bewahren Abstand. »Du bist spät dran, Alice Raikes. Ich dachte schon –«

»Ich komme immer auf den letzten Drücker.«

»Das werde ich mir für ... ähm ... merken.«

Ihr ist klar, daß er eigentlich »nächstes Mal« sagen wollte, es sich aber verkniffen hat.

»Gehen wir jetzt rein, oder wollen wir den Rest des Abends hier rumstehen und uns angrinsen?«

Er lacht. »Warum nicht, aber ich glaube, das würde dir schnell langweilig werden. Komm, gehen wir rein.«

Alice läuft neben ihm her, die Hände in den Jackentaschen, und redet über den Film. Wenn sie eine Bemerkung besonders betonen möchte, dreht sie sich zu ihm hin und sagt: »Findest du nicht auch?« Sie trägt enge, dunkelblaue Jeans und Stiefel mit dicken Sohlen und Metallbeschlägen an den Absätzen. Vor einer japanischen Nudelbar bleibt sie stehen und atmet mit geschlossenen Augen tief ein.

»Was ist los?« fragt er.

»Ich liebe diesen Geruch.«

John schnüffelt, aber er riecht bloß den bitter-süßen Gestank von verfaulendem Gemüse und den beißenden Geruch scharf gebratener Wok-Gerichte.

»Das erinnert mich an Japan«, sagt sie

»Warst du schon mal da?«

»Ja. Ich bin etwa einen Monat lang in Tokio gewesen.«

»Wirklich? Wann?«

»In den Universitätsferien. Ich bin damals viel gereist – die langen Ferien waren für mich das Schönste am Studentenleben.«

»Hat es dir in Japan gefallen?«

»Ich fand es phantastisch dort. Sehr aufregend. Am Ende war ich allerdings fix und fertig. Tokio ist eine unglaublich hektische Stadt. Wir sind danach direkt nach Thailand gefahren und haben ein paar Wochen lang nur am Strand gelegen und uns ausgeruht.«

Wir? denkt John.

»Mit wem hast du die Reise gemacht?« fragt er beiläufig.

»Mit meinem damaligen Freund.«

Er muß energisch schlucken, um nicht laut zu rufen: Wer war das? Hast du ihn geliebt? Wie lange warst du mit ihm zusammen? Wann seid ihr auseinandergegangen? Seht ihr euch noch?

»Was wollen wir jetzt machen?« fragt er statt dessen.

»Weiß nicht. Irgendwelche Vorschläge?«

»Ich habe leider keine Vorschläge, sondern vielmehr ein Problem.«

»Was?« Sie schaut ihn zwischen Haarsträhnen hindurch von der Seite an. Ihr Haar muß sich irgendwann während des Films gelöst haben, denn als sie beim Kino ankam, war es im Nacken zusammengeknotet. Manchmal macht ihr Blick ihn etwas nervös.

»Nun ja, weil ich den größten Teil des Tages kopflos wie ein Teenager vorm ersten Rendezvous in Covent Garden herumgelaufen bin …«, er schaut sie aufmerksam an; sie hat den Kopf gesenkt, und der Haarvorhang hat sich noch weiter vor ihr Gesicht geschoben, »… habe ich überhaupt nicht gearbeitet. Bis morgen früh um neun muß ich einen Zweihundert-Zeilen-Artikel über amerikanisches Independent-Kino geschrieben haben.«

»Ich verstehe.« Sie wirft ihr Haar zurück. »Da hast du wirklich ein kleines Problem.«

»Mhm. Zumindest kann ich mir vormachen, heute abend

dafür recherchiert zu haben.« Er weist mit dem Kopf in Richtung des Kinos.

»Tja-ah«, sie wippt auf den Schuhsohlen vor und zurück. »Dann werde ich jetzt wohl nach Hause gehen.«

»Wo wohnst du?«

»Finsbury Park. Und du?«

»Camden. Soll ich dich mitnehmen?«

»Hast du etwa ein Auto?«

»Ja. Das ist der einzige Luxus, den ich mir leiste. Ich brauche es für meine beruflichen Termine, jedenfalls rede ich mir das ein. Findest du es verwerflich, ein Auto zu haben?«

»Überhaupt nicht. Ich bin bloß neidisch.«

»Würde es deinen Neid mindern oder steigern, wenn ich dich mitnehme?«

Er sieht, daß sie zögert, unentschlossen ist. »Keine Sorge, Alice. Ich habe keinen Tropfen getrunken. Ich bin kein geisteskranker Serienmörder, und ich verspreche feierlich, nicht über dich herzufallen.« Es sei denn natürlich, du möchtest es, fügt er im Geiste hinzu.

Sie läßt sich Zeit, bis sie die Wagentür fast geschlossen hat, ehe sie sagt: »Willst du noch kurz mit raufkommen? Wenn du aber gleich los mußt, können wir uns vielleicht −«

Im Handumdrehen ist er ausgestiegen, und er nimmt ihr sogar den Schlüssel ab und schließt für sie auf. »Hier entlang?« fragt er, als er zum Treppenhaus geht.

»Ganz oben.«

Er wartet an der Wohnungstür auf sie. »Wohnst du allein?« fragt er, mit kaum hörbarer Anspannung in der Stimme.

»Ja. Das ist mir lieber so. Ich habe ein Weile mit ein paar Freundinnen in einer WG gewohnt, aber nach einer Weile stellte sich heraus, daß wir uns nur dann sahen, wenn es

Streit gab, wer mit Badezimmerputzen dran war. Danach habe ich mit meinem Freund oder Ex-Freund, sollte ich wohl besser sagen, zusammengelebt, aber das hat auch nicht funktioniert.« Sie weicht seinem Blick aus, während sie das sagt, denn sie kann sein Interesse fast körperlich spüren. »Diese Wohnung sollte bloß eine Übergangslösung sein, aber ich bin inzwischen schon seit fünf Monaten hier.«

Sie ist überrascht, mit welcher Neugier er den Kopf durch jede Tür in ihrer winzigen Wohnung steckt.

»Es ist ein ziemlich übles Loch, stimmt's?«

»Ach, die Wohnung ist ganz okay. Ich habe schon schlimmere gesehen.«

Er kommt in die Küche. »Bist du das?« Er betrachtet ein Foto von ihr und Beth am Strand. Sie sind im Badeanzug und liegen zwischen Felsen in einer Pfütze.

»O Gott, schau dir das nicht an.« Sie stellt sich hinter ihn und schaut ihm über die Schulter. »Ich war damals achtzehn, glaube ich. Neben mir, das ist Beth, meine jüngere Schwester. Ich habe dieses Foto von uns beiden immer sehr gern gemocht, aber mein Exemplar ist mir schon vor Jahren abhanden gekommen. Diesen Abzug hier hat Beth neu machen lassen und mir letzte Woche geschickt. Es ist schon komisch, das war eines der letzten Male, daß ich zusammen mit meinen Schwestern längere Zeit zu Hause verbracht habe. Ich war ganz versessen darauf, endlich von zu Hause auszuziehen, aber als es dann soweit war, ist mir das gar nicht richtig aufgefallen. Es ist einfach irgendwie passiert.«

Er hat das Foto von der Wand genommen und hält es sich mit einer Hand dicht vor das Gesicht; zwischen den Fingern der anderen Hand rollt er den Poster-Strip, mit dem es an die Wand geklebt war. »Hattest du immer schon lange Haare?«

»Nein, nicht immer. Als ich klein war nicht, und kurz nachdem das Foto aufgenommen wurde, habe ich sie abgeschnitten.«

Er dreht sich um, und ihm wird bewußt, wie nahe sie beieinander stehen. In diesem Moment verändert sich etwas.

»Wie lange hat es gedauert, bis es wieder gewachsen war?« murmelt er.

»Äh.« Momentan kann sie sich an gar nichts erinnern. »Vier Jahre etwa«, sagt sie aufs Geratewohl.

Er streckt die Hand aus, um ihr Haar zu berühren, und wickelt sich langsam eine Strähne davon um den Finger. Sie fängt an zu zittern. »Frierst du?«

»Nein.«

Er beugt sich vor und legt seine Finger auf ihren Nacken. Sanft streifen seine Lippen ihre. Sie sind unerwartet weich und warm. Sie gibt dem Drang nach, sich an ihn zu lehnen, und legt ihre Hände auf seinen Rücken, um ihn an sich zu drücken. Sie spürt seinen pochenden Herzschlag durch seinen Pullover hindurch und schließt die Augen.

»Verdammt«, sagt er plötzlich in heftigem Ton und macht sich von ihr los. Sie taumelt, sowohl durch seine plötzliche Bewegung als auch vor Schreck. Beinahe fällt sie hin, und als sie eine Hand ausstreckt, um sich abzustützen, stößt sie sich die weiche Daumenkuppe an der Tischkante. Ein pulsierender Schmerz schießt bis in ihren Ellbogen, und sie steckt sich den Daumen in den Mund.

John hat sich, übertrieben dramatisch, findet Alice, auf den Küchenstuhl geworfen und umklammert, die Ellbogen auf den Tisch gestützt, den Kopf mit den Händen. Sie ist fest entschlossen, das Schweigen nicht zu brechen. Als er schließlich spricht, sind seine Worte kaum zu verstehen. »Es tut mir leid, Alice.«

Sie kann nicht antworten, sondern steht bloß da, die

Hand an den Mund gedrückt. Er schaut hoch. »Hast du dir die Hand weh getan?«

Er streckt die Arme aus, aber sie weicht zurück. Er zuckt zusammen.

Eine Weile verharren sie so − Alice steht an der Wand, John schaut sie mit flehendem Blick an. Er holt tief Luft: »Die Sache ist die … das Problem ist … ich weiß, es klingt sehr … ich bin gewissermaßen … mit jemand anderem zusammen …«

Sie nickt, hat aber gleichzeitig das Gefühl, als rutschte ihr Körper in beängstigendem Tempo einen steilen Abhang hinunter.

»Sie bedeutet mir nichts, Alice … Es ist nicht so, wie du denkst …«

»Bitte nicht. Laß uns … Laß uns die ganze Sache einfach vergessen.«

»Es ist nicht so, wie du denkst«, wiederholt er mit eindringlicher Stimme. »Ehrlich.«

»Und was denke ich deiner Ansicht nach?« fragt sie. Die Worte hören sich in ihren Ohren sonderbar an − überbetont, abgehackt. »Das ich ein untreues Arschloch bin«, sagt er. »Das stimmt nicht. Die Sache ist nämlich die, daß −«

»Vergiß es«, unterbricht sie ihn. »Vergiß es einfach. Es spielt keine Rolle. Du hast eine Freundin. Belassen wir es dabei.«

Er fährt sich mit den Händen durchs Haar. »Sophie ist nicht meine Freundin … nicht wirklich … und der entscheidende Punkt ist …«

»Bitte.« Sie dreht sich um und geht zum Fenster. »Ich will davon wirklich nichts hören.«

Drei Etagen unter ihr rauschen Autos vorbei, und das Licht der Scheinwerfer streift über Johns Auto, das direkt vor dem Haus parkt.

»Ich glaube, du solltest jetzt gehen«, sagt sie.

Wenn sie ihm weiterhin den Rücken zuwendet, wird er verschwinden, und sie wird ihn nie wieder anschauen müssen.

»Das meinst du doch nicht wirklich«, hört sie ihn hinter sich sagen, und sie wirbelt zu ihm herum.

»Und ob ich das so meine. Verschwinde aus meiner Wohnung. Sofort.«

Er steht nicht von dem Stuhl an ihrem Tisch auf. Alice starrt ihn ungläubig an, blickt ihm zum ersten Mal in die Augen, seit – wann war das? – seit er ihr Haar berührt hat und sie sich gerade küssen wollten. Die Zeit scheint aufgesplittert zu sein, und es kommt ihr vor, als wäre dieser Moment schon Stunden her.

»Ich möchte, daß du gehst«, sagt sie, betont langsam, so, als erklärte sie einem Ausländer etwas. »Ich kann es nicht leiden, wenn jemand sein Spielchen mit mir spielt.«

»Du mußt mir glauben«, sagt er. »Ich spiele kein Spielchen mit dir. Bestimmt nicht. Laß es mich dir erklären –«

»Erklären?« fragt sie. »Was gibt es da schon zu erklären? Daß es mit deiner Freundin nicht besonders gut läuft und du deshalb mich ausprobieren wolltest? Nur keine Sorge. Es ist gar nichts passiert. Du brauchst sie also nicht einmal anzulügen.«

Er blickt jetzt auf die Tischplatte hinunter. Er legt die Hände, die Handflächen nach unten, die Finger gespreizt, auf das Teakholzimitat. »Wie oft soll ich es dir noch sagen? Sophie ist nicht meine Freundin. Sie bedeutet mir nichts. Ich bin ihr völlig egal. Das einzige, was uns verbindet, ist –«

»Sex?« schlägt Alice vor.

»Nein.« Empört schaut er hoch. »Das wollte ich nicht sagen.«

Er steht auf und geht zu ihr. Sie wendet den Blick von ihm ab und verschränkt die Arme vor dem Körper.

128

»Und wie kannst du nur behaupten«, sagt er, »daß zwischen uns vorhin nichts passiert ist?«

Sie schiebt sich an ihm vorbei, marschiert durch den Flur und reißt die Tür auf. »Raus hier. Das ist mein letztes Wort.«

Sie sieht, wie er einen Moment lang zögert, dann seine Schlüssel vom Tisch nimmt und zu ihr herüberkommt. Er muß ganz dicht an ihr vorbeigehen, wenn er durch die Tür will, und als er direkt vor ihr steht, greift er nach ihrem Arm und versucht, sie auf die Wange zu küssen. Sie schreckt zurück, so, als hätte sie sich verbrannt, und stößt dabei mit dem Kopf gegen den Türrahmen. Er legt seine Hand auf ihre und drückt sie gegen ihre Schläfe. »Entschuldigung«, flüstert er, nahe an ihrem Ohr.

Alice spürt, daß Tränen in ihr aufsteigen, und sie stößt seine Hand weg.

»Nun geh endlich. Bitte«, sagt sie, den Blick auf seine Füße gerichtet.

»Ich regele die Sache und rufe dich morgen an und erkläre es dir, in Ordnung?«

Sie zuckt die Achseln.

Dann ist er weg, und ein kalter Luftzug weht durch die offene Tür. Alice schließt sie und lauscht dem dumpfen Geräusch seiner Schritte auf der Treppe. Die Haustür schlägt zu, aber erst als das Motorengeräusch seines Autos ertönt, geht sie von der Tür weg.

Sie läuft ins Badezimmer und dreht den Heißwasserhahn weit auf. Es gurgelt in der Wasserleitung, und dann spuckt sie kaltes Wasser aus. Alice hält ihre Hand unter den Strahl, und als er langsam wärmer wird, steckt sie den Stöpsel in den Abfluß. Während sich der Raum mit Dampf zu füllen beginnt, starrt sie in den Spiegel.

Du wirst ihn nie wiedersehen, sagt sie sich. Die Stellen,

an denen er sie berührt hat – ihr Nacken, ihre Lippen, ihr Arm –, kommen ihr wund vor, schmerzen beinahe. Sie schaut sich in die Augen, befiehlt sich selber, gefälligst nicht zu heulen. Dann drückt sie eine Hand gegen ihr Hemd, direkt über dem Herzen, und sagt, wie sie glaubt, mit fester und dennoch gleichgültiger Stimme: »Ich will dich nie wiedersehen.« Ihr Herz schlägt nur wenig schneller als sonst, ihre Kehle hat sich kaum merklich zusammengezogen. Morgen wird ihr absolut nichts mehr anzumerken sein.

Ben fällt es schwer, sich auf die Worte des Arztes zu konzentrieren. Hinter dem Arzt hängen auf erleuchteten Lichtkästen Aufnahmen von Querschnitten durch Alices Gehirn. Ben sieht die Umrisse ihrer Augenhöhlen, ihrer Wangenknochen, ihrer Stirn und ihrer Nase, abgebildet in dem geisterhaft-gräulichen Farbton eines Fotonegativs. Das Gehirn selbst ist ein gewundener, zerklüfteter Wust aus dunklen Flecken, Einbuchtungen, Tälern und Falten.

»Mehr kann ich Ihnen zu diesem Zeitpunkt leider nicht sagen«, erklärt der Arzt und spreizt die Hände, wie ein Zauberer, der einen Trick vollführt.

»Aber … können wir denn überhaupt nichts tun?« fragt Ann.

»Sie können mit ihr sprechen, ihr Musik vorspielen, die sie gern hört, ihr laut vorlesen. Es ist wichtig, Alice aus ihrem gegenwärtigen Zustand aufzurütteln.« Der Arzt ist inzwischen aufgestanden, hat das Gesicht zusammengekniffen, als wäre er kurzsichtig, und begonnen, hinter seinem Schreibtisch auf und ab zu gehen. »Sie müssen wissen«, hebt er an, »daß die Polizei und einige der Augenzeugen behaupten, der … Unfall sei … möglicherweise … ein Versuch seitens Ihrer Tochter gewesen, sich ... das Leben zu nehmen. Es gibt zwar noch keine Beweise, aber ...«

Ben spürt einen strohigen Geschmack im Rachen. Aus den Augenwinkeln sieht er, wie Ann ihr eines Bein vom Knie des anderen nimmt, die Beine wieder übereinanderschlägt und sich vorbeugt: »Meinen Sie ... Selbstmord? Alice soll versucht haben, sich umzubringen?«

»Ja, das könnte sein. Man ist sich darüber noch nicht endgültig im klaren. Aber es ist eine Möglichkeit, die wir in Betracht ziehen müssen.«

»In Betracht ziehen?« wiederholt Ben benommen. »Inwiefern?«

»Es ist von entscheidender Bedeutung, Alice durch äußere Reize zu stimulieren.« Der Arzt seufzt. »Was ich damit sagen will, ist, daß sie wohl kaum aufwachen wird, wenn es für sie keinen Grund gibt, aufwachen zu wollen, oder?«

Sie sitzen wortlos an Alices Bett. Ann hat den Riemen ihrer Handtasche um ihre Hände gewickelt. Ben betastet den kleinen, durchsichtigen Plastikbeutel mit Reißverschluß, in dem die Gegenstände stecken, die Alice zur Zeit des Unfalls bei sich hatte. Den Beutel haben sie von dem Arzt bekommen. Ben stellt sich vor, daß der Arzt dabei war, als die Gegenstände aus Alices zerrissenen, blutbefleckten Taschen gezogen oder herausgeschnitten worden sind: das Portemonnaie mit genau £ 2,80 in Münzen, eine halbvolle Packung Spearmint-Kaugummi (zuckerfrei), ein Ehering aus Platin und ein Schlüsselring mit drei Sicherheitsschlüsseln und zwei klobigeren Bartschlüsseln. Sonst nichts. An dem Schlüsselring hängt, am Maul befestigt, ein kleiner, metallic-grün lackierter Emailfisch, dessen Schwanz sich an zwei Messingscharnieren hin und her bewegen läßt. Der Anhänger stammt aus Japan, das weiß Ben, allerdings hat er vergessen, woher er das weiß. Hat Alice es ihm irgendwann einmal erzählt? Er holt den Ehering aus dem Beutel und hält ihn zwischen Daumen und Zeigefinger gegen das Licht. Er fühlt sich leicht und warm an. Es ist keine Inschrift zu erkennen.

»Ich glaube das nicht«, sagt Ann unvermittelt. »Ich glaube das einfach nicht. Alice würde so etwas niemals tun.«

»Bist du dir sicher?«

»Hundertprozentig. Die Leute haben sich geirrt. Sie würde das niemals tun. Ich meine, ich habe mich schon gelegentlich gefragt, ob die Gefahr bestünde. Nachdem das mit John passiert ist. Aber das paßt irgendwie nicht zu Alice. Sie ist viel zu … trotzig.«

»Hmm. Vielleicht.« Dann fällt Ben etwas ein. »Kirsty sagte, Alice wäre gestern in Edinburgh gewesen.«

»In Edinburgh?«

»Ja. Ich wollte es dir schon längst sagen. Kirsty hat es mir heute morgen am Telefon erzählt.«

»Alice war gestern in Edinburgh?« Ann runzelt die Stirn, als hätte sie Ben im Verdacht zu lügen. »Wann gestern?«

»Ich weiß nicht. Alice hat, glaube ich, vom Zug aus angerufen, und Kirsty und Beth haben sie auf dem Waverley-Bahnhof getroffen. »Waverley?« Ann versagt die Stimme. »Um welche Zeit?«

»Ich weiß nicht«, sagt Ben erneut. »Kirsty zufolge ist Alice nur ein paar Minuten geblieben und dann wieder in einen Zug zurück nach London gestiegen.«

Ann steht so ruckartig auf, daß ihre Handtasche zu Boden fällt. Portemonnaie, Zettel, Kamm, Taschentücher, Zigaretten, Lippenstift und Schlüssel rutschen über die Fliesen, unter das Bett, zwischen die Stuhlbeine. Ann geht in die Hocke, sammelt die Sachen Stück für Stück auf und drückt sie sich an den Bauch.

»Ist alles in Ordnung?« fragt Ben, als er sich bückt, um ihr zu helfen.

»Ja. Natürlich. Was soll denn sein?« Ann geht zur Tür und öffnet sie. »Ich glaube, ich brauche eine Zigarette.«

»Okay«, ruft Ben ihr hinterher. »Dann bis gleich.«

»Alice, ich bin's. Hör zu.« Seine Stimme klingt nervös. »Ich habe alles geregelt.«

Sie umklammert den Hörer fester, sagt aber nichts. »Alice? Bist du noch dran?«

»Ja.«

»Dann sag doch was.«

»Mir fällt nichts ein.«

»Sag … sag nur, daß ich gestern abend nicht alles vermasselt habe.«

»John, es gab nichts zu ›vermasseln‹, wie du es nennst. Du bist mit jemand anderem zusammen, und du hast mich interviewt, und wir sind gemeinsam ins Kino gegangen. Nichts ist passiert.«

Er schweigt. Sie hört bei ihm Bürogeräusche im Hintergrund; klingelnde Telefone und die Kakophonie leise klackender Computertasten.

»Alice«, bringt er mühsam hervor. »Ich bin nicht mit jemand anderem zusammen. Ich war es auch bisher nicht, zumindest nicht direkt, und nun bin ich es garantiert nicht.

Sie reagiert nicht. Er versucht es noch einmal. »Alice, bitte … du kannst nicht behaupten, daß nichts passiert ist … Hör zu, mir geht es wirklich mies … Ich mach so was schließlich nicht alle Tage durch …«

Sie hält den Hörer vom Ohr weg. Ihre Hand schwebt in der Luft. Leg auf, sagt sie zu sich selbst, leg endlich auf. Um die nötige Entschlossenheit aufzubringen, versucht sie sich

133

an das Gefühl des Rutschens, Hinuntergleitens zu erinnern, das sie am Abend zuvor überkam, als er sich aus der Umarmung mit ihr gelöst hatte.

»Leg nicht auf! Bitte, tu's nicht … Alice? Ich weiß, daß du noch dran bist. Bitte sag was, sonst … sonst … werde ich noch wahnsinnig.«

»Sei nicht so melodramatisch.«

»Oh, guten Tag. Ich hatte gehofft, einen Augenblick nicht gestört zu werden. Warum bist du so dickköpfig?«

»Ich bin nicht dickköpfig. Ich lasse bloß nicht zu, daß man mich verarscht. Warum sollte ich auch? Was ist eigentlich mit Sophie? Was hat sie —«

»Scheiß auf Sophie«, unterbricht John sie vehement. »Begreifst du es denn nicht – sie hat mir nichts bedeutet, ich habe ihr nichts bedeutet. Sie war nicht das Problem.«

»Was war es denn dann?«

Er zögert. »Das kann ich dir jetzt nicht sagen.«

»Warum nicht?«

»Ich kann einfach nicht.«

»Warum? Weil du im Büro bist?«

»Nein, daran liegt es nicht. Es würde zu lange dauern, dir das jetzt zu erklären. Gib mir bitte noch eine Chance, Alice. Nur noch eine um mehr bitte ich nicht, und ich schwöre, wenn ich es wieder versaue, dann werde ich dir nie wieder am Telefon die Zeit stehlen. Das mit gestern abend tut mir furchtbar leid. Gib mir bitte die Gelegenheit, alles zu erklären. Bitte.«

Im Geiste sucht sie in Windeseile nach einer möglichen Erklärung – es liegt nicht an seiner Freundin, er kann im Büro nicht darüber sprechen, es zu erklären dauert lange. Was könnte es sein? Wenn es nicht um eine andere Frau geht, dann … nein … unmöglich.

»John?«

»Ja?«

»Dieses Problem von dir …«

»Ich habe es dir doch gesagt, Alice. Ich kann dir das jetzt nicht erklären. Wir müssen uns treffen, dann erkläre ich dir alles. Das verspreche ich dir.«

»Ist es etwa … Du bist doch nicht …?«

»Was?«

»Bist du … krank?«

»Krank?« wiederholt er.

Sie seufzt ungehalten. »Bist du HIV-positiv? Wenn es das ist, dann kannst du mir das nämlich genausogut jetzt gleich sagen.«

Er lacht kurz. »Mein Gott, nein, überhaupt nichts dergleichen. Körperlich bin ich bei bester Gesundheit. Was meinen seelischen Zustand angeht, bin ich mir da momentan allerdings nicht so sicher.«

»Oh.«

Es entsteht ein langes, angespanntes Schweigen. Sie kritzelt nervös mit schwarzem Kugelschreiber krakelige Figuren auf den vor ihr liegenden Notizblock.

»Hör mal«, sagt John, »Wir können das nicht am Telefon besprechen. Hast du was zu schreiben da?«

»Mh-hmm.«

»Gut. Schreib auf: Helm Crag Hotel. Das sind zwei Worte, H-E-L-M und dann C-R-A-G.«

»Was soll das?«

»Schreib es einfach auf. Hast du's?«

»Ja, aber wieso −«

»Okay, die Adresse ist Easedale Road in Grasmere. Um Viertel nach fünf fährt ein Zug vom Euston-Bahnhof ab. Du mußt in Oxenholme umsteigen und den Zug nach Windermere nehmen. Von dort aus nimmst du dir ein Taxi zum Hotel. Es liegt kurz außerhalb von Grasmere, in einem Tal namens Easedale. Die Reservierung läuft unter meinem Namen.«

»John, wenn du glaubst, ich würde so mir nichts, dir nichts –«

»Also, ich muß mir heute abend eine Theateraufführung in Manchester anschauen und komme deshalb etwas später an. Es kann unter Umständen zwei oder drei Uhr morgens werden.«

»Was zum Teufel –«

»Ich weiß. Es tut mir leid, aber das läßt sich nicht mehr ändern. Ich fahre von Manchester mit dem Auto hoch. Aber du kannst ja im Hotel zu Abend essen, einen Spaziergang machen –«

»John. Hör gefälligst mal zu!«

»Was?«

»Ich will dich nie wieder –« Alice beginnt mit den ersten Worten der langen Rede, die sie sich am vorigen Abend im Badezimmer zurechtgelegt hat, aber mit einem Mal hat sie den Rest komplett vergessen.

»Wie auch immer«, fährt er fort, als hätte sie überhaupt nichts gesagt, »wir haben den ganzen Samstag und Sonntag nur für uns. Vermutlich kann ich mir Montag nicht freinehmen, aber falls doch …«

»Wovon redest du da? Es kommt für mich überhaupt nicht in Frage, mit dir das Wochenende in einem Hotel im Lake District zu verbringen. Das laß dir von Anfang an gesagt sein.«

»Warum nicht?«

»Warum nicht? Was meinst du mit ›warum nicht?‹ Abgesehen von allem anderen, kenne ich dich kaum. Du mußt total bescheuert sein, wenn du glaubst, ich würde hier alles stehen und liegen lassen und zum Bahnhof stürzen, nur um mich mit dir in irgend so einem lauschigen Liebesnest zu treffen.«

»Wer hat denn etwas von einem lauschigen Liebesnest gesagt?«

»Es hat keinen Zweck, darüber auch nur zu diskutieren. Außerdem habe ich fürs Wochenende bereits Verabredungen getroffen.«

»Sag sie ab.«

»Auf keinen Fall. Die ganze Idee ist völlig hirnverbrannt.«

»Du mußt kommen. Bitte. Wir müssen miteinander reden, und ich finde, wir sollten das außerhalb von London tun. Ich habe mich um alles gekümmert. Das Hotel ist ein Traum. Es wird dir bestimmt gefallen. Es gibt dort rein vegetarische Küche.«

»Woher weißt du, daß ich Vegetarierin bin?«

»Das hast du mir in der Kantine während des Interviews erzählt.«

»Ach ja? Daran erinnere ich mich gar nicht mehr.«

»Aber ich. Alice, bitte komm dahin. Was muß ich anstellen, um dich zu überzeugen? Sag's mir, und ich tu es.«

»Du bist der eingebildetste Mensch, der mir je begegnet ist. Nenn mir einen Grund, einen überzeugenden Grund, warum ich all meine Pläne für die nächsten Tage über den Haufen werfen soll, nur um das Wochenende in einer Gegend zu verbringen, in der es höchstwahrscheinlich regnen wird, und noch dazu in Gesellschaft eines Mannes mit … mit … einem mysteriösen Geheimnis.«

»Weil«, sagt er leise, »ich es einfach nicht ertragen könnte, dich nicht zu sehen.«

Molly, das Mädchen, das in dieser Nacht Dienst hatte, wachte auf, als ein Auto knirschend über die Kiesauffahrt fuhr. Sie setzte sich auf, immer noch bekleidet mit der geblümten Hoteltracht, und griff nach ihrer Armbanduhr. Es war 2 Uhr 24. Sie ging durch das Zimmer, stolperte dabei über ihre Schuhe, die sie vor einer Weile achtlos abgestreift hatte, und zog sich einen Pullover an.

In der Eingangshalle stand ein dunkelhaariger Mann. Recht jung. Gutaussehend. Im Hotel stiegen nur selten junge Leute ab. Die meisten Gäste waren entweder Rentner, die wegen der schönen Aussicht kamen, oder bärtige Naturfreunde, die in den Bergen wandern wollten. Er hatte eine schwarze Reisetasche und einen tragbaren Computer dabei. Er lächelte, als er sie auf Zehenspitzen die Treppe hinunterschleichen sah.

»Hi. Es tut mir furchtbar leid, Sie so spät noch zu stören.«

»Das macht nichts. Sie sind sicher Mr. Friedmann.«

»Stimmt.«

»Kommen Sie von weit her?«

»Also, ich bin heute nachmittag in London losgefahren, aber ich mußte den Abend in Manchester verbringen.«

»Verstehe. Hatten Sie geschäftlich dort zu tun?«

»Ja, so könnte man das nennen. Ich habe mir eine der unsäglichsten Theateraufführungen meines Lebens angeschaut.«

Molly lachte. »Wieso?«

»Das ist mein Beruf. Irgend jemand muß es ja schließlich tun.«

»Sind Sie so eine Art Kritiker?«

Er nickte.

»Möchten Sie noch etwas essen?«

»Würde Ihnen das große Umstände bereiten? Es braucht auch nichts Warmes zu sein. Mit einem simplen Sandwich wäre ich mehr als zufrieden.«

»Kein Problem. Wenn Sie sich bitte hier eintragen würden.« Molly gab ihm das Anmeldebuch. »Und hier ist Ihr Schlüssel.«

Er wich entsetzt zurück, so, als hätte sie ihm einen Hundehaufen auf einem Tablett überreicht. »Schlüssel?«

»Ja. Ihr Zimmerschlüssel. Sie können ja schon mal Ihre Sachen nach oben bringen, während ich das Sandwich mache.«

»Sie meinen, das hier ist der Schlüssel für mein Zimmer, und er befindet sich immer noch hier unten an der Rezeption?« Jetzt faselte er wie ein Geistesgestörter.

»Na ja, wo sollen wir die Schlüssel denn sonst aufbewahren.« Mit diesem Typ stimmte eindeutig irgend etwas nicht. Er sah aus, als habe er gerade eine schreckliche Nachricht erhalten, als habe sie ihm mitgeteilt, daß seine Mutter gestorben sei oder so.

»Oh.«

»Haben Sie etwas dagegen einzuwenden, Mr. Friedmann?«

»Einzuwenden?« Er starrte sie so lange an, daß ihr unbehaglich zumute wurde und sie sich bereits überlegte, wie laut sie wohl schreien müßte, damit die anderen Mädchen sie hörten. Der Typ war wirklich merkwürdig. »Nein, nein, keine Sorge«, sagte er betrübt und bückte sich nach seiner Tasche. »Ich bringe nur schnell meine Sachen aufs Zimmer.«

»Ich würde Ihnen übrigens empfehlen, leise zu sein. Ihre Frau ist schon vor Stunden ins Bett gegangen.«

»Meine was?« blaffte er sie an.

»Ihre Frau.« Verstand er etwa ihren Dialekt nicht?

»Meine Frau!« rief er mit plötzlicher Begeisterung. »Sie ist hier? Ich meine, sie ist bereits eingetroffen?«

»Ja. Sie hat heute abend eingecheckt, etwas gegessen und ist anschließend gleich nach oben gegangen.«

»Tatsächlich? Das ist ja toll!« Er sprang geradezu in die Höhe, das selige Grinsen eines Irren auf dem Gesicht, packte seine Tasche und begann, zwei Stufen auf einmal nehmend, die Treppe hochzulaufen.

»Soll ich Ihnen das Sandwich trotzdem machen, Mr. Friedmann?«

»Nein, nein, sparen Sie sich die Mühe. Vielen Dank für Ihre Hilfe. Gute Nacht.«

Molly blätterte den Ordner mit den Buchungen durch. Wie lange würde dieser Mensch bleiben?

Als John die Tür hinter sich geschlossen hatte, herrschte um ihn herum völlige Finsternis, denn er kam direkt von einem hell erleuchteten Flur und konnte deshalb zuerst nichts sehen. Er stand regungslos da und wartete, bis seine Augen sich an die Dunkelheit gewöhnt hatten. Er hörte Alice irgendwo im Zimmer atmen. Unvermittelt überkam ihn das ebenso dringende wie unpassende Bedürfnis, in albernes Kichern auszubrechen, und er sah sich deshalb genötigt, seine Tasche abzustellen und die freie Hand auf den Mund zu pressen. Der Drang lies nach, was ein Segen war. Alice würde es womöglich nicht gefallen, mitten in der Nacht vom gackernden Lachen eines Verrückten aufgeweckt zu werden. Dann stellte er fest, daß er sich nicht an den Vornamen der Verrückten in *Jane Eyre* erinnern konnte. Wenn er sich recht entsann, fing der Name mit B an. Alice würde es bestimmt wissen, aber er hatte das Gefühl, wenn er sie deswegen weckte, würde sie noch ungehaltener sein. Hieß die Frau Beryl? Beryl Rochester klang irgendwie falsch. Beryl ... Beattie ... Beatrice ... Bridget? Nein. Mist, wie hieß sie bloß? Wenn ihm der Name nicht einfiel, würde ihn das garantiert die ganze Nacht über beschäftigen. Sein Gehirn lieferte ihm zuvorkommend weitere Frauennamen, die mit B anfingen. Biddy ... Beth ... Birdie ... Sei still, Gehirn. Sitz, Gehirn. Platz. Schön brav sein.

Inzwischen nahm er einen schwachen Lichtschein wahr, der durch die Gardinen fiel. Er sah helle Bettwäsche und –

ohichdankedirGottundichschwöreichwerdebisansEndemeines Lebens jeden Tag mindestens eine gute Tat tun – Alices helle Haut und ihr dunkles Haar. Sie lag, mit dem Rücken zu ihm, auf der Seite und atmete gleichmäßig. John setzte sich auf einen Stuhl an der anderen Seite des Bettes und schnürte seine Schuhe auf. Schlief sie in einem Doppelbett immer auf derselben Seite? Hatte der von ihr erwähnte Ex-Freund immer auf dieser Seite geschlafen? Vielleicht sollte er hinüber auf die andere Seite gehen. Um Himmels willen, John, leg dich endlich in das bescheuerte Bett, hörst du? Er zog sich aus, behielt aber die Unterhose an – denn es wäre kaum hilfreich, allzu unverschämt zu wirken, nicht wahr, er wollte das Mädchen schließlich nicht in Angst und Schrecken versetzen. Was hatte sie an? Er beugte sich vorsichtig übers Bett. Schwer zu sagen. Ihr Haar bedeckte die Schultern. Vielleicht war sie nackt. Der Gedanke löste in ihm den Wunsch aus, unverzüglich ins Bett zu springen. Aber, warte mal, wenn sie nackt war und er in Unterhose zu ihr ins Bett kam, könnte sie ihn für ein bißchen verklemmt halten. Oder, schlimmer noch, für eine Jungfrau. Aber wenn sie es nicht war und er sich im Adamskostüm neben sie legte, würde sie sich womöglich furchtbar erschrecken und glauben, daß er die Situation ausnutzen wollte. Was er natürlich sowieso schon tat. Ratlos schaute er sich auf der Suche nach Anhaltspunkten im Zimmer um. Ihre Sachen lagen kreuz und quer über dem Stuhl neben ihrer Seite des Bettes. Ein anderer Gedanke kam ihm in den Sinn. Wo waren die Kondome, die er in Manchester gekauft hatte? Er wollte gerade sein Gepäck durchwühlen, als ein grauenvolles Szenario vor seinem geistigen Auge abzulaufen begann: Alice wacht auf, knipst das Licht an und erblickt ihn, wie er neben dem Bett steht, sie ansieht und ihr, bekleidet nur mit einem Jockey-Slip, eine große Packung Kondome präsentiert.

Er schlug die Decke zurück und stieg ins Bett. Bitte, wach auf. Na los. Wie schön wäre das. Sie würde langsam erwachen und seine Anwesenheit spüren. Dann würden sie ein bißchen kuscheln und vielleicht – nein, verdammt und zugenäht, jetzt noch nicht

»Alice«, flüsterte er. Er konnte nicht anders.

Er rutschte langsam zu ihr hinüber. Sie trug ein Nachthemd. Gott sei Dank. Es war aus einem dünnen, farblosen, schimmernden Material.

»Alice«, murmelte er erneut. Bitte wach auf, Alice.

Plötzlich merkte John voller Bestürzung, daß er eine Mega-Erektion bekam. Scheiße, scheiße, scheiße. Na, das wäre ja eine echt tolle Art sie aufzuwecken – ihr einen steifen Schwanz zwischen die Schenkel zu schieben. Hi, Liebling. Hast du mich denn auch ein bißchen vermißt? Angstschweiß brach ihm aus, und er rückte so schnell es ging, ohne die Matratze in Schwingungen zu versetzen, von ihr ab. Oh, nein, nun bewegte sich Alice und drehte sich um. Was, bitte schön, würde er tun, wenn sie aufwachte? Sich auf den Bauch legen und fürs erste nicht von der Stelle rühren? Sie würde glauben, er sei behämmert oder zumindest ziemlich verschroben. Hi, Alice. Ja, mir geht's prima. Ich muß bloß eine Weile so liegenbleiben. Wie war übrigens die Fahrt hierher? Sie würde jeden Moment aufwachen, davon war John inzwischen überzeugt. Sie atmete ganz flach, und seine Erektion machte keine Anstalten zu verschwinden. Was konnte er bloß tun? Denk an was anderes, schnell … äh … kalte Dusche … was noch, was noch … Untersuchung beim Schularzt … ah … Das Einmaleins. Das Einmaleins! Einmal acht ist acht, zweimal acht ist sechzehn, dreimal acht ist …

Er riskierte einen kurzen Blick auf Alice. Schlief sie wirklich noch, oder war sie aufgewacht und lag da, so verstört

über die Sexbestie neben ihr, daß sie kein Wort herausbrachte? Nein, sie lag auf dem Rücken und schlief immer
noch fest. John betrachtete sie Das Laken war ihr bis zur
Taille runtergerutscht, und durch den dünnen Stoff des
Nachthemds konnte er die Umrisse ihrer Brüste erkennen
und – scheiße, scheiße, jetzt ging alles wieder von vorn los.
Er würde garantiert die ganze Nacht keine Auge zumachen
und sich am nächsten Morgen als fahriger, übernächtigter
Schwachkopf erweisen. Ein großartiger Begleiter für Alice,
die ihm vermutlich bereits fünf Stunden voraushatte.

Ann geht hastig durch eine Seitentür, die in eine Gartenan-
lage führt, und flucht, als sie sich dabei den kleinen hervor-
stehenden Handgelenkknochen an der Stahlklinke stößt.
Die Luft fühlt sich wie komprimiert an; eine graue Wol-
kenschicht direkt über den schimmernden Krankenhaus-
schornsteinen lastet auf der Stadt und scheint zu verhindern,
daß die Abgase und die abgestandene Luft entweichen.
   Ann lehnt sich an eine Zierwand aus Ytong-Steinen, betupft mit spitzen Verputzstacheln. Sie ist rundherum vom
Krankenhausgebäude umgeben. Alles in diesem Garten ist
vorfabriziert, sie kann sogar auf dem Rasen die Ränder der
viereckigen Grassoden erkennen. Es wird schon allmählich
dunkel. Links von ihr ist die Station, auf der ihre Tochter
liegt, bewußtlos, den Kopf rasiert, vollkommen unempfäng-
lich gegenüber der Außenwelt, die Lungen an eine Maschine angeschlossen, die alle vier Sekunden für sie atmet.
   Ann holt eine Zigarette aus ihrer Packung, steckt sie sich
zwischen die Lippen und sucht in ihren Manteltaschen nach
ihrer Streichholzschachtel. Sie muß die violette Spitze des
Streichholzes dreimal an dem Schmirgelpapierstreifen an-
reißen, ehe sie brennt. Sie behält den Rauch im Mund, be-

trachtet eine Weile das orangefarbene Glühen der Zigarettenspitze im Dämmerlicht, ehe sie ihn in ihre Lungen strömen läßt, wo er jede der blumenartigen Lungenbläschen durchdringt. Sie zählt die Fenster der Station ab, rechnet aus, hinter welchem Alice liegt.

Ann weiß, sie sollte die Zigarette an der Wand ausdrücken, zurück in das Zimmer gehen und sich zu ihrem Mann und ihrer Tochter setzen. Aber vorerst tut sie das nicht. Sie steht da, während der Rauch aus ihrem Mund in der windstillen Luft von ihr forttreibt, und schaut auf das Licht, das streifenförmig durch die Metalljalousie vor Alices Fenster strömt.

Elspeth steht an dem Panoramafenster an der Rückseite des Hauses und blickt nach draußen auf ihre Enkelinnen. Beth schlägt auf dem Rasen Rad und ruft Alice immer wieder zu: »Waren meine Beine eben gerade? Hast du's gesehen? Schau diesmal genau hin.« Alice, die kürzlich ungleichmäßige Zacken in ihre Haarspitzen geschnitten und eine lange Strähne grellgletscherblau gefärbt hat, liegt, ganz in Schwarz, am Rande der Terrasse auf dem Bauch und liest. Beth wirbelt erneut ihre mageren Beine herum, ihr Rock flattert, und ihr weißes Höschen blitzt auf. »Das sah toll aus«, sagt Alice, ohne von ihrem Buch hochzuschauen.

»Wirklich?« fragt Beth, das Gesicht von der Anstrengung gerötet. »Findest du das auch, Kirsty?«

Kirsty sitzt im Bikini in der Sonne und hat Wattebäusche zwischen den Zehen. Sie schüttelt ihr Nagellackfläschchen, und während sie den Deckel aufschraubt, sagt sie: »Ja. Das war große Klasse, Beth.«

»Es ist das reinste Verbrechen«, sagt eine Stimme neben Elspeth. Elspeth dreht sich um und sieht Ann neben sich stehen. Drei Tage sind seit der Sache in den Lodge Grounds vergangen. Es ist Wochenende, und Ben spielt Golf auf dem Platz in den Dünen.

»Was meinst du?« fragt Elspeth.

»Das da«, sagt Ann ungehalten und zeigt auf Alice. »Es ist ein Verbrechen, so schönes Haar wie ihres derart zu verunstalten. Ich weiß nicht, was sie sich dabei gedacht hat.«

Elspeth stützt eine Hand auf die Fensterbank und betrachtet Ann. Über ihren Köpfen sind schwarze Rußstreifen, eine Erinnerung an den viele Jahre zurückliegenden Vorfall, als Alice ohne ersichtlichen Grund die Vorhänge angezündet hat. »Es gibt schlimmere Verbrechen.«

Ann schaut sie an, zweifellos überrascht von Elspeths brüskem Ton.

»Meinst du nicht auch, Ann?« hakt Elspeth nach.

Unter Elspeths festem Blick läuft Ann tiefrot an. Sie starren sich in die Augen, und Elspeth zwingt sich, nicht als erste wegzuschauen. Ann wendet das Gesicht wieder dem Garten zu.

»Weißt du, was die alten Griechen mit Ehebrecherinnen gemacht haben?«

Keine Antwort. Ann preßt eine Hand gegen den Mund. »Weißt du's?«

Ann schüttelt schweigend den Kopf.

»Sie wurden in einem Hof, in dem sich die Familie ihres Mannes versammelt hatte, auf dem Rücken einer Stute festgebunden. Dann wurde ein Hengst hereingeführt, und alle sahen zu, wie der Hengst die Stute bestieg und die Frau dabei langsam zu Tode gequetscht wurde.«

»Bitte … hör auf«, sagt Ann.

»Und weißt du was noch? Ich habe diese Strafe immer furchtbar barbarisch gefunden. Das heißt bis jetzt.«

»Weiß Ben es?«

»Nein, und er wird es auch nicht erfahren, wenn du mir schwörst, diesen Mann nie wiederzusehen.«

Sie schauen nach draußen, Elspeth auf die Mädchen; Anns Augen sind auf irgendeinen Punkt an Horizont gerichtet.

»Liebst du ihn?« fragt Elspeth.

»Wen? Ben?«

Elspeth lacht kurz auf. »Nein. Nicht Ben. Ich weiß, daß du Ben nicht liebst. Den anderen.«

Ann zuckt trotzig die Achseln. »Ich glaube, das braucht dich wirklich nicht zu interessieren.«

»Wann hat das … mit euch … angefangen?«

»Vor Jahren.«

Elspeth sieht, daß Ann weggehen will. Sie streckt die Hand aus, packt ihr schmales, zartes Handgelenk und zieht sie zurück ans Fenster. »Die Leute haben immer gesagt – völlig arglos, dachte ich bisher immer, aber jetzt frage ich mich, wie viele von ihnen Bescheid wissen –, wie sonderbar es doch ist, daß zwei von den Mädchen zierlich und blond sind, eine jedoch groß und dunkelhaarig.« Elspeth dreht sie herum und zwingt sie so, gemeinsam mit ihr aus dem Fenster zu schauen. »Und als ich eben hier stand, habe auch ich darüber nachgedacht, wie sonderbar das ist. Alice wirkt neben ihren Schwestern so andersartig, als stamme sie von einer anderen Familie ab. Oder vielleicht von einem anderen Vater. Sonderbar auch, daß Alice als einzige in der Familie kein bißchen naturwissenschaftlich begabt ist, daß sie den ganzen Tag damit verbringt, zu lesen oder Klavier zu spielen. Und merkwürdig ist doch auch, daß sie viel aufbrausender und impulsiver ist als wir anderen. Mir fällt niemand aus meiner Familie ein, der so ist wie sie. Und dir? Fällt dir jemand ein, der ihr ähnelt? Irgend jemand?«

Ann versucht, sich aus Elspeths festem Griff zu befreien. Schließlich läßt Elspeth sie los. »Los, sag mir die Wahrheit.«

»Was?«

»Ist Alice von Ben?«

Ann betrachtet Alice durch das Fenster. Sie steht inzwischen neben Beth auf dem Rasen, um ihr Hilfestellung beim Handstand zu geben. »Langsam«, sagt sie gerade, »schön langsam, Beth. Sonst trittst du mir noch ins Gesicht.« Kirsty hat sich ihren Kopfhörer über die Ohren gestülpt und bemalt mit sorgfältigen Strichen ihre Fußnägel.

»Ich ... ich weiß es nicht ... ich bin mir nicht sicher ... ja, höchstwahrscheinlich ist sie von ihm.«

»Höchstwahrscheinlich. Was bedeutet das?«

»Genau das, was es bedeutet.«

Alice wacht abrupt auf. Irgend etwas stimmt nicht. Sie schwenkt den Blick mißtrauisch nach rechts und links. Es ist Morgen. Durch ein großes Fenster strömt Sonnenlicht herein. Es ist sehr ruhig. Kein Autolärm. Sie hört Vogelgezwitscher. Vogelgezwitscher? Ihre Kleidung liegt auf einem altmodischen Stuhl direkt vor ihr. Sie bewegt den Kopf ein wenig. Der Kopfkissenbezug ist aus weißer Baumwolle mit Spitzenbesatz. Sie schaut hoch; sie liegt in einem Himmelbett. Sie schaut nach unten; ein männlicher Arm ruht angewinkelt auf ihren Rippen. Sie mustert ihn ungläubig. Er sieht muskulös aus, ist gebräunt und von dunkeln Haaren bedeckt. Der Daumen der Hand steckt zwischen den eingerollten Fingern. Der dazugehörige Mann scheint hinter ihr zu liegen und sich an sie zu schmiegen.

Ehe sie weitere Nachforschungen anstellen kann, klopft es an der Tür. Sie macht den Mund auf, um »herein« zu sagen, aber kein Ton kommt heraus. Als ein paar Sekunden später ein Mädchen mit Lockenmähne und geblümtem Rock auftaucht und ein riesiges Tablett in Händen hält, starrt sie sie erstaunt an. »Guten Morgen, Mrs. Friedmann«, sagt das Mädchen. »Hier ist Ihr Frühstück. Ich stelle es ans Fenster.«

Alice will sie gerade fragen, wieso um Himmels willen sie Mrs. Friedmann zu ihr sagt, als ihr schlagartig einfällt, wo sie ist. O Gott, o Gott, was tut sie hier eigentlich?

Sobald die Tür wieder zu ist, reißt sie sich aus Johns Umklammerung los und springt wie eine aufgescheuchte Gazelle aus dem Bett. Er grunzt und kippt in die Kuhle, die ihr Körper in der weichen Matratze hinterlassen hat. Alice wartet ungeduldig, auf einem Bein balancierend. Er öffnet die Augen. »Hallo.« Benommen reibt er sich übers Gesicht. »Toll siehst du aus.«

Sie hat die starke Befürchtung, daß sie dümmlich grinst. Er jedenfalls tut es. »Frühstück ist da«, sagt sie und geht hinüber zum Fenster.

»Prima. Ich bin am Verhungern. Ich habe nämlich gestern abend nichts gegessen.«

Um irgend etwas zu tun, zieht sie die Gardinen auf, im vollen Bewußtsein, wie kurz ihr Nachthemd ist. Das blöde Ding bedeckt kaum ihren Po, aber sie besitzt kein anderes. Außerdem ist es, von so hellem Sonnenlicht angestrahlt, wahrscheinlich völlig durchsichtig. Als sie sich wieder umdreht, sieht sie an seiner begeisterten Miene, daß diese Vermutung eindeutig stimmt.

»Wann bist du angekommen«, fragt sie in ziemlich förmlichem Ton. »So gegen drei.«

»War's schön?«

Einen Moment lang breitet sich sonderbarerweise Panik auf seinem Gesicht aus, aber dann sagte er: »Oh, du meinst die Theateraufführung. Die war leider grauenvoll.«

»Möchtest du einen Toast?«

»Komm her«, sagt er und streckt die Arme aus.

»John«, sagt sie mit erstickter Stimme. »Ich kann nicht. Die Situation hier ist zu … bizarr. Mir wird das alles zuviel.« Sie weist mit einer Handbewegung auf das Zimmer, einschließlich ihres Gepäcks, der zerknitterten Kleidung und des riesigen Himmelbetts. »Solange wir noch nicht einmal … ich meine, ich habe dich bisher noch nicht einmal geküßt. Zumindest nicht richtig.«

Er läßt die Arme auf die Bettdecke sinken. »Ich verstehe, was du meinst.«

»Und«, sagt sie, »vor allem mußt du mir dein mysteriöses Geheimnis verraten. Darum sind wir ja schließlich hier, oder?«

John schweigt. Alice macht sich an den Teetassen auf dem Frühstückstablett zu schaffen und tut so, als bewunderte sie die Aussicht auf das Tal.

»Ich bin sehr froh, daß du ›bisher‹ gesagt hast«, sagt er ruhig. »Wie bitte?«

»Ich bin sehr froh, daß du das Wort ›bisher‹ benutzt hast. Du hast gesagt: ›Ich habe dich bisher noch nicht einmal geküßt.‹«

»Na ja, ich wäre ja wohl kaum hier, wenn ich nicht … ich meine …« Sie geht ein paar Schritte auf ihn zu. »John«, sagt sie.

»Ja?«

»Bist du …?« Sie fängt an zu kichern.

»Bin ich was?«

»Bist du …?« Sie kichert erneut. »Ich meine, hast du überhaupt etwas an?«

Er lächelt stolz. »Jawohl, das habe ich. Ich habe meine Unterhose anbehalten.« Er schlägt in hohem Bogen die Decke zurück und steigt aus dem Bett. Sie stehen da, etwa ei-

149

nen Meter voneinander entfernt, Alice im Nachthemd, John in Unterhose, und betrachten sich.

»Ich glaube«, hebt John langsam an, »wir sollten vielleicht einen Spaziergang machen.«

Wenn man das hier Leben nennen kann, dann ist es, als lebte man in einer Höhle oder einem U-Boot und wäre nur durch ein hauchdünnes Periskop mit der Außenwelt verbunden; ein so dünnes Periskop, daß es nur Gerüche und Geräusche übermittelt – und auch die nur selten.

Gestern, letzte Woche, dieses Jahr, vor einer Minute, heute morgen oder vor zwei Monaten – jede dieser Zeitangaben könnte stimmen – sog meine Nase aus der Luft einen gewissen Geruch an diesen Ort herunter, an dem ich mich nun befinde. Es heißt, von allen Sinnen beschwöre der Geruch die meisten Erinnerungen herauf. (Einmal überlegte ich, ob ich eine Beziehung mit einem Mann eingehen sollte, dessen Geruchssinn nur sehr eingeschränkt funktionierte – ich bin mir fast sicher, daß es darum mit uns nicht geklappt hat. Nachdem Rachel ihn kennengelernt hatte, nannte sie ihn einen Gefühlskrüppel, und sie hatte recht. Aber zu seinen Gunsten muß gesagt werden, daß man von ihm auch nicht erwarten durfte, ohne dieses assoziative Hilfsmittel eine große emotionale Tiefe zu entwickeln. Wie kann jemand überhaupt ohne ein solch wichtiges Verbindungsglied zwischen der unmittelbaren konkreten Umgebung und den Erinnerungen an die Vergangenheit existieren?)

Kaum hatte mich dieser Geruch erreicht, mußte ich an Ausflüge im Auto während meiner Kindheit denken – stickige, Übelkeit erregende Luft, meine nackten Beine kleben an dem Sitzbezug, der Ellbogen von Beth drückt in meine Seite, alle drei bitten wir meine Mutter, ein Fenster zu öffnen, aber sie weigert sich, weil der Luftzug ihre Haare durcheinanderbringen würde – und an einen Schrank, den wir nicht öffnen durften, voll mit schlaffen Kleidern, die an den Schultern auf gepolsterten Bügeln hingen. Es war das Parfum meiner Mutter, das sie sich einmal pro Tag sowohl auf ihre Halsvene als auch auf ihre Handgelenke sprühte und das sich immer erst etwas verflüchtigen mußte, ehe sie sich anzog. Es ist ein Geruch, der wie ein Schwanz an ihr hängt und sich in jedem Raum, den sie betritt, genauso fest-setzt wie in jedem ihrer Kleidungsstücke.

Es kann nur eines bedeuten: Meine Mutter ist hergeholt worden. Ich fühle mich dadurch in gewisser Weise im Nach-teil – sie kann mich sehen, aber ich sie nicht. Ist sie jetzt da, jetzt gerade, in diesem Moment – wann auch immer »dieser Moment« ist? Es ist eine gräßliche Vorstellung, daß sie dort sitzen könnte, knapp jenseits meiner Haut, und ich mich hier wartend verkrochen habe. Sie ist irgendwo dort oben, womöglich gemeinsam mit meinen Schwestern, und viel-leicht sogar mit meinem Vater.

Alice und John gehen auf einem schmalen Pfad aus Steinen und festgestampfter Erde um einen Bergsee namens Ease-dale Tarn herum. An den Wegrändern wechselt die Be-schaffenheit des Bodens immer wieder zwischen trockenen, grasbewachsenen Abschnitten und matschigen Stellen, be-deckt mit knallgrünen Flechten, die an den Schuhsohlen festkleben, wenn man auf sie tritt. Die beiden begegnen im-mer wieder anderen Leuten. Alice sagt dann munter hallo, und John grüßt ebenfalls, allerdings weniger lebhaft. Er geht etwa drei Schritte hinter ihr, schweigt die meiste Zeit und hat seinen Pullover ausgezogen und um die Taille gebunden. Sie wartet darauf, daß er mit einer Art Beichte oder Erklä-rung beginnt, aber bislang ist noch nichts dergleichen ge-schehen. Eine Welle der Frustration schwillt in ihr an, und sie weiß genau, wenn er nicht bald mit seinem Geheimnis herausrückt, wird sie irgend etwas Unüberlegtes tun.

Wie um diesen Gedanken zu verscheuchen, bleibt sie stehen und schaut sich um. Auf drei Seiten sind sie von Bergkämmen umgeben, und vor ihnen liegt der breite, spiegelglatte, schiefergraue See. Diese völlig ebene Fläche irritiert sie: Es herrscht Windstille, und die einzigen Linien im Wasser stammen von den Enten, die in wuseligen, schnatternden Gruppen am Rand herumschwimmen.

John hat sich dicht neben sie gestellt. Entschieden zu dicht, findet sie, zumal er sie jetzt schon seit einer Stunde auf sein verdammtes Geständnis warten läßt. Plötzlich spürt sie, wie er sie an der Hand faßt. Sie blickt überrascht nach unten. Er schiebt seine Finger zwischen ihre, während er auf den See hinausschaut, als wäre ihm gar nicht bewußt, was seine Hand da tut. So etwas kommt vorläufig überhaupt nicht in Frage. Alice zieht ihre Hand weg und geht weiter. Sie hört, wie er hinter ihr in leicht erstauntem Ton »Geschieht mir recht« brummelt.

»Alice«, sagt er, etwas deutlicher, »wollen wir uns hier ein bißchen hinsetzen?«

Sie dreht sich auf dem Pfad um und blickt, eine Hand in die Hüfte gestemmt, zu ihm zurück. »Einverstanden.«

Aber als sie sitzen, schweigt er erst einmal wieder und trinkt aus einer Wasserflasche. Was kann so schlimm sein? fragt sich Alice. Er sitzt da, die Arme um die Knie geschlungen, und starrt auf den See. Er wirkt verzweifelt, so, als würde er ihr gleich etwas Furchtbares erzählen.

»Also«, sagt sie mit fester Stimme.

»Also«, wiederholt er und wendet sich, ein angedeutetes Lächeln auf den Lippen, ihr zu. Ihre Gesichter sind ganz nah beieinander. Sie betrachtet seinen Mund und malt sich unwillkürlich aus, wie es wäre, ihn zu küssen. Richtig zu küssen. Sie erinnert sich daran, wie es sich anfühlte, als seine Lippen ihre berührten, und versinkt gerade in einem kleinen Tagtraum, in dem sie beide auf dem feuchten Gras hier am See liegen, als sie merkt, daß ihr Rückgrat eigenmächtig begonnen hat, sich zu ihm hinüberzuneigen. Ihr Gehirn zieht die Notbremse, und ruckartig richtet sie sich wieder auf. Im Geiste stimmt sie Rachels Ratschlag zu, den sie gestern abend während der Zugfahrt telefonisch an einem Apparat der British Rail erhalten hat: Schlaf so lange nicht mit ihm, bis er dir alles erzählt hat. Vorher auf keinen Fall, Alice, das verbiete ich dir. Mit einmal ist ihr etwas beklommen zumute: Was kann so schrecklich sein? Er legt die Hand auf ihren Unterarm. »Alice, was empfindest du … für mich?«

Sie schüttelt den Kopf. »Das werde ich dir bestimmt nicht sagen und mir anschließend anhören, daß du eine Frau und ein Dutzend Kinder hast oder daß du nach Australien auswandern wirst oder daß du ein verurteilter Verbrecher bist, der nächste Woche eine lebenslange Gefängnisstrafe antreten muß, oder daß du kürzlich auf den Gedanken gekommen bist, du könntest schwul sein.«

Er lacht.

»Hab ich's in etwa getroffen?«

»Nicht einmal ansatzweise.« Er verfällt wieder in Schweigen, seine Finger streichen über die verästelten Adern an ihrem inneren Handgelenk. Sie schaut gen Himmel und sieht einen Vogel in breiten, ausladenden Kreisen über sie hinwegfliegen. Sie schaut nach unten, und in diesem Moment gleitet er so dicht über das Wasser, daß sein Spiegelbild auf der Seeoberfläche erscheint. Mir reicht's jetzt, denkt sie, ich habe die Nase voll. Sie beugt sich hinab und schnürt ihre Stiefel auf.

John stellt schockiert fest, daß Alice ihre Jeans aufknöpft und sie auszieht. »Was hast du vor?« fragt er und schaut sich um, weil er sehen will, ob jemand in der Nähe ist. Was um Himmels willen ist in sie gefahren? Gerade ist er dabei, ihr alles zu erzählen, da fängt sie plötzlich an sich auszuziehen.

»Ich geh da rein«, sagt sie, als hätte er ihr eine selten dämliche, überflüssige Frage gestellt.

»Wo rein?«

»Da rein«, wiederholt sie und zeigt auf den See.

»Aber … das Wasser ist doch bestimmt eiskalt. Laß das, Alice. Komm wieder her.«

Sie ignoriert ihn völlig, und es ertönen leise ploppende Geräusche, als sie mit vorsichtigen Schritten, die Arme seitwärts ausgestreckt, um das Gleichgewicht zu halten, ins Wasser geht. Sie hebt einen Fuß mit gespreizten Zehen aus dem Wasser.

»Mein Gott, ist das kalt!« ruft sie und watet dann rasch weiter hinein, eine Spur aus Luftblasen hinter sich herziehend.

Vollkommen fassungslos steht er auf und geht zum Ufer. Sie ist inzwischen ziemlich weit entfernt, das Wasser reicht ihr bis zu den Knien. »Alice, bitte komm zurück«, jammert er hilflos. »Du wirst noch ausrutschen und reinfallen. Und bestimmt holst du dir eine Unterkühlung.«

»Es ist ganz angenehm, wenn man sich erst an die Temperatur gewöhnt hat.«

»Hör auf, die Heldenhafte zu spielen, und komm raus.«

Ihr Lachen hallt über das Wasser. Er sieht ein Paar mittleren Alters ein Stück entfernt am Ufer sitzen – die Frau zeigt auf Alice, und den Mann hat John im Verdacht, daß er Alice, die bloß ein hautenges T-Shirt und ein Spitzenhöschen trägt, durch sein Fernglas beobachtet. Alice kreischt auf, schwankt gefährlich nach einer Seite, gewinnt dann aber wieder das Gleichgewicht und dreht sich zu John um. Das Wasser reicht ihr inzwischen bis an die Oberschenkel.

»Hör gut zu, John Friedmann«, ruft sie, die Hände trichterförmig an den Mund gelegt. »Das ist deine letzte Chance.«

Das Paar mittleren Alters und einige Spaziergänger, die stehengeblieben sind, schauen ihn erwartungsvoll an.

»Was meinst du damit?«

»Wenn du mir nicht erzählst, warum du dich vorgestern abend so benommen hast, schwimme ich quer durch den See, und du siehst mich nie wieder.«

John schaut ans gegenüberliegende Ufer. Er schätzt, daß sie weniger Zeit bräuchte, dorthin zu schwimmen, als er, außen herum zu gehen. Ist das eine Art Test? Eine Mutprobe? Erwartet sie von ihm, ihr ins Wasser zu folgen?

»Ich soll es dir also jetzt gleich sagen?« fragt er, um Zeit zu gewinnen.

»Jetzt gleich«, antwortet sie und fügt drohend hinzu: »Jetzt oder nie.«

»Alice, bitte«, beschwört er sie, »können wir nicht darüber sprechen, wenn wir …« er weist auf die Leute am Ufer, »etwas ungestörter sind?«

Sie schüttelt den Kopf. »Du hattest den ganzen Vormittag Zeit, ungestört mir zu reden. Meine Geduld ist am Ende. Sag's mir jetzt sofort.«

Er sieht sie an, wie sie im eiskalten Wasser dasteht, zitternd, den Kopf zur Seite geneigt, die Hände hinter dem Rücken verschränkt. Wird sie wegschwimmen, wenn er es ihr nicht sagt? Das will er nicht riskieren.

»Ich bin Jude!« ruft er ihr zu.

Es entsteht eine Pause. Sie macht ein Gesicht, als wartete sie darauf, daß er fortfährt. Er zuckt aber bloß hilflos mit den Achseln. Die Blicke der Leute am Ufer sind auf Alice gerichtet, in Erwartung ihrer Reaktion.

»Das ist alles?« sagt sie.

»Ja.«

»Und wieso ist das ein Problem?«

»Weil … du keine Jüdin bist.«

Sie scheint darüber nachzudenken, schaut in den Himmel, dann wieder zum ihm herüber. Eine Zeitlang passiert überhaupt nichts, Alice steht im See, John, wie gelähmt vor Anspannung, am Ufer, umgeben von den Zuschauern. Er ist kurz davor, ebenfalls Schuhe und Hose auszuziehen und ihr hinterherzugehen, als sie das Schweigen bricht. »Du glaubst also, du kannst nicht mit mir zusammensein, weil ich keine Jüdin bin? Stimmt das? Ist das der Grund, warum du vorgestern abend …«, sie unterbricht sich, wahrscheinlich wegen des Publikums, und sucht nach einer passenden Formulierung, »… bei mir in der Küche einen Rückzieher gemacht hast?«

»Ich konnte einfach nicht anders«, stellt er klar. »Ich glaubte an meine Entscheidung, daß nichtjüdische Frauen für mich tabu sind, gebunden zu sein.«

»Und jetzt?«

»Jetzt … ist mir das, glaube ich, völlig egal.«

Sie antwortet nicht. Er wartet und tritt dabei nervös von einem Fuß auf den anderen.

»Komm bitte raus, Alice.«

»Ich denke nach.«

»Okay. Tut mir leid.«

Er dreht sich um und starrt die anderen Leute wütend an, die sich daraufhin prompt zerstreuen und so tun, als würden sie weitergehen. Als er sich ihr wieder zuwendet, watet sie mit sehr ernstem Gesichtsausdruck auf ihn zu. Er streckt ihr eine Hand entgegen, und als er eine ihrer Hände zu fassen bekommt, fühlt sie sich so kalt an, daß ihm das Blut in den Adern gefriert. Er zieht sie ans Ufer hinauf und drückt sie an sich. »Mein Gott, du bist ja halb erfroren«, ruft er, und als er ihre Lippen mit den Fingerspitzen berührt, bemerkt er: »Die laufen ja schon blau an.«

Sie macht sich los und starrt ihn unverwandt an. »Wir müssen darüber reden«, sagt sie.

»Ich weiß.«

Alice holt aus der Zuckerdose auf dem Resopaltisch ein Zuckerstück nach dem anderen und baut damit eine kleine Mauer, die nach oben hin immer breiter wird und deshalb schon bald bedrohlich schwankt. John schaut ihr zu. »Du findest das bestimmt lächerlich«, sagt er nach einer Weile.

Sie ist gerade mit der fünften Reihe ihrer Mauer beschäftigt. Während sie nach einem weiteren Zuckerstück greift, legt sie eine Hand schützend um die Mauer, wie um sie vor zu starker Zugluft zu schützen. »Nein«, sagt sie, laut denkend, »lächerlich bestimmt nicht.« Sie schiebt das Zuckerstück in einen schmalen Spalt, aber für die Statik des Ganzen ist es ein Stück zuviel, und das Gebilde bricht polternd in sich zusammen.

»Mist«, sagt sie und schaufelt die Zuckerstücke wieder in die Dose. Sie wischt sich die losen Kristalle von den Fingern, wirft dabei einen kurzen Blick auf die Kellnerin, die sie über die schützende Espressomaschine hinweg mißbilligend anschaut, und richtet dann ihre ganze Aufmerksamkeit wieder auf John. »Lächerlich bestimmt nicht«, wiederholt sie, »eher sonderbar, würde ich sagen. Antiquiert. Ich meine, ich habe schon öfter gehört, daß so was vorkommt, aber ich war immer der Ansicht, das gäbe es nur bei irgendwelchen fundamentalistischen religiösen Sekten. Daß du Jude bist, habe ich mir bei deinem Namen und deinem nicht gerade besonders arischen Aussehen schon irgendwie gedacht, aber es ist mir überhaupt nicht in den Sinn gekommen, daß sich daraus ein Problem ergeben könnte.«

»Weißt du«, sagt er, »die Religion ist nicht das Entscheidende. Es fällt mir schwer, das zu erklären. Es geht mehr um soziale Identität als um Gott. Mehr um Gruppenzugehörigkeit als um Glauben. Ich meine … ich bin nur dreimal pro Woche zur Talmud-Schule gegangen und … na ja … all das ist mir von klein auf eingetrichtert worden.«

»Verstehe«, murmelt sie, leicht verunsichert. Sie schaut aus dem Fenster. Touristen schlendern die Hauptstraße von Grasmere entlang. Eine Frau, die eine lange rote Öljacke zu Shorts und Gummistiefeln trägt, bleibt neben ihr auf der anderen Seite der Scheibe stehen, um sich die direkt über Alices Kopf angebrachte Speisekarte durchzulesen. Alice starrt sie an, es kommt ihr merkwürdig vor, daß fremde Menschen nichts dabei finden, so nahe an einen heranzutreten, nur weil eine Glasscheibe dazwischen ist. Die Frau blickt nach unten, sieht, daß Alice sie anschaut, und tritt einen Schritt zurück. Ihre Miene wirkt gleichzeitig pikiert und verlegen, und sie versucht mit zusammengekniffenen Augen die Speisekarte auch auf die größere Entfernung zu lesen.

»Sophie war also …«

John lacht und beißt sich auf die Lippen. »Die Sache mit Sophie und mir war eine ziemliche Katastrophe. Sie ist eine Freundin der Familie. Ein nettes jüdisches Mädel, wie mein Vater es ausdrücken würde. Ich glaube, ich habe gehofft … ich glaube, wir haben beide gehofft, daß es eines Tages auf wundersame Weise bei uns beiden funken würde, aber das ist natürlich nicht passiert. Ich wollte letztes Wochenende mit ihr Schluß machen, aber aus unserem Treffen wurde nichts, und dann bin ich dir begegnet, und das hat alles andere gewissermaßen in den Hintergrund gedrängt. Und dabei wünscht sich mein Vater doch nichts sehnlicher, als daß ich eine Jüdin kennenlerne …« Er verfällt in Schweigen, das Kinn in die Hand gestützt.

Alice betrachtet ihn, wartet darauf, daß er weiterredet.

»Er wird über uns wohl nicht gerade begeistert sein, aber …« Er zuckt gleichgültig die Achseln. »Das ist sein Problem. Verschlimmert hat es sich alles noch dadurch, daß mein Vater nach dem Tod meiner Mutter sehr fromm geworden ist«, fügt er hinzu und verstummt.

»Oh«, sagt Alice betroffen, »das tut mir leid. Daß deine Mutter gestorben ist, meine ich.«

In dem Augenblick tritt die Kellnerin an ihren Tisch und schenkt ihnen ein Lächeln, das Alice ziemlich mißmutig vorkommt. Alice spart sich ihren nächsten Satz auf, lehnt sich statt dessen, genau wie John, auf ihrem Stuhl zurück, damit die Kellnerin ihnen ihren zweiten Kaffee servieren kann. Die Kellnerin braucht ewig, um die schmutzigen Teller und Tassen abzuräumen, und während sie das Geschirr über die Tischplatte schleift, wirft Alice einen vorsichtigen Blick auf John. Er betrachtet sie, und sie fühlt sich so unbehaglich – wegen dem, was er eben gesagt hat, wegen der Frage, was jetzt geschehen wird, ob er es sich anders überlegt hat, ob sie es sich anders überlegt hat –, daß sich ein lästiger Hitzeschwall über ihr Gesicht ausbreitet. Sie schaut weg, bläst auf den kochendheißen Kaffee vor sich und spielt mit dem Löffel in der Untertasse herum.

»Du, Alice, wenn ich eben gesagt habe, daß mein Vater über uns nicht gerade begeistert sein wird«, sagt John hastig, sobald die Kellnerin weg ist, »heißt das nicht, daß ich irgend etwas als gegeben voraussetze. Ich meine, ich halte es nicht für abgemacht, daß … ähm … zwischen uns etwas sein wird oder so. Ich meine, das hängt natürlich von dir ab … Ich will nicht voreilig sein …« Er bricht ab.

Alice hebt den Löffel in die Höhe und schaut hinein. Die eine Seite zeigt ihr Gesicht, verzerrt, scheinbar nur aus Nase und Mund bestehend, und die andere den Raum hinter ihr

159

mit der Kellnerin, die aussieht wie ein in die Länge gezogenes Apostroph, das über die Zimmerdecke läuft. Alice läßt den Löffel wieder in die Untertasse fallen. Sie erlaubt sich, den Mann ihr gegenüber zu mustern seine Hände, die wenige Zentimeter von ihren Händen entfernt auf dem roten Resopal liegen, seine Schultern, seine Augen, seinen Mund. Wie ist sie nur je auf die Idee gekommen, sie könnte es sich anders überlegt haben? Sie ist plötzlich regelrecht verschüchtert – ein Gefühl, das ihr eher fremd ist. Es fällt ihr schwerer, ihn jetzt, hier in diesem Café, zu berühren, als es ihr vorhin am See gefallen wäre. Sie ist nicht in der Lage, nach seinen Händen zu greifen, hat fast Angst, sich zu bewegen, weil sie befürchtet, er könne jede mögliche Bewegung als Zurückweisung deuten.

Er streckt die Arme über den Tisch aus und nimmt ihrem Kopf zwischen die Hände. Sekunden später küssen sie sich so selbstvergessen, als wären sie allein in dem Raum; die Leute an den Nachbartischen schauen kurz hin und wenden dann den Blick ab; die Kellnerin schnalzt mißbilligend mit der Zunge und verdreht die Augen; Passanten auf der Straße stoßen die Leute in ihrer Begleitung an und zeigen mit den Fingern auf sie.

Am Sonntag kommt John gegen neun Uhr morgens in einem Hotelbademantel aus dem Bad.

»Weißt du was«, sagt Alice vom Bett aus.

»Was?« Er sieht, daß sie einen seiner Pullover trägt, und das beschert ihm ein leichtes Glücksgefühl. Sie liest, auf dem Bauch liegend, in einem Buch und wedelt mit den Füßen durch die Luft. Sie wirkt wie etwa vierzehn.

»Wir hätten genausogut in London bleiben können. Ich meine, wir haben nicht gerade besonders viel von dem Tal hier oder dem Lake District gesehen.«

»Wie kannst du so was behaupten, wo wir doch diese grandiose Aussicht haben?« Mit einer theatralischen Geste reißt er die Vorhänge auf. »Du Großstadtbanausin.« Er setzt sich an den Tisch am Fenster, auf den er seinen Computer gestellt hat, und beginnt, sich mit einem Handtuch wie wild die Haare trockenzurubbeln.

Ihre bloßen Füße stapfen über den Boden, dann spürt er ihre Hand auf seiner. »John, wenn du das immer so machst, hast du mit dreißig eine Glatze.«

»Ich muß was für die Durchblutung meines Kopfes tun, wenn ich es je schaffen will, diesen Artikel zu schreiben. Und abgesehen davon«, sagt er unter dem Handtuch hervor, »besteht sowieso keine Gefahr, daß ich eine Glatze kriege. Ich entstamme einer langen Ahnenreihe von Männern mit vollem Haupthaar.«

»Bist du dir da ganz sicher?« Sie zieht ihm das Handtuch schwungvoll wie ein Friseur vom Kopf, läßt die Hände unter den Bademantel gleiten und küßt ihn auf den Nacken.

»Nein, Alice … bitte nicht«, sagt John, obwohl er eigentlich meint, ja, Alice, bitte mach weiter, tu, wozu du Lust hast. »Ich muß … äh … jetzt wirklich …« Er schaut tatenlos zu, wie sie den Knoten über seiner Hüfte löst, als ob er vom Hals abwärts gelähmt sei. Was ist mit der Synapse, die den Befehl an seine Hände weiterleitet, Alice daran zu hindern, ihm den Bademantel auszuziehen? Wieso funktioniert die nicht? Hat Alice sie zerstört? Womöglich schmilzt gerade sein Gehirn. Oh, mein Gott, denkt er, als sie sich rittlings auf seine Knie setzt und ihre Finger und ihr Mund an seinem Körper hinunterstreichen, er wird nie wieder arbeiten können.

Nur mit Mühe und Not gelingt es ihm, sie wegzuschieben. »Genug. Hör auf, mich zu quälen. Ich muß diese bescheuerte Theaterkritik schreiben, sonst komme ich in Teufels Küche. Bleib mir vom Leibe, hast du mich verstanden?«

Sie lacht und geht ins Bad. Er hörte das unvermittelte Zischen, als die Dusche angestellt wird. Seine Notizen von Freitag abend sind nahezu unleserlich – seitenweise Kugelschreibergekritzel. Er seufzt und schaut, auf der Suche nach einer Inspirationsquelle, die Berge an. Alice hat angefangen zu singen. Etwas Schottisches oder vielleicht Irisches. Sie hat eine schöne Stimme. John dreht sich auf dem Stuhl zur Badezimmertür um. Sie steht jetzt bestimmt unter der Dusche. Ist ganz naß und wahrscheinlich mit Seifenschaum bedeckt. Er schaut wieder auf seine Notizen. Er könnte mal kurz … nein. Er muß das fertigkriegen. Entschlossen steckt er sich Ohrstöpsel in die Ohren und schaltet den Computer ein. »Um zuerst das Offensichtliche abzuhandeln – die Aufführung letzten Freitag war …«, tippt er ein und hält dann inne. Wie war die Aufführung? Erneut überfliegt er seine Notizen und versucht, ein allgemeines Gefühl für die Inszenierung heraufzubeschwören. Aber das einzige allgemeine Gefühl, das er momentan heraufbeschwören kann, ist überschäumende Seligkeit, durchmischt mit unterschwelliger Begierde – und beides hat nichts mit dem *Peer Gynt* des Manchester Playhouse zu tun. Er löscht, was er geschrieben hat, und fängt neu an: »Ibsens *Peer Gynt* ist kein Stück, bei dem man es sich leisten kann, auf die Qualität schauspielerischer Leistungen zu verzichten.« Okay. Prima. Jetzt sind wir auf dem richtigen Weg.

Plötzlich ist sie da, unter dem Tisch zwischen seinen Knien, und öffnet den Bademantel. Er fährt überrascht zusammen, und das Wort »akdjnuskjinlkfhwkew« erscheint auf dem Bildschirm. Er nimmt die Ohrstöpsel im selben Moment aus den Ohren, in dem sie seinen Penis in den Mund nimmt. Die Wirkung stellt sich augenblicklich ein:

Es ist, als ob das gesamte Blut seines Körpers in seinen Schwanz schösse, um ihn steif zu machen. Vor Schreck wird ihm ganz schwindelig. »O Gott.«

Ihr Mund ist weich, geschmeidig und unglaublich warm. Er spürt die Kanten ihres Gaumens und ab und an eine leichte Berührung ihrer Zähne. Er löst die Haarklemme, mit der sie vor dem Duschen ihr Haar hochgesteckt hat, und es fällt über seine Schenkel und ihre Schultern. Gestern abend, als sie sich im Dunkeln über ihn beugte und eine Strähne fest um seinen Penis wickelte, befürchtete er zum ersten Mal in seinem Leben, daß er einen vorzeitigen Samenerguß habe werde. Er faßt sie am Arm und zieht sie zu sich hoch.

Tisch sieben am Fenster ist immer noch unbesetzt, obwohl die Frühstückszeit fast vorbei ist. Wer fehlt noch? Molly wirft einen raschen Blick durch den Speiseraum. Das junge Paar aus London natürlich. Die übrigen, älteren Gäste, die schon öfter in Hotels waren, sind rechtzeitig heruntergekommen und essen andächtig ihren Obstsalat und ihre Pfannkuchen mit Ahornsirup, ohne dabei viel zu reden. Molly schaut auf ihre Uhr. Sie will heute, wenn möglich, etwas früher Feierabend machen. Ihr Freund, der im Wordsworth-Museum unten im Ort arbeitet, holt sie heute nachmittag ab. Sie wollen auf dem Grasmere Lake rudern.

Ihre Sohlen klacken auf den (von ihr selbst) gebohnerten Dielen, als sie zu einem frei gewordenen Tisch geht, um abzuräumen. Die Familie, die dort eben noch gesessen hat, lächelt ihr im Hinausgehen zu.

»Ich glaube, der Herbst kommt«, sagt der Vater.

Molly erinnert sich, leicht gefröstelt zu haben, als sie heute morgen den Müll hinausbrachte. »Stimmt, da haben Sie recht.«

»Es muß herrlich hier sein, wenn sich die Bäume verfärben.«

»Ja, das habe ich auch gehört, aber das werde ich nicht mehr zu sehen bekommen. Ich bleibe nur noch ein paar Wochen hier.«

John packt sie, hebt sie hoch und taumelt zum Bett. Kreischend plumpsen sie, unsanfter, als er geplant hat, aufs Bett.

»Alles noch heil?« fragt er besorgt.

»Ich glaube schon. Es passiert mir allerdings nicht oft, daß ein siebzig Kilo schwerer Männerkörper mit solcher Wucht auf mir landet … O Scheiße.« Ihre Stimme erstirbt, und sie beißt ihm in die Schulter. »Was …«

Er stützt sich mit den Ellbogen ab, um sie anzuschauen. Sie starrt mit angestrengt gerunzelter Stirn auf einen Punkt hinter seinem Kopf. Er berührt ihr Gesicht. »Hallo. Ist da drin alles in Ordnung?« Sie lacht und reckt den Hals, um ihn zu küssen.

Molly und ihre Kollegin Sarah, haben alle Tische im Speiseraum bis auf den einen, unbenutzten, abgeräumt.

»Und was machen wir damit?« fragt Sarah und zeigt auf den Tisch.

»Keine Ahnung. Vielleicht kommen die beiden ja gleich runter.«

»Oder vielleicht«, sagt Sarah, »verbringen sie den ganzen Tag im Bett, so wie gestern.«

Molly lacht. »Psst, sie könnten dich hören. Wie auch immer, ich würde es genauso machen, wenn ich als Gast hierher käme.«

Sarah schnaubt und bewirft sie mit einem Staubtuch, das wie eine Peitsche knallt, als es durch die Luft saust. »Das hinge davon ab, wer einen begleitet.« Sie arbeiten weiter, wischen jeden Tisch erst ab und tragen dann Bienenwachspolitur auf. Molly reibt mit schnellen, kreisförmigen Bewegungen über die Tischplatte, bis sich ihr Gesicht in dem schimmernden Holz spiegelt.

Er weiß, es ist bei ihr gleich soweit: Sie atmet flach und gepreßt, der Druck ihrer Hände wird immer stärker. Ihre Körper sind glitschig vom Schweiß. John fährt mit der Zunge über Alices Hals bis hoch zu ihrem Ohr und schmeckt dabei die salzige Flüssigkeit. Ihr Körper zuckt und bäumt sich auf. »Oh, nein, verdammt, Scheiße, verdammt, oh, Scheiße, Scheiße, Scheiße!« schreit sie. Er dreht seinen Kopf weg, damit er nicht taub wird, und gleichzeitig lacht er ungläubig über diese Aneinanderreihung von Kraftausdrücken. Sie schlingt die Arme um seinen Hals, und er ist sich nicht sicher, ob sie schluchzt oder lacht. Nach ein paar Minuten will er sich von ihr lösen, aber sie hält ihn fest umklammert. »Bleib noch in mir drin.«

»Glaub mir, nichts würde ich lieber tun, aber ich hab da unten genug drin, um die Bevölkerung Chinas zu verdoppeln.«

Alice geht auf Zehenspitzen die Treppe hinunter. Das Hotel ist wie ausgestorben. Sie drückt auf die Glocke am Empfang und hat wegen des lauten Klingelns sofort ein schlechtes Gewissen, aber niemand erscheint. Versuchsweise steckt sie den Kopf durch die Schwingtüren in die Küche. Auch dort ist niemand. Der Herd ist aus, die Tür des Ofens steht zum Abkühlen offen. Etliche Töpfe und Tabletts sind mit Alufolie zugedeckt. In einer großen Glasschale weichen Linsen ein, und Bläschen steigen langsam an die Wasseroberfläche. Die laut tickende Uhr über der Geschirrspülmaschine steht auf Viertel vor zwei.

Alice hört von irgendwoher Stimmen. Sie geht zur Eingangstür und wird von dem hellen Sonnenlicht geblendet. Auf der Vordertreppe sitzt das lockenköpfige Mädchen mit einem Jungen. Sie essen Sandwiches von weißen Tellern, die sie auf den Knien balancieren. Der Junge hat einen Arm um die Schultern des Mädchens gelegt. Sie lachen gerade über etwas, und der Junge wischt sich mit dem T-Shirt-Ärmel seines freien Armes über die Augen. »Das glaub ich nicht, ich glaub's einfach nicht.« Beim Geräusch von Alices Schritten dreht sich das Mädchen um und steht dann auf.

»Hallo«, sagt Alice.

»Hi.«

Jetzt, da das Mädchen steht, sieht Alice, daß es Shorts, klobige Stiefel und eine dicke Wolljacke trägt.

»Tut mir leid – du hast schon Feierabend, stimmt's? Das habe ich nicht gewußt.«

»Kein Problem. Kann ich etwas für Sie tun?«

Der Junge dreht sich ebenfalls um und schaut sie an. Alice erinnert sich, ihn vorhin gesehen zu haben, wie er über den Rasen ging und dabei in die Luft guckte.

»Nein, keine Sorge. Ich habe mich bloß gefragt, ob wir vielleicht etwas zu essen bekommen könnten, bevor wir nach London zurückfahren. Wir haben nämlich das Frühstück verpaßt.«

»Ja, ich weiß. Die Küche ist bei uns mittags eigentlich geschlossen, aber ich kann bestimmt etwas für Sie auftreiben.«

Alice schüttelt den Kopf. »Nein, nein. Das kommt gar nicht in Frage. Wir können genausogut in den Ort fahren. Eßt ihr in Ruhe weiter. Ich habe früher auch einmal in einem Hotel gearbeitet und weiß, wie lästig Leute wie wir sind, die nicht zu den vorgesehenen Zeiten essen.«

Molly wirkt erleichtert. »Also, wenn es Ihnen wirklich nichts ausmacht ...«

»Überhaupt nicht.« Alice wendet sich zum Gehen ab.
»Schönen Nachmittag noch.«

Alice streifte am Rand des ummauerten Parks von Tyninghame House umher, eines großes Landsitzes, der sonntags
für die Öffentlichkeit zugänglich war. Es war heiß. Sie trug
ihren schwarzen viktorianischen Gehrock. »Dein Vater hat
heute Geburtstag, zieh also gefälligst etwas Hübsches an«,
hatte ihre Mutter gezischt, als sie nach unten gekommen
war. Elspeth hatte Ann daraufhin gesagt, sie solle sie doch
in Ruhe lassen. Deshalb konnte sie ihn jetzt nicht auszuziehen.
Entlang der roten, stellenweise von graugrünen Flechten
bedeckten Ziegelmauer waren Beete angelegt, in denen Rosen, Kräuter und leuchtend orangefarbene Blumen, deren
Namen Alice nicht kannte, wuchsen. An einem Ende des
Parks befand sich ein kleiner, schlammiger Teich mit einem
steinernen Greif, aus dessen Mund ein dünnes Rinnsal Wasser floß. Es gab auch eine Rasenfläche, gesäumt von niedrigen Myrtenhecken. Und mitten darauf saß, auf Gartenstüh-
len mit weißen schmiedeeisernen Gestellen, Alices Familie.
Eine Kellnerin, die ein großes Tablett trug, kam über den
Rasen. Alice ging hinüber und setzte sich auf ihren Platz
zwischen Elspeth und Kirsty. Elspeth und Ben unterhielten
sich über Kenneth, Bens Bruder, und seine neueröffnete
Arztpraxis. Alice hörte mit einem Ohr zu und beobachtete
die Kellnerin, die Teetassen vom Tablett auf den Tisch stellte. Beth wollte unbedingt anschließend mit ihrer Mutter zur
Pferdekoppel gehen. »Bitte, Mami, bitte, bitte, bitte«, quen-
gelte sie und hüpfte dabei auf ihrem Stuhl herum.
Ann nahm eine Untertasse nach der anderen von dem
Stapel, den die Kellnerin gebracht hatte, stellte auf jede eine
Tasse und goß heißen dunkelbraunen Tee hinein. Dann ver-
teilte sie die Tassen an Kirsty, Elspeth, Ben und sich selbst.

167

Zu Alice sagte sie: »Für dich habe ich Saft bestellt«, zu Beth: »Mal sehen«, und sie gab beiden ein Glas mit orangefarbener Flüssigkeit.

»Herzlichen Glückwunsch, Ben«, sagte Elspeth und prostete ihm mit ihrer Teetasse zu.

Am Abend zuvor hatte Alice einen Kompaß eingepackt, dessen Anzeige in einer mit Wasser gefüllten Kugel schwamm. An der Rückseite befand sich ein großer, durchsichtiger Saugnapf. Ben hatte ihn mit der Zunge befeuchtet und an die Windschutzscheibe des Autos geklebt. »Das ist wirklich ein tolles Geschenk, Alice«, hatte er gesagt und sich lächelnd zu ihr umgedreht. Unterwegs von zu Hause nach Tyninghame hatte sich der Kompaß immer wieder hin und her gedreht, mal schneller, mal langsamer, sich so jeder noch so kleinen Änderung der Fahrtrichtung sofort angepaßt.

»Ich brauche ein Glas Wasser«, verkündete Ann, scheinbar an niemand speziellen gewandt. Ben stand auf und ging der Kellnerin nach, die bereits ein Stück entfernt war. »Heiß ist es heute«, sagte Ann und fächelte sich mit der Hand Luft zu. »Willst du das Jackett nicht ausziehen, Alice?«

Alice gab keine Antwort, sondern saugte den grellbunten Saft durch einen Strohhalm ein. Die zuckersüße Flüssigkeit strömte durch ihren Mund, umhüllte ihre Zähne. Sie holte eine Sonnenbrille aus der Tasche, setzte sie auf und verfinsterte so den Blick auf die um sie herum sitzenden Familienmitglieder und auf ihren Vater, der über den Rasen gelaufen kam, ein Glas Wasser in der Hand, das im Sonnenlicht glitzerte. Ihre Mutter kräuselte die Lippen. Ben stellte das Glas vor sie hin. Kaum merklich an ihn gewandt, sagte sie: »Ben, könntest du bitte den Sonnenschirm verstellen. Ich habe zuviel Sonne.«

»Genau wie Hamlet«, murmelte Alice.

Ben drehte an dem weißen Plastikstab, der aus einem

Loch in ihrem Tisch ragte. Der Schatten des Sonnenschirms schwenkte über sie hinweg.

»Was hast du da gesagt?« Ann spähte zu ihrer Tochter hinüber, als sei sie sehr weit von ihr entfernt.

»Ich sagte, genau wie Hamlet. Er sagt zu Claudius und seiner Mutter, ›ich habe zuviel Sonne‹. Genau dasselbe wie du eben.«

»Oh. Aber wieso –« Ann hielt inne. »Nicht in die Richtung, Ben. Andersrum. Hierher, mehr zu mir.«

Elspeth schob ihren Stuhl zurück und ging weg, als wollte sie sich den Greif anschauen, der Wasser über die viktorianische Grotte rieseln ließ. Alice sah folgendes: Sie sah, wie ihr Vater sich wieder hinsetzte und Anns zu Boden gefallene Strickjacke aufhob. Sie sah, wie er ihr die Jacke über die Schultern legte. Es kam ihr vor, als nähme sie zum ersten Mal wahr, wie ihr Vater seiner Frau all diese kleinen Gefälligkeiten erwies. Und sie sah, wie er schließlich die Hand auf Anns Knie legte und seine drei Töchter an seinem fünfundvierzigsten Geburtstag lächelnd anschaute. Und wenige Augenblicke später sah Alice, wie ihre Mutter ihren Stuhl ein kleines bißchen zur Seite rückte, gerade so viel, daß Bens Hand abrutschte und zwischen ihnen in der Luft baumelte.

Als sie sich London nähern, verstummt ihr Gespräch. Die Kassette, die zuletzt lief, geht zu Ende, aber John schiebt keine neue ein. Alice lehnt den Kopf gegen das Seitenfenster, zählt die endlose Reihe von Straßenlaternen und beobachtet, wie sich deren orangefarbenes Licht ab und an in Johns Brillengläsern spiegelt.

»Wieso trägst du eigentlich eine Brille?« fragt sie plötzlich.

Er wendet den Blick kurz von der Straße ab, um sie anzuschauen. »Das klang ja fast anklagend. Ich brauche sie fürs

Autofahren, fürs Kino, Theater und so weiter. Wenn es auf Fernsicht ankommt. Die Folge davon, daß ich täglich acht bis neun Stunden am Computer sitze.«

»Das heißt, du wirst also eines Tages nicht nur kahl, sondern auch blind sein.«

»Blind vielleicht, kahl auf keinen Fall.«

Er nimmt seine linke Hand vom Lenkrad und legt sie auf ihr Bein. Sie streicht mit der Innenfläche ihrer Hand über seinen Handrücken, lauscht den verschiedenen Geräuschen, während sie über seine Knöchel, Sehnen und Finger fährt.

»Wann ist deine Mutter gestorben?« fragt sie.

»Am Ende meines ersten Studienjahrs. Ich war neunzehn. Du wirst damals eine verführerische Siebzehnjährige gewesen sein.«

»Ein aufsässige Siebzehnjährige trifft es eher.« Sie umfaßt seine Finger mit ihren. »Wie ist das passiert?«

»Sie hatte Brustkrebs. Ursprünglich jedenfalls. Den ersten Knoten hat sie am Tag nach meiner Abiturprüfung entdeckt, und im Sommer des folgenden Jahres war sie tot. Die Metastasen hatten sich überallhin ausgebreitet – Bauchspeicheldrüse, Lunge, Darm, Eierstöcke, Leber. Ostern hat man sie aufgeschnitten, um ihre Leber zu operieren, aber als die Ärzte die vielen Tumore sahen, haben sie sie einfach wieder zugenäht und nach Hause geschickt. Man sagte uns, sie würde den nächsten Monat nicht überleben, aber das war ein Irrtum. Sie hat sich noch ein Vierteljahr lang gequält.«

»Das muß ja furchtbar gewesen sein.«

»War es auch.«

»Und wie schlimm war es für deinen Vater?«

»Sehr schlimm, aber das war nach sechsundzwanzig Jahren Ehe wohl auch nicht anders zu erwarten.«

»Und, hat er es inzwischen verkraftet?«

170

»Na ja, mehr oder weniger. Wie ich schon sagte, er ist fromm geworden. Ich glaube, bei näherem Überlegen ist das nicht überraschend. Aber viele Leute hat es erschreckt.«

»Wieso?«

»Weil seine neu entdeckte Frömmigkeit etwas so … Verzweifeltes … Obsessives hat. Meine Mutter war schon immer sehr fromm gewesen, und er hat sich gern darüber mokiert. Er hat sie oft damit aufgezogen. Ich meine, er hätte sich jedem gegenüber als Juden bezeichnet, aber er verstand das immer als Zugehörigkeit zu einer ethnischen und nicht zu einer religiösen Gemeinschaft. Meine Bar-Mizwa nannte er »Lebensversicherung«. Meiner Mutter versuchte, darauf zu achten, daß bei uns zu Hause alles koscher war, aber das kümmerte ihn überhaupt nicht. Wie auch immer, seit ihrem Tod ist er in religiösen Dingen absolut zwanghaft geworden. Er weigert sich sogar, zu mir zum Essen zu kommen – selbst wenn ich die richtigen Lebensmittel kaufe –, weil ich mich nicht an die Regeln der koscheren Küche halte. Bei ihm gibt es verschiedene Teller nur für Milch- oder Fleischprodukte, und er hat sogar zwei Geschirrspülmaschinen. Er befolgt sämtliche dieser obskuren Vorschriften, die ich ständig vergesse. Er wird zum Beispiel richtig wütend, wenn ich ihn am Samstag anrufe. Es ist bisweilen ganz schön … schwierig mit ihm. Offenbar folgt er der verqueren Logik, daß er die Erinnerung an meine Mutter nur bewahren kann, indem er ihrem Glauben gemäß lebt – dem Glauben, den er früher verspottet hat. Er war schon immer sehr dafür, daß ich eines Tages eine Jüdin heirate, aber inzwischen ist es zu einer fixen Idee geworden. Es ist ziemlich lästig. Oft wünsche ich mir, er würde jemanden kennenlernen, nur damit er seine Aufmerksamkeit auch noch jemand anderem schenken würde.«

»Jemand anderem als dir, meinst du.«

»Ja. Aber das wird, glaube ich, nicht passieren. Ich kann es mir jedenfalls nicht vorstellen.«

John zieht plötzlich seine Hand weg und legt sie wieder aufs Lenkrad. Sein Miene wirkt verschlossen und finster. Alice schweigt, und die Wärme, die seine Hand auf ihrer Haut zurückgelassen hat, verflüchtigt sich rasch. Sie schlingt die Hände um die Knie und zieht sie an ihre Brust hoch.

Während sie durch Crouch End fahren, sagt er. »Alice, das war ein phantastisches Wochenende.«

»Ja, stimmt. Das Hotel ist wirklich klasse.« Sie streckt die Beine aus. »Sehe ich dich irgendwann wieder?«

Seine Schultern zucken vor Überraschung, und der Wagen gerät bedrohlich ins Schlingern. »Was soll denn das heißen? Sag bitte so was nicht. Ob ich dich irgendwann wiedersehen werde? Ja, natürlich. Ich meine … willst du mich denn nicht wiedersehen? Ich dachte … Was redest du denn da? War das mit mir für dich nur eine nette Affäre?«

»Nein, natürlich nicht. Das weißt du genau. Es gibt keinen Grund, wütend zu werden.«

»Doch, den gibt es, wenn du so was sagst. Ich will wissen, wie du das eben gemeint hast.«

»Ich habe die Sache mit deiner Religion gemeint.«

Er sagt kein Wort. Als sie sich wieder traut, ihn anzuschauen, umklammert er mit hochgezogenen Schultern das Lenkrad. Sie seufzt. »John, ich bin nicht wütend auf dich. Ich will dich nicht quälen. Du weißt, mir ist es völlig egal, welcher Religion oder welchem Volk du angehörst. Aber für dich spielt das eine Rolle, das kannst du nicht bestreiten. Ich bemühe mich bloß, realistisch zu sein.«

»Realistisch?«

»Ja. Ich will nicht, daß du mir weh tust. Du mußt dich entscheiden, was du willst.«

»Ich will dich« – er stößt bei jedem Wort mit dem Zeigefinger gegen das Lenkrad – »das habe ich dir doch schon gesagt.«

Sie schweigt unschlüssig.

»Du glaubst mir also nicht.«

»Das ist es nicht. Ich glaube dir, daß du jetzt von dem überzeugt bist, was du sagst, aber ich glaube auch, daß du eventuell deine Meinung ändern wirst.«

»Das werde ich nicht.«

»Vielleicht doch.« Sie legt die Hände über ihre Augen und Schläfen. »Hör mal, das wird mir alles ein bißchen zu kompliziert. Wir haben uns schließlich gerade erst kennengelernt. Wie wär's, wenn wir erst mal abwarten, dann sehen wir ja, was passiert.«

Er grunzt unverbindlich. »Ich begreife nicht, wieso du mir nicht einfach glaubst.«

»John, laß uns das Wochenende nicht durch einen Streit über etwas verderben, das nicht passiert ist und vielleicht auch nie passieren wird. Das alles ist reine Spekulation.« Sie sieht, wie ein Wegweiser nach Holloway vorbeihuscht. Gleich sind sie in Finsbury Park. »Setzt du mich bitte bei meiner Wohnung ab?«

Sofort ergreift ihn Panik. »Ich dachte … ich meine, was hältst du davon, mit zu mir zu kommen? Du kennst mein Haus noch gar nicht.«

»Ich komme liebend gern an einem anderen Abend zu dir, aber ich muß meine Sachen auspacken und mich auf die Arbeit vorbereiten.«

»Oh. Ich habe bloß den Eindruck … Ich fände es wirklich schön, wenn du mitkommen würdest. Ich hätte sonst das Gefühl, als würde unser Wochenende mit einem Mißklang enden.«

Sie schüttelt den Kopf. »Das stimmt nicht. Ehrenwort.«

»Dann komm zum Abendessen zu mir. Morgen – nein, Mist, da kann ich nicht. Wie wär's mit Dienstag?«

»Dienstag ist mir recht. Um welche Zeit?«

»Um acht? Bei mir zu Hause.«

Der Wagen hat am Ende der Reihenhauszeile vor Alices Haustür angehalten. John springt aus dem Wagen und kommt auf der anderen Seite an, als sie gerade aussteigt. Er umarmt sie, und sie küssen sich ausgiebig.

»Tut mir leid, daß ich mich vorhin so bescheuert aufgeführt habe. Ich bin echt ein Idiot.«

»Nein, das bist du nicht, und es ist alles in Ordnung.«

Er streicht mit dem Daumen über ihre Wangenknochen. »Ich werde dir niemals weh tun, Alice Raikes.«

Sie dreht den Kopf zur Seite und beißt ihm in den Daumen. »Das will ich dir auch geraten haben.«

Er lacht, hebt sie hoch und wirbelt sie herum. »Ich sehe dich dann also übermorgen.«

»Ja. Allerdings gibt es da noch ein kleines Problem.«

»Was?«

»Ich habe weder deine Telefonnummer noch deine Adresse.« Er setzt sie ab. »Um Himmels willen. Die brauchst du natürlich.« Er kritzelt rasch etwas auf einen Zettel, dann küssen sie sich erneut. »Bist du dir ganz sicher, daß du nicht mitkommen willst?« fragt John nach einer Weile.

»Ja. Und geh jetzt endlich, ehe ich es mir anders überlege. Nun mach schon.«

Alice winkt seinen Rücklichtern hinterher, und erst, als sein Wagen um die Ecke verschwunden ist, schaut sie sich den Zettel an, den er ihr gegeben hat. Darauf stehen seine Telefonnummer, seine Adresse und dann die Worte »Alles Liebe, John«. Sie rennt die Treppe zu ihrer Wohnung hoch.

Oben angekommen, hält sie ihre Tasche unbeholfen in einer Hand, während sie sich mit dem Schloß und dem Türgriff abmüht. Nachdem sie die Tasche auf den Boden hat fallen lassen, steht sie eine Weile mit dem Rücken an die Tür gelehnt da, die Schlüssel immer noch in der Hand. Dann geht sie durch die Wohnung, legt eine CD ein, zieht die Vorhänge zu, füllt den Kessel mit Wasser. Das Zimmer ist voller Spuren, die bezeugen, wie hastig sie Freitag nachmittag gepackt hat – Kleidungstücke überall auf dem Bett, verrutschte Bücherstapel auf dem Boden. Sie findet den Anblick all dieser Sachen sonderbar. Ist es wirklich erst zwei Tage her, daß sie diese Sachen hier hingeworfen hat? Es kommt ihr vor, als wäre das in einem anderen Zeitalter passiert, als bewohnte jemand anderes diese Zimmer. Sie plumpst aufs Bett. Auspacken kann sie morgen früh. In der Wohnung unter ihr ertönt rhythmische Musik, und leises Stimmengemurmel dringt durch die Decke. Sie dreht sich auf den Bauch, stützt das Kinn in eine Hand. Johns Zettel liegt zusammengerollt in ihrer Handfläche. Sie streicht ihn auf der Bettdecke glatt. Ein Zug rattert durch die Nacht und läßt das Haus erzittern. Irgendwo in dieser Stadt biegt John mit seinem Wagen in seine Straße ein.

»Sie kenne ich doch«, sagte der Mann, als er auf Ann zukam.

Ann führte ihre Zigarette an den Mund und nahm einen Zug. Der Mann kam ihr irgendwie bekannt vor, und es war durchaus möglich, daß sie ihn schon einmal in der Stadt gesehen hatte, aber vielleicht kam ihr das auch nur so vor, weil es in dieser Stadt unzählige Männer gab, die wie er aussahen – gelichtetes hellrotes Haar, beginnender Bierbauch, der an den Hemdknöpfen zerrte, Strickjacke mit Wildlederflicken, beige Hose. Ann blies den Rauch aus, sah zu, wie die Augen des Mannes feucht wurden. Bierschaum hing an den Enden seines dichten hellroten Schnurrbarts.

»Ach ja?« sagte sie.

»Sie sind Engländerin, stimmt's? Ja, genau.« Er beantwortete seine Frage selbst, daher brauchte Ann nichts zu sagen. »Ich weiß, was Sie für eine sind.«

»Tatsächlich? Und wie bin ich?«

Ann hatte allein in dem Wohnzimmer eines großen Backsteinhauses am Nordrand von East Berwick gestanden. Sie war umgeben von Männern und Frauen, alles jüngere Ehepaare wie Ben und sie, die aßen, tranken, miteinander redeten und flirteten. Der Gastgeber der Party war ein Schulfreund von Ben. Inzwischen war er Zahnarzt, hatte Ben ihr erzählt, während sie die Auffahrt hochgegangen waren. Ann hatte allein am Kamin gestanden, war schon seit einer Ewigkeit nicht mehr bei Ben, denn sie hatte sich in dem Moment davongemacht, als er von einem Mann mit ernstem Gesichtsausdruck und einer mit Labrador Retrievern bedruckten Krawatte gefragt worden war, was für ein Auto er sich dieses Jahr kaufen wolle. Und jetzt war dieser Mensch aus der Küche gekommen, und zwar – was nichts Gutes verhieß – mit zwei Gläsern Bier in den Händen.

»Zierlich«, sagte der Mann. »Blauäugig. Blond.« Dem letzten Wort gab er den Klang eines aufheulenden Motorrads.

»Verheiratet«, fügte Ann hinzu und hob die Hand, um ihm den goldenen Ring an ihrem Finger zu zeigen.

»Oho!« sagte er und starrte angestrengt auf den Ring. »Eine Herausforderung! Das gefällt mir! Wolln wir ma' schauen.« Er stellte die Biergläser schwungvoll auf dem Kaminsims ab, griff nach Anns Hand und strich sich mit seiner freien Hand über die Innenseite. »Nun, Sie werden es vielleicht nicht glauben, aber ich bin ein renommierter Handleser.«

»Was Sie nicht sagen.« Ann sog erneut an ihrer Zigarette.

»Oh ja, und ob. Sie sind sehr leidenschaftlich, sehr aufgeschlossen. Aber in Ihrem Leben fehlt irgend etwas, und das erfüllt Sie insgeheim mit einer tiefen Unzufriedenheit.«

Ann wollte ihre Hand wegziehen, aber der Mann hielt sie mit seinen verschwitzten Fingern am Handgelenk fest.

»Was ist das?« fragte er und fuhr mit der Fingerspitze über die gezackte, farblose Narbe, die ihre Handfläche durchzog, woraufhin ihre Finger in einem Reflex zuckten.

»Das muß ja eine üble Wunde gewesen sein. Wie ist denn das passiert? War das etwa Ihr Ehemann?«

Ann nahm die Zigarette aus dem Mund. »Lassen Sie sofort meine Hand los.« Sie spie die Worte einzeln aus, überdeutlich betont. »Sie häßlicher Gnom.«

Erstaunt ließ der Mann ihr Handgelenk durch die Finger rutschen. Ann schnippte die Zigarettenkippe auf den Kaminrost und ging weg, zwischen Leuten hindurch, die ihr, wie ihr bewußt war, hinterherschauten, aber das kümmerte sie nicht.

Sie wollte zu Ben. Wo war er? Es kam ihr so vor, als wäre es schon Stunden her, daß sie ihn bei diesem Langweiler zurückgelassen hatte.

In der Diele sah sie die Gastgeberin neben einem prächtigen Strauß Trockenblumen stehen und sich flüsternd mit einer anderen, Ann unbekannten Frau unterhalten. »Haben Sie meinen Mann irgendwo gesehen?« fragte Ann.

»Ben? Zuletzt habe ich ihn, glaube ich, im Eßzimmer gesehen. Hatte schon leicht einen in der Krone. Aber wie ich immer zu meinem Peter sage: Was wär das für ein Leben, wenn man nicht ab und zu mal über die Stränge schlägt?«

»Ja.« Ann zupfte am Saum ihrer Bluse. »Da drin, sagten Sie.«

»Da hinten links durch die Tür. Sie können's gar nicht verfehlen.«

»Danke.«

Ann schob sich durch den Flur, vorbei an etlichen Leuten, die mit Glas und Zigarette in Händen an der Wand standen. Die Frauenkörper waren nachgiebiger; sie wichen zurück, um sie vorbeizulassen. Die Männer dagegen waren weniger zuvorkommend, sie musterten Ann neugierig und rührten sich nicht vom Fleck, wenn sie versuchte, an ihnen vorbeizuschlüpfen. Ich bin einunddreißig Jahre alt, dachte Ann, meine drei Mädchen liegen schlafend im Bett, was tue ich hier eigentlich?

Im Eßzimmer saß eine Frau in einer zu engen Hose auf dem Rauchglastisch und streichelte eine getigerte Katze. Vor ihr standen zwei Männer.

»Der Vorteil bei einer Edinburgher Schule ist natürlich«, sagte einer von ihnen gerade, »daß dein Kind garantiert in Gesellschaft anderer Einser-Schüler ist.«

»Diese Garantie hat man bei der örtlichen Oberschule eben nicht«, sagte die Frau.

»Genau«, bekräftigte der andere Mann.

»Entschuldigung«, sagte Ann und trat auf sie zu. »Haben Sie zufällig Ben gesehen?«

»Welchen Ben?« fragte die Frau. Die Katze drehte sich mit emporgerecktem Schwanz auf ihrem Schoß herum und präsentierte dabei ihren kreisrunden After.

»Ben Raikes.«

»Ooooooh«, rief die Frau und streckte die Hand aus. »Sie sind Ann, stimmt's. Es ist mir schleierhaft, wieso wir uns noch nie begegnet sind. Ich bin Gilly. Das hier ist Scot, und das ist mein Ehemann Brian.« Sie schüttelten ihr alle die Hand. »Meine Victoria geht mit Ihrer Kirsty in eine Klasse.«

»Ja, richtig.«

»Wir hatten gerade die altbekannte Debatte ›staatliche Schule oder Privatschule‹. Wie stehen Ben und Sie dazu?«

»Äh, tja, Kirsty ist ja erst sieben, und Alice ist gerade vor kurzem eingeschult worden, deshalb –«

»Die kleine Alice! Die kenne ich! Ich hab sie zusammen mit Kirsty aus der Schule kommen sehen. Total niedlich, die beiden. Alice hat ja wirklich unglaublich dunkle Haare.«

»Nein.« Ann wich zurück. »Ich meine natürlich ja. Ja, hat sie. Tut mir leid, ich muß zu Ben. Hat mich gefreut, Sie kennenzulernen.« Die drei schauten ihr leicht verblüfft hinterher.

Ann drängelte sich den ganzen Weg zurück bis zur Wohnzimmertür und stellte sich dann auf die Zehenspitzen, um festzustellen, ob Ben jetzt dort war. Der Gnom veranstaltete inzwischen eine Art Wettrinken mit einem anderen, größeren Mann. Gerade als sie wieder in die Diele gehen wollte, schlang ein rotblonder Mann mit weicher, straffer Haut ihr einen Arm um die Hüfte. »Los, jetzt wird getanzt.«

»Nein.«

»Jemand muß hier mal ein bißchen Stimmung in die Bude bringen. Warum nicht wir beide?«

»Nein. Bitte.«

»Na, kommen Sie schon, drehen wir 'ne Runde übers Parkett. Man ist schließlich nur einmal jung.«

Ann machte sich von ihm los und stieß dabei mit der Seite ihrer Handtasche gegen einen Heizkörper, der einen langen, tiefen Celloton von sich gab. Sie schob sich durch die Diele. Ihr Wunsch, bei Ben zu sein, war so stark, daß sie dachte, sie werde jeden Moment in Tränen ausbrechen. Sie wußte, er war irgendwo in diesem Haus, aber sie fand nicht zu ihm. Als sie am Fuß der Treppe stand, verspürte sie den

Drang, so laut sie konnte seinen Namen zu schreien und zu rufen: Ich bin hier, bitte komm her.

Der Gnom kam durch die Tür geschlurft, und kaum hatte Ann ihn gesehen, rannte sie die mit weichem Teppich ausgelegten Stufen hinauf und schloß sich oben im Badezimmer ein. Sie klappte den Klodeckel runter und setzte sich. Ihre Handtasche baumelte dicht über dem Boden, und sie rieb mit dem Daumen rhythmisch über ihre Narbe. Die Hausherrin hatte ihr Badezimmer grün gestrichen. Relieffliesen mit Darstellungen von Seepferdchen, Seesternen und Trompetenschnecken schmückten die Wände. Zu ihrer Überraschung sah Ann ein sauberes, gebrauchsfertiges Pessar neben der Wanne in seinem Behälter liegen. Sie stand auf, betrachtete sich im Spiegel und fand, sie sähe aus, als müsse sie sich gleich übergeben. Dann wurde ihr jedoch klar, daß der Eindruck von Übelkeit in ihrem Gesicht bloß an dem Widerschein der grünen Wandfarbe lag.

Ann hörte Geräusche auf der Treppe. »Die Fahrt nach Dover dauert mit dem Auto einen Tag, am besten immer auf der A1 entlang«, sagte eine Frauenstimme. »Dann die Nachtfähre, und dann noch zwei Tage bis in die Alpen. Das sagt Dennis jedenfalls.«

»Also, ich hoffe nur, daß die Reise mit den Kindern nicht allzu anstrengend wird.«

Ben. Das war Bens Stimme. Kein Zweifel. Ann stürzte zur Tür und öffnete sie. Weder auf dem Flur noch auf der Treppe war jemand zu sehen.

»Ben?« Ann ging ein paar Stufen hinunter und sah die Köpfe der Partygäste, die dicht an dicht die Diele füllten. Sie drehte sich um und rannte wieder hoch. »Ben! Ben!«

Wo steckte er denn bloß? Er konnte nicht weit weg sein – das wußte sie.

»Ben? Wo bist du? Ben!«

Dann hörte sie ihn irgendwo in der Nähe staunend sagen: »Das ist meine Frau.« Sie neigte den Kopf zur Seite, versuchte zu ermitteln, woher die Stimme gekommen war. »Ann?« rief er. Von oben. Die Stimme kam eindeutig von oben.

»Ja!« sie lief die Treppe hoch, immer zwei Stufen auf einmal nehmend. »Ben! Hier bin ich! Hier!«

Sie riß die erste Tür auf, an der sie vorbeikam, aber es war bloß ein finsterer Wandschrank, aus dem es stark nach Teakholz und Lack roch. Sie hörte, wie ihr ein leises Geräusch entfuhr, so, als würde sie gleich losheulen, und sie schlug die Tür zu. Dann stand er hinter ihr und legte die Hand auf ihren Arm. »Hallo, Ann«, sagte er. »Hast du nach mir gerufen?«

»Ben.« Sie drückte das Gesicht an seine Schulter, die Erleichterung schnürte ihr die Kehle zu, so daß sie kein Wort mehr herausbrachte. Er versuchte, einen Schritt zurückzutreten, um in ihr Gesicht zu schauen, aber sie ließ ihn nicht los. Er lachte auf, gleichzeitig verlegen und geschmeichelt.

»Ist alles in Ordnung?«

»Wo warst du? Du warst verschwunden … Ich konnte dich nirgends finden.«

»Das verstehe ich nicht. Ich war die ganze Zeit hier.«

Ann rieb mit der Stirn über den Stoff seines Jacketts, hob den Mund an seinen Hals. »Laß uns nach Hause gehen«, flüsterte sie ihm ins Ohr. »Bitte.«

Sie spürte, wie er den Kopf verdrehte, um herauszufinden, ob jemand sie sehen konnte, und sie drückte sich noch fester an ihn. »Komm, gehen wir«, flüsterte sie. »Jetzt gleich.«

Er versuchte immer noch, ihr ins Gesicht zu schauen, aber sie vergrub ihren Kopf noch tiefer an seiner Schulter. »Gut, wenn du … du unbedingt willst.«

»Ja, das will ich.«

»Ich hole nur schnell unsere Mäntel.« Er wollte sich losmachen, aber Ann klammerte sich weiter an ihn.

»Ich komme mit.«

»Okay.« Er legte ihr den Arm um die Taille und stützte sie, so, als wäre sie verletzt. »Dann laß uns gehen.«

Ann hakt die Füße hinter die oberste Sprosse des Hockers. Diese Hocker sind für großgewachsene Männer gedacht; Ann findet sie schwindelerregend, beängstigend. Wenn sie erst einmal auf einem davon sitzt, hat sie Mühe, wieder hinunterzusteigen, und bereits die kleinste Ungleichmäßigkeit in der Länge der Hockerbeine hat zur Folge, daß er bedrohlich kippelt und sie sich am Rand der hölzernen Arbeitsplatte festhalten muß.

Sie befindet sich im Universitätslabor. Die Ruhe im Raum wirkt beruhigend auf sie. Die Atmosphäre ist ganz anders als in der Bibliothek, wo die bleischwere Luft von Konzentration und schwarzen, gedruckten Buchstaben erfüllt zu sein scheint. Hier reden die Leute, wenn auch leise. Die Unterhaltungen werden nie im Plauderton geführt, immer geht es um die Arbeit, um Testergebnisse und Apparaturen. Niemand sagt mehr als nötig oder stellt persönliche Fragen. Man ist abgeschottet, in Sicherheit: Die Leute kommen nur her, um Experimente durchzuführen, dann gehen sie wieder.

Vor Ann auf der Arbeitsplatte liegen ein Skalpell, ein Präparationsbrett aus dunklem, hartem Holz und ein Bündel Pflanzenstengel mit Blütenköpfen, deren Blätter abgeknickt und zerquetscht sind. Sie weiß, sie soll ein Experiment mit Xylem-Gefäßen durchführen und zu diesem Zweck die Stengel aufschneiden, mit einer dunkelblauen Tinktur färben und auf scharfkantigen Glasplättchen unter ein Mikroskop schieben.

Als der Dozent letzte Woche ankündigte, daß die Studenten dieses Experiment machen müßten, saß Ann da und hielt ihren Stift schreibbereit über ihrem Notizblock. Während der gesamten Vorlesung hatten die anderen Studenten Seite um Seite mit Notizen und Diagrammen gefüllt. Aber Ann war nicht in der Lage gewesen, den Strom der Geräusche aus dem Mund des Dozenten in ihrem Kopf in verständliche Worte zu unterteilen. Sie hat keine Ahnung, warum sie die Xylem-Gefäße mit blauer Farbe füllen und sie durch ein Mikroskop betrachten muß, geschweige denn, was dabei herauskommen soll.

Ann schüttelt sich die losen Haarsträhnen aus dem Gesicht, setzt sich kerzengerade hin, schließt die Knie und nimmt das Skalpell in die Hand. Sie kann es schaffen, jawohl, sie kann es. Sie drückt die Spitze der Klinge in das dickliche untere Ende des Stengels, die festen Fasern lassen sich leicht zertrennen und sondern einen weißlichen, sahnigen Saft ab. Beinahe mühelos spaltet sie den Stengel genau in der Mitte. Violette Blütenblätter fallen auf die Arbeitsplatte, Ann sammelt sie zusammen und legt sie nebeneinander auf das Präparationsbrett. Ann atmet erneut durch. Sie kann es schaffen, sie kann es. Sie tut es.

Sie nimmt den nächsten Stengel und hält ihn zwischen Daumen und Zeigefinger ihrer linken Hand. Sonnenstrahlen durchschneiden die hochgelegenen Laborfenster. Wegen des breiten Abstands zwischen den Fenstern ist nur jede zweite Arbeitsplatte vom weißen Mittagslicht beschienen: Abwechselnd ist eine im Schatten, eine in der Sonne. Die von Ann ist in helles, beinahe biblisches Licht getaucht, in dem all die Geräte um sie herum einen schwarzen, klar umrissenen Schatten werfen. Sie kann auch ihren eigenen Schatten sehen, Ellbogen auf die Platte gestützt, Hände erhoben, Füße unter dem Sitz gekreuzt, und sie kann es gar nicht glauben, das sie der Ursprung eines so deutlichen Abbildes ist, denn sie fühlt sich so wenig substantiell, so körperlos, bar jeglicher Dichte, Form oder Gestalt.

Sie wendet sich wieder ihrer Hand zu und beobachtet mit einem gewissen Interesse, wie das Skalpell in ihrer Hand gegen die Haut ihrer linken Handfläche drückt. Die Finger, die den Stengel festhalten, schnellen auseinander, aber das Skalpell drückt nur noch fester zu. Eine rote schimmernde Lache bildet sich auf ihrer Hand, und die Flüssigkeit rinnt rasch über den Ballen des Daumens und das Handgelenk. Es tut nicht weh. Aber sie hört das harte Geräusch einer Klinge, die Gras schneidet, als das Skalpell, abzweigend von der Lebenslinie, ihre Handfläche durchzieht, ihre Finger krümmen sich wieder. Sie läßt das Skalpell fallen. Ihr Ärmel fühlt sich bis zum Ellbogen feucht an.

Es ist, als hätten sich die Brennweite der Linsen, durch die sie die Außenwelt wahrnimmt, plötzlich verändert: Ihr kommt alles ganz nah vor. Sie hört zwei Männer am anderen Ende des Raums flüsternd über die Menge Äthanol in der Pipette sprechen, die einer von beiden in Richtung des Fensters über ihren Köpfen hält. An der Frontseite des Labors reiben Gespenstheuschrecken in einem Glaskasten mit Löchern ihre dünnen Gelenkbeine aneinander, während sie sich in ihrem abgeschlossenen, künstlichen Lebensraum aus Laub und warmer Luft bewegen; Staubkörner wirbeln in den Sonnenstrahlen umher; drei Bänke weiter vorn rauscht ein Bunsenbrenner wie ein Wasserfall.

Ann rutscht vom Sitz des Hockers, bis ihre Füße den Boden berühren. Das Sezierbrett hat das Blut, das darauf getropft ist, wie eine durstige Pflanze aufgesaugt. Ann findet das ekelhaft, und sie will nur noch weg von diesem mit Blut getränkten Stück Holz, weg aus diesem Raum. Ihr Blick schweift wie der Lichtkegel eines Suchscheinwerfers umher:

Waschbecken mit hochgewölbten Wasserhähnen, orange-farbene Gummischläuche zwischen den Gasanschlüssen und den Brennern, um deren Flammen herum die Luft vor Hitze flirrt, die beiden Männer, die sich inzwischen über ein kompliziertes Gebilde aus Glasröhrchen beugen, ein blonder Mann, der durch ein Mikroskop schaut und gerade die Linsen langsam näher an seine Augen dreht, eine Frau, die ein gefülltes Reagenzglas schüttelt, ein weiterer Mann, der gerade sein Jackett auszieht und es ordentlich auf einen Haken hängt, die Regale, in denen dicht an dicht Gläser mit in Formalin eingelegten Eidechsen, gummiartig aussehenden Ferkeln und Föten mit geschlossenen Augen stehen.

Ann geht durch den Mittelgang zur Tür. Sie kommt an der Frau mit dem Reagenzglas vorbei, die jedoch nicht hochschaut. Als sie sich dem Mann mit dem Mikroskop nähert, schüttelt sie offenbar den Kopf oder wirft erneut die Haare zurück, denn eine der Haarnadeln fällt aus ihrem sorgsam festgesteckten Nackenknoten. Die Nadel muß über Stunden hinweg langsam von der Stelle, an die Ann sie am Morgen gesteckt hat, weggerutscht sein, hinabgezogen von der Schwerkraft, und in diesem Moment fällt sie mit einem *Pling,* das sich anhört wie von einer sehr hochtönenden Stimmgabel, auf den Fliesenboden. In einem Labor ist das ein ungewohnter Laut – ein kurzer, intimer Ton neben all den Geräuschen beim Erhitzen und Schneiden und Kondensieren und Züchten. Ann hört es und hebt ihre gesunde Hand an ihr Haar, spürt, daß ihr eine Strähne auf die Schultern fällt. Der Mikroskop-Mann hört es auch, und es läßt ihn von dem Objektträger aufblicken. Für den Bruchteil einer Sekunde richtet er die Augen auf Ann, und gerade wendet er instinktiv den Kopf ab, um wieder die mit Jod gefärbten Zellen in dem Lichtkreis zu betrachten, als er von seinem Hocker aufspringt. »Oh, mein Gott.«

Er packt Ann am Arm, holt von irgendwoher einen niedrigen Stuhl und führt sie dorthin. Ann ist erleichtert. Ihre Kopfhaut fühlt sich heiß an, und ihre Beinmuskeln sind es leid, ihren Körper tragen zu müssen.

»Wo hast du dich geschnitten?« fragt er mit leiser, sehr ruhiger Stimme, während er sich über sie beugt. »Kannst du mir die Stelle zeigen?«

Ann versucht, ihre Finger zu strecken, aber plötzlich schießt ein Schmerz bis hoch in ihre Schulter. Sie ringt erschrocken nach Luft, Tränen quellen aus ihren Augen und rinnen ihr über die Wangen. Der Mann dreht den Wasserhahn in einem Waschbecken an und hält ihre Hand unter den Strahl. Das Blut wird weggespült, strömt in Schlangenlinien über das weiße Porzellan und verschwindet im Ausguß. Unter dem Wasser sehen beide eine rote Wunde quer über Anns Handfläche. Der Mann betrachtet den Schnitt stirnrunzelnd. »Gut«, sagt er. »Kein Grund zur Sorge.«

Dann hockt er sich hin und beginnt, aus einem seiner Schuhe den Schnürsenkel zu ziehen. Die anderen Leute im Labor haben ihre Arbeiten unterbrochen und sich um den Schauplatz des kleinen Dramas versammelt. Und sie schauen alle verblüfft zu, wie der blonde Mann sich mit dem Knoten in seinem Schnürsenkel abmüht. Anns ausgestreckter Arm liegt so schlaff auf der Arbeitsplatte, als gehöre er nicht mehr zu ihr. Der Mann zerrt den Senkel aus seinem Schuh und bindet ihn, nachdem er Anns Arm senkrecht in die Höhe gehoben hat, um ihr Handgelenk.

Ann stöhnt auf. »Nicht so fest«, sagt sie, erneut schluchzend. »Das tut weh.«

»Ich weiß. Tut mir leid. Aber du hast dir die Adern durchtrennt«, erklärt er, wieder in demselben sanften, geduldigen Ton, »Und vermutlich auch die meisten Sehnen, deshalb muß ich die Blutzufuhr stoppen.« Er greift in die Tasche, holt ein Taschentuch heraus, und noch ehe Ann überrascht zurückweichen kann, drückt er es, zusammengefaltet, gegen ihre feuchten Wangen. »So«, sagt er. Dann wendet er sich an die ihn anstarrenden Leute. »Ich rufe schnell einen Krankenwagen. Könnte einer von euch bitte so lange den Arm hochhalten?«

Als der Krankenwagen Ann wegbringt, fährt er mit. Er heißt Ben, sagt er zu ihr, Ben Raikes, und er arbeitet an seiner Doktorarbeit. Er findet Edinburgh großartig, vor allem den Botanischen Garten, und er stammt nicht aus dieser Stadt, sondern aus einem kleinen am Meer gelegenen Ort östlich von hier. Er will ihren Namen wissen, woher kommt sie, hat sie schon viel von Schottland gesehen, wie gefällt ihr das Biologiestudium, wie geht es ihrer Hand, wie ist das eigentlich passiert, daß sie sich so tief in die Hand geschnitten hat, tut es immer noch weh, kann er irgend etwas für sie tun. Ann ist inzwischen sonderbar zumute. Wieso liegt sie in einem Krankenwagen in Begleitung eines schwatzhaften Schotten, der Blut von ihr auf seinem Hemd hat und in seiner Tasche ihre Tränen in seinem Taschentuch? Sie hat das Gefühl, als hätte ihr Leben eine Wendung genommen: Wo wäre sie jetzt, wenn sie sich nicht in die Hand geschnitten hätte oder wenn ihre Haarnadel nicht zufällig heruntergefallen wäre, als sie hinter Ben Raikes vorbeigegangen ist und er darum hochgeschaut hat? Es ist alles so unerwartet gekommen, und das gefällt ihr nicht, ihr gefällt nicht, daß dieser Mann sich so um sie gekümmert hat, daß ihre Hand verletzt und entstellt ist und vor Schmerz pulsiert und daß sie ihn am liebsten anflehen würde, ihre Hand bitte wieder mit seinen sanften Fingern festzuhalten, so wie er es vorhin getan hat, als das Blut aus ihren Adern floß.

Ihre Hand ist genäht, verbunden, schmerzt weniger und hängt in einer Schlinge vor ihrer Brust, als sie einen kleinen

Briefumschlag aus ihrem Postfach holt. »Anne« steht mit blauer Tinte darauf geschrieben. Große, eckige Buchstaben. Die falsche Schreibweise ist der Grund, warum sie sich sicher ist, warum ihr Herz schneller schlägt, warum eine merkwürdige Aufregung ihre Hand schmerzen läßt. Der Brief muß von ihm stammen. Ann hat noch nie einen Liebesbrief bekommen. Hat noch nie einen bekommen wollen. In der Bibliothek schlitzt sie die Oberkante des Umschlags mit einem Metallineal auf. Aber er enthält keinen Brief, bei dem jede Zeile, jeder Federstrich von Liebe erfüllt ist, sondern zahllose viereckige Papierschnipsel, auf denen je ein Buchstabe steht. Ann starrt sie verwirrt und enttäuscht an, läßt sie durch die Finger rinnen. Dann sieht sie, daß auf jedem Schnipsel in einer Ecke eine Zahl steht.

Wie elektrisiert breitet sie mit den Handbewegungen eines Croupiers die Schnipsel vor sich aus, dreht diejenigen um, die mit der Schrift nach unten liegen. Die anderen Leute im Saal gehen die Regale ab, blättern Buchseiten um oder kritzeln Notizen auf Zettel. Ann jedoch bildet Worte aus Papierquadraten, sucht hektisch nach der nächsten Zahl, dem nächsten Buchstaben, das Blut pocht in ihren Adern: Muß *immerzu* lauten die ersten beiden Worte. Muß immerzu, muß immerzu, intoniert Ann leise, während sie die Masse weißer Papierquadrate absucht: Er muß immerzu. Was muß er immerzu? an Dich. Dann: denken. Komm zum Heart of Midlothian, ich warte auf Dich, Ben.

Ann springt auf. Dann setzt sie sich wieder hin. Dann schiebt sie die Buchstaben zurück in den Umschlag. Dann geht sie zu der erstbesten Person und fragt: »Entschuldigung, kennen Sie das Heart of Midlothian?«

Ann war noch nie in der Kathedrale, ihr ist das steinerne Herz, das auf dem Vorplatz in das Kopfsteinpflaster eingelassen ist, noch nie aufgefallen. Während sie so schnell sie kann die Royal Mile entlanghastet, hat sie Angst, daß sie es zwischen den unzähligen Pflastersteinen nicht findet, daß sie ihn verpaßt, daß er vielleicht geglaubt hat, sie werde nicht mehr kommen und schon weggegangen ist. Aber kaum ist sie bei der schwärzlich angelaufenen Kathedrale um die Ecke gebogen, sieht sie ihn in seinen Mantel gehüllt auf einer Bank sitzen, ein Buch in Händen. Als er sie erblickt, steht er auf und winkt kurz. Sie denkt: Er ist kleiner und dünner, als ich ihn in Erinnerung habe. Sie denkt: Meine Hand tut weh. Sie denkt: Liebe ich ihn? Sie denkt: Er hat seine Schnürsenkel um mein Handgelenk gebunden, damit ich kein Blut mehr verliere. Sie denkt: Ich würde gern wissen, wie lange er schon wartet.

Zeitweilig bin ich hier und zeitweilig nicht – dann, wenn ich woanders bin, abgeschottet, eingeschlossen. Aber bisweilen bin ich näher dran als andere, und ich höre und rieche und spüre all das in meiner Umgebung, was ich nicht sehen kann. Es ist, als würde mein Körper von einer Flutwelle angehoben und dichter an das Licht und die Geräusche herangetragen.

Jetzt, da sie hier sind, bin ich froh darüber.

Mein Vater hat uns früher oft die Geschichte erzählt, wie er unsere Mutter kennengelernt hat (»Ich schaute hoch, und da stand sie – rotes Blut lief ihr über den Arm und tropfte auf den Fußboden«), und wir wollten jedesmal, daß sie uns ihre Narbe zeigte, die hell wie ein Blitz ihre Handfläche durchzog. Manchmal tat sie es – öffnete für uns ihre Hand, wie eine Blüte, die auf Lichtstrahlen reagiert – und manchmal nicht.

Mein ganzes Leben lang habe ich mir die Szene immer wieder ausgemalt. Ich habe mir im Geiste ein genaues Bild von dem Aussehen des Labors zurechtgelegt; und von meiner Mutter mit dem Skalpell, das abrutschte und in ihre Hand schnitt; und wie sie durch den Saal ging; und wie mein Vater als einziger aufsprang, um ihr zu helfen; und wie er zu ihr in den Krankenwagen stieg. Ich sehe sie deutlich vor mir: das Haar meiner Mutter lang und hochgesteckt, mein Vater mit einem Schuh ohne Schnürsenkel, der lose seinen Fuß umschloß, und einem Leinentaschentuch, von Elspeth gewaschen und gebügelt.

Aber heute, in dem Zustand, in dem ich mich befinde, schwebe ich dicht unter der Decke und schaue auf das Labor hinunter wie in ein Puppenhaus: Ich sehe meine Mutter, die sich in Richtung meines Vaters bewegt, den Ärmel voller roter Flecken. Und genau in dem Augenblick, als er das Geräusch der Haarnadel auf dem Fußboden hört, hochschaut und sie gleich zum ersten Mal sehen wird, möchte ich nach ihnen greifen, sie wie zwei Spielzeugfiguren hochheben und zwischen meinen Handflächen fest aneinanderdrücken.

Inzwischen kam das einzige Licht von dem Lagerfeuer, das irgend jemand entfacht hatte – Alice stellte fest, daß ein zischendes Prasseln an ihre Ohren drang, wenn sie den Kopf dorthin wandte. Die Gesichter hinter dem Feuer waren durch die Hitzeschleier, die es emporsteigen ließ, abwechselnd verschwommen und dann wieder deutlich zu erkennen. Dahinter konnte sie mit einiger Mühe noch den Horizont und die Küstenlinie sehen. Wenn sie das Gesicht in die andere Richtung drehte, weg von den Flammen und dem flirrenden, harten, blechernen Klang der Musikanlage, hörte sie das regelmäßige Anbranden und Zurückfließen des Meers.

Sie stand auf und klopfte sich den Sand von der Rückseite ihres langen, schwarzen Rocks. Wo war Katy? Sie war vor einer Weile die Düne hinuntergangen, um ihnen noch etwas zu trinken zu holen, und Alice hatte ihr versprechen müssen, auf sie zu warten. Alice spähte in die Dunkelheit, ließ den Blick auf der Suche nach Katys leuchtend roter Mähne über die Partygäste schweifen. Sie beschloß, selber hinunterzugehen, um nach ihr zu suchen. Sie warf sich das Ende ihrer Federboa über die Schulter und ging los, zum Feuer am Strand, dem Mittelpunkt der Party, wo die Leute herumstanden oder im Rhythmus der Musik die Körper verrenkten. Ihre Stiefel sanken in den weichen Sand der Düne ein, und ihre Schritte wurden auf der steilen Böschung schneller als geplant. Berauscht von der unerwarteten Geschwindigkeit, streckte sie die Arme zur Seite aus, dem Fahrtwind entgegen. Sie sauste an einzelnen Grüppchen von Leuten vorbei, ihre Füße bewegten sich unter ihr wie von selbst, ihre Haare und die Enden ihrer Federboa flatterten hinter ihr her. Sie kam erst zum Stehen, als sie, ausgelassen lachend, unten am Strand in jemanden hineinlief. Wer immer es war, er oder sie, mußte Alice mit den Armen festhalten, damit sie beide nicht umfielen.

»Entschuldigung«, sagte Alice atemlos. »Tut mir leid, aber ich konnte nicht anhalten.« Die Person ließ sie nicht los. Alice kniff die Augen im Halbdunkel zusammen. Es war ein Junge, und er war größer als sie. Kannte sie ihn? »Entschuldigung«, sagte sie erneut, in der Erwartung, daß er sie endlich loslassen werde. Der Junge drehte ihr Gesicht zum Feuer hin, und sie starrten sich im gespenstischen orangefarbenen Licht der Flammen gegenseitig an. Sie kannte ihn – er hieß Andrew Innerdale und ging in Kirstys Klasse. Er hatte einen Bruder, der eine Klasse unter Alice war, oder vielleicht auch zwei. Sein Vater, ein künstlerisch angehauchter Ex-Hippie, der unter North Berwicks Männern ziemlich heraustach, besaß das Antiquitätengeschäft in der High Street. Andrew, der sie nach wie vor an den Oberarmen festhielt, sagte: »Ich hatte mir schon gedacht, daß du es bist.«

Alice war gleichzeitig erbost, neugierig und geschmeichelt. Sein Gesicht war nur wenige Zentimeter von ihrem entfernt, und sie roch seine Bierfahne. Sein Blick wanderte im Halbdunkel über ihr Gesicht: Irgend etwas an seinen Augen machte sie nervös. Sie drückte ihm die Hände gegen die Brust und schob ihn weg. Er stolperte einen Schritt rückwärts und gab einen kurzen, überraschten Laut von sich, der wie ein Maunzen klang. Sie drehte sich um, lief davon und kuschelte sich, während sie weiter nach Katy Ausschau hielt, tiefer in die vielen Federn, die ihren Hals umschlangen.

Die Federboa hatte sie ganz hinten in Elspeths Schrank gefunden. Sie hatte gelangweilt nach einer Strickjacke getastet, die sie für ihre Großmutter holen sollte, als ihre Finger auf etwas Weiches, Seidiges, Elastisches trafen. Überrascht riß sie die Hand zurück und musterte sie, so, als erwartete sie, durch die Berührung verletzt worden zu sein. Dann bückte sie sich, so daß ihre Augen auf gleicher Höhe wie das Regal waren, und schob vorsichtig die Hand erneut hinein. Diesmal schreckte sie nicht zurück, als sie das Ding, kaum wahrnehmbar, auf ihrer Hand spürte, sondern griff behutsam danach und zog es zu sich heran. Es entrollte sich von seinem Schlupfwinkel hinten im Schrank wie eine Kobra, und nach wenigen Sekunden schwebte ein biegsamer Zweig voller schwärzlichgrauen Federn vor ihren staunenden Augen vorbei. Er wurde länger und länger, und als sie ihn sich schließlich um den Hals legte, reichten die Enden bis fast auf den Boden. Sie wickelte ihn sich mehrmals um den Hals und betrachtete sich dann in Elspeths Spiegel.

Die glatten Federn, deren oberste Schicht ihr bis an die Ohren reichte, hatten den glänzenden schwarzgrünen Farbton des Brustgefieders eines Stars. Im Inneren der Boa, wo sie an einem unsichtbaren Faden befestigt waren, waren sie flaumweich, außen dagegen bauschten sich feste, spitze Federn mit gebogenen Enden, die ihre Wangen wie Klingen streichelten. Alice hatte noch nie etwas so Schönes gesehen, hatte noch nie den so starken Wunsch gehabt, etwas zu besitzen: Ihr wurde ganz flau vor Verlangen danach. Wieso besaß ihre Großmutter so etwas? Warum hatte sie es noch nie zuvor gesehen? Zu welcher Gelegenheit hatte Elspeth es getragen, und würde sie es Alice geben?

Alice hatte ein paar Augenblicke vor dem Spiegel gestanden und mit den Fingerspitzen über die äußeren Federn gestrichen. Dann hatte sie die Strickjacke für Elspeth genommen, und als sie nach unten ging, baumelte die Federboa wie der Schwanz eines Seeungeheuers ihren Rücken hinab.

Elspeth hatte sie ihr natürlich geschenkt, und bei der Strandparty an diesem Abend führte sie sie zum ersten Mal öffentlich vor. Sie paßte auf, daß die Boa nicht über den Sand schleifte, während sie sich zwischen den Leuten hindurchschlängelte. Die Vorstellung, nasse Sandkörner könnten sich zwischen den glatten Federn festsetzen, ließ sie erschaudern.

Plötzlich legte ihr jemand den Arm um die Hüfte, sie wirbelte herum, aber es war bloß Kirsty, die plötzlich breit lächelnd wie aus dem Nichts in der Dunkelheit aufgetaucht war. »Hallo, Süße«, sagte Alice und schlang einen Arm um den warmen Hals ihrer Schwester. »Wie geht's?«

Kirsty lehnte sich bei Alice an, und gemeinsam schlenderten sie engumschlungen zwischen den anderen Partygästen hindurch.

»Prima? Und dir? Amüsierst du dich?«

»Mmm. Hast du Katy zufällig irgendwo gesehen? Ich kann sie nämlich nirgends finden.«

»Ähm, nein. Ich glaube nicht.«

Hinter ihnen rief jemand: »Kirsty! Kirsty!«, und Kirsty entwand sich aus Alices Griff und verschwand wieder im Dunkeln. »Ich muß weiter«, sagte sie über die Schulter. »Bis später.«

»Okay. Wann gehst du nach Hause?« rief Alice ihr nach, aber Kirsty hörte sie bereits nicht mehr.

Alice stieg auf eine andere Düne, stand dann zitternd in dem kalten Wind, der abends wie immer auffrischte, und sah sich erneut nach Katy um. Sie konnte sie noch immer nicht entdecken. Sie beschloß, auf dem Nachhauseweg am Meer entlangzugehen statt die Abkürzung über den Golfplatz zu nehmen, denn es war inzwischen so finster, daß sie dort garantiert in einen der Sandbunker fallen würde. Die Strecke über den Strand kannte sie wesentlich besser. Sie kletterte den Abhang hinunter, hielt sich diesmal zur Sicherheit mit den Händen am Strandhafer fest und marschierte los, von der Party weg. Ein paar Leute riefen ihren Namen. »Ich geh nach Hause«, rief sie zurück, und der Wind trug ihre Stimme fort. »Tschüs.«

Ohne den Kontrast durch die Flammen war das Meer besser zu sehen. Die Gischt der Wellen reflektierte das wenige Mondlicht, das durch die dichten Wolken drang. Als Alice etwa fünfhundert Meter vom Feuer entfernt war, drehte sie sich noch einmal um, lief ein paar Schritte rückwärts und beobachtete die kleinen, wie ausgeschnitten wirkenden Gestalten und das Leuchten der Glut. Dann drehte sie sich wieder um und schaute in die Richtung, in die sie ging. Angesichts des finsteren, menschenleeren Strandes, der sich vor ihr erstreckte, kroch ihr ein beklommenes Frösteln über die Haut. Sie legte die Hände übereinander, schob sie in die Ärmel und ging, den Kopf gesenkt, rasch weiter. Die Sohlen ihrer Stiefel streiften den nassen Sand an der Flutlinie, der Saum ihres Kleides wurde feucht vom Salzwasser, und Sandkörner, Seetang und kleine Muschelstückchen klebten daran fest. Als die zerklüfteten Felsen von Point Garry in der pechschwarzen Nacht sichtbar wurden, entspannte sie sich langsam. Sie atmete in die Federn an ihrem Hals und begann tonlos einen der Songs vor sich hin zu summen, der auf der Party gespielt worden war. Sie hatte es nun nicht mehr weit. Dann blieb Alice mit stockendem Atem stehen. Vor ihr auf den Felsen, deren dunkle Umrisse sich jetzt deutlich gegen den Himmel abzeichneten, stand jemand.

Sie wischte sich das Haar aus dem Gesicht und rief: »Hallo? Wer ist da?«

Wer immer es war, er antwortete nicht, sondern sprang von den Felsen auf den Sand und kam auf sie zu.

»Stehenbleiben!« kreischte sie. »Komm bloß nicht näher! Sonst schrei ich um Hilfe! Ich will wissen, wer du bist!«

Die Person blieb stehen und hob beschwichtigend die Hände. »Entschuldige bitte!« Es war ein Junge. »Hab keine Angst«, sagte er. »Bist du's, Alice?«

»Kann schon sein«, sagte sie, immer noch zornig. »Und wer bist du?«

»Andrew«, sagte er und setzte sich wieder in Bewegung.

»Andrew Innerdale?«

»Ja.«

»Also, du hast mit echt eine Scheißangst eingejagt, Andrew Innerdale«, sagte sie und stapfte weiter. Sie spürte, daß er irgendwo hinter ihr war, hörte ihn stoßweise atmen, als er zu ihr aufschloß. »Tut mir leid. Tut mir wirklich leid. Ich wollte dir keine Angst einjagen.« Er sprach in gleichmäßigen Ton, sehr dicht neben ihrem Ohr.

»Hast du aber.«

Sie marschierten ein Stückchen schweigend am Strand entlang, dann blieb Alice stehen und sagte: »Ich gehe von hier quer über den Golfplatz.«

»Ich komme mit.«

Sie zögerte. Das Blut pochte in ihren Trommelfellen. Diese männliche Gestalt neben ihr in der Dunkelheit ließ sie nervös, aufgeregt und unsicher werden. Was war da nur hinter seinen Augen, daß sie sich vor ihm fürchtete?

»In Ordnung«, sagte Alice.

Auf der anderen Seite des Golfplatzes war eine lange Reihe schwefelgelb leuchtender Straßenlaternen zu sehen. Alice wurde immer gelassener, als sie sich ihnen näherten und nach und nach aus der Dunkelheit heraustraten. Er war groß und dünn, trug Stiefel mit dicken Sohlen, genau wie sie.

»Du bist Kirstys Schwester, stimmt's?«

»Ja.«

»Ihr seht euch aber gar nicht ähnlich.«

»Ich weiß.«

Geräuschlos überquerten sie makellose Greens, kletterten über die kleinen, künstlich angelegten Hügel des Golfplatzes.

»Machst du dieses Jahr Vorabitur?« fragte er.

»Ja. Und du? Machst du dein Abitur, so wie Kirsty?«

»Mh-hmm.«

»Und was hast du dann vor?«

»Weiß ich noch nicht. Meine Mutter will, daß ich Medizin studiere, aber ich würde lieber auf die Kunstakademie gehen. So wie mein Vater.«

»Dann tu's doch. Es ist dein Leben und nicht das deiner Mutter.«

»Ja, ich weiß.« Er klang kleinlaut. Er begann Alice ein

bißchen leid zu tun. Grinsend drehte er sich zu ihr um. »Du spielst wohl nicht gern Hockey, was?«

»Wie bitte?« Sie starrte ihn an. »Ja, stimmt. Woher weißt du das?«

»Ich habe freitags morgens als erstes eine Doppelstunde Geschichte, und du hast Sport. Ich bin im Geschichts-Trakt, hier«, er streckte seine Hand aus, »und du bist auf dem Sportplatz hier«, er hielt die andere Hand daneben. »Direkt vor den Fenstern.« Er grinste wieder. »Und ich sitze am Fenster. Du machst immer einen total genervten Eindruck.«

Sie lachte. »Kein Wunder. Ich finde Hockey zum Kotzen.«

»Das sieht man«, sagte er. Dann blieb er stehen und faßte sie am Ellbogen. »Alice … ähm … warum bleiben wir nicht noch ein bißchen hier?«

Sie trat unbehaglich von einem Fuß auf den anderen und schob die Hände tiefer in die Ärmel. »Ich weiß nicht. Ich glaube, ich muß nach Hause.«

»Du kannst ruhig noch ein paar Minuten bleiben.« Er schloß sie unbeholfen in die Arme und drückte sie an sich. Sie spürte die einzelnen Teile seines Körpers an den entsprechenden Teilen ihres eigenen Körpers – seine Brust an ihrem Busen, seine Schenkel an der Vorderseite ihrer Schenkel, seinen sanft gewölbter Unterleib, der durch seine Hose und den dünnen Stoff ihres Rocks gegen ihren Unterleib drängte. Seine Arme waren spindeldürr, kamen ihr aber erstaunlich kräftig vor, als er sie immer fester umschlang.

Sie stand verunsichert da. Er begann zu sprechen. »Ich mag dich wirklich, Alice. Ich habe dich in der Schule beobachtet, und ich glaube, du bist wirklich … wirklich … nett. Ich weiß, du bist zwar etwas jünger als ich, aber ich glaube, das wäre kein Problem, oder? Ich meine, was sagst du dazu?«

Ein Gefühl des Unbehagens schwappte durch ihren Magen. Die Federn der Boa, die zwischen ihnen eingequetscht waren, knackten und piksten sie durch die Kleidung hindurch.

»Ich weiß nicht«, sagte Alice und befreite sich aus seinen Armen. »Ich weiß nicht.« Sie ging weiter in Richtung Stadt.

Er packte sie wieder am Arm. »Alice, krieg ich einen Kuß? Bitte. Küß mich.«

Sie schaute ihn erstaunt an. Wo kam diese Leidenschaft her? Sein Gesicht drückte sowohl Verlegenheit als auch Verlangen aus. Sie dachte, er werde womöglich gleich anfangen zu weinen. Er beugte sich zu ihr herüber, und sie schaute ihm erneut direkt in die Augen. Schlagartig erfüllte sie eine beklemmende, unbestimmte Angst, und sie legte ihm eine Hand mitten auf die Brust. »Nein«, sagte sie und schob ihn weg. »Nein.«

Dann drehte sie sich um, raffte die Federboa zusammen und rannte in Richtung der Häuser am Stadtrand, rannte so lange, bis sie zu Hause angekommen war. Während ihre Füße rhythmisch über die Asphaltbürgersteige stampften und ihre abgehackten Atemzüge ihr in der Lunge brannten, vergegenwärtigte sie sich immer wieder, was sie gesehen zu haben glaubte. Seine Augen – sie hatten dieselbe dunkelbraune Farbe wie ihre, mit denselben hellen Sprengseln. Wenn sie in seine Augen sah, hatte Alice das Gefühl, in ihre eigenen zu schauen.

Dr. Mike Colemann wirft ein Fünfzig-Pence-Stück in den schmalen Schlitz des Kaffeeautomaten und wartet. Ein Plastikbecher fällt mit Schwung in die Metallhalterung und kippt zur Seite. Kochendheiße, braune Flüssigkeit spritzt aus der Düse, fließt über den umgefallenen Becher den Kaffeeautomaten hinunter und landet auf seinen Schuhen. »Verdammter Mist.«

Er spürt, daß er kurz davor ist, die Nerven zu verlieren, und er atmet tief durch, während er eine zweite Münze in den Schlitz steckt. In einer Ecke des Raums blättert eine Frau ungeduldig eine Zeitschrift nach der anderen durch, ohne ihrer Begleiterin, einer älteren Frau, Beachtung zu schenken, die wieder und wieder fragt: »Wie, fandest du, sah sie aus? Ich fand, sie sah heute besser aus. Wie, fandest du, sah sie aus?«

Als Mike vorgestern weit nach Mitternacht todmüde nach Hause kam, saß Melanie heulend auf dem Treppenabsatz, das Gesicht im abgewetzten Hals ihres Teddys vergraben. Da die Tür des Kindermädchens ostentativ geschlossen war, brachte er sie selbst wieder ins Bett. »Warum ist Mami nicht da?« wollte sie wissen, unterbrochen von hicksendem Geschluchze. Er strich ihr übers Haar – »Das habe ich dir doch schon erklärt, weißt du noch? Mami wohnt jetzt bei Steven, aber du kannst sie so oft besuchen, wie du willst« –, obwohl er eigentlich am liebsten den Kopf in den Nacken gelegt hätte und in ihr Geheule eingestimmt wäre. Irgendwann schlief sie dann wieder, das Haar zerzaust, der Daumen schlaff in den Mund geschoben. Anschließend konnte er natürlich nicht mehr einschlafen. Steven, dieses Arschloch – sein sogenannter bester Freund.

Mike schwenkt den bitteren Kaffee im Mund herum und zuckt beim Schlucken zusammen. Die ältere Frau ist inzwischen in Schweigen verfallen und starrt die gelben Neonlampen an. Er verabscheut Wartezimmer, vor allem nachts. Die filigrane Mathematik menschlichen Lebens. Aber nichts, wirklich nichts ist schlimmer als die Zeit zwischen drei und fünf Uhr morgens, wenn alle Besucher und die Spätschicht gegangen sind, die meisten Patienten schlafen, und sich eine grausige, geradezu hörbare Stille auf die Krankenstationen und Fluren niedersenkt. In jenen Stunden ereignen sich die meisten Todesfälle in Krankenhäusern. Mike haßt diese Schicht über alles.

Er begibt sich durch das Gewirr aus weißen Fluren zurück zur Intensivstation. Er braucht weder nachzudenken, wann er abbiegen muß, noch auf die Schilder zu schauen: Auf seinen Orientierungssinn ist Verlaß. Es gibt Leute, die hier schon länger arbeiten als er und sich immer noch verirren. Mike würde es zwar niemals zugeben, aber seine Methode besteht darin, dem Unterbewußtsein freie Bahn zu lassen, den Verstand mit etwas anderem beschäftigen, damit der Körper und die Instinkte das Kommando übernehmen können. Er hat den Verdacht, daß er unschlüssig wäre, welche Richtung er einschlagen müßte, wenn er an einer Ecke anhielte und darüber nachdächte, und sich daraufhin prompt verlaufen würde.

Auf der Station sitzt an einem der Betten eine Frau in einem roten Kleid mit blonden Strähnen im Haar. »Hallo«, sagt Mike zu ihr.

Sie bewegt sich, dreht den Oberkörper zu ihm herum. »Hi. Ich bin Rachel.« Ihre Schuhe sind schwarz und hochhackig, laufen an den Zehen unglaublich spitz zu. Neben dem Stuhl steht eine Aktentasche. Er erkennt an der geröteten Haut um ihre Augen, daß sie geweint hat. Mike sagt nichts, sondern überprüft die Maschinen und die Infusion. Er drückt den Daumen gegen die Innenseite von Alices reglos daliegendem Handgelenk und zählt mit, wie oft ihr Herz das Blut unter seinem Finger vorbeipumpt. Er zieht ihre Augenlider hoch und leuchtet in ihre Pupillen, von denen eine starr, dunkel und weit geöffnet wie eine Seeanemone ist, die andere hingegen klein, zittrig und schwarz. Er spürt, wie Rachels mit ihren grünen, weit auseinanderliegenden Augen jede seiner Bewegungen verfolgt.

»Wie geht es ihr?« fragt sie. Ihre klare, eindringliche Stimme verrät, daß sie zu den Menschen gehört, die gewohnt sind, auf ihre Fragen Antworten zu bekommen.

»Wie lange kennen Sie sie schon?« erkundigt sich Mike.

»Seit vielen Jahren. Wir haben uns auf der Uni kennengelernt.« Sie neigt den Kopf, um die Gestalt im Bett anzuschauen. »Ich glaube, sie ist meine beste Freundin.« Sie steht auf, geht zum Fenster und blickt hinaus in die samtschwarze Nacht. »Unser beider Leben sind inzwischen sehr verschieden, aber wir stehen uns immer noch sehr nah.«

»Haben Sie die Eltern von Alice heute getroffen?«

»Nein«, sagt sie, und er merkt, ohne sich umzudrehen, allein an der Art, wie ihre Stimme von der Wand vor ihm widerhallt, daß sie vom Fenster weggegangen ist und nun irgendwo hinter ihm steht und ihn wieder beobachtet. »Ich habe sie anscheinend knapp verpaßt. Ich mußte heute länger als geplant arbeiten.«

Mike rückt erst den Atemschlauch zurecht und dann den an Alices Gesicht festgeschnallten Plastikkegel, der rote Dellen in ihrer Haut hinterläßt.

»Also«, sagt Rachel, während sie ums Bett herumgeht und sich wieder hinsetzt. »Was ist mit ihr?«

»Es gibt keine Veränderung.«

»Ist das gut oder schlecht?«

»Weder noch.«

Beide schauen sie Alice an. Mike fällt zum ersten Mal auf, daß die Schnittwunden in ihrem Gesicht langsam verschorfen und ihre Blutergüsse eine dunkle schwarz-violette Farbe annehmen. Es kommt ihm wieder einmal sonderbar vor, daß die Funktionen eines zentralen Teils des menschlichen

Körpers völlig ausfallen können, und dennoch etwas so Simples wie das Verheilen von Hautverletzungen normal vonstatten geht. Alice zu beobachten, hat auf ihn eine sonderbar beruhigende Wirkung – vielleicht liegt es am Rhythmus des Beatmungsgeräts oder daran, daß sie sich, abgesehen von dem künstlich erzeugten Heben und Senken des Brustkorbs, nicht bewegt. Er setzt sich auf den Rand des Bettes.

»Wissen Sie, es heißt, sie habe das vielleicht absichtlich getan. Ein Selbstmordversuch.«

Das Beatmungsgerät seufzt einmal, zweimal, und Alices Brust hebt und senkt sich im Takt dazu. Mike schaut zu Rachel hinüber. Sie wirkt nicht überrascht, kaut mit energischen Bissen ihrer weißen Zähne, die eher wie die eines Kindes aussehen, an ihrem Daumennagel. »Ja«, sagt sie nach einer Weile kurz und bündig. »Der Gedanke ist mir auch schon gekommen.« Rachel beugt sich vor und streicht mit dem Finger über die dünne Haut an der Schläfe ihrer Freundin. »O Alice, Alice«, flüstert sie, »warum hast du das getan?«

»Nein, nein, es ist etwas völlig anderes«, sagt Alice mit gedämpfter Stimme in den Telefonhörer und versucht vergebens, nicht zu lachen.

Im Büro ist es heute still, alle sitzen gebeugt vor ihren Computerbildschirmen und haben in Alices Vorstellung die Ohren gespitzt, um ja nichts von dem Gespräch zu verpassen.

»Ja, und was?« brüllt Rachel am anderen Ende in ihr Handy. Die Verbindung ist verrauscht, ihre Gehbewegungen lassen ihre Stimme erzittern. Die Verbindung ist einen Moment lang unterbrochen, dann funktioniert sie wieder. »… ihm geschlafen oder nicht?« sagt sie gerade.

»Rach«, erinnert Alice sie. »Ich bin im Büro.«

Rachel seufzt. »Na schön. Das kannst du mir ja später erzählen. Also, was ist nun mit seinem mysteriösen, düsteren Geheimnis? Hast du es ihm entlockt, oder wart ihr zu sehr mit anderem beschäftigt, um zu reden?«

»Er ist Jude.«

Durch die Leitung sind eine Autohupe und Motorengeräusche zu hören, dann Rachels Stimme, plötzlich sehr leise, so, als wäre sie stehengeblieben. »Wie sehr?«

»Wie meinst du das? Gibt es da Abstufungen?«

»Natürlich.«

»Also«, Alice weiß nicht, was sie sagen soll, »er ist … er ist … äh … er hat gesagt, er macht sich Sorgen, was sein Vater davon halten wird.«

»Verstehe.«

»Merkwürdig, nicht wahr?«

»Nein, gar nicht. Das ist kein bißchen ungewöhnlich.«

»Oh.« Alice ist überrascht. »Wirklich?«

»Ach, Gott, ja«, sagt Rachel. »Ich vergesse es immer wieder.«

»Was vergißt du?«

»Daß du in diesem schottischen Kaff am Ende der Welt aufgewachsen bist. Natürlich ist das nichts Ungewöhnliches. So was passiert andauernd. Hat nur sein Vater ein Problem damit oder auch er selbst?«

»Ähm, ich bin mir nicht ganz sicher.« Alice denkt an das Gespräch mit John zurück. »Beide, glaube ich.«

»Hmm«, sagt Rachel. »Du, ich muß jetzt Schluß machen. Ich hab in zwei Minuten einen Termin bei Gericht. Sei nur bitte … vorsichtig, das ist alles. Halt ihn etwas auf Distanz, solange du nicht genau weißt, was Sache ist, hörst du?«

Alice sucht den Weg von der U-Bahn-Station Camden Town mit Hilfe ihres Stadtplans, den sie aufgeklappt in Händen hält.

Die Straße, in der John wohnt, ist so klein und schmal, daß nicht einmal ihr Name darauf Platz hat, sie liegt eingeklemmt innerhalb des von der Camden Road und der Royal College Street gebildeten V. Alice schlendert die Camden Road hoch, vorbei an einer Eckkneipe namens World's End, wo etliche Gäste mit einem Glas in der Hand draußen auf dem Bürgersteig stehen. An der Ampel bei einem Sainsbury-Supermarkt überquert sie die Straße und kauft in einem kleinen algerischen Geschäft, vor dem Kisten voll mit exotischem Gemüse und Kakteen aufgebaut sind, eine Flasche Wein. Der Inhaber wickelt sie für Alice in moosgrünes Papier ein, dreht die Enden zusammen und ruft ihr hinterher: »Schönen Abend noch, junge Frau.«

Nachdem sie ein paarmal die Straße auf und ab gegangen ist und im Dämmerlicht nach den Hausnummern Ausschau gehalten hat, ist sie sicher, daß sein Haus am hinteren Ende der schmalen Straße liegen muß. Es gehört zu einer der für Nord-London typischen viktorianischen Reihenhauszeilen. Die Haustür ist blau gestrichen, und ein Fenster im Erdgeschoß ist erleuchtet. Als sie an der Tür steht, spürt sie die Vibration lauter Musik aus dem Inneren. Sie klingelt, und augenblicklich öffnet er die Tür, so daß sie sich fragt, ob er dahinter gewartet hat. Er sieht zerzaust aus, sein Hemd hängt über die Hose, seine Haare stehen vom Kopf ab. Dann umarmen sie sich, und er hält sie derart fest umklammert, daß sie kaum noch Luft bekommt. Sie hat keine Ahnung, wie lange sie so dastehen; es kommt ihr bereits alles ganz vertraut vor – sein Geruch, die Art, wie sie den Kopf in seine Halsbeuge schmiegt, die Art, wie er die Hände bei Küssen um ihren Nacken legt. Sie macht sich von ihm los, um ihn anzuschauen, streicht ihm mit einer Fingerspitze über Lippen und Wangen. »Wirklich schön, dich wiederzuse-hen«, sagt sie unnötigerweise.

Er streckt an ihr vorbei den Arm aus und schließt die Tür. »Komm rein«, sagt er und zieht sie an der Hand durch den Flur in ein Wohnzimmer mit hoher Decke. Offenbar sind irgendwann einmal zwei Räume zusammengelegt worden, und die so entstandene, lange Fläche aus Dielenbrettern reicht von dem Panoramafenster an der Vorderseite bis zur Hintertür, die zu einem kleinen Garten führt. Die Wände sind in dunklem Paprikarot gestrichen, und eine Wand ist komplett mit Bücherregalen bedeckt. In einer Ecke steht ein unaufgeräumter Schreibtisch mit seinem Computer und einem Faxgerät, an dem in regelmäßigen Abständen ein Lämpchen blinkt. Zwei abgewetzte, bequem aussehende Sofas stehen rechtwinklig zueinander, und auf dem Couch-tisch türmen sich Zeitschriften, Zettel und Bücher.

John steht hinter ihr, die Arme um ihre Taille geschlun-gen. »Na?« murmelt er in ihr Haar.

»Na was?«

»Wie findest du's?«

»Einfach toll. Was für ein traumhaftes Haus, John.«

»Ja, ich glaube, ich bin wirklich zu beneiden. Ich habe es mit dem Geld gekauft, das mir meine Mutter hinterlassen hat. Oft denke ich, ich sollte mir einen Untermieter suchen oder einem Freund anbieten, in das freie Zimmer zu ziehen, aber ich habe mich schon zu sehr an den Luxus des Allein-lebens gewöhnt. Ich kann mir nicht vorstellen, je woanders zu wohnen. Ich bin geradezu vernarrt in dieses Haus. Meis-tens halte ich mich in diesem Zimmer auf. Die restlichen Räume sind kaum möbliert. Ich habe bis jetzt einfach nicht die Zeit gefunden, sie einzurichten.«

Sie geht zu den Bücherregalen, läßt die Hand über ein

paar Buchrücken gleiten und dreht sich dann wieder zu John um. »Gefällt mir«, sagt sie kurz und bündig.

»Komm, ich zeige dir den Rest.«

Sie folgt ihm in den Flur, und als er die Treppe hochsteigt, beobachtet sie die Bewegungen seiner Oberschenkelmuskeln in seinen Jeans. Oben angekommen, dreht er sich um und sieht sie stillvergnügt lächeln. »Ist irgendwas?«

»Nein«, sagt sie, und sie versucht, eine unbeteiligte Miene aufzusetzen, muß dann aber losprusten.

»Was hast du?« Er packt sie und drückt sie gegen die Wand über dem oberen Ende der Treppe. »Na los, sag schon.«

»Es ist gar nichts«, stößt sie kichernd hervor. »Weißt du … ich mußte nur gerade an … letztes Wochenende denken.«

»Und woran genau, wenn ich fragen darf?«

»Ich weiß nicht so genau.« Sie legt die Hände auf seinen Hintern und zieht ihn zu sich heran. »Daran, vielleicht.«

Sie küssen sich. Alice spürt, wie sie ein plötzliches starkes Verlangen nach ihm durchfährt. Sie will ihn; sie will ihn so sehr, daß ihr Körper von einer schmerzhaften, stechenden Sehnsucht erfüllt ist. Sie will ihn hier und jetzt, in diesem schummrigen Flur, der nur vom Wohnzimmerlicht ein wenig erhellt ist, und sie will ihn sofort. Er knöpft ihre Bluse auf und neigt den Kopf, um sie auf Hals und Brust zu küssen. Sie fummelt an seinen Hemdknöpfen herum, aber diese heftige Begierde hat sie ungeschickt werden lassen, und die Knöpfe wollen einfach nicht durch die Stoffschlitze rutschen. Sie zerrt ungeduldig an ihnen. »Mist«, sagt sie.

»Was ist?« Seine Stimme klingt belegt, gedämpft.

»Ich krieg dein Hemd nicht auf.«

Er tritt zurück, faßt mit beiden Händen den Kragen an, zieht es sich über den Kopf und wirft es in eine Ecke. Sie streckt ihm die Arme entgegen. Sie liebt es, seine weiche, warme Haut zu spüren, die festen, elastischen Muskeln seines Oberkörpers. Sie fährt mit den Händen über seinen Rücken und seine Arme, drückt den Mund an seinen Hals und seine Schulter. Dann hält sie inne. Irgend etwas stimmt nicht, ihr ist irgendwie unbehaglich zumute, da ist etwas, das ihr unterbewußt zu schaffen macht. Sie bemüht sich, ihren verwirrten Verstand so weit zu ordnen, daß er zu einem klaren Gedanken fähig ist. Ein Geruch. Sie nimmt einen unangenehmen Geruch wahr.

»John?«

»Mmm?«

»Es riecht irgendwie verbrannt.«

Er hebt den Kopf und schnüffelt wie ein Jagdhund, der Witterung aufnimmt. »Scheiße.«

Er stürmt, zwei Stufen auf einmal nehmend, die Treppe runter und verschwindet. Alice lehnt sich gegen die Wand, atmet zitternd ein und aus, ihr Herzschlag rast. Es ist Liebe, denkt sie. Ich liebe diesen Mann, ich liebe ihn. Sie erkundet dieses Gefühl behutsam, wie jemand, der die ersten Schritte mit einem frisch verheilten Bein wagt, es auf seine Belastbarkeit testet, sorgsam auf Anzeichen von Schwäche achtet. Hat sie Angst? Nein. Ist sie aufgeregt? Ja – entsetzlich. Sie will die vor ihr liegende Zeit verschlingen, will gemeinsam mit ihm im Zeitraffer durch Tage, Wochen und Jahre rasen, damit sie alles gleich jetzt erleben können. Aber andererseits will sie die Zeit auch anhalten: Sie kennt sich mit der Liebe gut genug aus, um sich der Zwickmühle bewußt zu sein – Liebe ohne Leid gibt es nicht, man kann einen anderen Menschen nicht lieben ohne die leise Furcht davor, wie es möglicherweise enden wird.

Sie zieht den Saum ihres Rocks zurecht, knöpft ihre Bluse wieder zu und tastet gleichzeitig nach dem Lichtschalter im Flur. Irgendwo muß doch einer sein. Sie scheut sich beinahe, nach unten zu gehen, denn, wer weiß, vielleicht wird sie eine gewisse Unverbindlichkeit in seinem Blick entdecken – obwohl sie das tief im Innern für ausgeschlossen hält. Sie glaubt, er liebt sie oder könne sie jedenfalls lieben, und während sie mit ausladenden Armbewegungen die Wand absucht, fragt sie sich nebenbei, wie lange es wohl dauern wird, bis sie ihm sagt, daß sie ihn liebt. Ihre Finger berühren den Schalter, und sie knipst das Licht an.

Einen Moment lang ist sie geblendet und steht blinzelnd in dem grellen, gelblichen Kunstlicht. Über der Birne ist kein Lampenschirm. Sie steht, wie sie feststellt, in einem schmalen Treppenflur mit nacktem Fußboden. Drei Türen gehen davon ab, die alle einen Spalt offenstehen. Sie öffnet eine und schaltet das Licht an. Es ist Johns Schlafzimmer: erstaunlich karg eingerichtet, nichts als ein breiter Futon mit blauem Überzug, daneben eine Lampe und ein hoher Stapel Bücher. Die Wände sind kahl, ein paar Kleidungsstücke liegen verstreut herum. Das breite Fenster geht zur Straße hinaus. Sie würde am liebsten alles eingehend untersuchen – Schubladen öffnen, Bücher durchblättern –, um soviel wie möglich über den Mann herauszufinden, der einfach so in ihr Leben spaziert ist, aber das findet sie zu voyeuristisch. Schließlich weiß John gar nicht, daß sie hier drin ist.

Im nächsten Zimmer bewahrt er offensichtlich all seinen Krempel auf. Es ist kleiner, geht nach hinten heraus und ist bis zum Rand vollgestopft – zwei in unterschiedlichem Maße reparaturbedürftige Fahrräder, ein alter Computer, an dem ein Gewirr aus farbigen Kabeln hängt, eine breite Kommode, ein Schrank, Regale voller Akten, Kleiderhaufen, Zettel, Zeitschriften, Zeitungen. Der dritte Raum ist das Badezimmer, gestrichen in einem intensiven Dunkelblau. Die Wanne ist übergroß und türkis. Neben dem Klo steht ein weiterer Bücherstapel – ein paar Gedichtbände, eine Ibsen-Gesamtausgabe und das *Handbuch für Journalisten 1992*. Ein ständiges Gurgeln und Blubbern ist zu hören, und sie glaubt, es stamme aus den Heizungsrohren, bis sie sich umdreht, um hinauszugehen, und ein großes Aquarium hinter der Tür sieht. Eine Pumpe leitet beständig ein Rinnsal Wasser in das von einer Neonröhre erhellte Becken: Beleuchtet werden aber keine Fische, sondern eine sonderbare, reglose Kreatur.

Alice geht zu dem Becken. Es ist eine Eidechse, aber sie ist völlig weiß, schwebt im Wasser und beobachtet Alice aus winzigen schwarzen Augen, die sich seitlich am Kopf befinden. So ein Tier hat sie noch nie gesehen. Hinter dem Kopf sitzen Kiemen-Kränze, die wie dünne, mit feinen Stacheln besetzte Äste aussehen und schwach pulsieren. Sehr eindrucksvoll sind auch seine Füße: Sie erinnern an Puppenhände – zierlich und blaß mit winzigen, perfekt ausgeformten Fingern. Es wirkt unsagbar melancholisch. Am faszinierendsten jedoch findet sie seine Reglosigkeit. Es rührt sich selbst dann nicht, als sie sich direkt vor ihm hinhockt. Sie fragt sich, wie es seine Position mitten im Becken hält, ohne seine Beine oder seinen Schwanz zu bewegen. Müßte es nicht eigentlich auf den mit Kies ausgelegten Boden hinabsinken? Während sie zuschaut, beginnt der dicke, muskulöse Schwanz sachte zu wedeln, und das Tier schwimmt unglaublich langsam zum Rand des Glasbeckens; als es dort anlangt, stößt es mit der Nase gegen das Glas und sinkt ein paar Zentimeter nach unten, verharrt dann und betrachtet Alice wehmütig. Sie drückt die Fingerspitzen gegen die Scheibe. »Was machst du da drin?« flüstert sie.

Es schaut sie aus seinen traurigen Stecknadelaugen an. Sie richtet sich auf und geht nach unten.

John steht ohne Hemd in der Küche und rührt hektisch

in einer Pfanne herum. »Hallo«, sagt er, als er sie hereinkommen sieht. »Keine Sorge, es ist noch einigermaßen ge-
nießbar.« Er beugt sich zu ihr hinüber und gibt ihr einen
Kuß. »Hast du dich oben ein bißchen umgeschaut?«

»John, was ist das da oben?«

»Was ist was?«

»Das Tier in dem Aquarium.«

»Oh.« Er lacht. »Das ist ein Axolotl.«

»Wie bitte?«

»Axolotl. Seine Heimat ist Südamerika. Ich habe ihn von
einem Cousin, der sie züchtet. Sieht erstaunlich aus, nicht
wahr?«

»Ist das ein Reptil oder eine Amphibie oder was?«

»Es ist eine Salamander-Larve. Wenn ich ihn daran gewöhnen würde, außerhalb des Wassers zu leben, würde ein
Salamander aus ihm werden. Es sind die einzigen Tiere, die
sich in Larvenform vermehren können.«

»Also ist er in einer Art ständiger Jugend gefangen?« Sie
schüttelt sich. »Was für ein entsetzlicher Gedanke. Wie
grausam von dir. Du solltest ihn erwachsen werden lassen,
damit er von seinem Leid erlöst wird und sich in einen richtigen Salamander verwandelt.«

»Hast du denn deine Jugend nicht genossen?«

»Nein! Das waren grauenvolle Jahre. Ich konnte es kaum
erwarten, erwachsen zu werden und von zu Hause auszuziehen.«

»Wirklich?«

»Und ob. Ich war ein schrecklicher Teenager – furchtbar
zu meiner Familie und furchtbar anzuschauen.«

»Das glaube ich dir einfach nicht.«

»Es stimmt aber. Ich trug immer nur Schwarz, habe meine Haare übel zugerichtet und mit meinen Eltern fünf Jahre lang kaum ein Wort gewechselt.«

»Hast du Fotos aus der Zeit?«

»Jedenfalls keine, die ich dir zeigen werde. Wie auch immer, lenk nicht vom Thema ab: Du sperrst dieses arme Wesen in einer unwirtlichen Umgebung ein.«

»Das stimmt nicht ganz. Es ist so, als wäre er ewig Mitte Zwanzig – er kann sich fortpflanzen, Beziehungen haben, ein glückliches, normales Axolotl-Leben führen. Er altert nicht, was ich für einen echten Vorzug halte. Die Axolotls sind quasi die Dorian Grays unter den Amphibien.«

»Er macht aber keinen besonders glücklichen Eindruck.«

»Um diese Zeit nicht, aber wart's nur ab. Er ist nachtaktiv. Er schläft jetzt. In ein paar Stunden ist er wach, schießt im Aquarium hin und her und wirbelt den Kies auf. Du wirst schon sehen.«

John macht die Tür vom Backofen auf und bückt sich, um hineinzuschauen. »Ist gleich soweit«, sagt er und läßt die Tür zuschnappen.

»Frierst du denn nicht?« fragt sie, umarmt ihn von hinten und legt den Kopf zwischen die Schulterblätter.

»Nein«, antwortet er, und Alice hört und spürt seine Stimme im Vibrieren seines Brustkorbs.

»Alles bestens.«

»Es riecht gut.«

»Hast du Hunger?«

Sie nickt.

Ich liebte es, John zu lieben. Liebe ist einfach und sonderbar. Ich habe viel darüber nachgedacht – in ruckelnden U-Bahnen, in überfüllten Bussen, bei der Arbeit: Was an ihm war es, das diese Wirkung bei mir erzielte? Ich kam nie zu einem endgültigen Schluß, verfügte im Geiste über eine Liste sowohl mit allgemeinen als auch sehr persönlichen Eigenschaften: Ich liebte seine Großzügigkeit, seine Fähigkeit, über sich selbst zu lachen, seine Entschlossenheit, seine Angewohnheit, sich vorbehaltlos jeder Aufgabe zu widmen, seine Impulsivität und daß er in jeder Situation auch einen komischen Aspekt entdeckte. Aber genauso liebte ich es, wie er sich, wenn er müde war, mit kreisenden Handbewegungen die Haare rieb, wie er seine Oberlippe vorschob, wenn er schlecht gelaunt war, daß er nie ins Bett ging, ohne ein Glas Wasser auf den Nachttisch zu stellen, und daß es ihn ständig von neuem verblüffte, was für Mengen er essen konnte.

Besonders liebte ich es, ihm beim Rasieren zuzuschauen. Da mein Vater, seit ich denken konnte, einen Elektrorasierer benutzt hatte, faszinierte mich das Ritual der Naßrasur: der Dachshaar-Pinsel, den ihm sein Vater geschenkt hatte, das heiße Wasser im Waschbecken, der Rasierer, den er mit ruckartigem Wedeln ausschüttelte, bevor er ihn an die Haut drückte. Meist saß ich auf der Badewannenkante und beobachtete ihn, wie er mit dem Pinsel in seiner Handfläche Schaum fabrizierte und ihn in einer dicken Schicht auf den Bartstellen seines Gesichts verteilte. Als nächstes kamen das schabende Geräusch, mit dem die Metallklinge über die Stoppeln fuhr, und die grotesken Grimassen, die er zog, um seine Haut zu straffen. Manchmal stellte ich mich hinter ihn und imitierte diese Grimassen, bis er sich eines Tages vor lauter Lachen schnitt. Ich liebte es, daß sein rauhes, kratziges Gesicht, das rote Striemen auf meinem Gesicht und meinem Körper hinterließ, plötzlich so weich wurde, daß ich gefahrlos mit den Lippen darauf entlangfahren konnte. Die abgeschnittenen Stoppeln klebten wie Eisenstaub am Waschbecken, wenn er das Wasser abgelassen hatte.

Ich liebte ihn über alles. Woher sollte ich wissen, daß er ein Geschenk war, das ich nicht behalten durfte?

Frühmorgens an einen Samstag klingelt in Alices Wohnung das Telefon. John liegt im Bett, ein Glas Wasser neben sich, und blättert die Wochenendbeilage der Zeitung durch. Alice ist im Bad. John schaut unsicher auf das Telefon. »Soll ich rangehen?« ruft er.

»Ja, sei so gut«, tönt ihre Stimme durch die Wand.

John streckt den Arm aus und nimmt den Hörer ab. »Hallo?« sagt er.

Am anderen Ende herrscht Grabesstille. Das Rauschen des Wassers in dem winzigen Bad hallt durch die gesamte Wohnung.

»Hallo?« sagt er erneut, dieses Mal lauter.

»Ist Alice zu Hause?« Eine weibliche Stimme, kurz angebunden und leicht verärgert. Alices Mutter. Kein Zweifel. John stellt das Glas Wasser auf den Nachttisch. »Ja«, sagt er, »sie ist da.« Ihm ist klar, daß irgendeiner obskuren mütterlichen Logik zufolge der Umstand, daß ein unbekannter Mann frühmorgens das Telefon ihrer Tochter abnimmt, von Alices Mutter verlangt, spontan eine Abneigung gegen ihn zu haben und außerdem so unfreundlich wie nur möglich zu sein.

»Kann ich dann vielleicht mit ihr sprechen?«

»Ich glaube schon«, sagt er und fügt, nur um sie zu ärgern, hinzu: »Wer ist dort bitte?«

»Ihre Mutter«, zischt sie.

Er legt den Hörer hin und läuft schnell aus dem Zimmer, damit sie ihn nicht lachen hört. »Alice«, ruft er durch die Badezimmertür. »Deine Mutter.«

Sie taucht aus einer Dampfwolke auf, ein Handtuch um den Kopf gewickelt. John steigt wieder ins Bett und beobachtet sie, wie sie durchs Zimmer geht und den Hörer hochhebt. Alice ist meine Freundin: Er probiert den Satz aus. Meine neue Freundin. Er findet die sprachlichen Alter-

213

nativen für solch eine Situation unbefriedigend. »Wir gehen miteinander« – er verabscheut diesen Ausdruck. »Freundin« kommt ihm unangemessen und typisch für Teenager vor. Was dann? »Partnerin« ist zu geschäftsmäßig, »Geliebte« etwas zu gewagt für den täglichen Gebrauch. »Bekannte«? Klingt, als hätte er etwas zu verbergen. »Ständige Begleiterin«? – um Himmels willen. Keine dieser Bezeichnungen reicht ihm aus, denn eigentlich will er der ganzen Welt verkünden, daß –

John schweift an diesem Punkt von seinem Gedankengang ab, weil das Gespräch zwischen Alice und ihrer Mutter immer hitziger wird. Es hat sich zu einem verbissen geführten verbalen Pingpong-Spiel entwickelt.

»Wer er ist? Das verrate ich dir nicht.«

Eine Pause entsteht, in der die Stimme ihre Mutter aus dem Hörer zwitschert.

»Vielen Dank, aber ich weiß selber, wie spät es ist.«

Ein erneuter Schwall Gezwitscher.

»Weil dich das nichts angeht.«

Und so geht das noch ein paar Minuten weiter, in deren Verlauf Alice alle paar Sekunden ihre Mutter anblafft. »Ja, ja … Was ich tue, entscheide allein ich … Warum hältst du dich nicht einfach raus … Ich weiß, daß ich dir nichts davon erzählt habe … Nein … Nein … Ja … Nein … Ich glaube, ich bin alt genug, um das selber zu entscheiden … Wäre ich an deinem Rat interessiert – aber glaube mir, das bin ich nicht –, würde ich dich darum bitten.« Schließlich endet es damit, daß Alice »Ach, geh doch zum Teufel!« brüllt und auflegt. Eine kurze Stille entsteht. Alice starrt das Telefon regungslos an. Es klingelt wieder, und sie hebt ab, so, als hätte sie es schon vorher gewußt. »Was ist?« knurrt sie.

John fängt an zu lachen. Das Ganze ist unglaublich.

»Warum?« schreit sie. »Du fragst noch, warum? Weil ich wußte, daß du genau so reagieren würdest, wie du es jetzt tust … Fang nicht wieder mit diesem Scheiß an … Doch! … Nein … Wieso soll ich mich in acht nehmen? … Liebe? Liebe? Wie kommst ausgerechnet du dazu, dieses Wort zu benutzen? Du würdest Liebe nicht einmal erkennen, wenn dich jemand mit der Nase darauf stoßen würde.«

Diesmal ertönt am North Berwicker Ende der Leitung ein monotones Summen: Mutter hat aufgelegt. Alice knallt den Hörer auf die Gabel und fängt an, wie angestochen durchs Zimmer zu toben. »Was fällt ihr ein? Was fällt ihr nur ein?« schimpft sie. »Verdammt, wenn sie glaubt, sie kann hier einfach so anrufen und mir einen Vortrag über –« Sie bricht ab, stößt eine Art kreischendes Knurren aus, reißt sich das feuchte Handtuch vom Kopf und schmeißt es der Länge nach auf den Fußboden.

»Meine Güte«, sagt John vom Bett aus, »passiert so was öfter?«

»Das war noch gar nichts«, sagt sie und verzieht dabei die Miene.

»Bloß ein müder Auftakt.«

»Worum ging's denn?«

»Um dich.«

»Um mich?«

»Wer du bist. Was dir einfällt, in meiner Wohnung ans Telefon zu gehen. Wie lange ich dich schon kenne. Warum ich ihr nicht erzählt habe, daß ich wieder mit jemandem zusammen bin. Als ob«, brüllt sie, »sie das etwas anginge.«

»Na ja …«, wirft er behutsam ein, »… ich meine, sie ist immerhin deine Mutter. Irgendwie geht sie das schon etwas an, findest du nicht?«

Sie blickt ihn erstaunt an, so, als wäre dieser Gedanke völlig neu für sie. »Aber sie mischt sich immer aus purer Bos-

215

haftigkeit ein. Sie führt sich immer absolut bescheuert auf, wenn es um mich und Männer geht. Immer.«

»Absolut bescheuert?«

»Ja, sie ist total überängstlich und nörgelt an allem, was ich tue, rum. Es ist immer dieselbe Leier, sie erzählt mir, ich soll vorsichtig sein, aufpassen, daß mir niemand weh tut, keine übereilten Entscheidungen treffen, daran denken, daß Leidenschaft langfristig gesehen nicht unbedingt eine gute Basis für eine Beziehung ist. Und so weiter und so fort.«

»Ist sie gegenüber deinen Schwestern genauso?«

»Nein. Aber die haben ja auch langandauernde Beziehungen zu vernünftigen Jungs, die sie dann heiraten.«

Er ist versucht, sie daran zu erinnern, daß bislang nur eine ihrer Schwestern verheiratet ist, verkneift es sich aber. »Wirst du sie zurückrufen?« fragt er statt dessen.

»Auf keinen Fall!«

Versuchsweise verläßt John das Zimmer. Im Badezimmer nimmt er seine Zahnbürste und die Zahnpastatube. Noch ehe er mit Zähneputzen fertig ist, hört er Alice wählen, und dann sagt sie: »Mom? Ich bin's.«

Als er zurückkommt, kämmt sie gerade mit vorgebeugtem Kopf das Haar, so daß die Spitzen fast bis auf den Boden hängen.

»Wie lief's?« fragt er, während er sich auf die Bettkante setzt.

»Prima.« Der Kamm zieht seine gleichmäßige Bahn von oben nach unten. »Das hat alles nichts zu bedeuten. Es ist bloß … Theaterdonner.«

Sie wechselt die Haltung, nimmt den Kamm in die andere Hand.

»Hast du das ernst gemeint?« fragt er, »… was du über sie … und … Liebe gesagt hast?«

Das Kämmen wird kurz unterbrochen. Ihr Gesicht wird von ihrem Haar verdeckt. Sie zuckt die Achseln, dann macht sie weiter, doppelt so energisch wie zuvor. »Ja.«

»Ja, und … was ist mit deinem Vater?«

»Hmm. Ich bin mir nicht ganz sicher. Manchmal glaube ich, sie hat ihn bloß als eine Art Hengst benutzt.«

»Hengst?«

»Wegen uns.«

»Uns?«

»Nicht wegen dir und mir, John«, sagt sie geduldig. »Um meine Schwestern zu kriegen. Und mich.«

»Wirklich? Glaubst du das tatsächlich?«

Sie wirft ihr Haar zurück, stellt sich hin und schaut stirnrunzelnd zu ihm hinunter. »Mein Vater würde alles für meine Mutter tun, aber sie –« Alice hält inne, als sie seinen Gesichtsausdruck sieht. »Ach, schon gut, was soll's. Das macht mich nur noch entschlossener.«

»In welcher Hinsicht?«

»Nicht so zu werden wie sie.«

John wird von einer heftigen Bewegung neben sich im Bett aufgeweckt, und ein paar dicke Strähnen von Alices Haar landen auf seinem Gesicht.

»Alice? Ist alles in Ordnung?«

»Kann nicht schlafen.« Ihre leise Stimme klingt gepreßt und quengelig.

Er tastet mit einem vom Schlaf schweren Arm nach ihr. Seine Handfläche berührt ihre Haut oberhalb der Hüfte. Sie liegt an der Bettkante auf der Seite, das Gesicht von ihm abgewandt. Er rutscht zu ihr hinüber und legt den Arm um sie. »Was ist los?«

Ehe er sich's versieht, hat sie seinen Arm abgeschüttelt und sitzt aufrecht da, starr vor Entrüstung. »Es liegt an diesem Scheiß-Futon Der ist so unbequem«, bricht es aus ihr hervor. Sie scheint den Tränen nahe zu sein.

Er blinzelt erstaunt, versucht, klar zu denken und zu begreifen, warum sie so aufgebracht ist. »Oh.«

»Er ist so … hart, daß meine … Kniescheiben weh tun.« Unwillkürlich muß er lachen. »Deine *Kniescheiben?*«

Sie boxt ihn. »Lach nicht über mich.« Aber dann fängt sie ebenfalls an zu lachen. »Wegen des Futons tun meine Kniescheiben weh. Was ist denn daran ungewöhnlich?«

»Na ja, ich meine, ich habe noch nie gehört, daß es den Kniescheiben schadet, auf einem Futon zu schlafen.«

»Wenn ich auf dem Bauch liege, tun mir die Kniescheiben weh, weil die Matratze so hart ist.«

Er kriecht unter die Decke und streichelt ihre Kniescheiben. »Jetzt besser?«

»Nein«, sagt sie, immer noch leicht verärgert.

Er küßt sie zart eine nach der anderen. »Jetzt besser?« fragt er erneut. Eine Pause entsteht.

»Ein bißchen«, antwortet sie.

Als sie am nächsten Tag nach der Arbeit zu ihm kommt, verbindet er ihr im Flur die Augen.

»Was ist?« fragt sie. »Was hast du vor?«

»Wart's ab.«

Er führt sie vor sich die Treppe hoch, legt ihre Hand auf das Geländer, hält sie fest, damit sie nicht stolpert. In der Tür zum Schlafzimmer stoppt er sie. »Bist du bereit?«

»Ja, ja. Was soll das Ganze?«

Er nimmt ihr die Augenbinde ab. Im Schlafzimmer steht anstelle des vermaledeiten Futons ein neues, breites Doppelbett. Sie kreischt vor Freude und springt auf das Bett. »Das ist ja toll, John!« Übermütig hüpft sie in die Höhe. Die Kissen fliegen hoch, und unter ihren Füßen zerknittert die Überdecke. Er beobachtet sie, gegen den Türpfosten gelehnt. »Ist es denn auch weich genug für die kostbaren Kniescheiben der gnädigen Frau?«

Sie wirft sich kichernd auf den Bauch. »Ja. Genau richtig.« Sie rollt auf den Rücken und setzt sich hin, plötzlich verlegen. »Vielen, vielen Dank, John. Aber weißt du, das hättest du nicht zu tun brauchen ... ich meine, nicht extra meinetwegen.«

Offenbar ist ihr, genauso wie ihm, bewußt, daß die Anschaffung dieses Bettes eine gewisse symbolische Bedeutung hat. Keiner von beiden hat bis jetzt irgendwelche Bemerkungen über eine gemeinsame Zukunft gemacht, und er hat, was diesen Punkt angeht, zu seiner Überraschung eine leichte Ungeduld bei sich feststellen müssen. »Doch, das war nötig«, sagt er mit ernster Stimme, um ihre Reaktion zu testen. Sie läuft tiefrot an und weicht seinem Blick aus. Okay, Alice, denkt er, wie du willst, dann eben ein andermal. Er geht zu ihr und setzt sich aufs Bett, »Ich mußte es einfach kaufen«, fährt er in ungezwungenerem Ton fort, »um zu verhindern, daß du mich weiterhin mitten in der Nacht beschimpfst.«

Sie lacht. »Das tut mir wirklich leid. Ich konnte nicht schlafen, und dann werde ich immer stinksauer. Verzeih mir, John.«

»Tja«, sagt er nachdenklich, »ich wüßte schon, wie du das wiedergutmachen könntest.«

Auf ihrem Gesicht erscheint das zögernde, spöttische Lächeln, bei dessen Anblick er jedesmal unweigerlich eine Erektion bekommt. »Ach ja?« sagte sie. »Und wie, bitte schön?«

»Indem du jetzt gleich mit mir auf unserem neuen Bett bis zur Besinnungslosigkeit vögelst.«

Ann steht in der Tür und beobachtet Alice. Die Miene ihrer Tochter ist reglos, zu dem von ihr sattsam bekannten Ausdruck trotzigen Mißmuts verzogen, während sie dieses alberne, mottenzerfressene Federding, das Elspeth ihr geschenkt hat, abnimmt und vorsichtig aufs Bett legt. Elspeth ist diejenige, die Alice zu so einem Verhalten ermuntert, sie gibt kein gutes Beispiel ab, zieht keine Grenzen, obwohl das bei einem widerspenstigen Mädchen wie Alice besonders wichtig ist. Man stelle sich das nur vor: Da wird sie von der Schule nach Hause geschickt, weil ihre Kleidung – wie lautete noch gleich die Formulierung im Brief des Direktors? – »für die Teilnahme am Unterricht einer höheren Lehranstalt nicht angemessen ist«. Ann schaut zu, wie Alice eine von Kirstys weißen Blusen zuknöpft und einen Rock von züchtigerer Saumlänge anzieht.

»Strumpfhose«, befiehlt Ann barsch und zeigt dabei auf das Loch über Alices linkem Knie. Alice, der man ansieht, daß sie innerlich vor Wut kocht, zieht die Strumpfhose aus und streift ein neues Paar aus ihrer Schublade über.

»Krawatte«, sagt Ann und hält ihr mit ausgestrecktem Arm die rot-schwarz gestreifte Schulkrawatte hin. Alice schüttelt den Kopf. »Krawatte«, wiederholt Ann mit noch mehr Nachdruck.

»Ich binde auf keinen Fall diese beschissene Krawatte um.«

»Ich dulde es nicht, daß du mir gegenüber diese Gossensprache benutzt, junge Dame. Und wenn ich dir sage, du sollst eine Krawatte umbinden, ehe du zur Schule gehst, dann hast du mir zu gehorchen.«

Alice schüttelt erneut den Kopf. »Nein.«

Ann seufzt. Sie hat wirklich keine Lust, sich darüber zu streiten. Sie ist offen gestanden ziemlich überrascht, wie schnell Alice sich bereit erklärt hat, sich umzuziehen. Vor einer Stunde ist sie zur Tür hereinmaschiert gekommen und hat gesagt, sie werde nie wieder in die Schule gehen.

»Na gut. Ins Auto mit dir. Ich fahre dich.«

»Ich gehe zu Fuß«, sagt Alice grimmig.

»Ich sagte, ich fahre dich. Los, ins Auto. Und keine Widerrede.«

Ann nimmt sich vor, die fünf Minuten, in denen ihre Tochter ihr nicht entwischen kann, bestmöglich zu nutzen. »Dein Vater und ich haben die Nase voll davon, wie du dich momentan aufführst. Du bist launisch, unhöflich, ungehorsam, uneinsichtig, maulfaul. Dein Aussehen spottet jeder Beschreibung, und ich für meinen Teil bin froh, daß die Schulleitung derselben Meinung ist. Ich fordere dich auf, dein Verhalten grundlegend zu ändern, und zwar ab sofort. Ich finde, du −«

Ann wird kurzfristig in ihrem Redefluß unterbrochen, weil vor ihr ein Auto im Schrittempo auf eine Kreuzung zufährt. Der Fahrer würgt den Motor ab. Ann muß ruckartig bremsen und hätte beinahe geflucht. Zum Glück fällt ihr noch rechtzeitig ein, daß sie ihrer Tochter gerade einen Vortrag über gutes Benehmen hält, und sie verkneift sich ihren Kommentar. »Und noch etwas«, hebt sie wieder an, während sie sich langsam der Straßenecke vor der Schule nähert, allerdings ohne rechte Überzeugungskraft, da sie krampfhaft versucht, sich zu erinnern, wo sie stehengeblieben war. »Halt den Mund, halt den Mund, halt den Mund«, murmelt Alice, die Hände auf den Ohren.

»Rede nicht in diesem Ton mit mir«, weist Ann sie zurecht, in Erinnerung an ihr ursprüngliches Thema.

»Ich weiß gar nicht, was diese Scheiße eigentlich soll«, brüllt Alice erregt. »Ich bin gut in der Schule. Und das ist doch das einzige, wofür du und Dad sich interessieren.«

»Zum letzten Mal, Alice: Ich verbitte mir diesen Tonfall.

Es geht hier nicht um deine schulischen Leistungen.« Ann ist erneut abgelenkt, dieses Mal allerdings von einem Jungen, den sie am Schultor stehen sieht, als sie vorfährt. Hochgewachsen, in einem schwarzen Pullover, die Tasche über die Schulter geworfen. Sein Sohn. Kein Zweifel. Der ältere. Ann tritt abrupt auf die Bremse und mustert ihn durch die Windschutzscheibe. Sieht aus wie seine dämliche Mutter. Sie registriert vage, daß Alice neben ihr die Tür öffnet. Die Tür wird zugeschlagen, und Alice geht grußlos weg. Anns Wut ist verflogen, Alices unmögliches Benehmen vergessen angesichts ihres masochistischen Interesses an diesem Jungen. Er hat den Körperbau seines Vaters, aber den Teint seiner Mutter und deren ekelhaft niedliche Locken.

Ann betrachtet ihn. Er schaut unsicher lächelnd ein Mädchen an, das sich ihm nähert. Ann kennt dieses Lächeln. Sie ist kurz davor, ein paar sentimentale Tränen zu zerdrücken, als ihr plötzlich auffällt, daß er Alice anlächelt. Als Alice bei ihm vorbeigeht, stößt er sich von der Mauer ab, an die er gelehnt stand, und läuft neben ihr her. Ann starrt ihnen hinterher, das Lenkrad mit beiden Händen fest umklammert. Kennen die beiden sich? Sind sie befreundet? Sind sie etwa …? Nein. Unmöglich. Warum sollte Alice sich unter den dreihundert Jungs der Schule ausgerechnet ihn aussuchen? Ann sieht, wie er in seine Schultasche greift und Alice etwas gibt. Er berührt sie leicht an der Schulter, während er das tut. Ann erstarrt vor Entsetzen.

Sie lehnt den Kopf aus dem Fenster. »Alice!« ruft sie mit sich überschlagender Stimme. Etliche Leute drehen sich zu ihr um, nicht jedoch Alice, die inzwischen, begleitet von dem Jungen, den Schulhof schon halb überquert hat. »Alice!« kreischt Ann erneut. Alice zögert kurz, läuft dann aber weiter, mit schnelleren Schritten als zuvor. Alice drückt auf die Hupe. Das Geräusch hallt über den Schulhof. Lehrer, Oberschüler und Grundschüler drehen sich um und schauen gespannt zu der Mutter der Raikes-Schwestern hinüber, die mit hochrotem Gesicht vor dem Schultor in einem Auto sitzt und hupt. Alice macht kehrt und marschiert, die Wangen glühend, der Blick wutentbrannt, zurück über den Schulhof. Der Junge folgt ihr in ein paar Schritten Abstand. Sie beugt sich zu Anns Fenster hinunter. »Was willst du?« brüllt sie. »Verschwinde, hörst du?«

»Alice«, Ann packt ihre Tochter am Handgelenk, »wer ist der Junge da?«

»Was?« sagt Alice konsterniert.

»Der Junge da.« Ann zeigt mit dem Finger auf ihn.

»Das geht dich gar nichts an. Warum tust du mir das an? Verschwinde. Bitte.«

»Beantworte einfach meine Frage. Wer ist der Junge? Wie heißt er?« Alice schaut sie zornig an. »Merkst du nicht, wie peinlich das ist«, zischt sie. »Er kann dich hören. Warum verschwindest du nicht endlich?«

»Wenn du mir seinen Namen sagst, fahre ich weg. Versprochen.« Alice fixiert sie, hin- und hergerissen zwischen dem Verlangen, nichts Persönliches preiszugeben, und dem Wunsch, Ann loszuwerden. »Andrew Innerdale«, sagt sie.

Ann schließt die Augen. Mit so etwas hätte sie nie im Leben gerechnet. Ist das die Strafe Gottes? Alice will ihren Arm wegziehen, aber Ann verstärkt panisch den Druck ihrer Finger.

»Alice, sag mir die Wahrheit, gehst du mit diesem Jungen?«

Jetzt wird Alice fuchsteufelswild. »Laß mich los«, faucht sie. »Du hast versprochen, daß du verschwindest. Das hast du versprochen und jetzt hau ab.«

»Los, sag schon. Gehst du mit ihm?«

»Warum sollte ich dir das erzählen? Das ist meine Privat-
angelegenheit.« Zornestränen schießen Alice in die Augen.

»Ich will es aber wissen.«

»Nein, ich gehe nicht mit ihm. Wir sind bloß befreundet.
Zufrieden?« Ann schaut an Alice vorbei den Jungen an, der
sie aus ein paar Metern Entfernung verlegen anstarrt. »Und
hast du vor, mit ihm zu gehen? Will er, daß du mit ihm
gehst?«

»Mom, bitte! Bitte, laß mich in Ruhe.« Alice versucht sich
aus dem Griff ihrer Mutter zu befreien. »Warum tust du mir
das an? Ich hasse dich, ich hasse dich! Mein Arm tut schon
ganz weh.«

»Antworte mir. Will er?«

»Ja«, schluchzt Alice und wischt sich mit der freien Hand
die Augen.

Ann läßt sie los. Alice springt einen Schritt zurück, reibt
sich das Handgelenk, rennt dann über den Schulhof, ohne
auf den Jungen zu achten, der ihr hinterherruft: »Alice! Alice! Wo willst du hin?« Ann wendet auf der Straße, was ihr
eine unfreundliche Geste von einem entgegenkommenden
Autofahrer einträgt, und rast mit Vollgas nach Hause. Sie
schließt sich im Schlafzimmer ein, für den Fall, daß Elspeth
unerwartet heimkommt, und setzt sich hin, das Telefon auf
dem Schoß.

Sie kennt die Nummer immer noch auswendig. Natürlich.

»Dürfte ich bitte mit Mr. Innerdale sprechen?« sagt sie zu
seiner Angestellten. Dann dringt seine Stimme an ihr Ohr,
und sie spricht, und er antwortet, und sie muß ihre Fingernägel mehrmals in die Handflächen drücken, denn sie
merkt, daß sich nichts geändert hat, überhaupt nichts, obwohl sie kein Wort mehr miteinander gewechselt haben, seit
sie vor fast einem Jahr – wieder einmal – Schluß gemacht

hat, und obwohl sie sich täglich dazu beglückwünscht, daß es ihr gelungen ist, die Liebe zu ihm restlos abzutöten. »Ich brauche deine Hilfe«, hört sie sich sagen.

»Kein Problem, Ann. Was kann ich für dich tun?«

»Du mußt deinen Sohn von meiner Tochter fernhalten.«

»Von deiner …? Welche meinst du?«

»Alice.«

Es entsteht eine Pause. Sie hört, wie er schnalzend mit der Zunge gegen die Zähne stößt.

»Dann meinst du also *meine* Tochter.«

Ann steht auf, den Hörer in Händen, und beginnt, mit kleinen, beherrschten Schritten im Zimmer umherzugehen. »Bitte, fang nicht wieder damit an.«

»Warum gibst du nicht einfach zu, daß sie von mir ist? Weißt du was, manchmal verlasse ich den Laden früher und beobachte sie auf ihrem Nachhauseweg von der Schule. Fast jede Woche treffe ich sie auf der Straße, und manchmal gehen wir so dicht aneinander vorbei, daß ich nur die Hand auszustrecken bräuchte, um sie zu berühren. Sie sieht mir ähnlicher als meine beiden Söhne. Sie ist von mir, und das weißt du ganz genau. Warum gibst du es nicht endlich zu?«

»Und was würde das ändern?« entgegnet Ann. »De facto ist sie Bens Tochter. Und übrigens, nur zu deiner Information: Es ist«, fügt sie schnippisch hinzu, »mehr als wahrscheinlich, daß sie tatsächlich von ihm ist.«

»Das ist doch Quatsch, Ann, und das weißt du auch. Natürlich ist sie von mir. Daran gibt es gar keinen Zweifel. Je älter sie wird, desto deutlicher wird es. Findest du nicht, daß sie ein Recht darauf hat, die Wahrheit zu erfahren?«

»Ich werde ihr niemals von dir erzählen. Niemals.«

»Du wirst damit nicht fertig, stimmt's, Ann? Du wirst nicht damit fertig, ständig mit einer lebenden Erinnerung an das konfrontiert zu sein, was zwischen uns war – und immer noch zwischen uns ist.«

»Da ist nichts mehr.« Ann sinnt über diese Worte nach, sieht sie im Geiste, als stünden sie auf einem Teleprompter und sie läse sie ihm laut vor. »Zwischen uns ist nichts mehr. Es ist aus und vorbei. Das habe ich dir doch schon gesagt.«

»Ich glaube dir nicht.« Und er senkt seine Stimme. »Ann«, flüstert er, und seine Stimme schlängelt sich aus dem Hörer heraus und gleitet durch die verborgenen Windungen ihres Ohrs. »Wollen wir uns nicht treffen?«

»Nein.« Panik überfällt sie. Sie wird mit allem fertig, nur damit nicht. Sie bleibt stehen. Ihr ist schwindelig, so, als würde sie beim nächsten Schritt nach vorn in ein tiefes Loch fallen. Wenn sie weiterhin regungslos an dieser Stelle auf ihrem Schlafzimmerteppich verharrt, die Füße dicht nebeneinander, wird alles gut werden.

»Bitte«, drängt er.

»Nein.«

»Ann, sag doch so was nicht. Ich liebe dich. Und ich weiß, daß du mich auch liebst. Du kommst dagegen nicht an. Das schaffst du nicht. Niemand wird es erfahren, das verspreche ich dir. Ben nicht und Liza auch nicht. Wir werden aufpassen.«

»Letztes Mal haben wir auch aufgepaßt.«

»Nicht gut genug. Ann, bitte.«

»Nein.« Ist das ihre Stimme? Hat sie das gerade gesagt? »Ich meine es ernst.«

Er sagt nichts, fragt sie nicht noch einmal. Und ein Teil von Ann ist erleichtert, unendlich erleichtert, denn sie weiß, wenn er sie noch einmal fragen würde, dann würde sie nicht nein sagen, wenn er sie noch einmal fragen würde, könnte sie nicht nein sagen, sie würde aus dem Haus stürzen und in wenigen Minuten in seinem Laden sein. Sie ist so nah daran, nachzugeben. Warum weiß er das nicht, dieser Idiot, warum fragt er sie nicht noch einmal, nur noch ein einziges Mal, mehr wäre nicht nötig, Liebster.

Nach einer Weile hört sie sich sagen: »Du mußt mir versprechen, deinen Sohn von ihr fernzuhalten.«

Frag mich noch einmal.

»Andrew kann sich treffen, mit wem er will.« Seine Stimme klingt jetzt distanziert, sachlich und unbeteiligt.

»Bitte, ich brauche deine Unterstützung in dieser Sache. Du und nur du allein weißt, daß die beiden … etwas Schlimmes tun würden.«

»Was soll ich Andrew denn sagen – tut mir leid, mein Sohn, aber sie ist deine Schwester?«

»Es ist mir egal. Erzähl ihm irgendwas. Denk dir etwas aus. Tu's für mich. Bitte.«

Bitte frag mich noch einmal.

»Ist dir eigentlich klar, daß du damit quasi zugibst, daß Alice meine Tochter ist?«

»Ja, ich weiß«, sagt Ann leise. »Aber was willst du denn tun? Etwa das Sorgerecht für sie einklagen?«

Ich bin immer noch erschrocken, verstört. Vor einer Weile – irgendwann, ich weiß nicht, wann – wurde ich mir plötzlich einer Gegenwart bewußt. Jemand Fremdes war ganz in meiner Nähe und beugte sich wahrscheinlich über mich. Der Geruch, der in meine Nasenlöcher drang, war mir unbekannt, männlich, enthielt einen Hauch von Nikotin.

Einmal habe ich einen am Himmel kreisenden Bussard beim Jagen beobachtet. Er flog suchend umher, und sobald er etwas entdeckt hatte, sackte er senkrecht wie eine Lotleine nach unten und schwebte dann mit rasch schlagenden Flügeln in einem bis anderthalb Meter Höhe über dem Boden und wartete bis zu einer ganzen Minute, ehe er sich auf seine Beute stürzte.

Dieser Mensch, wer immer er auch war – es war, als hörte ich das Rascheln flatternder Flügel, als spürte ich einen Schatten über mir schweben. Mein Gehirn lief auf Hochtouren: Ich wollte schreien, die Arme ausstrecken und den Mann wegstoßen. Gibt es etwas Schlimmeres, als zu wissen, daß jemand da ist, aber nicht in der Lage zu sein, sich zu bewegen, zu sprechen oder ihn wenigstens zu sehen?

Alice schlief seit Newcastle an ihn geschmiegt, die Beine hochgezogen, die schwarze Beerdigungskleidung verknautscht und zerknittert. Sie war blaß, hatte dunkle Ringe unter den Augen. John las in ihrem Exemplar von Daniel Deronda oder sah sich die Häuser, Fabriken und die vor sich hin stierenden Kühe an, die draußen vorbeizogen. Auf der anderen Seite des Gangs sprang ein quengeliges kleines Mädchen auf den Sitzen herum. »Laß das, Kimberley«, sagte die Mutter in regelmäßigen Abständen, ohne von ihrer Illustrierten hochzuschauen. Gegenüber von ihnen schälten und aßen zwei Nonnen Orangen aus einem roten Netz und errichteten aus den Schalen stark duftende Zikkurate. Eine von beiden schenkte ihm ein sonderbares, fast glückseliges Lächeln, als ihre Blicke sich trafen. Die andere schaute mit säuerlicher Miene weg. In Höhe von Peterborough streckte Alice sich und schlug die Augen auf.

»Hallo, wie geht's?« sagte John.

»Ähm, ganz gut.« Sie gähnte und schob ihr zerzaustes Haar aus dem Gesicht. »Wo sind wir? Hab ich lange geschlafen?«

»Etwa zwei Stunden. Wir sind kurz hinter Peterborough.« Er klappte das Buch zu und steckte es in den Spalt zwischen ihren Sitzen. »Weißt du, deine Familie ist wirklich klasse.«

»Hmmm.« Sie starrte aus dem Fenster. »Ich wünschte, du hättest meine Großmutter noch kennengelernt.«

Er nahm ihre Hand und drückte sie. »Das wünschte ich mir auch.« Er beugte sich ein wenig vor, um zu sehen, ob sie weinte, aber ihr Gesicht war trocken, sie starrte mit leerem Blick auf die im Dämmerlicht vorbeirauschende Landschaft. »Weißt du«, fuhr er fort, »nichts, was irgend jemand sagen könnte, wird dich trösten, aber kennst du diesen Ausspruch?« Er legte vor Konzentration die Stirn in Falten. »›Der Tod ändert die Liebe nicht, und nichts ist verloren, und am Ende von allem steht die Ernte.‹«

»Wer hat das gesagt?«

»Juliana von Norwich. Nach dem Tod meiner Mutter hat mir jemand das Zitat geschickt.«

»Juliana von Norwich? Die verrückte mittelalterliche Mystikerin?«

»Genau die. Aber sie war keineswegs verrückt.«

Alice wiederholte den Spruch halblaut, die Augen fest auf ihn gerichtet. »Das gefällt mir. ›Der Tod ändert die Liebe nicht …‹ Ich glaube, Elspeth hätte es auch gefallen. Ihr Ehemann starb, als sie etwa so alt war wie ich.«

»Ach ja? Woran?«

»Malaria. Sie waren beide als Missionare in Afrika.« Sie nahm das Buch in die Hand, das sie vorhin gelesen hatte, und blätterte geistesabwesend mit dem Daumen eine Seite nach der anderen um. »Ich bin froh, daß wir ihre Asche auf dem Law verstreut haben«, sagte sie unvermittelt. »Hast du die Asche deiner Mutter auch irgendwo verstreut?«

»Nein. Sie liegt in Colders Green begraben.«

»Oh. Eine Erdbestattung.« Sie erschauderte. »Ich konnte Erdbestattungen noch nie leiden.«

»Wieso?«

»Es ist die Vorstellung, einen geliebten Menschen in eine

kalte, feuchte Grube zu versenken und dann immer wieder daran denken zu müssen, daß er unter dem Stück Erde liegt, das man besucht und bepflanzt, und dort langsam aber sicher verrottet.«

»Aber er liegt nicht wirklich da. Es ist nur sein Körper.«

»Ja, aber der Körper ist auch wichtig. Jedenfalls bei der Erinnerung an Tote.«

»Mag sein. Das hat mich allerdings nie gestört. Ich denke nie daran, daß sich dort unter dem Grabstein tatsächlich meine Mutter befindet.«

Sie kniete sich auf den Sitz, um festzustellen, ob das Besetzt-Lämpchen der Toilette leuchtete.

»Ich muß mal aufs Klo. Bin gleich wieder da.«

Sie zwängte sich zwischen ihm und dem Vordersitz durch; er spürte kurz die Wärme ihres Körpers, ehe sie durch den Gang lief und sich dabei wegen der ruckelnden Bewegungen des Waggons an den Kopfstützen der Sitze festhielt.

Als sie zurückkam, hatte sie sich das Gesicht gewaschen und das Haar gebürstet. »Du siehst schon viel besser aus«, sagte er und strich über die feuchten, gekräuselten Haare, die ihr Gesicht umrahmten.

»Ich fühle mich auch besser.« Sie lächelte und schwang die Beine über seinen Schoß.

»Was hast du morgen vor?« fragte er. »Hast du Lust auf eine Nachmittagsvorstellung im National Film Theatre?«

Sie verzog das Gesicht. »Ich bilde mir ein, ich hätte etwas vorgehabt, aber ich weiß nicht mehr, was ... Ach, ja! Natürlich! Morgen ist ein wichtiger Tag. Ich habe nämlich beschlossen, mir eine neue Wohnung zu suchen. In meiner Bruchbude halte ich es nicht mehr aus. Also werde ich morgen ganz früh aufstehen, mir die Zeitung kaufen und London auf der Suche nach der idealen Wohnung für mich durchkämmen. Na ja, so habe ich mir das wenigstens gedacht. Wahrscheinlich werde ich sie nicht auf Anhieb finden, aber man weiß ja nie. Irgendwo da draußen ist meine Traumwohnung ich brauche sie bloß zu finden.«

Während sie redete, nahm die Idee, die sich nach und nach in seinem Kopf festgesetzt hatte, die Form eines starken, eindeutigen Wunsches an – daß sie bei ihm wohnen sollte und nirgendwo anders. Er beobachtete sie, wie sie mit einem Plastikbecher vom Büffetwagen herumspielte, und nahm ihre Worte nur in Fetzen wahr – »… eine Zweizimmerwohnung, irgendwo in Nord-London, vielleicht in Kilburn … etwa achtzig Pfund die Woche oder so … Willesden soll sehr schön sein … eine ruhigere Straße als jetzt …«

»Zieh bei mir ein«, brach es aus ihm hervor.

Sie verstummte augenblicklich. Seine Worte schienen zwischen ihnen in der Luft zu schweben.

»Das heißt, wenn du möchtest.«

»Willst du es denn?«

Er lachte und nahm ihr Gesicht in die Hände. »Ich wünsche es mir von ganzem Herzen.«

Sie umfaßte seine Handgelenke. Ihre Pupillen waren geweitet, ihr Mund ein ernster Strich. Sie wird nein sagen, dachte er. Scheiße, scheiße, scheiße. Verdammt noch mal. Geschieht dir recht, warum mußtest du die Sache auch so forcieren?

»Willst du bei mir einziehen?« fragte er mit unsicherer Stimme, und dann plapperte er drauflos: »Ich meine, überleg es dir in aller Ruhe. Du mußt dich nicht sofort entscheiden. Wir können alles so lassen wie bisher, wenn dir das lieber ist. Ganz, wie du willst. Und wenn du einen Rückzugsraum brauchst, dann kannst du ja deine Wohnung behalten, oder wenn du bei mir einziehst – nicht, daß ich es schon für abgemacht halte, die Entscheidung liegt natürlich allein bei

dir –, aber dann könnten wir das zweite Zimmer oben ausräumen, damit –«

»John!« Alice legte ihm einen Finger auf den Mund.
»Was?«

»Ich würde furchtbar gern bei dir einziehen.«

Sein Herz machte vor Erleichterung und Freude einen
Satz, und er beugte sich vor, um sie zu küssen. Kurz bevor
ihre Lippen sich trafen, sagte sie: »Aber …«

Er wich zurück und schaute sie wieder an. »Aber was?«

»Ich glaube, du weißt schon, was ich gleich sagen werde.«

In Windeseile zählte er alles auf, was ihm einfiel. »Was?
Den Futon hab ich doch schon rausgeschmissen. Was ist es?
Die Farbe der Wände? Die Möbel? Den Axolotl? Sag mir,
was ich tun soll, und ich tu's.«

»Nein, nein, es hat nichts mit dem Haus zu tun. Wenn ich
bei dir einziehe, müssen wir deinem Vater von uns erzählen.«

John lehnte sich im Sitz zurück. Seit der Rückfahrt vom
Lake District vor knapp drei Monaten hatten sie seinen Vater mit keinem Wort erwähnt. John hatte sich der naiven Il-
lusion hingegeben, daß es immer so weitergehen würde – er
war glücklich verliebt, und sein Vater machte sich vermutlich Gedanken, wie sein Sohn seine Abende und Wochen-
enden verbrachte, aber mehr auch nicht. Plötzlich begriff
er, wie schwer es Alice gefallen sein mußte, das Wissen um
sein Problem mit sich herumzutragen, aber ihm gegenüber
nichts zu sagen. Er war wütend auf sich selbst, weil er sich
so lange etwas vorgemacht hatte und sie darunter hatte leiden müssen, daß er den Kopf in den Sand gesteckt hatte.

Sie legte ihm die Hand auf den Arm. »John, ich will auf
gar keinen Fall der Grund für einen Zwist zwischen dir und
deinem Vater sein.«

Er sah, daß ihre Augen sich mit glitzernden Tränen füllten und sie sich krampfhaft bemühte, nicht zu weinen. Es

brach ihm schier das Herz, aber er wußte nicht, was er sagen sollte. »Verstehst du das denn nicht?« fuhr sie fort, und nun rannen ihr die Tränen über die Wangen. »Wie kann ich bei dir einziehen, wenn du es ihm nicht sagst? Was, wenn er zu Besuch kommt? Was, wenn er anruft und ich an den Apparat gehe? Er ist dein Vater. Wir können nicht zusammenleben, ohne daß er es erfährt, und ich werde nicht bei dir einziehen, wenn du mich ihm gegenüber weiter verleugnest.«

Er zog sie an sich, küßte sie wieder und wieder aufs Gesicht und leckte sich den salzigen Geschmack von den Lippen. »Wein nicht, Alice. Bitte, wein nicht. Es tut mir leid, daß ich mich so bescheuert aufgeführt habe. Ich sag's ihm gleich morgen, das verspreche ich. Er wird nichts dagegen haben, bestimmt nicht. Du wirst schon sehen, alles wird gut.«

Als Elspeth um vier Uhr nachmittags nach Hause kommt, hört sie schon in der Auffahrt den Lärm. Alice schreit aus vollem Halse. Elspeth läuft eilig auf dem Gartenweg ums Haus herum und öffnet die Hintertür. Ann scheint einem hysterischen Anfall nahe – sie klammert sich am Küchentisch fest –, und Alice, das Haar wirr und mit weißer Bluse und Schuluniformrock ungewöhnlich konventionell gekleidet, brüllt gerade: »Sag mir gefälligst nie, nie wieder, was ich tun soll!«

Elspeth schließt energisch die Tür, und der Lärm erstirbt, als sich die beiden zu ihr umdrehen. »Was ist denn hier los?« fragt sie. »Ist dir eigentlich klar, Alice, daß man dich bis auf die Straße hören kann?«

»Das ist mir doch egal!« schluchzt Alice und rennt aus der Küche. Sie stürmt ins Wohnzimmer, und ein paar Sekunden später hört man, wie sie den Klavierdeckel aufreißt und dann ungestüm die ersten Takte eines Chopin-Walzers hämmert.

Elspeth wirft Ann einen fragenden Blick zu.

»Elspeth«, hebt Ann an. »Etwas Furchtbares ist passiert.«

Ihr ernster Ton und ihr bleiches Gesicht lassen Elspeth das Herz stocken. »Geht es … um Alice?«

»Ja.«

»Was denn?« Elspeth geht bereits fieberhaft verschiedene Möglichkeiten durch – Drogen? Polizei? Von der Schule geworfen? Schwanger?

»Also, es ist noch nicht direkt … etwas passiert, zumindest glaube ich das … aber Tatsache ist, daß es sein könnte … und das wäre dann wirklich schlimm … eine echte Katastrophe … und ich weiß nicht, wie ich es ihr sagen kann, ohne daß sie erfährt, wer … ich weiß nicht, was ich tun kann, um sie davon abzuhalten.«

»Ann«, sagt Elspeth in scharfem Ton, »was ist los?«

»Alice ist … einer seiner Söhne hat sich in Alice verliebt.«

Elspeth will gerade fragen, wessen Sohn sie um Himmels willen meint, aber in dem Moment, als sie den Mund aufmacht, wird es ihr schlagartig klar. »Ich verstehe«, sagt sie statt dessen und setzt sich an den Tisch.

Ann kommt hastig zu ihr, ganz fahrig vor Aufregung. »Elspeth, du mußt mir helfen. Du muß mir helfen, die Sache zu … unterbinden.«

Elspeth dreht sich zu ihrer Schwiegertochter um und mustert sie. »Hast du denn noch nicht gemerkt«, sagt sie, »daß du durch ein Verbot bei Alice meistens genau das Gegenteil erreichst? Begreifst du das denn nicht? Kennst du deine eigene Tochter so wenig, du törichte Frau?«

Elspeth geht ins Wohnzimmer, wo Alice immer noch auf die Tasten eindrischt, und packt resolut ihre beiden Hände. »Das reicht jetzt, mein Fräulein.«

»Fang du nicht auch noch an, mich herumzukommandieren«, ruft Alice und schaut aus ihrem geröteten, tränenüberströmten Gesicht zu ihr hoch. Elspeth setzt sich neben Alice auf den Klavierhocker, hält aber weiterhin Alices zitternde Hände fest. »Wenn du nicht lernst, dein Temperament im Zaum zu halten, Alice Raikes, dann wirst du eines Tages noch jemanden verletzen, den du sehr liebst«, sagt sie und streicht mit der rechten Hand besänftigend über Alices verkrampften Rücken. »So viel Aufregung um gar nichts. Ich kommandiere dich nicht herum. Aber du weißt genau, daß es sich nicht gehört, ein Musikinstrument so zu traktieren.«

Alices Haarspitzen streifen die Tasten, und sie wischt sich die Tränen aus dem Gesicht. Elspeth hält ihre linke Hand gespreizt gegen Alices Hand – Handteller an Handteller, sich kreuzende Lebenslinien, Finger auf Finger. »Sieh dir das mal an«, sagt sie. Alice schaut hin. Ihre Finger sind um ein ganzes Fingerglied länger als die von Elspeth. »Aber, Alice, was hast du für große Hände!«

»Damit ich besser Tonleitern spielen kann«, murmelt Alice.

»Sag mal«, sagt Elspeth nach einer Weile, »magst du diesen Andrew eigentlich? Hast du ihn gern?«

Alice zuckt ausweichend die Achseln. »Er ist ganz nett.«

»Danach habe ich nicht gefragt.«

»Aber darum geht's doch gar nicht«, sagt Alice beleidigt, kurz davor, erneut aufzubrausen.

»Doch genau darum geht es. Ob sich für ihn all der Zorn und die Energie lohnen. Ob dir wirklich etwas an ihm liegt.«

Alice schweigt, wackelt mißmutig mit einem Bein.

»Nun?« hakt Elspeth nach.

»Er ist ganz nett«, wiederholt Alice. »Mehr nicht?«

»Nein«, gibt sie schließlich zu. »Mehr nicht.«

»Gut.« Elspeth läßt Alices Hand los und sagt: »Und jetzt spiel etwas Hübsches für mich.«

Alices Hände schweben ein paar Sekunden lang über der Tastatur. Mit einem leisen *Klick* stoßen ihre kurzgeschnittenen Fingernägel gegen die Ebenholztasten, und dann beginnt sie zu spielen.

Um zehn Uhr morgens verläßt er das Haus. Alice winkt ihm von der Tür aus. »Viel Glück!« ruft sie ihm hinterher. John verzieht das Gesicht.

Seit dem Aufstehen haben beide eine gezwungene Munterkeit an den Tag gelegt, haben wie immer gescherzt und geplaudert, so getan, als wäre das, was John sich für heute vorgenommen hat, nichts Besonderes, bloß der übliche Besuch bei seinem Vater. Nachdem er im Wagen weggefahren ist, räumt Alice den Frühstückstisch ab, nimmt ein Bad, fönt sich ausgiebig die Haare und geht in den Laden auf der anderen Straßenseite, um eine Zeitung zu kaufen. Sie kann sich auf nichts konzentrieren: Eine Weile versucht sie, ein Buch zu lesen, aber die Worte scheinen auf der Seite zu tanzen, und egal, wie oft sie die ersten paar Absätze liest, sie bringt nicht genug Interesse für die Protagonisten auf, um dabeizubleiben. Sie fragt sich andauernd, was John gerade macht. Er muß inzwischen angekommen sein. Hat er es ihm schon gesagt? Wird er es ihm sofort erzählen oder bis nach dem Besuch in der Synagoge warten? Was wird sein Vater sagen? Wird er es mit Fassung tragen? Wird er wütend werden? Sie blättert die Zeitung durch und liest die Filmkritiken. Um eins ruft sie Rachel an und hinterläßt eine konfuse Nachricht auf dem Anrufbeantworter. Was wird er tun, falls sein Vater ihm verbietet, weiterhin mit ihr zusammenzusein?

Sie beschließt rauszugehen. Nachdem sie eine Nachricht für John auf den Küchentisch gelegt hat, damit er Bescheid weiß, falls er vor ihr zurückkommt, geht sie in Richtung Camden Market. Auf den Straßen drängeln sich Touristen,

Teenager in Folklorekleidung mit grellbunten Haaren und Dealer, die ihr zuflüstern: »Gras? Ecstasy? LSD? Sonst irgendwas?« In der Luft liegt der Geruch nach Räucherstäbchen und Patschuli, und überall an den Ufern des Kanals sitzen Leute in der Sonne und lassen die Beine überm Wasser baumeln. Sie beobachtet, wie sich eine junge Frau mit kurzen blonden Haaren den Bauchnabel piercen läßt. Sie kauft einen Pullover mit leuchtend gelben und blauen Streifen, der ihr knapp bis zur Taille reicht: Sie behält ihn gleich an und stopft ihren alten Pullover in die Einkaufstüte, die ihr der Mann von dem Verkaufsstand gibt.

John ist bei ihrer Rückkehr immer noch nicht zurück. Auf dem Anrufbeantworter ist eine Nachricht von Rachel. »Alice? Ich bin's. Bist du da? Geh doch bitte ran … Du bist also nicht da? Okay. Ich wollte nur wissen, wie die große Aussprache gelaufen ist. Ruf mich möglichst bald an. Tschüs.«

Sie füttert den Axolotl, so wie John ihr das gezeigt hat: indem sie ihm mit einer Plastikpinzette ein Stück Krabbenfleisch vor seine Stupsnase hält. »Na los«, murmelt sie, »hast du heute denn keinen Hunger?« Er schaut mit traurigem Blick stur geradeaus, und erst, als ihr Arm schon weh tut, schießt er nach vorn, reißt das Fleischstückchen mit dem Maul aus der Pinzette und schluckt es in einem Bissen runter.

Gegen vier hört sie einen Schlüssel im Schloß. Sie springt aufs Sofa und nimmt eine entspannte Position ein, die den Eindruck erwecken soll, als habe sie schon den ganzen Nachmittag dort gelegen und gelesen.

»Hallo?« ruft John.

»Hi.«

Er taucht in der Wohnzimmertür auf und lächelt sie matt an. Er wirkt müde und erschöpft. Sie steht auf, geht zu ihm und umarmt ihn. Er legt die Stirn auf ihre Schulter.

»Komm, setz dich«, sagt sie, zieht ihm das Jackett aus und schiebt ihn zum Sofa. »Willst du eine Tasse Tee?«

Er zieht die Augenbrauen zusammen. »Äh. Ich hätte lieber einen Whiskey.«

Sie schenkt ihm einen Doppelten ein, wobei ein paar Tropfen aus Versehen auf dem Tisch landen, stellt sich vor ihn hin und gibt ihm das Glas. Er trinkt einen Schluck, legt die Arme um ihre Taille und schmiegt das Gesicht an den Streifen entblößter Haut unterhalb ihres Bauchnabels. »Der Pullover gefällt mir«, sagt er kaum hörbar.

Sie streicht ihm übers Haar. »Den habe ich ganz neu. Ich war so besorgt um dich, daß ich zur Ablenkung einkaufen gehen mußte. Wie war's? Willst du es mir jetzt gleich erzählen oder erst später?«

»Tja-a«, sagt er gedehnt, und sie hat das Gefühl, als drückte er das Gesicht nur deshalb an ihren Bauch, um sie nicht anschauen zu müssen, »es war jedenfalls nicht schlimmer, als ich befürchtet hatte.«

»So schlimm, hm?«

Er nickt. »Ja. In etwa.«

»Das tut mir leid, John.«

Er schließt die Arme noch fester um sie. Sie läßt die Finger durch sein Haar wandern.

»Alice«, sagt er. »Du darfst nicht vergessen, daß dich überhaupt keine Schuld trifft. Das ist dir doch klar, oder?«

»Ich glaube schon, aber ich kann nicht anders, als mich verantwortlich fühlen. Ich meine, wenn ich nicht wäre –«

»Er wird Vernunft annehmen«, unterbricht er sie, »sobald er ein paar Nächte darüber geschlafen hat.«

Beide schweigen einen Augenblick. Alice erträgt es nicht, ihn so niedergeschlagen und verletzt zu erleben, und wird wütend: »Aber was hat er denn gesagt? Haßt er mich?«

»Natürlich haßt er dich nicht. Er wird dich lieben.«

»Werde ich ihn treffen?« fragt sie besorgt, den Blick auf seinen Kopf gerichtet.

»Na ja, eines Tages bestimmt. Aber fürs erste wahrscheinlich nicht. Wenn er sich mit der Situation abgefunden hat, nehme ich dich mit zu ihm. Er wird ganz begeistert von dir sein.« Er klingt entschlossen, bemüht, sich selber zu überzeugen.

»Aber was hat er denn gesagt?« fragt sie insistierend.

»Das verrate ich dir lieber nicht.«

»Oh.«

Sie macht sich von ihm los, geht zum rückwärtigen Fenster und schaut, mit den Fingern herumfummelnd, in den Garten. Es wird langsam dunkel, und der Wind zerrt an den Bäumen. Durch die Reflexion in der Glasscheibe scheint ein Abbild des Zimmer in den kalten, düsteren Garten projiziert zu werden. Alles ist seitenverkehrt, und John schaut sie in der Mitte über die Sofalehne an.

»Alice?«

»Ja?« Sie dreht sich nicht um, sondern betrachtet ihn in dem Spiegelbild.

»Bitte, sprich mit mir. Schweig mich nicht an. Sag mir, was du denkst.«

Sie zuckt mit den Achseln, so, als wollte sie eine Verspannung im Nacken lösen. »Ich weiß nicht, ich weiß nicht.«

»Was weißt du nicht?«

»Ich weiß nicht ... ich weiß nicht, ob ich möchte, daß du mir verrätst, was er gesagt hat.«

»Wie meinst du das?«

»Na ja ...« Alice fragt sich selbst, wie sie das meint. Sie ist völlig verwirrt, alle möglichen Gedanken schießen ihr kreuz und quer durch den Kopf. »Wahrscheinlich meine ich ... ich finde es erstaunlich, daß es für ihn so bedeutsam ist, aber wie kann ich es je verstehen, wenn du es mir nicht erzählen willst?«

Er antwortet nicht gleich. Sie sieht im Fenster, daß er noch ein paar Sekunden auf dem Sofa sitzen bleibt, dann steht er auf und geht zu ihr, wobei er mehrmals mit seinen Socken kurz auf den bloßen Dielen ausrutscht. Er faßt sie an den Schultern und dreht sie zu sich um. »Alice, ich …« Dann bricht er ab. Er fährt mit der Hand über ihre Stirn, legt sie dann auf ihre Halsbeuge. »Es ist schwer zu erklären«, sagt er, nun mit leiserer Stimme. »Wenn ich dir verraten würde, was er gesagt hat, würde das vielleicht …« Er hält wieder inne und atmet tief durch. »Weißt du, ich begreife dank lebenslanger Konditionierung in etwa, wie er zu dem geworden ist, der er ist. Verstehst du, was ich meine?« fragt er.

Sie nickt ungeduldig. »Ja, John. Aber warum erzählst du mir nicht einfach, was er gesagt hat?«

»Weil … Weil ich Angst habe, es könnte in deinen Ohren lächerlich und provozierend und … und … sehr extrem klingen.«

»Nein, das wird es nicht«, sagt sie eingeschnappt. »Behandele mich nicht wie ein kleines Kind. Ich will es wissen. Na, komm schon. Fang mit dem Schlimmsten an.« Sie strafft regelrecht ihre Schultern. »Ich kann es aushalten, wirklich, John.«

Er beißt sich auf die Lippen. »Willst du wirklich das Schlimmste hören?«

»Ja.«

»Ganz sicher?«

»Ja! Wie oft muß ich es denn noch sagen?«

»Na gut. Mein Vater hat gesagt, wenn ich dich heiraten würde, wäre das wie ein nachträglicher Sieg für Hitler«, sagt er hastig.

Es entsteht eine Pause, in der Alice versucht, diese Aussage zu verarbeiten. »Ein nachträglicher Sieg für Hitler –?« Sie schüttelt den Kopf. »Ich kapiere es nicht. Was in aller Welt haben wir mit Hitler zu tun?«

»Wenn wir heirateten und Kinder bekämen, wären die nicht jüdisch, und das wäre für ihn gleichbedeutend mit der Ausrottung der Juden.«

»Aber …«, hebt sie an und schweigt dann. Sie dreht sich wieder zum Fenster um. »Ein nachträglicher Sieg für Hitler? Ein nachträglicher Sieg –?« Diese Bemerkung ist derart ungeheuerlich, daß ein Teil von ihr in Gelächter ausbrechen will. Was der übrige Teil will, weiß sie nicht genau.

»Al«, sagt er und legt ihr eine Hand auf den Rücken. »Es war scheußlich von ihm, so etwas zu sagen. Ich wollte es dir gar nicht erzählen. Er meint es nicht so, ich habe bloß –«

»Was hast du gesagt?«

»Zu ihm?«

»Ja.«

»Ich habe … äh … vieles gesagt, was man wirklich nicht wiederholen kann, unter anderem habe ich gesagt, daß ich nicht beabsichtige, mir vom Dritten Reich mein Liebesleben diktieren zu lassen.«

»Gut gemacht«, flüstert Alice. »Scheiße.« Sie hat das Gefühl, den Tränen nah zu sein. Hitler? Nicht zum ersten Mal versucht sie, sich Johns Vater vorzustellen. Was für ein Mensch sagt so etwas? Sie wiederholt im Geiste immer wieder von neuem den Satz, probiert jedesmal eine andere Betonung aus.

Er schlingt die Arme um sie und zieht sie an sich. »Alice, das ist doch bescheuert. Ich kann nicht glauben, daß wir uns darüber streiten. Ich beabsichtige auch nicht, mir von meinem Vater mein Liebesleben diktieren zu lassen. Er blufft nur, mehr nicht. Er wird Vernunft annehmen. Ich wußte, daß es nicht leicht sein würde, es ihm begreiflich zu machen. Ich wußte, daß er es mir verübeln würde, aber ich kenne ihn gut genug. Er ist nicht nachtragend. Sein Bellen war von jeher schlimmer als sein Beißen. Sobald er in Ruhe über alles nachgedacht hat, wird er sich beruhigen.«

»Aber woher willst du das wissen? Was ist, wenn das tatsächlich den Bruch mit deiner Familie und deiner kulturellen Herkunft und … allem anderen bedeutet? Das darf ich nicht zulassen.«

»So weit wird es nicht kommen, das verspreche ich dir.«

»Woher willst du das wissen?« hakt sie nach.

»Ich weiß es einfach. Ich kenne meinen Vater – es wird garantiert nicht ewig dauern. Laß uns aufhören zu streiten.« Er drückt ihren Kopf nach hinten, so daß sie ihm in die Augen schauen muß. »Also, was ist«, sagt er mit gespielter Strenge, »wann wirst du bei mir einziehen?«

»Ich habe mich noch nicht entschieden«, sagt sie zögernd.

»Wann paßt es dir denn?«

»Je eher, desto lieber.«

»Tja, ich habe meinem verbrecherischen Vermieter gesagt, daß ich Ende Dezember ausziehe.«

»Ende Dezember kommt gar nicht in Frage. Wie wär's mit morgen!«

»Ich hatte gar keine Ahnung, daß du so viel zum Anziehen hast, Alice. Schaffst du's überhaupt, das alles irgendwann zu tragen?« John liegt auf Alices Bett und schaut zu, wie sie versucht, den Deckel ihres Koffers zu schließen. Sie hüpft auf dem Deckel herum, bemüht sich, das Schloß zusammenzudrücken und keucht dabei vor Anstrengung.

»Ich weiß, ich weiß. Ich sollte wirklich ein paar von den Sachen wegwerfen, aber ich bringe es einfach nicht über mich. Ich liebe Kleider nun mal.«

»Das sieht man.«

»Ich hab das alles im Laufe der Jahre angesammelt. Weißt du, im Schrank sind –« Sie bricht erschöpft ab. »Kommst du mal kurz her, John, und setzt dich auf den Koffer, damit ich ihn zukriege?«

Er wälzt sich vom Bett, watet durch den Krempel, der überall auf dem Boden verstreut liegt, und drückt den Deckel mit seinem Gewicht nach unten. Das Schloß rastet ein.

»Das wäre geschafft!« Sie wirft ihren Pferdeschwanz über die Schulter und hockt sich hin. »So, und was kommt als nächstes?«

Er hebt einen zerbrechlich aussehenden bunten chinesischen Papierdrachen aus einem Karton. »Woher hast du nur all dieses Zeug, Alice?«

»Von überall auf der Welt. Das da stammt aus Bangkok, glaube ich, oder irgendwo aus der Gegend.« Sie nimmt einen Karton, der oben auf dem Schrank steht, öffnet ihn und schaut hinein. »Mein Gott, das ist lauter Kram aus der Zeit auf der Uni. Als ich bei Jason ausgezogen bin, habe ich nichts sortiert, sondern bloß alles in Kartons gesteckt und mich so schnell wie möglich verdrückt.«

»Geschah ihm recht, diesem Arschloch«, murmelt John und stapft ins Bad.

Sie muß über seine nachträgliche Loyalität lächeln und holt eine Handvoll alter Postkarten, Haarklemmen und -bänder, eine Fahrradklingel und Fotos hervor. Sie überfliegt rasch die Fotos, verzieht das Gesicht beim Anblick der Bilder von sich selbst im Alter von neunzehn und zwanzig, aufgenommen in den verschiedensten Posen mit verschiedenen Freundinnen.

»He, John, sieh dir das an. Das muß ich Rachel zeigen.« Sie folgt ihm ins Bad, wo er gerade all ihre Toilettenartikel in eine Pappschachtel packt, und sie gibt ihm den Stapel Fotos. Obendrauf liegt eines von ihr und Rachel neben einem Zelt auf einer Wiese. Es ist Sommer, sie lächeln fröhlich und haben sich gegenseitig einen Arm um die Taille gelegt. Alice trägt einen goldbraunen weiten Kaftan. Ihr Haar ist zu Zöpfen geflochten und ihr Gesicht mit lauter Sternen geschminkt. Rachel trägt eine ausgestellte Flickenjeans und ein geblümtes Halterneck-Top.

»Du meine Güte«, sagt John, während er die Aufnahme betrachtet. »Was um alles in der Welt habt ihr da gemacht?«

»Wir waren in Glastonbury. Daher unser Outfit. Das muß nach den Prüfungen am Ende des zweiten Jahrs gewesen sein.«

Er beginnt, sich glucksend auch die anderen Fotos anzusehen. Sie hat sich schon umgedreht, um mit dem Einpacken weiterzumachen, als sie ihn sagen hört: »Alice – schau dir das mal an.«

Er starrt auf ein Foto.

»Was ist damit?«

Er sagt nichts, sondern senkt die Hand mit dem Foto, damit sie es sehen kann. Es zeigt Alice in jüngeren Jahren auf einer Party. Sie lächelt, der Kopf ist zur Seite gedreht, der Mund leicht geöffnet und die Hand erhoben, so, als sagte sie gerade etwas zu der Person, die das Bild macht. »Was?« fragt Alice verständnislos. »Das bin doch bloß ich auf einer Party.«

»Nein, schau mal«, sagt er und tippt mit dem Finger auf eine Stelle am Rand. »Kennst du den da?«

Sie nimmt das Foto und betrachtet es von nahem. Im Hintergrund, etwas links von ihr, ist jemand, der verblüffende Ähnlichkeit mit dem Mann hat, der in diesem Moment neben ihr steht.

»Nein. Das kann nicht sein.« Sie schüttelt den Kopf, geht

ins Schlafzimmer und hält das Bild am Fenster ins Licht. John folgt ihr und schaut ihr über die Schulter. »Das bin ich. Ganz bestimmt.«

Sein Gesicht ist im Halbprofil, er schaut schräg in die Kamera. Er scheint sich gegen einen Tisch zu lehnen und hat eine Bierdose in der Hand. Sie erkennt eindeutig die Wölbung der Augenbraue, die Form des Unterkiefers, die Art, wie das Haar in Büscheln vom Kopf absteht. Obwohl der Mann auf dem Foto viel jünger ist, ist es zweifelsfrei John. »Scheiße«, flüstert sie, »das bist tatsächlich du.« Sie dreht sich zu ihm um. »Wie ist das möglich?«

»Weißt du noch, was das für eine Party war?«

Erneut betrachtet sie das Foto, kann kaum glauben, was sie da sieht. Sie mustert ihre Kleidung, die wenigen Details des Raumes, die trotz der schwachen Beleuchtung zu erkennen sind. Sie starrt die verschwommene Wiedergabe von Johns Gesichtszügen auf einem Foto an, das sie sich, seit es gemacht worden ist, garantiert schon hundertmal angeschaut hat.

»Da wir beide drauf sind, muß das während deines ersten Studienjahrs gewesen sein«, sagt er. »Ich kann mich nicht erinnern, später, als ich nicht mehr an der Uni war, je wieder auf eine Studentenparty gegangen zu sein.«

»Es war in einem Haus am Fluß. Irgendwann im Frühling. Ich weiß aber nicht mehr, wer die Party veranstaltet hat oder wieso ich eingeladen war.«

»Richard Soundso«, sagt John.

»Richard?« Alice kneift das Gesicht zusammen. »Ja, richtig. Ein grauenvoller Typ. Er studierte Geschichte. Ein Freund von einem Freund oder so.«

»Jetzt erinnere ich mich auch wieder an die Party.« Er nickt. »Jemand hat auf ein Bett gekotzt.«

»Also, ich war's jedenfalls nicht.«

245

»Und du warst also auch da? Das ist ja wirklich abgefahren. Ich erinnere mich überhaupt nicht, dich dort gesehen zu haben. ich habe jedoch das vage Gefühl, daß ich dich ein paarmal in der Bibliothek gesehen habe – ein Mädchen, das nur aus Haaren und Beinen bestand.«

»Du hättest dich auf deine Abschlußprüfungen konzentrieren sollen, statt Studienanfängerinnen zu begaffen.«

»Mmm. Irgend etwas mußte ich ja tun, um mich zu motivieren.«

»Motivieren? So nennst du das also?«

Er starrt wieder auf das Foto. »Stell dir vor, wir hätten uns damals schon kennengelernt. Stell dir vor, du hättest dich irgendwann zu mir umgedreht und gesagt: ›John Friedmann, in sechs Jahren werden wir uns ineinander verlieben.‹«

»Du hättest gedacht, ich wäre plemplem.«

»Wahrscheinlich hätte ich gedacht: Abgemacht! Aber wieso, oh du verführerisches, geheimnisvolles Wesen, müssen wir sechs Jahre warten?«

»Ich wäre damals zu jung gewesen. Ich war noch nicht bereit für dich. Ich mußte erst die Erfahrungen mit Mario und Jason hinter mich bringen. Ohne die beiden wäre ich nicht zu dir gelangt.«

»Was, ich soll diesen beiden Idioten auch noch dankbar sein?«

»Nein, was ich meine ist, daß das Ganze einer Gleichung ähnelt, einer emotionalen Gleichung: Mario geteilt durch Jason gleich John.«

Er lacht. »Danke, daß du schließlich bei mir angekommen bist.« Er steckt das Foto in die Tasche seines Jacketts. Als sie ihn später umarmt, hört sie es durch den Druck ihrer Berührung knistern.

Ein Taxi setzte sie vor Alices Haus ab, und als sie, beladen mit ihren Mänteln und Taschen von dem hohen Trittbrett herunterstolperten, schaute Ann hoch und sah das Unfaßbare – in Alices Schlafzimmer brannte Licht. Ihr Herz machte einen Satz, und obwohl ihr vom Verstand her völlig klar war, daß ihre Tochter bewußtlos in einem Krankenhausbett lag, rief eine Stimme in ihr: »Sie ist zu Hause! Es war alles nur ein Mißverständnis, sie war die ganze Zeit hier!« Ben sah es ebenfalls. Sein Gesicht war nach oben gewandt, das Weiß seiner Augen leuchtete in der Dämmerung.

Ann kramte in ihre Tasche nach dem Schlüsselbund mit dem Fisch-Anhänger, den sie noch nie besonders gemocht hatte. Sie hatte Fische schon immer eklig gefunden – glitschige, schuppige Kreaturen mit Sägezähnen. Eine Hand gegen die hölzerne Tür gestützt, schob sie den Schlüssel ins Schloß, drehte ihn herum, und die Tür sprang auf.

Dann standen sie unentschlossen im Flur, Ben hantierte mit den Taschen, Ann kämpfte gegen eine alberne Hemmung an, nach oben zu schauen, dorthin, woher das Licht kam. Was befürchtete sie zu sehen? Das Licht, das nach unten drang, ließ die Wände und die Umrisse der Einrichtung des dunklen Zimmers im Erdgeschoß erkennen. Ann ging mit zaghaften Schritten ins Wohnzimmer, immer noch im Mantel, immer noch die Schlüssel in der Hand, und schaltete das Licht ein. Auf dem Couchtisch lag ein aufgeschlagenes Buch mit den Seiten nach unten, ein halbvolles Glas Wasser und ein Klumpen benutzter Papiertaschentücher, steif von der eingetrockneten Feuchtigkeit.

Ann zog den Mantel aus, legte ihn über eine Stuhllehne und verschränkte die Arme vor der Brust. Ben ging schwerfällig durchs Zimmer und setzte sich aufs Sofa, den Kopf so weit im Nacken, daß er auf der Sofalehne lag. Etwas Flüssiges rann aus seinem Augenwinkel. Ann wußte nicht, ob es eine Träne war, und es irritierte sie, daß er den Tropfen nicht wegwischte, sondern weiter an die Decke starrte.

Ann lief umher, musterte das Zimmer. Sie zog aufs Geratewohl eine Schublade auf, ohne recht zu wissen, warum, und entdeckte darin Bibliotheksausweise, einen Lavendelzweig, eine alte, zerkratzte Sonnenbrille, zerknitterte Kontoauszüge und einen Füller mit einer Tintenkruste auf der Feder.

In der Küche stand eine hohe, schmale Schachtel Katzenfutter auf dem Tisch. Der Deckel des Kessels lag neben dem Kessel auf der Arbeitsplatte. Auf dem Stuhl in der Ecke sah sie einen dunkelgrünen, nicht ganz fertiggestrickten Wollpullover. Ann runzelte die Stirn. Sie hatte gar nicht gewußt, daß Alice strickte. Nachdem sie zum Fenster gegangen war, spähte sie nach draußen in die Dunkelheit, um sich den Garten anzuschauen. Kaum hatte sie die Stirn gegen das kalte Glas gedrückt, sah sie auf der anderen Seite der Scheibe, nur wenige Zentimeter von ihr entfernt, zwei Augen blinzeln und hin und her schnellen. Ein Schrei schoß aus ihrem Mund, als wäre er an einem Gummiband befestigt, sie prallte zurück ins Zimmer und stolperte dabei über den Küchenstuhl. Ben tauchte hinter ihr auf, mit nervösem, abgespanntem Gesichtsausdruck.

»Ann? Was ist los?«

»Da war … da draußen …«

Sprachlos vor Angst zeigte sie aufs Fenster, und im selben Moment sah sie, daß ein Stück schwarzes Fell über die Scheibe strich, weil ein großes rattenähnliches Tier sich herumdrehte und erneut auf dem Fenstersims niederließ. Der Kater. Natürlich. Sie hatte den verdammten Kater vergessen.

Wütend und erleichtert zugleich marschierte sie zur

Hintertür, entriegelte sie und zog sie auf. Der Kater, der zusammengekauert auf dem schmalen Mauerstreifen saß, betrachtete sie aus den schrägen Schlitzen seiner grünen Augen.

»Komm rein.« Sie zeigte auf die Küche. »Nun mach schon.«

Der Kater rührte sich nicht. Mücken schwirrten in dem Lichtkegel, der aus der Küche drang. Ann stand in der Tür. »Willst du, oder willst du nicht?«

Der Kater verharrte regungslos auf dem Fenstersims. Seufzend trat Ann zurück und begann die Tür zu schließen. Kurz bevor sie ganz zu war, huschte er pfeilschnell durch den nur noch handbreiten Spalt.

Dann stand er in der Küche auf dem Linoleum, seine Schwanzspitze zuckte, und eine seiner Vorderpfoten war leicht angehoben. Ben streckte ihm die Hände entgegen, murmelte leise, bedeutungslose Laute. Der Kater berührte seine Finger einmal kurz mit der Nase, seine Schnurrhaare durchbohrten die Luft, die jetzt kühler war, nachdem die Tür offengestanden hatte. Ann sah seine Krallen, eingebettet in die Pfoten. Sie schaute zu, wie Ben mit den Fingern über den Kopf des Katers fuhr und seine Ohren berührte – sonderbare, aufmerksam hochgereckte Dreiecke, die aussahen wie aus weichem Papyrus.

Aber dann schien der Kater innerlich zu erschrecken, seine Rückenhaare richteten sich wie Dinosaurierstachel auf, und er schlich durchs Zimmer, den Körper dicht am Boden. Er schaute die beiden wieder an, sperrte sein rotes Maul auf und brach in entsetzliches Gejaule aus.

»Was hat er?« fragte Ben besorgt und bückte sich, um unter den Tisch schauen zu können, wo der Kater jetzt saß. »Tut ihm etwas weh?«

Ann drückte die Hände gegen die Ohren. Das Geräusch

schien wie Messer in ihren Kopf einzudringen. »Woher soll ich das wissen?« Ihr Blick fiel erneut auf die Packung Katzenfutter auf dem Tisch. »Vielleicht hat er Hunger?« Sie erschauderte. Das Geschrei war eine gräßliche Mischung aus Miauen und Weinen. Sie hatte noch nie etwas ähnliches gehört, hatte nicht geahnt, daß Katzen zu solchem Lärm fähig waren. »Ben, das ist ja wirklich furchtbar. Kannst du nicht irgend etwas tun, damit er aufhört?«

Ben versuchte, ihn zu fassen zu bekommen oder zu streicheln, redete leise und beruhigend auf ihn ein, aber der Kater ließ ihn nicht in seine Nähe. Das klagende Heulen ging unverändert weiter. Ann ertrug es nicht mehr. Sie lief zur Küchentür, öffnete sie, um ins Wohnzimmer zu gehen, und in dem Moment schoß der Kater an Ann vorbei, so dicht, daß er mit dem Fell seiner Flanken ihre Beine streifte, sprintete über den Dielenboden des Wohnzimmers und verschwand auf der Treppe nach oben.

Sie warteten ab, Ann in der Tür, Ben neben dem Tisch. Das Geräusch war verklungen. Ann hörte nur noch Bens Atem und das monotone Rauschen des Verkehrs, das in London allgegenwärtig zu sein schien. Sie standen in der plötzlichen Stille beieinander, Seite an Seite, nahezu bewegungslos. Dann fiel Ann das Licht ein, das immer noch in dem Zimmer über ihren Köpfen brannte, und ihr wurde klar, daß sie beide Angst hatten, hinaufzugehen.

Alice quetscht sich mit drei Einkaufstüten durch die Tür und stößt sie mit dem Fuß hinter sich zu. Sie nimmt alle Taschen in eine Hand und hebt mit der anderen die Post vom Fußboden auf. Ein Brief für John. Ein glänzender Umschlag, adressiert »An alle Hausbewohner« mit der Aufforderung »Spielen und gewinnen Sie noch heute!« und eine Postkarte für John, geschrieben in schwarzer, zur Seite geneigter Schrift. Schon nach den ersten Worten weiß sie, daß sie die Karte lieber zur Seite legen sollte, aber irgend etwas treibt sie weiter, bis sie zu Ende gelesen hat. Dann fängt sie wieder von vorn an und liest die Karte erneut durch. Dann liest sie sie wieder und wieder und wieder, und anschließend stellt sie die Tüten auf den Tisch, setzt den Wasserkessel auf, die Postkarte immer noch in Händen, setzt sich, legt die Karte direkt vor sich hin und liest sie noch einmal durch: »Lieber John, es war, wie immer, sehr schön, Dich letztes Wochenende zu sehen. Vielen Dank für den Besuch. Ich wünschte, ich würde Dich öfter sehen, aber Du scheinst ja beschäftigt zu sein. Danke auch, daß Du erzählt hast, in welchem Dilemma Du steckst. Mein größter Wunsch ist, daß Du glücklich bist, und ich weiß, Du könntest auf lange Sicht mit einer Nichtjüdin nicht glücklich sein. Wenn Du ein paar Affären mit nichtjüdischen Mädchen haben willst, so geht mich das nichts an. Aber solltest Du dieses Mädchen, von dem Du sprachst, heiraten oder mit ihr wie Mann und Frau zusammenleben, kann ich Dich nicht mehr als meinen Sohn betrachten. Ich weiß, Deine Mutter hätte mir darin zugestimmt. In Liebe, Dein Vater.«

Alice bleibt minutenlang sitzen, die Karte vor sich auf dem Tisch. Sie nimmt sich einen Apfel aus einer der Tüten, rollt ihn zwischen den Handflächen hin und her und starrt dabei die Karte so lange an, daß die schwarzen Buchstaben zu winzigen schwarzen Punkten verschwimmen, die wie Ameisen herumwuseln. Dann wendet sie den Blick ab und drückt die kühle grüne Schale an ihre Stirn. Mit spitzen Fingern dreht sie die Karte um: Auf der anderen Seite ist eine Aufnahme des Piers von Brighton in typischen Siebziger-Jahre-Farben, mit einem leuchtend türkisfarbenen Himmel und grellorangefarbenen Windschutzplanen am Strand. Sie fragt sich, ob Daniel Friedmann dieses Motiv absichtlich ausgewählt hat oder ob es die erstbeste Karte war, die er zur Hand hatte.

Dann steht sie auf und wühlt in ihrem Rucksack nach ihrem Adreßbuch, geht zum Telefon und wählt eine Nummer. »Rachel? Hi, ich bin's. Hör zu, ich hab jetzt nicht viel Zeit, aber kann ich vorübergehend bei dir schlafen? … Nein, das ist nicht der Grund … So in etwa … Ich weiß … Du, ich erkläre dir das alles später … Ja … Nein … Ich habe keine Ahnung … Nur für ein paar Tage, das verspreche ich … Ja, ich weiß … Danke … Dann bis nachher.«

Sie legt auf, geht durchs Wohnzimmer und die Treppe hinauf. Oben im Flur bleibt sie einen Moment stehen, so, als hätte sie sich verlaufen, aber dann geht sie ins Schlafzimmer und holt ihren großen Rucksack vom Schrank.

John hat ihr immer wieder eifrig zugeredet – etwas zu eifrig, ihrer Ansicht nach –, in dem Haus so viele Veränderungen vorzunehmen wie nötig, damit es ebenso ihr Zuhause ist wie seins. Ständig sagt er ihr, sie solle ganz nach Belieben Möbel umstellen, Wände neu streichen, und er hat letztes Wochenende darauf bestanden, mit ihr Möbel zu kaufen. Sie fand das eigentlich überflüssig – Johns Haus kommt ihr amorph vor; anpassungsfähig, bequem, normal. Nichts darin geht ihr auf die Nerven, nichts fühlt sich fremd an. Aber ihm zuliebe hat sie nachgegeben, und sie sind geradezu zwanghaft von einem Trödelladen zum nächsten gezogen und haben ihre Erwerbungen – eine Kommode, einen durchgesessenen Sessel mit braunem Stoffüberzug, ein Bücherregal, noch ein Bücherregal, einen kleinen Nachttisch und einen Standspiegel – erst in den Wagen gestopft und später, als er voll war, auf dem Dach festgebunden. Den Spiegel hat sie versucht ihm auszureden. »Der wäre aber sehr praktisch«, hat er geantwortet und ihr zugezwinkert. »Zum Beispiel im Schlafzimmer.« Alice mußte daraufhin prustend lachen. Der Ladenbesitzer hat einen Hustenanfall bekommen.

Sie zieht eine Schublade der Kommode auf. Erst beim dritten Anlauf ist es ihnen gelungen, das Ding in den ersten Stock zu schaffen. Am Ende mußten sie Johns Freund Sam zu Hilfe holen. Alice schaute von oben im Treppenflur, während die Männer schwitzend und fluchend die Kommode Stufe für Stufe die Treppe hochwuchteten.

Sie wirft die Sachen, die ihr zufällig in die Finger kommen, in den Rucksack: Unterwäsche, Hemden, eine Jeans. Sie kann nicht klar denken. Sie kehrt ihrer neuen Kommode, ihren neuen Bücherregalen und ihrem neuen Schreibtisch den Rücken und geht ins Bad, wo sie all ihre Sachen in eine der Seitentaschen stopft. Sie bleibt kurz stehen, um den Axolotl zu betrachten, der wie üblich im Wasser des Aquariums schwebt. Er erwidert mit mürrischem Gesichtsausdruck ihren Blick. Dann läuft sie die Treppe hinunter. Wenn sie wirklich heute noch von hier verschwinden will, muß sie es tun, solange sie noch allein ist: Wäre John hier, wäre sie nicht in der Lage, durch die Haustür zu gehen.

Erst als sie sich in der U-Bahn hingesetzt hat, bricht sie Tränen aus.

John kommt gegen neun von der Arbeit. Das Haus ist dunkel. Er tastet nach dem Lichtschalter im Flur, während er sich die Schuhe abtritt und die Regentropfen aus dem Haar schüttelt.

»Alice!« ruft er. Keine Antwort. »Alice?« Er lauscht angestrengt. Nichts. Wollte sie heute abend weggehen? Er versucht, sich zu erinnern, ob sie das heute morgen erwähnt hat, aber er kann sich nicht daran erinnern. Der Anrufbeantworter ist an, aber es sind keine Nachrichten darauf. Er setzt sich im Wohnzimmer hin, streift die Schuhe ab und gähnt. Er ist leicht verstimmt und wünscht sich, sie wäre da. Er hat sich auf sie gefreut und unterwegs eine Flasche Wein gekauft. Sah so sein Leben aus, ehe er sie getroffen hat? Hat es ihn auch früher gestört, abends ein kaltes, leeres Haus vorzufinden? Obwohl Alice erst seit einer Woche mit ihm zusammenwohnt, ist er schon direkt süchtig nach dem freudigen Gefühl, das ihn überkommt, wenn sie bei seiner Rückkehr zu Hause ist und er sie sieht, wie sie lesend auf dem Bett liegt, mit dem Axolotl redet, während sich die Wanne mit Badewasser füllt oder sie die Setzlinge gießt, die sie in einer alte Spüle draußen vor der Hintertür angepflanzt hat. Er geht in die Küche, entdeckt dort zu seiner Verblüffung ein paar Einkaufstüten auf dem Tisch. Sie muß also dagewesen und wieder weggegangen sein. Als er nach dem Kessel greift, um Wasser für einen Tee aufzusetzen, stellt er fest, daß er voll mit warmem Wasser ist.

Er geht nach oben ins Badezimmer, läßt Wasser ins Waschbecken laufen und bespritzt sich damit mehrmals das Gesicht. Während er sich leise summend die Hände mit einer komisch riechenden Seife wäscht, die Alice gekauft hat, verharrt er plötzlich regungslos. Ihre Zahnbürste ist weg. Sein eigene Zahnbürste ragt einsam und allein aus dem Zahnputzbecher. Er spült sich rasch die Hände ab, reibt sie an seiner Hose trocken und schaut sich unterdessen mit den hektischen Blicken eines Paranoikers im Bad um. Sei nicht albern, sagt er zu sich selbst, sie wird sie woanders hingelegt haben. Aber auch ihre Feuchtigkeitscreme ist weg, ihre Haarbürste ist weg und ihr Handtuch ebenfalls.

John rennt über den Flur, zerrt die Schubladen der Kommode auf, die sie vor ein paar Tagen bei einem Trödler in der Holloway Road gekauft haben. Fehlt irgend etwas? Schwer zu beurteilen. Es sind haufenweise Sachen da, alle sorgfältig gefaltet. Er wirbelt zum Bett herum. Ihre Bücher liegen immer noch aufgestapelt neben ihrer Seite. Alles in Ordnung. Sie ist bloß ausgegangen. Und hat ihr Make-up und ihre Zahnbürste mitgenommen? Aber sie ist nicht ausgezogen. Sie kann unmöglich ausgezogen sein. Da sieht er, im Spiegel über dem Bett, die Lücke oben auf dem Schrank, der hinter ihm steht. Sonst lag dort ihr Rucksack, der Rucksack, der gemeinsam mit ihr um die Welt gereist ist, wie sie ihm einmal stolz erzählt hat. Er wirft sich aufs Bett. Warum, warum nur ist sie verschwunden? Er zermartert sich das Gehirn, ob an diesem Morgen etwas Ungewöhnliches passiert ist. Hat er sie durch irgend etwas, das er gesagt hat, verletzt? Sie haben zusammen gefrühstückt, so wie fast jeden Morgen, und sie hat ihm einen Abschiedskuß gegeben, ehe sie sich auf den Weg zur U-Bahn gemacht hat. Alles nichts Schlimmes. Sie haben davon gesprochen, im Sommer nach Tschechien zu fahren, weil Alice ein Foto von Prag auf der Rückseite einer Müsli-Packung gesehen hatte. Hat er etwas gesagt, das so abscheulich war, daß es sie zu dem Entschluß gebracht hat, ihn zu verlassen?

Eine Nachricht. Sie hat ihm bestimmt eine Nachricht dagelassen. Vielleicht mußte sie unerwartet wegfahren und hat ihn nicht erreichen können. Vielleicht ist jemand aus ihrer Familie schwer krank oder so. Sie würde ihn doch niemals ohne ein Wort verlassen, oder? Er springt die Treppenstufen hinunter und durchkämmt das Wohnzimmer nach einem Zettel mit ihrer Handschrift. Nichts. Er geht weiter in die Küche und durchsucht verzweifelt die Einkaufstüten. Vielleicht hat sie in eine davon eine Nachricht hineingesteckt – Avocados, Nudeln, Auberginen, Joghurt. Sonst nichts. Da sieht er mit einem Mal etwas auf dem Tisch liegen. Er schnappt es sich, und im ersten Moment ist er noch so aufgeregt, daß er die Schrift nicht lesen kann. Es ist eine Postkarte von seinem Vater. Warum schickt er ihm eine Postkarte? Er schickt ihm nie Postkarten. Niemals. Er will die Karte gerade weglegen und seine Suche nach der abwesenden Alice fortsetzen, als sein Blick auf das Wort »Nichtjüdin« fällt. Sein Herz zieht sich angsterfüllt zusammen, und er liest den Text, so schnell er kann, seine Augen rasen über die eng geschriebenen Worte, eine Hand an die Stirn gedrückt. Anschließend starrt er einen Moment lang ungläubig blinzend die Karte an. Wie konnte sein Vater nur so gemein sein, und zwar nicht zu ihm, sondern zu Alice? Er muß gewußt haben, daß sie es mit großer Wahrscheinlichkeit lesen würde.

Er läßt sich auf einen Stuhl sinken und reißt die Karte haargenau in der Mitte durch. Dann reißt er die beiden Hälften in zwei gleich große Teile, dann reißt er diese beiden Hälften durch und immer so weiter, bis er vor einem kleinen Haufen Konfettischnipsel sitzt, die schwarz oder weiß sind oder die leuchtenden Farbe eines Siebziger-Jahre-Himmels über Brighton haben.

Er muß die Situation logisch durchdenken. Er weiß jetzt, warum sie weg ist, aber wo könnte sie sein? Bei wem könnte sie Zuflucht gesucht haben? Garantiert hat sie ihr Adreßbuch mitgenommen, ansonsten hätte er alle ihre Freunde in alphabetischer Reihenfolge anrufen können. Wen wird sie angerufen haben, nachdem sie die Karte gelesen hat? Ihre Familie! Ihre Schwestern! Natürlich. Er springt auf, greift nach dem Telefon, um bei der Auskunft die Nummer der Familie Raikes in North Berwick zu erfragen, aber noch ehe er den Hörer abgehoben hat, meldet sich sein gesunder Menschenverstand zu Wort. Was will er Alices Familie sagen? Hi, ich bin's, John. Sie wissen es vermutlich noch nicht, aber Ihre Tochter ist bei mir eingezogen. Ja, das ist eine tolle Neuigkeit, nicht wahr? Wie auch immer, seit heute ist sie verschwunden. Ich glaube, sie hat mich verlassen. Sie wissen

256

nicht zufällig, wo sie sein könnte? Nein? Na ja, macht nichts. Sie wird schon wieder auftauchen.

John stellt das Telefon wieder hin. Sie kann nur in London sein. Schließlich muß sie morgen arbeiten. Für den Bruchteil einer Sekunde – und nur für den Bruchteil einer Sekunde, wie er sich später stolz erinnern wird – fragt er sich, ob sie vielleicht zu Jason zurückgekehrt ist. Sei nicht albern, John. Reiß dich zusammen.

Er läuft im Wohnzimmer hin und her, auf der Suche nach einem Anhaltspunkt, aber er kann nichts anderes denken als: Alice hat mich verlassen, Alice hat mich verlassen. Ist es normal, daß das Gehirn in einer solchen Krisensituation keine brauchbaren Informationen ausspuckt? Bei wem, bei wem nur könnte sie sein?

Erst nachdem er zehnmal das Zimmer durchquert hat, fällt es ihm ein. Rachel. Wer sonst? Ihm braucht jetzt nur noch ihr Nachname einzufallen, dann kann er ihre Nummer im Telefonbuch nachschauen. Rachel … Rachel … Rachel … und wie weiter? Es ist zwecklos. Wahrscheinlich hat Alice ihren Nachnamen nie erwähnt.

Er weiß, sie wohnt in irgendeinem südlichen Stadtteil von London, möglicherweise in Greenwich, aber er hat kein Ahnung, wo genau. Er unterdrückt den idiotischen Drang, sich ins Auto zu setzen und auf der Suche nach ihr durch die Straßen zu fahren, wirft sich mutlos aufs Sofa und fixiert das Telefon. Ruf mich an, Alice. Na los. Wo immer du auch bist, nimm den Hörer in die Hand und wähle diese Nummer. Tu mir das nicht an.

Plötzlich setzt er sich wie elektrisiert auf. Ihm ist eine Idee gekommen.

Die Wahlwiederholungstaste. Sie wird doch bestimmt die Person, zu der sie wollte, angerufen haben, ehe sie aus dem Haus gegangen ist? Gepriesen sei Gott für den technischen

257

Fortschritt. Mit leicht zitternder Hand drückt er auf die Taste und preßt den Hörer ans Ohr, als sei er sorgsam darauf bedacht, kein einziges Geräusch zu verpassen. Am anderen Ende klingelt es einmal, zweimal, dreimal, ehe das unverkennbare Klicken und Rauschen eines Anrufbeantworters ertönt. Mist, Mist, Mist. Dann hört er: »Hi, hier spricht Rachel. Ich kann momentan nicht persönlich ans Telefon gehen, aber ich rufe vielleicht zurück.« Volltreffer! Er hat's gewußt, er hat gewußt, daß Alice bei ihr anrufen würde. Er räuspert sich nervös. Auf wessen Seite Rachel auch stehen mag, auf seiner garantiert nicht. »Hi, Rachel, hier spricht John. Ich würde gern wissen, ob sich Alice heute abend bei dir gemeldet hat. Ruf mich doch bitte unter der Nummer ...«

Die Maschine schaltet sich klickend aus und piept schrill, als jemand den Hörer abnimmt. »Hi, John.«

»Alice. Bist du das?«

»Nein. Hier ist Rachel.«

»Hast du mit ihr gesprochen, Rachel? Weißt du, wo sie ist?« Stille am anderen Ende.

»Rachel, ich weiß, daß du's weißt. Bitte sag's mir. Ich bin völlig verzweifelt.«

»Sie ist hier. Keine Sorge, es geht ihr gut.«

»Darf ich mit ihr sprechen?«

»Ich bin mir nicht sicher. Bleib kurz dran.« Rachel bedeckt die Muschel, und er kann nur mit großer Mühe hören, wie sie sagt: »Al, er ist es. Ich hab ihm gesagt, daß du hier bist ...« Ein unverständlicher Protest ertönt, vermutlich von Alice, dann sagt Rachel: »Komm schon, Al, er hat ein Recht darauf, es zu erfahren, der arme Kerl. Er will mit dir sprechen.«

Er hört den Tonfall von Alices Stimme, versteht aber nicht, was sie sagt. Ihm ist, als wäre jeder Nerv, jede Faser seines Körpers bis zum Zerreißen gespannt. Bitte, Alice. Geh an den Apparat.

Dann dringt ihre Stimme an sein Ohr: »Hallo.«

»Alice.«

»Was ist?« Sie klingt ganz jung und sehr weit entfernt.

»Alice, bitte komm zurück. Tu mir das nicht an.«

»Es mußte sein.« In ihrer Stimme liegt ein ganz leichtes Beben. »Heute ist eine Postkarte gekommen ...«

»Ich weiß. Ich habe sie gelesen und zerrissen.«

Beide schweigen. John würde am liebsten brüllen: Komm nach Hause, komm nach Hause, bitte, komm nach Hause.

»Wie hast du mich hier gefunden?« fragt sie.

»Angewandte Technik. Wahlwiederholung.«

»Oh.«

Eine weitere Pause. John wickelt die Spiralkordel ein ums andere Mal um seine Finger. »Ich bin eine Weile eine Liste mit den Namen deiner Freunde und Verwandten durchgegangen, weil ich mich gefragt habe, wo du wohl sein könntest. Ich habe mir schon gedacht, daß du bei Rachel bist, aber mir fiel ihr Nachname nicht ein.«

»Saunders.«

»Stimmt. Ich werde ihn mir merken, damit ich ihn parat habe, wenn du mich das nächste Mal verläßt.«

»John, es tut mir so leid. Aber ich will nicht −«

Er unterbricht sie. »Er meint das nicht ernst, glaub mir. Es ist reine Erpressung. Begreifst du denn nicht? Er wollte mit der Karte genau das erreichen, was du getan hast.«

Sie schweigt erneut, aber er spürt, daß sie ihm aufmerksam zuhört. »Er wollte, daß du die Karte liest und dich von mir trennst. Mit deiner Reaktion arbeitest du ihm bloß in die Hände. Es ist gemein und hinterhältig von ihm, und er meint das nicht ernst. Bitte, bitte, bitte, komm zurück.«

»Aber er hat doch gesagt −«

»Er hat viel dummes Zeug gesagt.«

»Aber was ist, wenn er es doch ernst meint? Das kann ich dir nicht antun. Das kann ich einfach nicht … Ich dachte nur …« Er hört, wie sie ein Schluchzen unterdrückt. »Ich dachte nur, es würde die Sache einfacher für uns machen.«

Jetzt fängt sie richtig an zu weinen, und sie hält anscheinend den Hörer vom Gesicht weg, denn die Geräusche werden immer leiser. Wird sie gleich auflegen?

»Alice?« Er umklammert den Hörer so fest, daß ihm inzwischen die Finger weh tun. »Alice! Bist du noch dran?«

»Ja.«

»Gib mir Rachels Adresse. Ich komme dich abholen.«

»Ich weiß nicht, John … Vielleicht wäre es besser –«

»Das ist kompletter Unsinn. Ich liebe dich.« Sie seufzt schwer, und er spürt, wie ihre Entschlossenheit schwindet. Immerhin hat sie aufgehört zu weinen. »Ich schwöre dir, er meint es nicht ernst. Hör mal, selbst wenn du mit mir Schluß machen willst, können wir es doch nicht so enden lassen, oder?«

Sie lacht und schnieft dann. »Ich kann auch mit der U-Bahn zurück nach Camden fahren. Du brauchst mich nicht abzuholen.«

»Sei nicht albern. Gib mir die Adresse. Ich komme, so schnell ich kann.«

Vierzig Minuten später mustert John die schwach erleuchtete Klingelleiste an der Haustür des in Apartments aufgeteilten Stadthauses, in dem Rachel wohnt. Er drückt aufs Geratewohl eine Klingel, und es meldet sich ein verärgerter Deutscher, der ihm sagt: »Es ist im dritten Stock, und richten Sie ihr aus, sie soll endlich ein Namensschild an der Klingel anbringen.« Rachel drückt auf den Summer, und er rennt, immer zwei Stufen auf einmal, die Treppe hoch. Im dritten Stock erwartet Rachel ihn an der geöffneten Tür.

Neben ihr lehnt Alices Rucksack an der Wand des Treppenflurs.

»Hi, John.« Sie gibt ihm einen flüchtigen Kuß auf die Wange. »Das ging aber fix.«

»Es war nicht viel Verkehr, und ich habe vermutlich permanent die Geschwindigkeitsbegrenzung überschritten.« Rachel lächelt. »Das muß wahre Liebe sein.«

»Ja. Kann schon sein.« John ist ungeduldig, reckt den Kopf, um an ihr vorbei in die Wohnung zu schauen. »Wo ist sie denn?«

Rachel dreht sich um und ruft: »Alice! Dein Liebster ist da.«

»Das tut mir wirklich alles furchtbar leid, Rachel.«

»Kein Grund, sich zu entschuldigen. Ich hab es gern getan. Wie oft hat sie mir schon in Krisen beigestanden.«

Alice taucht im Flur auf, ihre weit aufgerissenen Augen glänzen feucht, und ein angedeutetes Lächeln liegt auf ihrem Gesicht. »Hallo, John.«

Er drückt sie an sich, küßt sie oben auf den Kopf. Sie hält sich an seiner Schulter fest, und die warme Luft ihres Atems dringt durch seinen Kragen.

»Okay, das reicht jetzt«, sagt Rachel. »Ich erkälte mich, wenn ich hier noch länger bei offener Tür rumstehe.«

Alice umarmt Rachel. »Danke, Rach. Tut mir leid, das ich nicht bleiben kann.«

»Macht nichts. Vielleicht nächstes Mal.«

»Erzähl mir bloß nicht, daß du so was in Zukunft regelmäßig machen willst«, protestiert John.

»Denk dran«, sagt Rachel zu Alice, während sie die Tür schließt, »er weiß jetzt, wo ich wohne.«

Im Auto steckt er den Schlüssel ins Zündschloß. Alice klappt die Sonnenblende auf der Beifahrerseite runter und betrachtet im Schminkspiegel mit kritischem Blick ihr Gesicht. »Ich seh ja furchtbar aus«, murmelt sie und dreht sich dann grinsend zu ihm hin. »Bist du sicher, daß du mich nicht lieber hierlassen willst?«

John antwortet nicht. Seufzend reibt sie sich die Augen. »Ich bin total erledigt. Komm, fahren wir nach Hause.«

Alice sitzt ihm gegenüber in der Badewanne, die Beine angezogen, das Kinn auf den Knien. Sie betrachten sich durch den Dampf hindurch. John schöpft mit den Händen Wasser und gießt es über ihre Schultern. Es rinnt in silbrigen Bächen über ihre Arme, ihren Rücken und ihre Brust. »Tu das nie wieder, hörst du?«

Sie antwortet nicht, sondern holt tief Luft, bläst die Backen auf und taucht mit dem Kopf unter Wasser. Er schreckt überrascht zurück. Eine Ladung Wasser schwappt über die Ränder der Wanne und klatscht auf das Linoleum. Sie legt die Finger auf seinen Brustkorb und kitzelt ihn. Heftig. Er windet sich. Wieder schwappt Wasser auf den Fußboden.

»Alice!« ruft er ungehalten. Er packt sie an den Schultern und zieht sie aus dem Wasser. Sie taucht lachend und hustend auf, eine klitschnasse Meerjungfrau mit triefendem Haar und Gesicht und Wimpern, die zu feuchten Stacheln verklebt sind. Ihr Gesicht ist nur wenige Zentimeter von seinem entfernt, und ihr Lächeln erstirbt, als sie seinen ernsten Gesichtsausdruck sieht.

»Mir ist nicht zum Spaßen zumute, Alice.« Mit einem Mal ist er richtig bockig, und er fühlt sich unglaublich erschöpft.

»Kannst du dir vorstellen, wie das war, nach Hause zu kommen und festzustellen, daß du verschwunden warst und«, er macht ein vage Bewegung in Richtung Waschbecken, »alle möglichen Sachen mitgenommen hast. Es war entsetzlich. Einfach entsetzlich. Und nirgends eine Nachricht von dir. Keine Erklärung. Ehe ich diese dämliche Postkarte fand, hatte ich keinen blassen Schimmer, warum du verschwunden warst, und ich wußte nicht, ob es dir auch gutging. Tu das nie wieder. Bitte.« Mit gerunzelter Stirn schüttelt sie den Kopf und bespritzt ihn dabei mit winzigen Wassertropfen. »Verzeih mir bitte, John … Das war gedankenlos von mir.« Sie schlingt die Arme um seinen Hals und lehnt sich an ihn. »Ich tu's nie wieder. Versprochen.«

Ben zupft die Vorhänge gerade und dreht sich zu seiner in der Tür stehenden Frau um. »Ann, wir müssen wohl hier schlafen.«

»Ich weiß.«

»Zumindest für eine Nacht.«

»Ich weiß.«

»Uns bleibt nichts anderes übrig.«

»Ich weiß, Ben, ich weiß.«

Ann geht langsam durch das Schlafzimmer zu Alices Bett hinüber und drückt mit dem Handballen von oben gegen die Matratze, so, als wollte sie testen, wie weich sie ist. Sie verharrt vornübergebeugt.

»Es ist zu spät, heute noch ein Hotelzimmer zu suchen.«

Keine Reaktion.

»Wir könnten uns auch auf die Sofas unten legen, und nebenan steht auch noch ein Feldbett, aber ich glaube, wir würden dort nicht gut schlafen. Und wir sollten morgen einigermaßen ausgeruht sein.«

»Das ist mir klar, Ben. Ich finde es nur … etwas … seltsam. Du nicht auch?«

Ann geht ums Bett und zupft an der Überdecke.

»In Alices Bett zu schlafen?«

Sie antwortet nicht. Sie hat eine Hand vor den Mund ge

legt und schaut hinunter auf eines der Kissen, in dem in der Mitte ein runder Kopfabdruck zu erkennen ist. Sogar Ben erschaudert. Ann streckt die Hand aus, und Ben sieht zu, wie sie ein einzelnes langes schwarzes Haar vom Kissenbezug pflückt und gegen das Licht hält. Es ist eine sehr bedächtige Bewegung. Vorgestern, denkt Ben, hat meine Tochter noch wie üblich in diesem Bett geschlafen, und jetzt ist sie kahlrasiert in einen einsamen, lautlosen Kampf mit dem Tod verstrickt. Ann holt ein Papiertaschentuch aus der Tasche, und wickelt das Haar zusammengerollt darin ein.

»Ann …«

Sie macht ein paar Schritte rückwärts und sinkt auf einen Stuhl. Ben geht zu ihr und hockt sich neben sie. »Ann, ich weiß, es ist nicht leicht, aber ich sehe keine Alternative.«

Sie drückt das Taschentuch mit beiden Händen zusammen.

»Alice würde das nicht stören. Da bin ich mir sicher. Ihr wäre es bestimmt lieber, daß wir hier schlafen und nicht in einem Hotel, meinst du nicht auch?«

Sie schaut ihn an. Er sieht, daß sie darüber nachdenkt. »Meinst du nicht auch?« fragt er erneut.

»Vielleicht«, antwortet sie zögernd. Sie rutscht auf dem Stuhl herum, schaut nach unten und zieht etliche Kleidungsstücke unter dem Sitz hervor: Socken, einen Minirock, Strümpfe, eine rote Bluse. Alles Sachen von Alice. Sie legt sie nacheinander über die Armlehne. »Vielleicht, wenn wir das Bett neu beziehen …«, sagt sie.

Die Luft des Schlafzimmers wird von flatternden Laken aufgewirbelt. Es kommt Ben so vor, als wären das womöglich seit Jahren die ersten Bewegungen innerhalb dieser Wände, als hätte in diesem Zimmer schon seit langer, langer Zeit niemand mehr gewohnt. Genau in dem Moment, als Ann mit einem Stapel frischer Bettwäsche durch die Tür kommt, knüllt er die Laken zu einem Bündel zusammen, um sie nach unten zu bringen.

»Was ist das?« sagt sie.

»Was?«

»Das da.« Ann zeigt auf etwas Blaues zwischen den Laken.

Ben zuckt die Achseln. »Ein T-Shirt. Es lag unter einem der Kopfkissen.«

Ann starrt es mit zusammengekniffenen Augen an. »Alice hat nachts nie etwas an«, sagt sie, wie zu sich selbst.

»Bitte?«

»Sie hat nachts –« Ann verstummt, kommt dann zu Ben herüber, und zieht das T-Shirt aus dem Bündel, wie ein Zauberer, der lauter aneinandergeknotete Taschentücher aus einem Zylinder holt. »Alice trägt nie –« Sie unterbricht sich erneut, hebt das T-Shirt an ihr Gesicht und atmet ein. Sie hat den Gesichtsausdruck eines Menschen, der einer in der Ferne erklingenden Melodie lauscht. Ihr geht etwas durch den Kopf, das Ben verborgen bleibt. Er nimmt das untere Ende des schlaffen T-Shirts und hält es sich ebenfalls vor die Nase. Riecht daran. Ein schlafdurchtränkter Geruch. Schwach, aber prägnant. Männlich. Ben und Ann schauen sich an, verbunden durch die zwei Enden des T-Shirts. Ben läßt seines los. »Ich glaube, wir sollten es besser nicht waschen«, sagt Ann rasch. »Nur für alle Fälle«, fügt sie hinzu, und legt es auf Alices Sachen über der Armlehne. Ben fragt nicht, was sie mit ihrer letzten Bemerkung meint. Er hebt die Laken ein zweites Mal vom Boden auf und geht damit nach unten.

Ein paar merkwürdige Wochen verstrichen, in denen sie beide auf einem schmalen Grat über der Angst wandelten, das Thema bei jedem ihrer Gespräche sorgsam vermieden. Für Alice war es, als würde sie ein Zwischenstadium durchleben, so wie damals, wenn sie auf die Ergebnisse einer Prüfung wartete, einer Entscheidung harrte, die in fremden Händen lag. John war abwechselnd optimistisch und trübselig. Sie wußte, daß er regelmäßig seinen Vater anrief, und sie wußte, daß er wußte, daß sie es wußte. Sie wußte ebenfalls, daß sein Vater immer den Anrufbeantworter eingeschaltet hatte und auf keinen von Johns Anrufen reagierte. Tröpfelnd verrann die Zeit. Sie sprachen immer seltener darüber, und er wurde immer niedergeschlagener.

Eines Nachts geschah etwas: Ein Zug fuhr vorbei, oder die Vorhänge wurden von der Zugluft erst gebauscht und dann gegen das Fenster gesaugt, oder es brüllte jemand auf der Straße. Sie war plötzlich hellwach, von irgend etwas aus dem Schlaf gerissen. Es kam ihr im Zimmer unnatürlich ruhig vor. Neben ihr schlief John weiter, den Arm quer über sie ausgestreckt, die Finger mit ihren Haaren verflochten.

Die Tatsache, daß sein Vater ihn zwingen wollte, sich zwischen ihnen zu entscheiden, war ihr ständig bewußt. Er war nicht bloß eingeschnappt, wie John ständig behauptete, sondern er meinte es genau so, wie er gesagt hatte. Er würde Johns Anrufe nicht eher beantworten, bis ihm John mitteilte, daß sie aus seinem Haus und seinem Leben verschwunden war.

Alice richtete sich auf, stützte sich auf die Ellbogen und schaute zu ihm hinunter. Sein Kopf war vom Kissen gerutscht und lag jetzt auf der Matratze. Der Arm auf ihrem Körper fühlte sich schwer an. Er spürte offenbar, daß sie nicht schlafen konnte oder daß sie ihn anschaute, denn er bewegte sich. Seine Augenlider zuckten, und er schob sich näher an sie heran, vergrub das Gesicht zwischen ihren Brüsten und murmelte etwas. In seinen Arm kam wieder

Leben, und er drückte sie schlaftrunken an sich. Dann hielt er inne. Ein paar Sekunden lang blies er den Atem auf ihre Haut, dann verdrehte er den Kopf und schaute zu ihr hoch. »Was ist?« sagte er.

Alice legte eine Hand auf seine Wange. »Ich liebe dich.«

Er hielt ihre Hand fest. »Was ist los, Alice? Dein Blick ist ja richtig beängstigend.«

Sie beugte sich hinunter, gab ihm einen kurzen Kuß auf den Mund und sagte dann: »Ich glaube, verängstigt paßt eher.«

Er zog ihrem Kopf nach unten, bis er ganz dicht an seinem war und sie ihm direkt in die Augen schaute. »Was hast du?« flüsterte er.

Sie schaffte es nicht, gleich zu antworten. Sie wollte die Worte nicht aussprechen.

»Sag's mir, Alice. Was ist los? Ich habe dich noch nie so ernst gesehen.«

Sie küßte ihn erneut. Er erwiderte den Kuß, aber auf zurückhaltende, verblüffte Weise.

»Dein Vater«, sagte sie, »wird dich zwingen, dich zwischen uns zu entscheiden.«

Er begann, behutsam und in einer langen Bewegung seitlich über ihren Körper zu streichen, vom Hals über ihre Brust und die Einbuchtung ihrer Taille bis hin zur Biegung ihre Hüfte und dann wieder zurück. Das machte er drei-, vier-, fünfmal, dann sagte er: »Ich weiß.«

Sie legte ihm die Arme um den Hals, und sie hielten sich ganz fest. »Ich kann das nicht, ich kann das nicht, ich kann das einfach nicht«, sagte er.

»Ich will ja gar nicht, daß du es tust«, sagt sie, den Mund an seinem Hals. »Ich finde es grauenvoll, daß du diese Entscheidung treffen mußt. Wirklich. Niemand sollte je eine solche Entscheidung treffen müssen. Niemand.«

»Ich weiß«, sagte er erneut. »Ich komme mir vor wie ein Weberschiffchen. Im Geiste werde ich den ganzen Tag lang zwischen dir und ihm hin und her geschoben. Wie kann er von mir diese Entscheidung verlangen, von mir erwarten, daß ich mich hinstelle und sage: ›An dir liegt mir mehr und an dir weniger.‹? Und selbst wenn ich sagen würde: ›Ja, Dad, ich trenne mich von der Schickse und werde von nun an ein gehorsamer jüdischer Junge sein‹, was glaubt er denn, wie unsere Beziehung hinterher aussehen würde, wo ich doch immer daran denken müßte, daß er mich gezwungen hat, mich von dir zu trennen. Und wie in Gottes Namen ist er nur auf den Gedanken gekommen, ich könnte mich je freiwillig von dir trennen? Das wäre so, als würde ich zu ihm sagen: ›Klar, Dad, kein Problem, hack mir, wenn du willst, ruhig den rechten Arm ab.‹«

Er ließ sie los, und sie konnte ihm wieder ins Gesicht schauen.

»Ich fasse das alles immer noch nicht. Unglaublich, daß so etwas heutzutage noch passiert«, sagte sie. »Also hat meine Mutter doch recht behalten.«

»Deine Mutter?«

»Mhmm. Bei der Beerdigung meiner Großmutter hat sie, mit ihrem üblichen Böse-Fee-Charme, prophezeit, es würde Probleme geben, weil du Jude bist.«

»O Gott, Alice, es tut mir leid.«

»Red doch kein dummes Zeug. Ich hab mich ja nicht völlig blauäugig auf die Beziehung mit dir eingelassen.«

»Nein, aber du hast auch nicht erwartet, daß es so kommen würde.«

»Nein, habe ich nicht.«

»Weißt du, was er letzte Woche getan hat?«

»Was?«

»Er hat mir ein Exemplar einer jüdischen Jugendzeit-

268

schrift geschickt, bei der auf den letzten Seiten Kontaktanzeigen stehen. Man kann ein Inserat aufgeben, um die perfekte jüdische Ehefrau zu finden. Auf einer der Seiten klebte ein Zettel, auf den er geschrieben hatte: ›Hast du daran schon mal gedacht?‹«

Regelmäßig hörten sie Autos die Camden Road entlangfahren. Er spielte nervös mit ein paar Strähnen von Alices Haar herum und murmelte hin und wieder: »So was Lächerliches.«

»Und was willst du nun tun?« sagte sie nach einer Weile, die Worte an seine Brust gerichtet.

»Ehrlich gesagt habe ich keine Ahnung. So wie ich das sehe, gibt es nur zwei Alternativen. Nummer eins, ich sage meinem Vater, wohin er sich seine Drohungen stecken kann, und riskiere, von ihm verstoßen zu werden. Oder, Nummer zwei, ich erzähle meinem Vater, ich hätte mit dir Schluß gemacht, aber wir bleiben trotzdem weiter ein Paar, in der Hoffnung, daß er irgendwann Vernunft annehmen wird.«

Sie schüttelte den Kopf. »Das ist doch keine Alternative, John. Wir können ihn nicht anlügen. Es gibt allerdings«, sagte sie gefaßt und blickte ihm dabei nach wie vor nicht in die Augen, »noch eine weitere Alternative, stimmt's?«

»Nein.« Er drückte die Hände gegen die Ohren. »Nein. Niemals. Sprich es gar nicht erst aus, Alice.«

»Alternative Nummer drei«, sagte sie, als hätte sie ihn nicht gehört, »ist, daß wir in Zukunft getrennte Wege gehen.«

»Aber wie wollen wir das fertigbringen?« Er schlug mit der Faust gegen das Kissen. »Alice, schau mich an, verdammt noch mal, schau mich an, hörst du? Schau mich an«, wiederholte er. »Wie wollen wir das fertigbringen?«

»Ich weiß nicht«, rief sie, »aber vielleicht bleibt uns nichts anderes übrig. Du kannst dich nicht einfach so ... mit deiner Familie entzweien. Kommt nicht in Frage. Das lasse ich nicht zu.«

Er drehte sich auf den Rücken und starrte die Decke an. Sie nahm seine Hand zwischen beide Hände und betrachtete sie. Vielleicht werden wir nach dieser Nacht nie wieder zusammen in einem Bett liegen, dachte sie unwillkürlich. »Okay«, sagte sie, in dem Bestreben, diesen Gedanken loszuwerden. »Ich habe einen Plan.«

»Was? Ein Alice-Plan?« Er wirkte schlagartig viel munterer und setzte sich mit hoffnungsvoller Miene auf. »Hast du eine Lösung?«

Trotz allem mußte sie lachen. »Nein, keine Lösung, eher einen Weg zu einer Lösung. Du hast eine Woche Zeit zu entscheiden, was du tun wirst.«

»Eine Woche?« Er atmete tief durch. »In Ordnung.«

»Von jetzt an. Und – jetzt kommt der Teil, der dir sicher nicht gefallen wird – ich fahre weg.«

»Nein.«

»Nein? Was meinst du mit ›nein‹?«

»Ich meine, nein, du wirst nicht wegfahren.«

»Ich muß. Das ist Teil des Plans.«

»Aber ... aber ...«, er rang nach Worten, »... ich brauche deine Hilfe bei der Entscheidung.«

»Unsinn. Du brauchst ein bißchen Zeit für dich allein, um in Ruhe nachdenken zu können. Meine Anwesenheit würde bloß deine Urteilsfähigkeit trüben.«

»Nein, würde sie nicht.«

»Doch, das würde sie. Deshalb fahre ich für eine Woche weg. Wir telefonieren nicht miteinander. Es gibt keinen Kontakt zwischen uns. Du besuchst deinen Vater und redest mit ihm. Du hast Zeit, dir zu überlegen, was du willst, was dir dein Glaube bedeutet, was dir wie wichtig ist«, sie machte eine unbestimmte Handbewegung, »und so weiter. Und dann in einer Woche rufst du mich an und sagst mir, wie du dich entschieden hast.«

»Der Teil, der davon handelt, daß du weggehst, gefällt mir nicht. Was ist, wenn du nicht zurückkommst?«

»Tja«, sagte sie, »das wäre ja wohl gleichbedeutend mit einer Entscheidung für die dritte Alternative, oder? Damit müßten wir ... uns dann eben abfinden.«

Er betrachtete sie, das sah sie aus den Augenwinkeln, aber sie wollte seinen Blick nicht erwidern, weil sie um ihre Entschlußkraft fürchtete.

»Okay. Ich bleibe also und entscheide mich zwischen den drei Alternativen.«

Sie schlug ihn auf den Arm. »John! Ich habe die zweite Alternative doch für null und nichtig erklärt.«

»Ich weiß, ich weiß. Das war bloß ein Witz. Aber wieso kann ich denn deinen Weggeh-Plan nicht für null und nichtig erklären?«

»Darum.«

»Erklär's mir bitte.«

»Weil«, sagte Alice, während sie sich auf ihn setzte und nach seinen Armen griff, »ich es dir so sage. Und übrigens weißt du genau, daß wir keine andere Wahl haben.«

Er schaute durch ihr Haar zu ihr hoch. »Du hast recht. Wie immer. Wohin willst du eigentlich fahren?«

»Wohin? Nach Hause natürlich.«

Ich gönnte mir am nächsten Morgen den Luxus eines Flugtickets, denn ich konnte den Gedanken nicht ertragen, viereinhalb Stunden lang in einem Eisenbahnwaggon eingesperrt zu sein. Am Flughafen weinte John. Ich hatte ihn noch nie zuvor weinen sehen: Es jagte mir schreckliche Angst ein, und ich umarmte ihn bis nach dem letzten Aufruf für meinen Flug. Ich mußte über das Vorfeld rennen und dann die Metalltreppe hoch, an deren Ende eine sichtlich genervte Stewardeß schon auf mich wartete.

Seine Tränen nahm ich natürlich als ein schlechtes Vorzeichen. Sie konnten nur bedeuten, sagte ich mir, daß er glaubte, es sei zwischen uns vorbei. Durch das Flugzeugfenster sah ich Canary Wharf. Das Gebäude wirkte winzig und zerbrechlich, wie aus Pappe. Hätte ich ein Auge zugekniffen und die Hand gehoben, hätte ich es mit meinem Daumen verdecken können.

Der Flug dauerte eine Dreiviertelstunde. Ich schenkte weder der Sicherheitsvorführung noch den mir angebotenen Sandwichs, noch den Bordmagazinen, die normalerweise eine eigentümliche Faszination auf mich ausüben, Beachtung, sondern saß bloß zusammengesackt auf meinem Sitz und starrte hinaus auf die Wolken. Vom Flughafen fuhr ich mit dem Bus zur Princess Street. Ich bin zwar keine Lokalpatriotin, aber jedesmal, wenn ich nach längerer Abwesenheit wieder die schwarz angelaufenen Ränder des Walter-Scott-Denkmals und die grünen Rasenflächen des Botanischen Gartens erblicke, wenn ich von neuem die beißende, saubere Luft in den Lungen spüre, hebt sich meine Stimmung merklich.

Ich zwängte mich vor dem Waverley Market in eine Telefonzelle und schloß die Tür hinter mir (direkt davor spielte ein Mann im Kilt dilettantisch Dudelsack für die Touristen). Ich hob den Hörer ans Ohr und wählte.

»Susannah? Hier ist Alice.«

»Alice, wo in aller Welt bleibst du? Es ist schon halb eins. Du mußt unbedingt –«

»Ich bin in Edinburgh.«

»Was? Das ist ja wohl hoffentlich ein Witz.«

Ich schob die Tür mit dem Fuß ein Stück auf. »Hör mal«, sagte ich und hielt den Hörer in Richtung der quäkenden

Dudelsackpfeifen. Susannah stöhnte laut auf. »Ich kann das erklären«, sagte ich.

»Fein. Ich bin ganz Ohr.«

»Aber nicht jetzt.«

Es entstand eine Pause.

»Aha«, sagte sie. »Da kann man wohl nichts machen, oder?«

»Richtig.«

»Okay«, sagte sie nachdenklich. »Du kannst mir ja nach deiner Rückkehr alles erzählen. Wann genau wird das übrigens sein?«

»Ähm ... nächste Woche?«

»Bist du verrückt, Alice? Was soll ich denn Anthony sagen?«

»Keine Ahnung. Dir wird schon was einfallen. Sag ihm, ich sei krank. Sag ihm, ich mache Recherchen in Schottland. Irgendwas.« Ich hörte sie seufzen. »Dafür bist du mir aber was schuldig.«

»Habe ich dir eigentlich schon jemals gesagt, daß ich dich liebe, Susannah?«

»Ja, ja, schon gut. Bring mir wenigstens was mit – eine Packung Shortbread oder einen Haggis oder so.«

»Mach ich. Tschüs.«

»Tschüs.«

Ich drückte kurz auf die Gabel und zögerte eine Moment. John war jetzt bestimmt bei der Arbeit, saß an seinem Schreibtisch am Fenster, mit dem weiten Blick über den Osten von London. Mich quälte das starke Verlangen, ihn anzurufen. Schon jetzt. Das verhieß nichts Gutes. Es war gegen die Regeln. Ich schaute durch das Fenster der Telefonzelle hoch zur Silhouette der Altstadt. Amerikanische Touristen, eingemummelt in wattierte Jacken und zahllose Schals, drängten sich draußen auf dem Bürgersteig und unterhiel-

273

ten sich lautstark, während sie auf die Stadtrundfahrt-Busse warteten. Ich wandte ihnen den Rücken zu und wählte entschlossen Kirstys Nummer.

»Kirsty?«

»Alice! Wie geht's?«

»Danke, gut. Ich würde dich gern besuchen, Kirsty.«

»Kein Problem. Wann?«

»Wie wär's mit heute.«

»Heute?« wiederholte Kirsty. »Wo bist du?« fragte sie mißtrauisch.

»In der Princess Street.«

»Um Himmels willen, Alice, wieso bist du hier? Was ist los? Geht's dir auch wirklich gut?«

»Kein Grund zur Sorge.«

Am anderen Ende der Leitung herrschte Stille.

»Hör mal, bist du gerade sehr beschäftigt? Kann ich gleich kommen?«

»Ob ich sehr beschäftigt bin?« sagt Kirsty lachend. »Natürlich nicht. Ich verbringe meine Zeit damit, Schwangerschaftsübungen zu machen und zu essen. Ich zieh mich gleich an und komme dir entgegen.«

Alice schrieb gerade einen Aufsatz über Robert Browning. Über ihrem Schreibtisch hing ein Kalender, auf dem sie die Tage des Jahres, die bereits vergangen waren, schwarz durchgestrichen hatte. Die Woche, in der das Vorabitur stattfinden würde, hatte sie rot umrandet. Der Anblick des ständig schmaler werdenden Puffers aus leeren weißen Tagen zwischen den roten Tagen und den schwarz durchgestrichenen verstärkte das schleichende Gefühl der Beklommenheit in ihrem Magen. An diesem Morgen hatte sie auf dem Schulweg das schmerzhafte Prickeln in Nase und Rachen gespürt, das Heuschnupfen bedeutete, und Heuschnupfen bedeutete Sommer, und Sommer bedeutete Prüfung.

Alice beugte sich wieder über ihre Arbeit. »Vergleiche und erörtere«, so lautete die Aufgabe, »die Beweggründe für das Verhalten des Herzogs in ›My last Duchess‹ und des Mönchs in ›Fra Lippo Lippi‹.« Alice hatte bereits vier Seiten Notizen und ein Konzept. Sie wußte, daß es eine bestimmte Formel für solche Aufsätze gab: ein einleitender Abschnitt, in dem man in Kurzform das Ergebnis seiner Arbeit präsentierte und eine Begründung anführte, dann eine ausführliche Darlegung der Begründung – wobei man stets so viele Zitate wie möglich einflocht und außerdem, wenn es paßte, öfters die Aufgabenstellung wiederholte –, ein abschließender Absatz, in den man, sofern vorhanden, sämtliche Einsichten stopfen konnte, die man bei der Beschäftigung mit dem Text gewonnen hatte, und schließlich eine Zusammenfassung, bei der man sich wieder auf seine Einleitung bezog. Das müßte doch ohne weiteres zu schaffen sein. Aber sie bekam ihre Nervosität nicht in den Griff. Nachts lag sie wach im Bett und dachte über ihre Pläne zum Wiederholen des Unterrichtsstoffs nach, über Themen, Aufzeichnungen, Diagramme, Verknüpfungen, Multiple-Choice-Fragen.

Sie schraubte die Verschlußkappe ihres Füllers ab. Sie schrieb mit ihm all ihre Aufsätze und hielt ihn dabei immer so schräg, daß die Feder inzwischen auf einer Seite eingedrückt war. »Robert Browning«, schrieb sie, »beschreibt Menschen, die von ihren Sehnsüchten beherrscht werden.« Als sie das Ende des Satzes erreicht hatte, war die Tinte des ersten Buchstabens bereits trocken. Die Ecken des Schreibpapiers rollten sich hoch. Alice strich sie mit der flachen Hand glatt, und drückte die Feder wieder auf das Papier: »In seinen Gedichten ›My last Duchess‹ und ›Fra –‹« Sie spürte

275

einen Luftzug und sah, daß ihre Mutter die Tür zu ihrem Zimmer öffnete.

»Hallo.«

»Hi«, sagte Alice blinzelnd, weil ihre Augen auf den Lichtkegel ihrer Schreibtischlampe eingestellt waren und nicht auf die Dunkelheit im übrigen Zimmer.

»Wie läuft's?« fragte Ann im Näherkommen und blickte über Alices Schulter auf die Schularbeit.

Alice drehte sich auf dem Stuhl herum und versuchte, ihrer Mutter ins Gesicht zu schauen.

»Äh. Gut.«

»Wird das ein Aufsatz? Was ist das Thema?«

»Robert Browning.«

»Oh.«

»Ein Dichter des neunzehnten Jahrhunderts.«

»Ja, ich weiß.«

Ann begann herumliegende Kleidungsstücke vom Boden aufzuheben. Alice schraubte den Verschluß wieder auf ihren Füller. Sie wollte nicht, daß die Tinte eintrocknete.

»Wie war's heute in der Schule?«

»Ging so.« Alice legte den Füller auf den Tisch und schob ihre Hände unter ihre Oberschenkel.

»Wann möchtest du Abendbrot essen?«

»Ähm. Egal. Wann du willst.«

Alice begann, eine Haarsträhne um ihren Zeigefinger zu wickeln, mit Gedanken immer noch bei ihrem Konzept für den Aufsatz. Ann setzte sich auf die Bettkante und kreuzte die Beine. Alice schaute ihr zu, wie sie die Sachen, die sie aufgehoben hatte, zusammenlegte und sie neben sich auf die Überdecke warf.

»Wer ist eigentlich dieser Junge, der hier dauernd anruft?« erkundigte sich Ann im Plauderton, so, als wäre ihr die Frage zufällig in den Sinn gekommen.

Alice hörte auf, ihre Haare um den Finger zu wickeln. »Welcher Junge?«

»Nun tu doch nicht so, Alice«, sagte Ann, und zum ersten Mal, seit sie das Zimmer betreten hatte, schwang Verärgerung in ihrer Stimme mit. »Ich rede von dem Jungen, der dich jeden Abend anruft. Jeden Abend.« Sie zwang sich zu lächeln, brachte ihre Stimme wieder unter Kontrolle. »Ich hab mich bloß gefragt, wer er ist. Mehr nicht.«

Alice drehte sich wieder zum Schreibtisch um und schüttelte ihre Haare, so daß sie ihr ins Gesicht hingen. Sie starrte auf das Blatt Papier vor ihr mit dem angefangenen Satz, tat so, als würde sie angestrengt über ihn nachdenken. Ihr Pulsschlag hatte sich so sehr beschleunigt, daß ihr leicht schwindelig war. Oder vielleicht hatte sie auch bloß Hunger.

»Er ist es, stimmt's?«

Alice schlug mit der Hand auf das Blatt Papier, begleitet von einem stoßartigen Seufzer. »Wer?« fragte sie, ohne sich umzudrehen.

»Wer? Du weißt ganz genau, wen ich meine. Es ist dieser – dieser Andrew Innerdale, stimmt's?«

Alice gab keine Antwort, starrte weiterhin über den Schreibtisch gebeugt auf die Notizen für ihren Aufsatz und spürte, wie der Zorn in ihr anschwoll.

»Er ist es doch, stimmt's? Ich weiß, daß er es ist, Alice. Ich dachte, du wärst an ihm nicht … Ist etwas zwischen euch? Triffst du dich mit ihm, Alice? Ich will es wissen. Gehst du mit ihm?«

»Nein!« schrie Alice, und ihre Stimme prallte von der Wand, an der der Kalender hing, zu ihr zurück. »Tu ich nicht!«

»Und warum ruft er dann ständig hier an?«

Alice sprang auf. Sie fühlte sich wie in einer Falle: Selbst ihr Zimmer bot keinen Schutz vor ihrer Mutter. »Das weiß ich nicht! Frag ihn und nicht mich!«

»Ich hoffe nur, daß du ihm keinen Anlaß gibst, sich falsche Hoffnungen zu machen.«

»Was soll denn das heißen? Wie kannst du nur so was sagen? Ich versuche gerade zu arbeiten, Mum, ich versuche, einen Aufsatz zu schreiben. Laß mich bitte in Ruhe. Los, geh jetzt.«

Ann hatte sich inzwischen auch erhoben. »Offenbar sendest du ihm die falschen Signale, Alice. Bist du sicher, daß du ihn nicht ermutigst? Männer rufen nicht so hartnäckig an, wenn man das nicht … herausfordert.«

Alice nahm das erstbeste, was sie in die Hände bekam – ihr Wörterbuch –, und schmiß es an die Wand. Noch während es durch die Luft flog und seine wie Zwiebelhaut knisternden Seiten hin und her flatterten, tat es ihr leid. Das Buch knallte mit einem dumpfen Rums gegen die Wand und als es auf dem Boden landete, wurden etliche der Seiten ziehharmonikaförmig zerknickt. Alice hätte ihrer Mutter gern davon erzählt, wie er ihr morgens und nachmittags auf dem Schulweg folgte, wie er Zettel in ihre Tasche schmuggelte, wie er wie aus dem Nichts vor ihr auftauchte, wenn sie durch die Stadt lief, am Strand spazierenging oder ihre Freundin besuchen wollte, und davon, daß ihr all das mehr und mehr Angst machte, daß sie nicht wußte, wie sie damit umgehen sollte, was sie tun sollte.

Ann bückte sich gerade, um das Wörterbuch aufzuheben, als unten das Telefon zu klingeln begann. Es klingelte drei- oder viermal. »Das ist bestimmt wieder er, oder was meinst du?«

»Woher soll ich das wissen?«

Das Telefon klingelte und klingelte. War denn heute abend sonst niemand im Haus? Alice wollte nicht mit ihm reden. Sie hatte überhaupt keine Lust dazu, aber sie wollte auch nicht länger in ihrem Zimmer bleiben. Also ging sie an ihrer Muter vorbei und rannte die Treppe hinunter. Laß es jemand anders sein, bitte, laß es jemand anders sein. Ann folgte ihr, zwei Stufen auf einmal nehmend.

»Sag mir die Wahrheit«, verlangte Ann. »Gehst du mit ihm?«

»Nein!« brüllte Alice. »Ich hab's dir doch gesagt. Verschwinde! Laß mich in Ruhe!«

Sie standen Auge in Auge neben dem klingelnden Telefon.

»Und warum ruft er dann immer wieder an? Offenbar vermittelst du ihm irgendwie, daß er Chancen bei dir hat. Anders kann es nicht sein.«

»Das stimmt nicht! Wirklich nicht! Geh weg!« Den Tränen nahe, hob Alice den Hörer ab. »Hallo?«

»Alice? Hi. Ich bin's, Andrew.«

Später hörte ich meinen Vater unten im Erdgeschoß mit ruhiger, sanfter Stimme sagen: »Ann, ich verstehe dich nicht. Was ist schon dabei, wenn ein Mädchen in ihrem Alter –«

»Hör auf!« kreischte meine Mutter. »Sei still! Du hast davon überhaupt keine Ahnung! Überhaupt keine!«

Alice liegt auf dem Rücken auf Kirstys Bett, den Kopf in den Nacken geschoben, und beobachtet ihre Schwester. Kirsty steht mit einem Handspiegel und einer Pinzette am Fenster und zupft sich im bläulichen Dezembersonnenlicht die Augenbrauen. Sie hat ihr ganzes Gewicht auf ein Bein verlagert, und ihr gewölbter Bauch zeichnet sich deutlich vor der Tüllgardine ab. »Ich habe nie begriffen, warum du das machst«, sagt Alice.

»Was?«

»Dir die Augenbrauen zupfen.«

»Wie meinst du das?«

»Na ja, erst zupfst du dir Haar für Haar die gesamten Augenbrauen aus, dann sind die Stellen einen Tag lang geschwollen und dann malst du dir die Augenbrauen wieder auf.«

»Ich zupfe nicht alle Haare aus. Nur einige.«

»Trotzdem. Das Ganze ist doch ziemlich bescheuert, oder?«

»Nicht alle von uns sind mit dunklen, perfekt gewölbten Augenbrauen gesegnet so wie du.«

Alice betastet mit einer Fingerspitze ihre Augenbrauen. Erst streicht sie sie glatt, dann schiebt sie den Finger entgegen der Richtung, in der die Haare wachsen, und spürt, wie sie sich piksend aufrichten. »Wie ist es eigentlich?« fragt sie plötzlich.

»Was? Sich die Augenbrauen zu zupfen?«

»Nein«, sagt Alice und dreht sich auf den Bauch. »Das da.« Sie zeigt auf Kirstys Bauch.

Kirsty neigt den Kopf zur Seite und verlagert nachdenklich das Gewicht auf den anderen Fuß. »Es ist wie … wie Badeschaum.«

»Badeschaum?«

»Ja. Du weißt doch, wenn man Wasser in eine Wanne mit Badeschaum gießt, sieht man, wie die Bläschen sich teilen und vermehren. So ist das. Die Zellen hier drin wachsen und vermehren sich genauso. Es ist … irgendwie faszinierend. Anders kann ich es nicht beschreiben.«

»Bist du nervös?«

»Anfangs ja. Es war schlimm. Aber ich glaube, wenn man das Stadium erreicht hat, in dem ich jetzt bin, entfalten irgendwelche Zufriedenheitshormone ihre Wirkung, und einem ist alles völlig egal. Mich kümmert es nicht, daß ich so breit wie hoch bin und nur noch Zeltkleider anziehen kann oder daß mein Hintern so fett ist, daß ich manchmal glaube, ich würde darin ein zweites Baby austragen, oder daß ich Schwangerschaftsstreifen auf dem Bauch habe. Es ist wirklich angenehm … zu wissen, daß nichts außer dem hier zählt.« Sie strafft ihr Kleid über ihrem Bauch.

»Darf ich mal anfassen?«

Kirsty lächelt. »Na klar. Ich weiß allerdings nicht, ob du viel spüren wirst. Ich glaube, es schläft momentan.« Sie geht zum Bett und läßt sich, indem sie in den Knien einknickt, neben Alice nieder. Alice legt die geöffnete Hand auf die Ausbuchtung unter Kirstys Kleid. »Der Bauch fühlt sich ja richtig hart an!« ruft sie aus.

»Kein Wunder, da drin liegt ja auch eingerollt ein richtiger kleiner Mensch.«

Sie warten, mit schiefgelegtem Kopf, so, als lauschten sie angestrengt. Minuten vergehen.

»Ich spüre nichts«, flüstert Alice schließlich.

»Wart's ab«, flüstert Kirsty zurück.

Alice beginnt zu kichern. »Wieso flüs –«

»Schsch!« unterbricht Kirsty sie. Alice nimmt eine flatternde Bewegung wahr, ein leichtes, schnelles Pochen unter ihrer Hand. »Da! Hast du's gespürt?«

Alice lacht ungläubig. »Wow«, sagt sie, »wow«, und beugt sich dichter über den Bauch. »Hallo!« ruft sie. »Hier spricht deine Tante Alice. Ich freue mich schon darauf, dich kennenzulernen!«

Kirsty kocht Tee in der Küche, die sie und Neil blaßgelb gestrichen haben. Jenseits der Hintertür befinden sich die typischen Maschendrahtzäune von Mietshausgärten. Steifgefrorene Wäsche hängt an Leinen, die zwischen schmiedeeisernen Pfosten gespannt sind.

»Also«, sagt Kirsty, nachdem sie einen Becher Tee vor Alice hingestellt hat, und mustert sie mit festem Blick aus ihren blauen Augen, »erzählst du mir jetzt, wieso du hier bist?«

Alice läßt einen Teelöffel gegen ihren Oberschenkel schnippen und schaut hinaus in den grauen Edinburgher Himmel. Dampf steigt kräuselnd aus dem Becher empor und löst sich vor der Aprikosenfarbe der Wände auf. »Ich weiß nicht, wo ich anfangen soll.«

»Geht's um John?«

Alice nickt. Kirsty legt besorgt das Gesicht in Falten und greift nach Alices Hand. »Was ist denn passiert, Al? Bei Omas Beerdigung hatte ich den Eindruck, als wärt ihr beide total ineinander vernarrt. Es ging so ein kindlich-seliges Strahlen von euch aus … ich kann das gar nicht richtig beschreiben … Jedenfalls wüßte ich nicht, daß du je einen Mann so verliebt angeschaut hast.«

»Ich weiß.« Sie schüttelt den Kopf. »Ich bin auch völlig ratlos.«

Neil machte an jenem Abend später als sonst Feierabend. Da er keine Lust hatte, durch den kalten Meadow Park nach Hause zu gehen, nahm er von The Mound aus den Bus. Sobald er die Wohnungstür öffnete, wußte er, daß irgend etwas Ungewöhnliches im Gange war. Anders als sonst saß Kirsty nicht friedlich auf dem Sofa oder lag im Bett, vielmehr waren die vorderen Zimmer der Wohnung völlig dunkel. Aus der Küche drang lautes Radiogedudel. Übertönt wurde es von einer weiblichen Stimme – Kirsty? Beth? –, die gerade rief: »Das ist mir egal, meine Liebe. Das ist mir offen gestanden scheißegal«, woraufhin schrilles (weibliches) Gelächter ertönte. Neil stellte seine Aktentasche ab, ging durch den Flur und öffnete verunsichert die Küchentür.

Kirsty saß mit aufgestützten Ellbogen, den Kopf in Händen, am Küchentisch. Gegenüber von ihr saß Beth, noch im Dufflecoat, bei Alice auf dem Schoß. Zwei leere Weinflaschen standen auf dem Tisch.

»Neiiiiiiil!« kreischten sie ohrenbetäubend im Chor, als sie ihn sahen. Instinktiv drückte er sich die Hände gegen die Ohren.

»Wißt ihr was?« sagt Alice, als sich der Lärm gelegt hatte, in die Runde. »Man sollte niemals um Frieden knien.«

»Wovon redest du da, Alice?« fragte Beth.

»Und wißt ihr, was noch?« fuhr sie fort. »Man sollte immer erst denken und dann handeln. Immer.«

»Alice«, sagte Kirsty, »halt den Mund.«

Neil sah die drei nacheinander fassungslos an. »Was um alles in der Welt ist denn hier los. Das ist ja der reinste Hexensabbat. Und«, sagte er, an Alice gewandt, »wieso du hier bist, will ich lieber gar nicht wissen.«

»Nein«, sagte Alice, »das würde ich an deiner Stelle auch nicht wollen.« Sie schüttelte Beth am Arm. »Könntest du dich vielleicht woanders hinsetzen? Meine Beine fühlen sich schon ganz taub an.« Beth stand auf und bot Neil etwas zu trinken an. »Das hätte mir gerade noch gefehlt«, murmelte Alice wie zu sich selbst. »Ehe man sich's versieht, fallen einem die Beine ab, und man ist für den Rest seiner Tage an den Rollstuhl gefesselt. Ich wäre gespannt, was der alte Friedmann, dieser Armleuchter, dazu sagen würde. Eine Schickse und außerdem ein Krüppel.«

»Wovon redet sie da?« erkundigte sich Neil bei Kirsty.

»Es geht um John«, erklärte Kirsty.

»Ah, verstehe«, sagte er, obwohl er überhaupt nichts verstand.

Am nächsten Tag hat Kirsty einen Untersuchungstermin im Krankenhaus, und Beth, die am Ende die Nacht zusammen mit Alice auf dem Schlafsofa verbracht hat, muß zu einer frühen Endokrinologie-Vorlesung. Alice geht mit Kirsty Arm in Arm durch den Meadow Park zur Frauenklinik.

»Du wirst doch Mum besuchen, Alice, oder?« sagt Kirsty.

Alice seufzt. »Ich weiß nicht, ob ich momentan in der Stimmung bin, mich der mütterlichen Inquisition zu stellen.«

»Sei nicht so streng mit ihr.«

»Bin ich doch gar nicht. Ich höre nur schon ihr: ›Ich hab's dir doch gleich gesagt‹ und ihren Vortrag darüber, daß Gefühle das Urteilsvermögen trüben.«

»Fahr einfach hin. Du kannst jederzeit zu uns kommen, wenn du es nicht mehr aushältst.« Kirsty stellt sich auf die Zehenspitzen und gibt ihr einen Kuß auf die Wange. Die beiden Schwestern umarmen sich. »Wann wirst du wieder etwas von ihm hören?«

»Nicht vor nächsten Samstag. Vorher dürfen wir nicht miteinander sprechen. Das wäre gegen die Regeln.«

»Welche Regeln?«

»Meine.«

Kirsty schüttelt den Kopf. »Ich weiß nicht, Alice. Ist dir schon mal in den Sinn gekommen, daß du dir das Leben manchmal selber schwermachst?«

»Na ja, aber so ging es nicht weiter. Er würde niemals eine Entscheidung treffen, wenn ich ihn nicht dazu gezwungen hätte. Er würde die Sache einfach treiben lassen und immer unglücklicher werden.«

»Ich muß los«, sagt Kirsty mit einem Blick auf ihre Uhr. »Fahr ja nicht zurück nach London, ohne mich noch mal zu besuchen.«

Alice beobachtet, wie die kleine Gestalt ihrer Schwester zwischen den geparkten Autos hindurch den Vorplatz des Krankenhauses überquert. Erst als sie hinter der gläsernen

Doppeltür verschwunden ist, schultert Alice wieder ihren Rucksack und geht weg.

Alice befürchtet gelegentlich, eines Tages die Kontrolle über ihr Leben zu verlieren. So wie die Angst, daß beim Unterschreiben des x-ten Kreditkartenbelegs die eigene Hand plötzlich ausbricht – genauso kommt ihr gelegentlich in den Sinn, wie leicht etwas in ihr reißen könne und sie daraufhin panisch und orientierungslos herumirren würde. Um ihre Ankunft in North Berwick hinauszuzögern, geht sie ins Royal Scottish Museum und läuft an den Kästen voller staubiger, ausgestopfter Tiere mit Murmel-Augen vorbei. Sie malt sich Johns Tagesablauf aus: Jetzt wird er allein in der Küche frühstücken; jetzt das Haus verlassen und die Camden Road entlanggehen; jetzt mit der U-Bahn fahren; jetzt ist er im Büro angekommen. Mit jedem Schritt, den sie im Museum macht, folgt sie ihm. Bei dem gewaltigen, unter der Decke hängenden Walskelett bleibt sie stehen, lehnt sich auf die Brüstung und starrt die gleichmäßig gewölbten Rippen an. Sie spürt Johns Präsenz so deutlich, daß sie nicht überrascht wäre, wenn er auf einmal vor ihr stünde. Wie konnte so etwas passieren? Wieso liebt sie ihn so sehr, daß allein schon die Möglichkeit einer bevorstehenden Trennung ihr den Verstand zu rauben droht? Vielleicht wird er zu dem Schluß kommen, daß wir uns trennen müssen, sagt sie sich immer wieder, und von der Last dieses Gedankens scheinen ihre Bewegungen unbeholfen zu werden: Sie stolpert die blanken Stufen hoch, als wäre ihre eine Körperhälfte auf mysteriöse Weise leichter geworden, und sie hat Schwierigkeiten, ohne anzustoßen durch Türen zu gehen. Sie stellt sich die vielen kleinen blauen Flecken vor, die auf ihrer hellen Haut erscheinen werden wie die Köpfe der Seehunde, die im Meer vor North Berwick an der Wasseroberfläche auftauchen. Irgendwann stellt sie fest, daß sie eine griechische Vase anstarrt, die mit den verschlungenen Fäden einer Qualle bemalt ist; sie drückt krampfartig die Handflächen gegeneinander und flüstert: »Oh, bitte, bitte.«

Wütend stürmt sie durch die Museumstüren nach draußen und steht dann auf dem Bürgersteig. Die Passanten machen einen Bogen um sie, und ihr wird klar, daß sie ziemlich grimmig und ziemlich verrückt aussehen muß. Wie konnte sie sich nur die Schwäche erlauben, so etwas geschehen zu lassen – derart abhängig von einem anderen Menschen zu werden? Sie hat sich stets geschworen, ihr eigenes Glück nicht von jemand anderem abhängen zu lassen. Wie kann das nur passiert sein? Sie stapft die Chambers Street hinunter. Er wird jetzt im Büro sein. Sie geht an einer Telefonzelle vorbei, wirft ihr dabei einen finsteren Blick zu, dreht sich dann um und geht noch einmal an ihr vorbei, nur um sich selbst auf die Probe zu stellen.

Am Nachmittag, als ihr nichts mehr einfällt, womit sie sich in Edinburgh die Zeit vertreiben könnte, geht sie hinunter zum Waverley Bahnhof und steigt in einen Zug nach North Berwick.

»Gibt es irgendeinen speziellen Grund, wieso du dir eine Woche freigenommen hast?« fragt ihre Mutter, während sie ihr eine Portion Kartoffelbrei gibt.

»Eigentlich nicht. Ich hatte bloß das Gefühl, mal eine Pause nötig zu haben«, murmelt Alice, ohne auf die Blicke zu achten, die ihre Eltern austauschen.

»Der Entschluß kam aber ziemlich plötzlich, oder?« hakt Ann nach. »Gab es damit denn kein Problem bei der Arbeit?«

»Nein, gar nicht.«

»Wie läuft's denn bei der Arbeit?« fragt Ben.

»Gut. Alles okay.«

»Und wie geht's John?« fragt Ann.

»Ähm …« Voller Entsetzen stellt sie fest, daß sie kurz davor ist, in Tränen auszubrechen. »Auch gut.« Sie schaut auf ihr Gemüse hinunter und spießt energisch ein Brokkoli-Röschen auf. Du wirst jetzt nicht heulen, du wirst jetzt nicht heulen. Alles ist bestens.

»Wird er noch nachkommen? Ich würde mich freuen, ihn wiederzusehen. Wir haben ihn bei der Beerdigung ja gar nicht richtig kennenlernen können. Ihr hattet es mit der Rückkehr nach London so furchtbar eilig«, sagt Ann, den Blick fest auf Alice gerichtet. »Mmmh«, sagt sie und fährt mit den Brokkoli auf ihrem Teller herum. »Er … ähm … er ist beruflich sehr eingespannt. Ihr wißt ja, wie das ist.«

Ihre Mutter schaut sie mit einer beunruhigenden Mischung aus Mißtrauen und Besorgnis an.

»Also, das ist wirklich zu schade«, sagt Ben. »Du mußt ihn aber unbedingt mal mitbringen. Ihm die Gegend hier zeigen.«

»Mach ich.« Alice streift sich die Haar aus dem Gesicht. »Und wie geht's bei euch so? Ich habe gesehen, daß ihr jetzt in Omas Zimmer schlaft.«

»Ja, stimmt«, sagt Ann und strahlt für einen Moment vor Zufriedenheit. »Es ist wundervoll, morgens beim Aufwachen diesen Blick zu haben. Ich habe vor, das Haus ein bißchen zu renovieren das Wohnzimmer und die Küche vermutlich. Und die Diele und den Treppenflur ebenfalls. Wie klappt das Zusammenleben mit John?«

»Gut.«

»Gefällt dir das Haus?«

»Ja.«

»Wie lange wohnt er eigentlich schon dort?«

»Vier Jahre.«

»Hast du vor, an der Einrichtung viel zu ändern?«

»Nein. Es ist alles … gut, so wie es ist.«

»Und ist zwischen euch«, Ann hält inne, auf der Suche nach den richtigen Worte, »auch alles gut?«

Alice senkt den Kopf wieder über den Teller. »Ja«, sagt sie fast unhörbar.

»Na, das freut mich. Wirklich schön für dich. Es kam uns nämlich alles ein bißchen überstürzt vor, nicht wahr, Ben? Ich meine, du kanntest ihn doch gerade erst – wie lange war das – zwei Monate, glaube ich, als du bei ihm einzogst. Aber es ist alles ins Ordnung?« Ihre Eltern sehen, wie eine Träne über Alices Wange rollt, gefolgt von noch einer und noch einer und noch einer. Alice legt die Gabel aus der Hand, vergräbt das Gesicht in den Armen und beginnt zu schluchzen. Ann versucht, ihre Haare aus dem Kartoffelbrei zu ziehen, während Ben sich hinter sie stellt und ihr unbeholfen die Schultern tätschelt.

Am nächsten Morgen wacht Alice zu ihrer Überraschung in ihrem alten Kinderzimmer auf. Dann erinnert sie sich, nachts mehrmals mit dem beklemmenden Gefühl aufgewacht ist, gleich in einen Abgrund zu stürzen; sie hatte sich zuvor umgedreht, nach Johns Körper getastet, sich dann aber bedrohlich nah am Rand des schmalen Einzelbetts wiedergefunden, den Fußboden direkt vor Augen.

Das Zimmer wirkt sonderbar. Ihre Mutter hat eine Art Museumsraum daraus gemacht, alles so belassen, wie es während Alices Teenagerzeit war. Überall im Zimmer hängen politische Plakate mit Slogans für atomare Abrüstung, gegen Apartheid, gegen Tierversuche und für das Verbot von Fuchsjagden. Von den Wänden blicken Robert Smith, Morrissey und, etwas aus der Reihe fallend, Albert Camus auf sie herunter. Im Schrank hängt, wie Alice weiß, Kleidung, die sie seit sechs oder sieben Jahren nicht mehr getragen hat. Über den Schubladenknäufen des Schminktischs hängen Ketten im Hippie-Stil. An seinem Spiegel klemmen Fotos, die Alice und verschiedene Freundinnen bei Partys, am Strand, im Aufenthaltsraum der Abschlußklasse und hinter dem Klubhaus des Kricket-Vereins zeigen. Alice streckt im Liegen einen Arm aus und zieht an einer Ecke eines der Poster. Der vergilbte, spröde gewordene Klebestreifen löst sich, und Albert Camus segelt auf den Fußboden. Sie steht auf, tritt über ihn hinweg und zieht sich einen Morgenmantel an, der sich über ihrer Brust nicht mehr schließen läßt.

Außer ihr ist niemand im Haus, und sie tapst in den Zimmern umher, in denen sie achtzehn Jahre ihres Lebens verbracht hat. Es ist, als hätte sie eine kurze Zeitreise gemacht und als könnte sie jeden Augenblick eine magere, halbwüchsige Beth zur Tür hereinkommen sehen oder in einem der Zimmer auf eine beneidenswert niedliche neunjährige Kirsty stoßen, die ihre Puppen in einem Wagen hinter sich herzieht. Sie sieht sich zufällig in einem Spiegel und denkt: Wie kommt es, daß ich hier bin? Wie kommt es, daß ich so alt bin?

Sie ist zum ersten Mal seit Elspeths Tod hier, und es sind anders als in ihrem Zimmer im ganzen Haus alle Hinweise auf Elspeth geradezu penibel beseitigt. Ihr Schlafzimmer ist nicht wiederzuerkennen. All ihre Bücher und Zeitschriften, die früher auf dem Wohnzimmertisch lagen, sind ordentlich ins Bücherregal eingeräumt worden. Gemälde und Nippes sind verschwunden; Beistelltische und Hocker sind umgestellt worden. Der Stuhl, in dem sie immer am Fenster saß und las oder Briefe schrieb, ist mit einen gräßlichen beigefarbenen Samtstoff neu bezogen und in eine Ecke des Raumes verfrachtet worden. Alice setzt sich für ein paar Minuten darauf und fragt sich, welchen Rat ihr Elspeth in bezug auf John gegeben hätte. Hätte sie ihr gesagt: Kämpf um ihn, oder: Laß die Finger von ihm?

Auf dem Küchentisch liegt ein Zettel von Ann, auf dem steht, daß sie einkaufen gegangen ist. Alice überlegt, Beth anzurufen, um sie zu fragen, ob sie zwischen ihren Vorlesungen Zeit hat, geht dann aber unter die Dusche. Gerade als sie sich eingeseift hat, klingelt es an der Tür. Fluchend braust sie sich ab, wickelt sich in ein Handtuch, stemmt das Badezimmerfenster hoch und streckt den Kopf nach draußen, um zu sehen, wer da ist. Wer auch immer es ist, er oder sie ist hinter den Glyzinien verborgen, die sich über die Vorderseite des Hauses ranken.

»Hallo?« ruft Alice. Die Person klingelt erneut. Alice fängt in der eisigen Luft heftig an zu zittern. »Hallo?« ruft sie erneut, diesmal lauter und ungehaltener.

Der Kies knirscht, und dann erscheint, zwei Stockwerke unter ihr, rückwärts die Auffahrt hinuntergehend, das Gesicht zu ihr emporgewandt, John. Sie ist so verblüfft, daß sie ihr Handtuch fallen läßt und einen Laut ausstößt, der eine Mischung aus Husten und Lachen ist. Er schaut zu ihr hoch, den Kopf zur Seite geneigt. »Weißt du eigentlich, daß du nichts anhast?« sagt er schließlich.

»Ja, ich weiß«, sagt sie, bemüht, nicht zu lächeln. Sie greift nicht nach dem Handtuch, das um ihre Knöchel herumliegt, sondern hält seinem ernsten Blick stand. »Wie würdest du das hier nennen, John?« fragt sie und zeigt auf ihn und die neben ihm stehende Reisetasche.

»Ich weiß nicht«, sagt er. »Wie nennst du es?«

»Ich nenne es eine Mißachtung der Regeln.«

»Was für Regeln?«

»Meine Regeln.«

»Diese Regeln gibt es nicht mehr. Ich erkläre deine Regeln für null und nichtig.«

»Ach, so ist das also?«

Er nickt. »Ja.«

»Ich bezweifele, daß du die Befugnis hast, die Regeln in Sachen Friedmann gegen Raikes zu ändern, geschweige denn für null und nichtig zu erklären.«

John kratzt sich den Kopf. »Nun ja, Ms. Raikes, wenn ich Ihre Aufmerksamkeit auf die Vereinbarung lenken dürfte, die vergangenen Sonntag von den besagten Parteien getroffen wurde, werden Sie allerdings feststellen, daß ich durchaus die Befugnis habe, alle Regeln und insbesondere alle Ultimaten in Sachen Friedmann senior gegen Friedmann junior für null und nichtig zu erklären.«

Es entsteht eine Pause. Alice schaut zu ihm hinunter, ihr Körper dampft in der kalten Luft, die durchs Fenster weht. »Ist das wahr?« sagt sie ruhig. »Bist du dir auch ganz sicher?«

»Ja.« Er nickt erneut. »Läßt du mich jetzt rein, Rapunzel, oder muß ich zu dir hochklettern?«

»Untersteh dich. Meine Mutter kriegt eine Krise, wenn du ihre Spaliere von der Wand reißt. Ich komm runter. Rühr dich nicht vom Fleck.« Sie knallt das Fenster zu, hebt das Handtuch hoch und rennt nach unten.

Ann geht die Bank Street hoch und tritt dabei auf das nasse Laub von einem Baum ihrer Nachbarn. Sie hat sie schon oft gebeten, diesen Abschnitt des Bürgersteigs zu fegen, aber sie tun es einfach nicht. Es versetzt ihr immer noch einen Stich, daß sie einen Großteil des Gartens 1975 an einen Bauunternehmer verkaufen mußten: dort, wo sich früher der Krocket-Rasen und der untere Garten befanden, stehen jetzt häßliche, kastenförmige Bungalows. Elspeth hat damals gesagt, es müßte sein, sonst wären sie gezwungen, das ganze Haus zu verkaufen und wegzuziehen. Und das hatte niemand gewollt.

Als sie in die Marmion Road einbiegt, sieht sie, daß die

Vorhänge vor Alices Fenster immer noch geschlossen sind. Ann seufzt laut. Lange schlafen ist in solchen Fällen auch keine Hilfe. Ein tiefempfundener Haß auf John Friedmann überkommt sie, gespeist von einem starken Aufwallen ihres mütterlichen Beschützerinstinkts sowie von etwas anderem, über das sie momentan nicht nachdenken möchte. Als sie ihn bei Elspeths Beerdigung zum ersten Mal sah, wußte sie sofort, daß er Ärger bringen würde, sie wußte es einfach. Diese glutäugigen Typen waren ja ganz schön und gut, aber mit ihnen endete es immer gleich – gebrochenes Herz, Tränen, bis mittags im Bett liegen. Natürlich hatte Alice nicht auf sie hören wollen. Ann hätte nicht übel Lust, ihn anzurufen und ihm eine ordentliche Standpauke zu halten: Was fällt Ihnen ein, meiner Tochter erst den Kopf zu verdrehen und ihr dann die kalte Schulter zu zeigen und zu sagen, tut mir leid, ich bin Jude.

Sie schlägt die Haustür hinter sich zu und ist ein wenig besänftigt, als die Teller, die in der Diele unter der Decke auf einem Wandbrett aufgereiht stehen, durch die Vibration klappern. Sie stellt ihre Einkaufstüten neben der Tür ab und geht die Treppe hoch. Sie wird Alice jetzt gleich sagen: Vergiß den Kerl, er taugt nichts, manchmal muß man jemanden einfach vergessen, manchmal muß man auf jemanden verzichten und ihn vergessen.

Als sie bei der Biegung in der Treppe anlangt, sieht sie etwas, das sie ungläubig blinzeln läßt. Hat sie eine Art Vision? Es kommt ihr so vor, als stünde ein nackter Mann oben im Treppenflur. Ann blinzelt erneut. Wie sie bei näherem Hinsehen feststellt, handelt es sich nicht um irgendeinen nackten Mann: Es ist dieser verdammte John Friedmann, bekleidet nur mit einem Handtuch um die Hüfte. Er steht mitten am Tag mitten in ihrem Haus. Fast nackt.

Einen Moment lang ist Ann sprachlos. Die beiden schauen sich an. Mit einer gewissen Befriedigung stellt Ann fest, daß er reichlich bestürzt wirkt. »Was um alles in der Welt«, herrscht sie ihn in überheblichem Ton an, »haben Sie hier zu suchen?«

Er fummelt an dem kleinen Handtuch herum, und Ann gönnt sich einen kurzen musternden Blick auf seinen Körper. Immerhin versteht sie nun, was Alice an ihm findet.

»Mrs. Raikes«, stammelt er, »ich –«

In diesem Moment wird die Tür von Alices Zimmer aufgerissen, und Alice selbst stürmt, vollkommen nackt, in den Flur. Ann verdreht entnervt die Augen zur Decke.

»Mum!« ruft Alice entsetzt. »Was machst du hier?«

Ann geht weiter die Treppe hoch. »Was ich hier mache? Ich wohne hier. Ich würde allerdings gern wissen, was er hier macht?« Ann zeigt mit dem Finger auf John.

»Sei doch nicht so unhöflich, Mum«, flüstert Alice, als wollte sie vermeiden, daß er sie hört. »Die Sache ist jetzt geklärt. Alles ist bestens.«

»Tatsächlich?« blafft Ann, eindeutig nicht als Frage gemeint, John an. »Vorläufig, vermute ich. Sie wollen meine Tochter erst einmal nicht von der Angel lassen, damit Sie sich mit ihr vergnügen können, solange das mit Ihrer Religion vereinbar ist.«

»Mrs. Raikes«, sagt er, »Sie irren –«

»Leute wie Sie machen mich ganz krank«, fährt sie fort, ohne seinen Einwand abzuwarten. »Wie können Sie es nur wagen, mit den Gefühlen meiner Tochter Ihr Spielchen zu treiben? Dieses Hin- und Herschwanken zwischen Alice und Ihrer Religion, das ist so armselig. Meinen Sie nicht auch, daß Sie sich das alles ein bißchen früher hätten überlegen müssen? Eigentlich sollte ich Sie auf der Stelle aus dem Haus werfen.«

»John!« Alice packt ihn am Arm, woraufhin er hektisch sein

Handtuch festhält, und schiebt ihn in Richtung ihres Zimmers. »Geh da rein. Das brauchst du dir nicht anzuhören.« Als er weg ist, wendet sie sich an Ann. »Warum tust du das? Du bist wirklich unmöglich. Du hast überhaupt keine Ahnung, was los ist. Ich verbiete dir, in diesem Ton mit ihm zu reden.«

»Ich rede so mit ihm, wie es mir paßt. Das hier ist mein Haus, und du bist meine Tochter. Er macht dich nur unglücklich, Alice.«

»Das stimmt nicht.«

»Und ob. Ich hab es gleich gewußt, als ich ihn das erste Mal sah. Ein Mann, der nicht weiß, was er will, lohnt die Mühe nicht.«

»Was fällt dir ein? Er weiß, was er will. Was verstehst du denn schon davon? Ich fasse es nicht, daß du hier einfach so reinplatzt und John wie eine wildgewordene Harpyie beschimpfst. Ich liebe ihn, Mum, ist dir das denn völlig egal?«

»Sieh zu, daß du ihn los wirst, Alice. Zieh einen klaren Schlußstrich. Das ist auf lange Sicht die beste Lösung. Du mußt mir glauben. Je mehr du ihn liebst, desto leichter kann er dich verletzen. Er wird dir das Herz brechen, und das könnte ich nicht ertragen.«

»Dazu wird es nicht kommen. Nur zu deiner Information, er hat sich gerade meinetwegen mit seinem Vater entzweit.«

»Na schön, aber wie lange wird das vorhalten? Denk darüber mal nach, Alice.«

John kommt zurück aus dem Zimmer und knöpft sich noch rasch die letzten Knöpfe seiner Jeans zu. »Also, hört mal«, sagt er ruhig. »Ich glaube, es bringt nichts, wenn wir uns gegenseitig anbrüllen. Es ist in dieser Angelegenheit schon genug herumgebrüllt worden. Warum ziehst du dich nicht an, Alice, dann können wir alle drei nach unten gehen und in Ruhe über alles reden.«

»Nein«, sagt sie. »Es gibt nichts mehr zu bereden. Wir

verschwinden von hier. Wir nehmen den nächsten Flug nach London. Ich sehe nicht ein, warum wir uns das alles anhören sollten.«

Ann schaut zu, wie er den Arm um Alices nackte Schulter legt.

»Mrs. Raikes«, sagt er und drückt dabei Alice an sich, »ich möchte mich bei Ihnen entschuldigen. Es tut mir leid, daß ich ungebeten in Ihr Haus gekommen bin, es tut mir leid, daß ich der Anlaß für diesen Streit war, und es tut mir mehr leid, als Sie sich vorstellen können, daß ich Alice durch mein Verhalten Kummer bereitet habe. Aber ich habe gestern abend meinem Vater gesagt, daß ich Alice liebe und er sich damit abfinden muß. Ich verspreche, das Hin- und Herschwanken hat ein Ende.«

Ann starrt ihn wütend an. In ihr pocht eine Erinnerung an eine verschlossene Tür, die sie auf keinen Fall öffnen wird. John hält ihrem Blick stand. Alices Blick wandert unsicher zwischen den beiden hin und her.

»Wem versprechen Sie das? Mir oder ihr?« sagt Ann nach einer Weile.

»Ihr, Ihnen, allen, der ganzen Familie, der ganzen Welt. Wenn Sie wollen, unterschreibe ich es mit meinem Blut.«

Ann spürt, wie sich der Anflug eines Lächelns ihrer Mundwinkel bemächtigt. Das Pochen hat aufgehört. »Ich glaube, das wird nicht nötig sein.« Sie wendet sich von den beiden halb ab, um wieder nach unten zu gehen, schaut sie dann aber erneut an. »Alice, zieh dir um Himmels willen endlich was über und laß uns zu Mittag essen. John, Sie können inzwischen mitkommen und mir helfen. Sie haben doch bestimmt einen Bärenhunger.«

Als sie am nächsten Tag vormittags im Krankenhaus ankommen, sehen sie lauter Grußkarten und Blumensträuße auf der Fensterbank. Ann liest alle Karten durch, sie beginnt zu diesem Zweck an einem Ende der Reihe und arbeitet sich dann systematisch zum anderen vor, hält jede einzelne nur so lange in der Hand, wie sie braucht, um das Bild auf der Vorderseite zur Kenntnis zu nehmen, den Text zu lesen und die Unterschrift zu entziffern. Sie fühlen sich in ihren Händen dünn an, leicht zu zerknicken. Einige der Namen sagen ihr etwas – Freunde oder Kollegen, von denen sie Alice hat reden hören –, aber etliche kennt sie überhaupt nicht. Von diesen Karten fühlt sie sich beleidigt. Wer sind diese Leute, die sich mit Worten wie »ich umarme dich herzlich« von Anns schwerkranker Tochter verabschieden oder sie mit »Liebste Alice« anreden und ihr »in meinen Gedanken und Gebeten bin ich bei dir« versprechen. Jemand namens Sam – wer auch immer sie oder er sein mag – hat einen riesigen Strauß Lilien geschickt. Als sie sich vorbeugt, um die kleine Karte zu lesen, die an dem Cellophan festgesteckt ist, streift sie eines der über die Hülle hinausragenden Staubgefäße. Orangefarbene, körnige Pollen fallen auf ihre weiße Bluse und verwandeln sich dort im Nu in einen rostfarbenen Fleck. Hinter ihr redet Ben unablässig. Er liest mit monotoner Stimme einen Artikel über die Vereinbarung zur Buchpreisbindung vor. Sie dreht sich um, versucht dabei, den Fleck wegzuwischen. Ben hat eine Zeitung auf dem Bett ausgebreitet, über Alices Beine und Bauch. Es ist eine Ausgabe der Zeitung, für die John gearbeitet hat. Ann findet das wenig feinfühlig. Die untere Ecke einer Seite liegt, wie sie erst jetzt sieht, auf Alices Hand, in dem V zwischen Daumen und Zeigefinger. Ann ist sich sicher, daß Alice es stören würde, wenn der gezackte Rand von Zeitungspapier über ihre Haut schabte. Ann spürt das Gefühl an der entsprechenden Stelle ihre eigenen Hand. Sie will einfach nicht glauben, daß Alice ihre Hand nicht wegziehen kann, daß

Alice es vielleicht spürt, aber in ihrem nicht funktionierenden Körper so sehr gefangen ist, daß sie nicht in der Lage ist, sich zu bewegen, *daß Alice sich nicht bewegen kann.* Unterdessen fährt Ben fort, Statistiken, Buchverkaufszahlen, die Vor- und Nachteile für kleine Verlage und Buchhandlungen und Vergleiche mit den USA vorzutragen.

Ann greift nach der Zeitung und zieht sie vom Bett. Mehrere Sekunden lang ertönt das Geräusch von zerreißendem Papier. »Hör auf damit«, sagt sie und reibt Daumen und Zeigefinger aneinander, »hör bitte auf … Woher willst du wissen … Sie hört dich sowieso nicht … Sei realistisch Ben – sie kann dich nicht hören.«

Die Tränen, die ihr über das Gesicht und den Hals fließen, sickern langsam in ihre Bluse. Sie ist überrascht, wie salzig sie schmecken. Inzwischen hat Ben einen Arm um sie gelegt. Ann blickt über seine Schulter auf Alice, die sich nicht bewegt hat, die sich nicht bewegt, die – so scheint es Ann heute – sich nie wieder bewegen wird.

Alice kommt ins Wohnzimmer, sieht John gebeugt vor dem Computer sitzen, hört die Tasten in raschem Stakkato klicken. Sie geht an ihm vorbei in die Küche, er grunzt als Zeichen, daß er ihre Anwesenheit registriert, tippt aber weiter, ohne sich umzuschauen. Alice öffnet gähnend die Kühlschranktür. Sie hat einen Großteil des Tages mit Lesen verbracht und fühlt sich daher irgendwie von der Realität abgeschnitten, als wäre ihr Leben angesichts der Romanhandlung, in die sie sich vertieft hat, unwirklich geworden. Im Kühlschrank sind ein schlaffer Salat, ein halber Becher Joghurt und eine Papiertüte mit harten, vertrockneten Pilzen. Sie wirft die Tür zu und setzt sich an den Tisch. Sie ist furchtbar hungrig, hat aber keine Lust auf einen Ausflug zum

Supermarkt. Und es sieht auch nicht so aus, als wäre John dazu in der Stimmung. Sie trommelt mit den Fingern auf die Tischplatte, seufzt, dann steht sie auf und geht auf ihren bloßen Füßen zu ihm hinüber. »John«, sagt sie und legt ihm dabei eine Hand auf die Schulter.

»Er springt ruckartig auf, als hätte sie ihm einen Elektroschock versetzt. »Was fällt dir ein«, ruft er, »dich einfach so von hinten anzuschleichen.«

Sie ist derart verblüfft, daß ihr einen Moment lang die Worte fehlen. Sein Gesicht ist rot angelaufen, und er hat sich genau zwischen sie und den Bildschirm gestellt, so, als wollte verhindern, daß sie sieht, was er geschrieben hat.

»Ich hab mich nicht angeschlichen.« Sie schenkt ihm ein erstauntes Lächeln und versucht, an ihm vorbeizuschauen. »Was machst du denn da, das so streng geheim ist?«

»Nichts.« Er weicht ihrem Blick aus. Sie lacht.

»Was ist es, John? Laß mich mal sehen.« Sie versucht, ihn zur Seite zu schieben.

Er widersetzt sich, bleibt stur vor dem leuchtenden Bildschirm stehen. »Nein, Alice, bitte nicht. Es ist nichts … es ist nur etwas, das ich noch schnell … fertigmachen muß.«

»Und was bitte? Los, raus mit der Sprache.« Sie hat die Arme fest um ihn geschlungen. Er bemüht sich, ihre verschränkten Hände auseinanderzuziehen und sie wegzudrücken. »Das ist doch nicht etwa ein Brief an eine andere Frau, oder?« fragt sie scherzhaft.

»Red doch keinen Unsinn.«

Aber sie hat, so dicht, wie sie beieinanderstanden, gesehen, wie er zusammenzuckte, hat gemerkt, wie sein Körper sich verkrampfte. Nach ein paar Sekunden, als sie bei sich bloß noch eine Art fassungslose Ungläubigkeit spürt, läßt sie ihn los und sagt, wie sie hofft, in normalem Tonfall: »Tut mir leid. Ich wollte dich nicht stören. Ich wollte dich bloß fragen, ob du Lust hast, essen zu gehen. Wir haben nichts im Haus – na ja, abgesehen von ein bißchen uraltem Gemüse –, und ich mag nicht einkaufen gehen, und ich dachte mir, du vermutlich auch nicht …« Alice vernimmt ein brabbelndes Geräusch, bei dem es sich wohl um ihre Stimme handeln muß, und sie macht den Mund zu. Das Geräusch verstummt, und sie dreht sich um und geht wieder nach oben.

Sie liegt auf dem Bett, starrt an die Decke. John? Sie betrügen? Der Gedanke ist so lächerlich, daß sie fast wütend auf sich ist, weil sie so etwas überhaupt in Erwägung zieht. Aber warum hat er dann so erschrocken reagiert, als sie ihn – im Spaß – fragte, ob er an eine andere Frau schreibe? Ist das nicht Beweis genug, daß es tatsächlich stimmte.

Während sie dort liegt, fallen ihr lauter verdächtige Kleinigkeiten ein. Letzte Woche beispielsweise: Sie war vor ihm zu Hause, stellte fest, daß keine Milch im Kühlschrank war, und ging los, um welche zu holen. Als sie in die Camden Road einbog, sah sie ihn zu ihrer Verblüffung in der Telefonzelle an der Ecke stehen und in den Hörer sprechen, eine Hand wegen des Verkehrslärms auf das Ohr gelegt. Sie klopfte mit der Münze, die sie in der Hand hielt, gegen die Glasscheibe. Was ist dann passiert? Sie versucht, sich zu erinnern. Er schaute hoch, sah sie und legte auf. Hat er vorm Auflegen noch etwas in den Hörer gesagt? Oder hat er sofort aufgelegt? Sie weiß noch, daß sie ihn fragen wollte, wieso um Himmels willen er in eine Telefonzelle gegangen war, obwohl er doch zu Fuß in zwei Minuten zu Hause gewesen wäre? Wieso hat sie das nicht getan? Er kam aus der Telefonzelle und fing an, sie in aller Öffentlichkeit zu küssen. Er hatte gute Laune, erinnert sich Alice, schob ihr die Hand unter die Bluse, und deshalb vergaß sie irgendwie, daß er in der Telefonzelle gewesen war. »Ich muß aber noch Milch holen«, protestierte sie, als er sie in Richtung Haus zerrte. »Nichts da«, sagte er. »Ab nach Hause und ins Bett, und zwar sofort.« Warum, warum, warum ist ihr die Sache entfallen? Er benimmt sich schon seit einer Weile merkwürdig, findet sie plötzlich – hört immer wieder geradezu zwanghaft den Anrufbeantworter ab, fragt sie regelmäßig, ob sie noch Post einzuwerfen hat und geht dann spät abends mit einem geheimnisvollen Schreiben noch schnell zum Briefkasten. Und er rennt jeden Morgen die Treppe hinunter, sobald der Briefträger die Post durch den Schlitz in der Tür geworfen hat. Er sagt immer, er erwarte Honorarschecks für freie Mitarbeit, wenn sie ihn fragt, warum er so ungeduldig ist, aber nun bezweifelt sie, daß es stimmt.

Verärgert setzt sie sich auf. Wer könnte es sein? Sie geht in Gedanken eine Liste mit ihren gemeinsamen Freundinnen durch, aber keine drängt sich als Kandidatin auf. Er muß sie bei der Arbeit kennengelernt haben. Er ist in letzter Zeit oft erst spät nach Hause gekommen. Aber das ist doch bescheuert. Sie muß ihn geradeheraus fragen. Als sie seine Schritte auf der Treppe hört, spürt sie bei sich die ersten Anzeichen von Wut und Empörung. Wie kann er es nur wagen? Wer ist diese Frau? Liebt er sie? Wie lange geht das schon?

Er erscheint in der Tür und bleibt dort stehen. »Na«, sagt er, mit gezwungener Munterkeit, »wollen wir?«

Sie beobachtet ihn, während er zum Fenster geht und einen Kaktus in die Hand nimmt, den sie auf die Fensterbank gestellt hat.

»Schöner Kaktus. Gefällt mir. Wirklich schön.«

Sie schweigt.

»Wollen wir?« fragt er erneut.

Sie zuckt die Achseln. »Wenn du möchtest.«

»Ja, gern. Alles in Ordnung?«

»Hm-hmm.«

»Prima. Prima. Okay. Kommst du dann jetzt?«

An der Pforte vor dem Haus nimmt er sie fest bei der Hand und marschiert los. Alle drei oder vier Schritte muß sie anfangen zu laufen, um sein Tempo zu halten, aber er scheint das nicht zu bemerken. Er summt im Gehen vor sich hin. Als sie den Kanal überqueren, reißt sie ihn am Arm zurück. »John!«

Er bleibt stehen und starrt sie an, als hätte er vergessen, daß sie bei ihm ist. »Was?«

»Geh nicht so schnell. Ich komme ja kaum hinterher.«

»Geh ich dir zu schnell?«

»Ja. Viel zu schnell.«

»Ich bin nicht schneller als sonst gegangen.«

»Doch, bist du.«

»Was hast du, Alice?« fragt er mit übertrieben geduldigem Tonfall. »Was ich habe? Nichts. Ich würde aber gerne wissen, was du hast.«

»Nichts.«

»Okay. Prima. Also haben wir beide nichts.«

»Na gut.«

»Na gut.«

Er legt den Arm um ihre Schulter, und so gehen sie weiter bis zu der Trattoria gegenüber der U-Bahn-Station.

John starrt aus dem Fenster und wedelt mit der Speisekarte, die er zwischen beiden Händen hält. Auf dem Bürgersteig streiten sich zwei Minicar-Fahrer: Der kleinere von beiden haut dem größeren immer wieder mit dem Handrücken gegen die Schulter. Alice schminkt sich mit Hilfe eines Taschenspiegels die Lippen. Während sie sich einen tiefroten Mund anmalt, schaut sie John mit halb zusammengekniffenen Augen heimlich an. Ist er ihr untreu oder nicht? Äußerlich kann sie keine Veränderung bei ihm entdecken.

Wenn er eine Affäre hätte, müßte es doch irgendwelche körperlichen Spuren geben. Sie mustert seinen Mund und seinen Hals, sieht aber nichts weiter als den normalen Anblick des Mannes, den sie liebt. Bei der Vorstellung, wie er neben einer anderen Frau liegt, zieht sich ihr Herz vor Qual zusammen. Ohne eine bewußte Entscheidung getroffen zu haben, holt sie mit der Hand aus, und dann ist es passiert: Sie hat ihm mit voller Wucht eine Backpfeife versetzt. »Betrügst du mich?« brüllt sie.

Der Effekt ist dramatisch. Im Restaurant erstirbt augenblicklich jedes Gespräch, so wie das immer in Filmen passiert. Der Kellner geht ein paar Schritte in ihre Richtung, macht dann aber kurz entschlossen einen Umweg, um den Blumenschmuck auf einem Tisch an der Tür neu zu arrangieren. John schaut sie fassungslos an, eine Hand an der Wange.

»Was?«

»Du hast mich genau verstanden.«

»Bist du wahnsinnig geworden?«

»Beantworte einfach die Frage, John? Betrügst du mich oder nicht?«

»Alice, wie kommst du bloß auf den Gedanken, ich könnte –«

»Lenk nicht ab«, zischt Alice mit zusammengepreßten Zähnen. »Antworte einfach mit ja oder nein.« Sie schnappt sich mit einer bedrohlichen Geste ihre Gabel. Er versucht, über den Tisch hinweg nach ihrer Hand zu greifen. Sie zieht sie weg.

Er lehnt sich auf dem Stuhl zurück und sieht ihr in die Augen. »Nein, Alice, ich betrüge dich nicht.« Er wendet sich an die Leute im Restaurant. »Ich betrüge sie nicht«, verkündet er mit lauter Stimme.

Einige Leute essen übertrieben unauffällig weiter, ohne

die beiden anzuschauen; andere lächeln; aus dem Hintergrund ruft jemand: »Cut!«

Er wendet sich wieder ihr zu. Der Abdruck ihrer Hand ist deutlich zu erkennen. Sie bricht in Tränen aus und bedeckt das Gesicht mit den Händen. Er schiebt seinen Stuhl auf ihre Seite hinüber, setzt sich neben sie und gibt ihr sein Taschentuch.

»Weißt du was?« schnieft sie und wischt sich über das Gesicht.

»Was?«

»Man sollte nicht weinen, wenn man sich die Wimpern getuscht hat.« Sie gibt ihm sein Taschentuch zurück, das voller schwarzer Streifen ist, und seufzt.

John nimmt ihre Hand zwischen beide Hände. »Auf eins kann man sich bei dir verlassen, Alice: Man weiß nie, was als nächstes passieren wird.«

»Das hat meine Mutter auch immer zu mir gesagt, als ich klein war.«

»Was zum Teufel hat dich auf den Gedanken gebracht, daß ich dich betrüge?«

»Na ja«, sagt sie, mit einemmal in anklagendem Ton, »du hast neulich die Telefonzelle bei uns an der Straßenecke benutzt, und du wolltest mich vorhin nicht lesen lassen, was du geschrieben hast, und als ich dich aus Spaß gefragt habe, ob du einer anderen Frau schreibst, bist du zusammengezuckt.«

»Ich bin zusammengezuckt?«

»Ja.«

Er schüttelt lachend den Kopf. »Also, wenn du es unbedingt wissen willst, ich habe einem anderen Mann geschrieben. Ich habe meinem Vater geschrieben.«

»Oh.« Alice spürt, wie all ihr Zorn und ihr Mißtrauen schlagartig verschwinden und sie sich statt dessen schämt und töricht vorkommt. »Ich wußte gar nicht, daß ihr euch schreibt.«

»Tun wir auch nicht. Ich schreibe ihm, aber er antwortet nie.«

»Wie oft schreibst du ihm?«

»Anfangs alle paar Wochen. Inzwischen eher alle paar Monate. Ich rufe ihn auch gelegentlich an und hinterlasse eine Nachricht auf seinem Anrufbeantworter.«

»Was erzählst du ihm?«

»Ich berichte ihm, was wir so tun. Nichts Berufliches, denn die Zeitung liest er – das wenigstens weiß ich. Es ist schon merkwürdig, mir vorzustellen, daß er wahrscheinlich meine Artikel liest. Ich berichte ihm, welche Filme wir gesehen haben, wohin wir Ausflüge gemacht haben, welche Bücher ich gelesen habe. All so was. Und ich bitte ihn, sich zu melden.«

»Und, hat er sich gemeldet?«

»Nein.«

»Nicht ein einziges Mal?«

»Nein. Bis jetzt jedenfalls.«

»Ich hatte ja keine Ahnung, John.«

»Ich weiß. Ich hätte es dir nicht verheimlichen dürfen. Ich wollte dich nur nicht beunruhigen. Nachdem du damals weggelaufen bist …« Er bricht ab. »Das ist eine ziemlich lahme Ausrede. Ich hätte es dir von Anfang an sagen sollen.«

Sie essen. Einige der anderen Gäste lächeln sie verschwörerisch an, wenn sie an ihrem Tisch vorbeigehen. Alice streicht über Johns Wange. Der rote Fleck verschwindet langsam. Der Kellner wünscht *bello* und *bellissima* zum Abschied »viel Glück« und bittet sie, unbedingt bald wiederzukommen.

Später am selben Abend gehen sie gemeinsam zum Briefkasten. Sie schiebt den Brief durch den breiten roten Mund

und lauscht, wie er auf den Stapel noch nicht abgeholter Post fällt. Spontan umarmt sie den Briefkasten und küßt den kalten Stahl. John lacht. »Jetzt wird er garantiert schreiben.«

Ben hastete die Treppen zur Schule hoch, und sein Mantel wehte in dem bitterkalten Wind auseinander. Er hatte das Haus so rasch verlassen, daß er sich nicht einmal die Zeit genommen hatte, ihn zuzuknöpfen. Er war auch auf diese Schule gegangen, und als er aus dem Wagen gestiegen war, hätte er beinahe den Knaben-Eingang angesteuert statt das Haupttor, das Lehrern und Besuchern vorbehalten war.

Beim Empfang – gleich rechts nach dem Betreten des Gebäudes, in einem Raum, in dem zu seiner Zeit Fremdsprachenunterricht stattfand – sprach er eine Frau mit schwarzgefärbtem Haar an. »Guten Tag, mein Name ist Ben Raikes. Ich wurde angerufen.«

»O ja«, Sie stand auf und ging um den Tisch herum. »Folgen Sie mir bitte.«

Während sie den Flur hinuntergingen, sagte sie, ohne ihn anzuschauen: »Es hat einen unerfreulichen Zwischenfall gegeben.«

»Einen Zwischenfall?«

Ihr pechschwarz schimmerndes Haar hatte mausgraue Wurzeln. Es hing wie Seetang um ihr Gesicht herum. Ihre Hüften waren so breit, daß sie die Nähte ihres Rocks spannten.

»Einen Zwischenfall, der disziplinarische Maßnahmen verlangt. Beteiligt waren Ihre Tochter und ein Schüler aus der Abschlußklasse.«

»Welche? Ich meine, welche meiner Töchter?«

»Alice.«

»Was ist passiert?«

»Sie hat ihn geschlagen.«

Im Büro des Direktors saß ein Junge, der einen von Blut befleckten Papiertaschentuch-Klumpen an sein Gesicht hielt, und Alice, die zusammengesackt auf einem Stuhl saß und wütend auf den Fußboden starrte. Der Direktor war klein, hager und kahlköpfig. Ben hatte ein paarmal mit ihm Golf gespielt. Wenn sie sich zufällig auf der Straße träfen, würden sie sich freundlich begrüßen und vielleicht ein paar belanglose Bemerkungen über ihre Familien und das Wetter austauschen, aber dergleichen war heute von dem Mann nicht zu erwarten. Er saß, ganz Autoritätsperson, aufrecht hinter seinem Schreibtisch.

»Es tut mir sehr leid, daß ich Sie herbitten mußte.«

Er starrte dabei den Jungen an, deshalb dauerte es einen Moment, bis Ben begriff, wen er meinte. »Ach, schon gut«, sagte Ben, da er dann jedoch merkte, daß ein ernsterer Ton angebracht war, räusperte er sich und sagte: »Na ja, unter den gegebenen Umständen –«

»Genau!« rief der Direktor aus, und Ben zuckte zusammen. »Die gegebenen Umstände! Hätte einer von euch beiden vielleicht die Güte, mir diese Umstände näher zu erklären?« Sein bohrender Blick wanderte zwischen den beiden Jugendlichen hin und her. »Alice? Andrew?«

Er erntete nur Schweigen. Andrews Gesicht war bleich vor Schmerzen. Alice streifte mit der Hacke ihrer Stiefel ihre Schultasche, die neben ihr auf dem Fußboden stand. Ben sah, daß die Fingerknöchel ihrer rechten Hand, die sie geballt an den Körper hielt, gerötet, aufgeschürft und geschwollen waren.

»Du hast Andrew die Nase gebrochen, Alice Raikes«, verkündete der Direktor. »Was hast du dazu zu sagen?«

Alice hob das Kinn, wodurch ihr Haar mit den roten und blauen Strähnen über die Stuhllehne rutschte. Sie schaute erst den Direktor an, dann den Jungen und sagte laut und deutlich: »Ich bin froh, es getan zu haben.«

Der Direktor klopfte mit der Spitze seines Stifts gegen seinen Daumennagel und blickte Alice an, als würde er ihr gern eine Ohrfeige geben. »Ich verstehe.« Er preßte die Worte zwischen zusammengepreßten Zähnen hervor. »Würde es dir etwas ausmachen, deinem Vater und mir zu erklären, wieso du froh darüber bist?«

Es klopfte an der Tür, und herein kam ein großgewachsener, breitschultriger Mann mit länglichen, dunklen Haaren. Er schaute sich im Zimmer um, nahm die Anwesenheit seines Sohnes, dessen Gesicht blutverschmiert war, der mißmutigen Alice, des Direktors und Bens zur Kenntnis.

»Ah, Mr. Innerdale. Danke, daß Sie gekommen sind. Darf ich Ihnen Mr. Raikes vorstellen?«

Ben streckte die Hand aus.

Der Mann sah ihm nicht in die Augen, als er sie ergriff, und wandte sich danach rasch an seinen Sohn. »Geht's einigermaßen, Andrew?«

»Diese junge Dame hier«, sagte der Direktor und wies mit ausgestrecktem Finger auf Alice, »hat ihm die Nase gebrochen und wollte uns, glaube ich, gerade ihre Version der Ereignisse schildern und uns erklären, wieso sie überaus zufrieden mit ihrer Tat ist. Alice?«

»Er hat mich verfolgt«, sagte Alice. »Er hat mir meinen Pullover geklaut und sich geweigert, ihn mir zurückzugeben. Ich habe alles getan, um ihn wiederzukriegen, und dann hat er … er hat andauernd versucht … mich umzuschubsen. Deshalb habe ich ihn geschlagen.«

Der Direktor schien ihr überhaupt nicht zugehört zu haben. »Stimmt das, Andrew?« sagte er, als hätte er einen Autoritäts-Autopiloten eingeschaltet, und drehte den Kopf in Richtung des Jungen.

»Moment mal«, sagte Ben, und der Vater des Jungen warf ihm einen kurzen Blick zu. »Er hat dich verfolgt, sagst du? Und er hat dir deinen Pullover geklaut? Und versucht, dich umzuschubsen? Wie meinst du das?«

Alice zuckte die Achseln. »Er hat mich heute mittag einfach nicht in Ruhe gelassen, und da bin ich weggelaufen, aber er ist mir hinterhergerannt. Ich hatte meinen Pullover um die Hüfte gebunden. Er hat ihn mir weggerissen. Und«, sagte sie vorwurfsvoll, an den Jungen gewandt, »er hat ihn mir immer noch nicht zurückgegeben.«

»Du kannst mich mal«, murmelte er halblaut.

»Du mich auch, du Spinner«, zischte Alice.

Ben rieb sich die Stirn. Andrews Vater legte seinem Sohn eine Hand auf die Schulter, wie um ihn zurückzuhalten.

»Nun gut«, bellte der Direktor. »Das reicht. Keine weiteren Erklärungen. Mir ist inzwischen klar, daß ihr beide gleichermaßen Schuld habt. Ihr werdet ab sofort eine Woche lang jeden Tag nachsitzen. Andrew, gib Alice ihren Pullover wieder. Alice, entschuldige dich bei Andrew. Und benehmt euch in Zukunft. Alle beide. Verstanden?«

Sie schwiegen. Alice hatte ihr Gesicht zu einem Ausdruck trotziger Empörung verzogen.

»Ich sagte: Verstanden?«

»Jawohl, Herr Direktor«, murmelte Andrew hinter seinen Taschentüchern.

»Alice?«

»Ja. Herr Direktor.«

Ben schlich als erster hinaus auf den Flur. Alice würdigte Andrew keines Blickes.

»Hast du Alices Pullover dabei, Andrew?« fragte sein Vater ihn.

Ben beobachtete, wie Andrew, der sich immer noch die Taschentücher gegen das Gesicht drückte, den Reißverschluß seiner Schultasche öffnete und einen übergroßen schwarzen Pullover daraus hervorholte. Der Vater nahm ihm den Pullover ab, hielt ihn einen Moment lang in Händen und drehte sich dann zu Alice um. »Da hast du ihn, Alice«, sagte er.

Wortlos nahm sie ihn entgegen und zog ihn sich über den Kopf. Ihre Haare knisterten, elektrostatisch aufgeladen, und einige schnellten hoch, als wäre sie an einen Van-de-Graaff-Generator angeschlossen. Andrew wandte keine Sekunde die Augen von ihr, fiel Ben auf. »Das alles tut mir ... sehr leid«, sagte der Vater zu ihr. Dann geleitete er Andrew den Flur hinunter. Alice rollte die Enden der Pulloverärmel zusammen. Ben stand da und schaute den beiden hinterher.

Andrew ging von der Schule ab, ohne sie noch einmal zu betreten. Seine Eltern schickten ihn auf eine Privatschule in Edinburgh, damit er dort das Abitur machte. Manchmal sah Alice ihn aus der Ferne, wenn er in der vornehmen blau-weißen Uniform seiner neuen Schule aus dem Fünf-Uhr-Zug stieg. Sie sprach nie wieder mit ihm. Wenn sich die beiden auf der High Street oder in den Lodge Grounds begegneten, tauschten sie nicht einmal einen Blick aus, so, als hätten sie sich nie gekannt.

Ich habe die Stimme meines Vaters gehört. Ich weiß, daß ich mir das nicht bloß einbilde. Zwar kann ich seine Worte nicht verstehen, aber ich nehme den Klang, das Sprachmuster, den typischen leisen Tonfall seiner Stimme wahr, immer wieder dicht in meiner Nähe. Ich ertrage das nicht. Es macht mich traurig. Ich möchte mich abwenden, in die Tiefe sinken, das Wasser über meinem Kopf zusammenschlagen lassen. Ich weiß nicht, was ich zu ihm sagen würde – um mich ihm zu erklären, die ganze Sache zu erklären.

Es war ein paar Wochen her, daß sie den Brief eingeworfen hatten. John hatte jeden Tag die Post durchgesehen, einmal morgens, einmal abends, und immer 1471 gewählt, wenn er nach Hause kam und keine Nachrichten auf dem Anrufbeantworter waren – um festzustellen, wer zuletzt angerufen hatte –, aber ohne Ergebnis.

Es war Samstag vormittag, und Alice saß im Wohnzimmer, aß einen Apfel und las einen Andalusien-Reiseführer. John war irgendwo oben. Sie hörte das Stampfen seiner Schritte, und gelegentlich rief sie Sätze wie: »John, was hältst du davon, ein paar Tage in Sevilla Station zu machen?« oder: »Die Alhambra muß ja wirklich eindrucksvoll sein.«

John antwortete jedesmal in enervierend leidenschaftslosem Ton. »Klingt interessant«, lautete seine Standardantwort.

Alice stand auf und stellte sich an den Fuß der Treppe.

»John!«

»Was?«

»Warum freust du dich nicht auf die Reise?«

Zu ihrer Empörung hörte sie ihn lachen. »Natürlich freue ich mich doch.«

»Klingt aber nicht so.«

»Na ja, es ist nur schwierig für mich, genausoviel Begeisterung aufzubringen wie du.«

»Wie meinst du das?«

Er erschien oben an der Treppe und schaute zu ihr hinab. »Wie ich das meine? Na ja, seit zwei Wochen studierst du in jeder freien Minute diesen Reiseführer, hast deinen Rucksack in Gedanken schon fix und fertig gepackt, sprichst seit Monaten andauernd spanisch … Reicht das? Deine Begeisterung reicht für uns beide.«

Sie wollte gerade eine bissige Antwort geben, da ertönte ein leises Klopfen.

»Ist da jemand?« fragte er.

Alice ging ins Wohnzimmer und sah dort einen Mann in blauer Lieferanten-Uniform gegen das Fenster pochen. John und sie gingen gemeinsam zur Tür und öffneten. Zwei Männer lehnten ein riesiges, viereckiges, in Noppenfolie eingewickeltes Paket gegen die Hauswand. Einer von ihnen schaute auf sein Klemmbrett. »John Friedmann und Alice Raikes?«

»Das sind wir«, sagte John. »Was ist das?«

Alice drückte gegen die Verpackung. Das, was sich darunter befand, fühlte sich hart und kalt an.

»Keine Ahnung. Bitte hier unterschreiben.«

»Wer ist der Absender?«

»Tut mir leid.« Er zuckte die Achseln. »Keine Ahnung.«

Es war flach, ungeheuer schwer und mit etlichen »Vorsicht! Zerbrechlich«-Aufklebern übersät. Neugierig rissen sie eine Schicht Noppenfolie nach der anderen herunter.

»Was um alles in der Welt ist das?« sagte Alice nach einer Weile und setzte sich keuchend für eine kurze Pause auf den Boden.

»Das muß ein Gemälde sein«, sagte John. »Von den Maßen her würde es jedenfalls passen.«

»Schau mal«, sagte sie. »Ich sehe was Goldenes. Es hat einen Goldrahmen. Kennen wir jemand, der uns ein Gemälde schicken würde?«

»Nicht, daß ich wüßte.« Er nahm einen Armvoll Folienfetzen und schleuderte sie hoch in die Luft. Sie schwebten direkt über Alice hinunter, und Alice legte sich flach auf den Rücken und sah zu, wie sie sich langsam von der Decke auf sie niedersenkten.

»Das erinnert mich an ein Spiel, das unsere Großmutter früher mit uns gespielt hat«, sagte sie, bedeckt von einer Schicht Noppenfolie. »Kirsty und ich haben uns dabei auf den Fußboden in der Diele gelegt, und meine Großmutter stellte sich oben im Treppenflur ans Geländer und warf die schmutzige Bettwäsche auf uns herunter. Wir fanden das toll. Das hatte allerdings ein Ende, als sich einmal ein Laken in einen der Teller an der Wand verfing. Er fiel runter, zerbrach, und eine Scherbe schnitt mich hier oben, direkt neben dem Auge.«

Durch die Plastikfolie sah sie, wie sich Johns verschwommene Gestalt über sie beugte. »Wo?« Er legte sich auf sie. Reihenweise zerplatzten die Noppen unter ihm.

Sie kicherte. »Hier«, sagte sie und zeigte auf ihr Auge.

Er küßte sie durch das raschelnde Plastik und drückte ihre Arme an den Boden. Sie wehrte sich lachend, nach Luft ringend. »Laß das John. Sonst ersticke ich noch.«

Eilig zog er die Folienstücke zwischen ihnen weg, kam ihr so immer näher und fing dann an, sie auszuziehen.

»Nein, warte. Ich will erst sehen, was in dem Paket ist.«

»Das hat doch noch Zeit«, sagte er, während er aufstand, um sich die Hose aufzuknöpfen.

Sie streifte sich ihr T-Shirt über den Kopf. »Wir sollten wenigstens die Vorhänge zuziehen.«

»Warum?« fragte er und legte sich wieder auf sie. »Wer wird denn schon am Samstag vormittag in unserem Vorgarten auftauchen?«

»Vielleicht kommen noch mehr Zusteller mit geheimnisvollen Paketen für uns.«

»Tja, das ist dann deren Pech. Wenn wir in unseren Privaträumen vögeln wollen, ist das allein unsere Angelegenheit.«

Nachdem sie sich wieder angezogen hatten, entfernten sie etliche weitere Verpackungsschichten von dem Paket. Eine glänzende Oberfläche kam zum Vorschein, und John setzt sich aufs Sofa und schaute zu, wie Alice die letzten paar Stücke wegnahm. Es war ein riesiger Spiegel, dessen vergoldeter Rahmen reich verziert war mit gotischen Schnörkeln und fetten, scheinbar schwebenden Cherubinen, die sich irgend etwas Stoffartiges vor die Genitalien hielten. Sie trat fasziniert ein paar Schritte zurück. »Mein Gott, das ist ja ein irrer Spiegel.« Sie lief zurück zum Spiegel, und berührte einen der goldenen, lächelnden Cherubine mit den Fingerspitzen. »Wer könnte uns den geschickt haben?«

John starrte ihn an, den Kopf auf die geballten Fäuste gestützt. »Er hing früher im Schlafzimmer meiner Eltern. Ein Familienerbstück, das vor dem Krieg aus Polen hierher geschafft wurde.«

Alice ging zu ihm und griff nach seinem Arm. »Dein Vater hat ihn uns geschickt?«

»Anders kann ich mir das nicht vorstellen … es sei denn, mein Onkel hat ihn … nein, er stammt eindeutig von ihm. Sehr merkwürdig.«

Sie schüttelte erneut seinen Arm, erstaunt über seine plötzliche Niedergeschlagenheit. »Aber das ist doch ein gutes Zeichen John, oder? Ich meine, er hat ihn uns beiden geschickt.« Sie wedelte mit dem Lieferschein vor seiner Nase herum, auf dem ihr Name neben seinem stand. »Bedeutet das denn nicht, daß er das mit uns … na ja … irgendwie akzeptiert hat?«

John stand auf und begann im Zimmer auf und ab zu gehen. Die Noppenfolie, die sich inzwischen fast den gesamten Fußboden bedeckte, wirbelte durch den Luftzug auf, den seine energischen Schritte verursachten. »Ich weiß nicht, Alice. Ich weiß nicht, was das zu bedeuten hat.«

»Vielleicht wär's das beste, wenn du ihn anrufst.«

Er blieb stehen und rieb sich mit der Hand über den Kopf. »Hmm. Vielleicht. Ich bin mir allerdings nicht sicher, ob ich dazu in der Lage bin. Was soll ich ihm denn sagen?

Ich bin immer noch furchtbar sauer auf ihn, weil er sich so beschissen verhalten hat.«

»Aber du willst dich doch mit ihm versöhnen, oder? Du weißt genau, daß du es willst. Ist es nicht endlich an der Zeit, sein beschissenes Verhalten, wie du es nennst, zu vergessen und deinen Stolz runterzuschlucken? Er hat wahrscheinlich genausoviel Bammel vor einem Gespräch mit dir wie du.«

»Vielleicht hast du recht. Aber ich weiß nicht, ob ich einem Telefonat mit ihm schon gewachsen bin. Ich meine, wir haben seit fast einem Jahr keinen Kontakt mehr.«

»Na gut, dann schreib ihm eben eine Karte oder so und bitte ihn um ein Treffen.«

»Keine schlechte Idee«, sagte er zögernd. »Ich könnte ihn zu uns einladen. Bei der Gelegenheit kann er dich auch gleich kennenlernen.«

Sie schüttelte den Kopf. »Ich glaube, ihr solltest erst einmal eure Beziehung in Ordnung bringen. Ein Treffen mit mir wäre für den Anfang ein bißchen zuviel verlangt. Am besten trefft ihr euch auf neutralem Boden – in einem Restaurant oder Café.«

»Ja. Okay. Du hast recht.« Er setzte sich entschlossen an seinen Schreibtisch und holte eine Karte aus der Schublade. »Lieber Dad«, sagte er, den Stift schon in der Hand. »Vielen Dank für den Spiegel. Meine Freundin und ich haben eben auf dem Verpackungsmaterial eine echt geile Nummer geschoben.«

»Ich glaube, diese Bemerkung wäre nicht besonders hilfreich.«

»War ja nur ein Scherz.«

Als er die Karte fertiggeschrieben hatte, brachte er sie sofort zum Briefkasten. Auf dem Rückweg kaufte er bei dem mürrischen Besitzer des Eisenwarenladens auf der anderen

Straßenseite einen überdimensionalen Bilderhaken und einen neuen Bohrer. Vor sich hin pfeifend hob er den Spiegel vom Boden auf, und eine weiße Lichtraute tanzte über die Decke. Er hängte ihn in den unteren Flur, gleich hinter die Haustür. Alice schaute ängstlich zu, als er sich, um ihn auf den Haken zu hieven, auf zwei Stühle stellte und balancierend mit den Beinen den Spalt zwischen beiden überbrückte.

Was kann ich über die Zeit sagen, in der wir das Leben des anderen teilten? Daß wir glücklich waren. Daß wir kaum voneinander getrennt waren. Daß ich gelegentlich für kurze Momente das schwindelerregende, überwältigende Gefühl hatte, einen anderen Menschen so gut zu kennen, daß man tatsächlich weiß, wie es wäre, dieser andere zu sein. Daß ich, bevor ich ihn kennenlernte, nie den Eindruck hatte, mir würde etwas fehlen, ich mit ihm jedoch die Erfüllung gefunden habe, mich eins mit mir selbst fühlte. Was noch? Wir wohnten in seinem Haus in Camden Town. Ich sorgte dafür, daß er reinlicher wurde, ich strich die Wände über der Treppe blau, er befreite mich von meiner Launenhaftigkeit, indem er über mich lachte, wenn ich wütend war. Er kurierte meine Anfälle von Schlaflosigkeit, indem er mir mitten in der Nacht vorlas, obwohl ihm selbst bereits die Augen zufielen. Was noch, was noch? Wir ließen im Regent's Park einen Drachen steigen und ebenso auf der Isle of Wight, an einem Strand, wo in der Ferne die Felsen der Needles den Horizont durchbrachen. Wir spähten gemeinsam in einem Observatorium auf einem Hügel in Prag durch ein riesiges Teleskop auf einen sichelförmigen, von der Sonne erhellten Teil der Venus. Wir saßen während eines Gewittersturms an einem Strand in Sri Lanka, beobachteten, wie gezackte Horrorfilm-Blitze den Himmel aufrissen und im seichten

Wasser das Meeresleuchten wie unzählige Katzenaugen glitzerte. Wir schliefen miteinander auf jeder nur erdenklichen Unterlage in unserem Haus, in verschiedenen Großstädten, auf einer schmalen Liege in einem Zug auf der Fahrt durch Polen, während der *Provodnik* an der Tür rüttelte, in einer Windmühle in Norfolk, bei eisigem Wetter auf einem schottischen Golfplatz, in einer Dunkelkammer und einmal sogar in einem Fahrstuhl auf einem U-Bahnhof.

Drei Jahre nachdem wir uns kennengelernt hatten, heirateten wir. Ich wollte es eigentlich nicht. Ich willigte bloß ein, damit er endlich Ruhe gab. John hatte es sich nämlich in den Kopf gesetzt, mich zu heiraten: Er fragte mich, ob ich einverstanden sei, und ich sagte, nein, wieso, was hat das für einen Sinn? Hartnäckig, wie er war, machte er es sich zur Angewohnheit, mich bei jeder Gelegenheit zu bitten, ihn zu heiraten, häufig mehrmals am Tag. »Alice, was möchtest du heute abend essen, und willst du mich heiraten?« sagte er dann, oder: »Was hast du morgen vor? Wie wär's, wenn wir heiraten?« oder, im Flüsterton: »Alice, deine Schwester ist am Apparat, und übrigens, heirate mich bitte.« Das ging monatelang so. Schließlich sagte ich: Na gut, von mir aus, warum eigentlich nicht?

Was gibt es sonst noch zu sagen? Daß ich ihn mehr liebte, als ich es je für möglich gehalten hatte, jemanden zu lieben. Daß sein Vater nie wieder ein Wort mit ihm sprach.

Die Nachricht von dem Bombenattentat breitete sich an jenem Tag wie durch eine spezielle Form der Osmose in London aus. Noch ehe die Zeitungen in ihren neuesten Ausgaben über die Explosion berichten konnten, wanderte das Gerücht von Mund zu Mund. Ich war bei der Arbeit. Es war im Winter, ein Freitagnachmittag. Der Himmel verdunkelte sich bereits wieder, als Susannah von dem italienischen

Sandwich-Laden um die Ecke zurückkam und sich vor Kälte zitternd mit den dampfenden Pappbechern in Händen durch die Tür zwängte. »Gerade hab ich gehört«, sagte sie atemlos, die Augen weit aufgerissen, »daß irgendwo eine Bombe hochgegangen ist.«

Ich saß an meinem Schreibtisch und redete mit Anthony. Wir starrten sie an.

»Wo?« fragte Anthony.

Sie stellte die Kaffeebecher auf einem Tisch ab und knöpfte ihren Mantel auf, bemüht, mich nicht anzuschauen. »Na ja … es ist ja bloß ein Gerücht. Der Mann war sich nicht ganz sicher.«

»Was hat er gesagt, wo es war?« sagte ich.

»Er wußte es nicht genau.«

»Susannah! Sag die Wahrheit! Ist es in Camden Town passiert?«

»Nein. Er sagte, irgendwo im Ostteil von London.«

Ich erinnere mich noch, wie ich ihre Mantelknöpfe anstarrte. Sie waren von einem etwas dunkleren Rot als der Stoff, an dem sie festgenäht waren. Wenn man einer Malerfarbe, die genau dem Rot des Mantels entsprach, nur eine Pinselspitze Schwarz beimischen würde, bekäme man die Farbe der Mantelknöpfe.

Ich griff nach dem Telefon. Meine Finger rasten in dem vertrauten Muster über die Tasten. »Es klingelt.«

Es klingelte ewig, wie mir schien, und dann hörte ich eine Frauenstimme. »Hier ist der Apparat von John Friedmann.«

»Hi. Ist John da?«

»Nein. Er ist nicht im Büro. Ich glaube, er ist zu einem Interview.« Ich lachte vor Erleichterung. »Natürlich, das habe ich ganz vergessen. Tut mir leid. Hier ist übrigens Alice. Wir haben gehört, irgendwo bei euch in der Gegend soll es eine Bombenexplosion gegeben haben.«

»Mein Gott, solche Nachrichten machen ja schnell die Runde. Vor etwa einer Stunde gab es eine gewaltige Explosion. Ich hätte vor Schreck beinah einen Herzinfarkt gekriegt. Es war drüben auf der anderen Seite der Docklands. Da herrscht jetzt das totale Chaos. Ein Gebäude ist halb eingestürzt. In unserer Nachrichtenabteilung ist der Teufel los.«

»Kein Wunder. Na ja, ich bin froh, daß ihr alle unverletzt seid. Sagst du John bitte, er soll mich gleich anrufen, wenn er zurückkommt?«

»Klar, mach ich.«

Ich legte auf. »Alles okay! Er ist bei einem Interview.«

»Gott sei Dank.« Susannah ließ sich auf einen Stuhl fallen. »Aber es stimmt also?

»Ja. Ein Gebäude in den Docklands.«

»Oh, Scheiße. Wurde jemand getötet?«

»Davon hat sie nichts gesagt.«

Einen Moment lang herrschte zwischen uns Schweigen. Dann klingelte ein Telefon, und Susannah nahm den Hörer ab und begann, über Schriftsteller-Stipendien zu reden.

Am Abend schaute ich mir Nachrichten an, während der Kater zusammengerollt auf meinem Schoß lag. Die Kamera schwenkte an dem verwüsteten Gebäude hoch, das jetzt zum Großteil mit grünen Planen verhüllt war. Männer mit gelben Hüten und reflektierenden Jacken liefen in der Ruine zwischen dem heruntergefallenen Mauerwerk herum.

»Bis jetzt hat niemand die Verantwortung für den Anschlag übernommen«, verkündete die Stimme des Reporters.

»Siebenundzwanzig Personen mußten ins Krankenhaus eingeliefert werden, aber wie durch ein Wunder hat es bei dem heutigen Bombenattentat keine Todesopfer gegeben.«

Lucifer zuckte im Schlaf und streckte sich. Es war halb zehn. John war immer noch nicht zu Hause. Die Vorstellung, ein Leben ohne ihn zu führen, war für mich derart absurd und undenkbar, daß Zweifel keinerlei Chancen hatten, sich in meinen Gedanken festzusetzen.

Er war spät dran. Er war spät dran. Er war sehr spät dran.

Du schiebst den Aluminium-Bolzen an der Toilettentür zurück und trittst hinaus. In dem fluoreszierenden Licht der Leuchtstoffröhren an der Decke schimmert jedes Detail des Waschraums, als stammte es aus einem Operationssaal: ein blitzblanker Fußboden, lange Reihen aus Kabinen mit Kunststoffwänden, Edelstahlwaschbecken, ein meterlanger, bläulich schimmernder Spiegel, weiß gekachelte Wände, die verschwommene, monochrome Fragmente deines eigenen Spiegelbildes reflektieren. Vor den Waschbecken stehend hältst du deine Hände unter den kochendheißen, sprudelnden Wasserstrahl und schaust in den Spiegel. Zwei halbwüchsige Mädchen, eine mit einer dicken roten Jacke aus Kunstpelz bekleidet, gehen hinter dir entlang und schlagen gegen die Türen der Kabinen.

»Hier sind zwei freie nebeneinander«, sagt die größere von beiden. »Wart mal 'ne Sekunde«, sagt die andere und korrigiert den Sitz ihres einen Schuhs an der Hacke, indem sie ihren Zeigefinger unter den Rand des Leders schiebt.

Die Seife aus dem Spender ist pinkfarben, glänzt perlmuttartig. Deine Hände werden nach dem Waschen einen ekelhaft süßlichen Geruch verströmen. Du spülst sie ab. Der Faden aus Schaumbläschen verschwindet durch das Metallauge des Abflusses. Die Mädchen unterhalten sich lautstark über ein Kleid. »Rüschig!« kreischt eine. Vermutlich die in der roten Felljacke, denkst du. »Rüschig« ist ein furchtbares Wort. Du mußt dabei an Polyesterblusen oder geblümte

Gardinen denken. Du drehst dich zum Handtrockner um und drückst auf den Chromknopf. Deine Haarspitzen werden von dem übermäßig warmen Luftstrom hochgeblasen. Eine Frau mittleren Alters, schwer beladen mit Einkaufstüten, kommt asthmatisch keuchend herein und geht zu den Waschbecken. Du trittst näher an den Trockner heran – warum? Um sie vorbeizulassen? Um ihr Platz zu machen? Hat die Frau dich gestreift?

An der Vorderseite des Trockners ist ein kleiner, quadratischer Spiegel befestigt. Er ist mit Fingerabdrücken beschmiert. Du fixierst eine, vielleicht zwei Sekunden lang diese Fingerabdrücke, dann entspannen sich deine Augenmuskeln, und du nimmst das wahr, was im Hintergrund des winzigen Spiegels zu sehen ist. Du mußt in diesem Moment dein Gewicht von einem Fuß auf den anderen verlagert haben, denn du bist plötzlich überzeugt, daß du deine Mutter quer durch das Miniquadrat hast huschen sehen. Du blinzelst, beugst dich dann vor, weil du so überrascht bist. Deine Mutter ist auch hergekommen, um dich zu sehen? Kirsty muß sie angerufen haben, um ihr zu erzählen, daß du kommen wirst. Es ist, als würdest du dich bemühen, durch den Sucher einer Kamera mit Teleobjektiv die gewünschte Person für ein Foto ins Bild zu bekommen. Du siehst kurz aschblondes Haar aufblitzen, hast dich aber zu weit zur einen Seite bewegt und mußt dich in die andere Richtung beugen. Da ist es wieder – etwas Weißlich-Gelbes blitzt auf, dieses Mal jedoch vermischt mit der dunklen Haarfarbe eines Mannes, der offenbar gerade vorbeigeht. Dann stehst du stocksteif da, starrst auf das Spiegelbild vor dir, das du nun perfekt eingefangen hast. Eines der Mädchen hat sich an der Trennwand zwischen den Kabinen hochgezogen, die Ellbogen über den Rand geschoben und redet, den Kopf nach unten gewandt, mit ihrer Freundin. Die Frau vor den Waschbecken atmet, mit offenem Mund, mühsam ein und aus. Irgendwo an der Decke summt eine defekte Neonröhre.

Du drehst dich um, zuerst dein Körper, dann dein Hals und dein Kopf und zuletzt dein Blick. Du willst das nicht sehen, auf gar keinen Fall. Hinter dir befindet sich, wie du bereits weißt, auch ohne hingeschaut zu haben, ein hoher Einwegspiegel. Man kann beim Händewaschen durch das häßliche braune Glas in die Bahnhofshalle hinausschauen. Umgeben von tanninfarbener Luft schauen dort Menschen zu den Tafeln mit den Abfahrtszeiten empor, nehmen sich Fahrpläne aus Ständern, ziehen Koffer mit kleinen Rädern hinter sich her oder sitzen gähnend auf einer der Bänke. Und zwei von ihnen lehnen sich an die Scheibe, die sie offenbar für einen ganz normalen Spiegel halten. Deine Mutter und ein Mann.

Du gehst einen Schritt auf sie zu, dann einen zweiten. Du bist einen halben Meter von ihnen entfernt, vielleicht auch weniger. Du könntest deine Finger an der Stelle, auf der die Schläfe deiner Mutter ruht, gegen das Glas drücken. Oder an der Stelle, wo er seine Schulter anlehnt.

Er füttert sie mit Himbeeren. In der Hand hält er eine durchsichtige Plastikschale mit den rosarot leuchtenden, weichen Früchten. Er stülpt sie, eine nach der anderen, über die Spitze seines kleinen Fingers, und hält sie deiner Mutter entgegen. Sie umschließt den Finger mit den Lippen, du siehst, wie ihr Kiefer sich bewegt, ihre Kehle sich zusammenzieht und sein nackter Finger wieder zum Vorschein kommt.

Du hast ihn sofort erkannt, North Berwick ist schließlich keine Großstadt. Aber bis der Gedanke, der durch deine Gehirnwindungen rast, zu dir durchdringt, vergehen ein paar Sekunden. Du schaust ihn an, dein Blick schweift über seinen Oberkörper, seine Stirn, seine Haare, seine Hände.

321

Genaugenommen ist es weniger ein Gedanke als vielmehr eine Gewißheit. Oder eine Tatsache. Dieser Mann ist dein Vater. Du hast nicht den geringsten Zweifel. Sobald du den Gedanken zuläßt, weißt du es mit absoluter Sicherheit. Du siehst deinen Vater vor dir. Deinen wahren Vater. Die Erkenntnis scheint aus großer Höhe auf dich herabzustürzen und sich wie bei einer Chromatographie in unzählige verblüffende Farbringe aufzuspalten.

Du schaust ihn an und dann sie, und Schweißtropfen prickeln auf deiner Kopfhaut und zwischen deinen Schulterblättern, und dann stürmst du aus der Toilette hinaus, durch das Drehkreuz und quer durch die mit Marmor geschmückte Bahnhofshalle. Sie dürfen dich nicht sehen. Sie dürfen dich auf keinen Fall sehen. Deine Fußballen und Kniegelenke schmerzen, als du davonläufst, ohne dich einmal dorthin umzuschauen, wo sie, wie du genau weißt, immer noch stehen.

Und während du einen Fuß vor den anderen setzt, hast du das Gefühl, als würde dir bei jedem Schritt jemand verlorengehen. Ben. Kirsty. Beth. Annie. Jamie … Du hältst an. Du stehst reglos mitten unter dem gewölbten Dach der luftigen Waverley Station und schaust zu Boden, als wäre es ein Stück Sand, das in hohem Tempo überspült sein wird. Dann machst du einen weiteren Schritt. Elspeth.

Durch das Fenster des Cafés siehst du deine Schwestern, Kirsty erzählt Beth etwas und gestikuliert dabei mit den Händen. Du gehst durch das Café, bemüht, nicht an Tische oder Stühle zustoßen.

»Ich muß weg«, sagst du zu ihnen, und sie wenden dir ihren Blick zu.

Am frühen Morgen klingelt es an der Haustür. Alice wacht davon auf und ist einen Moment lang völlig desorientiert.

Die Zimmerdecke über ihr ist nicht die Schlafzimmerdecke. Mattes, gräuliches Sonnenlicht erhellt den Raum. Sie stellt fest, daß sie mit verrenkten Gliedern auf dem Sofa liegt. Erneut klingelt es an der Tür. Das Geschnatter des Samstagmorgenprogramms im Fernsehen dringt leise aus einer Ecke; ein rothaariger Mann haut gerade einer Frau in Arbeitshosen mit einem aufblasbaren Hammer auf den Kopf. Das Publikum lacht. Lucifer sitzt hinter der Tüllgardine auf der Fensterbank. Er macht einen etwas zerzausten Eindruck, seine Umrisse wirken durch den Tüll verschwommen. Später wird ihr bewußt, daß er die Polizisten eher als sie gesehen hat.

Sie ist verblüfft, wie groß sie sind. Der Mann scheint das ganze Zimmer auszufüllen. Als erstes nimmt er sich die Fernbedienung und schaltet den Fernseher aus. Die Frau steht vor ihm. Sie riecht nach Zigaretten und überhitzten, überfüllten Räumen. Ihre Nägel sind abgebissen und lackiert.

»Wollen Sie sich nicht hinsetzen?«

Alice würde über dieses Klischee am liebsten lachen, aber sie setzt sich trotzdem hin und die beiden ebenfalls. Im Funkgerät des Mannes, das er an seinem Schultergurt trägt, knistert es, und eine laute Stimme ertönt. Er und die Frau schauen sich kurz an, woraufhin er mit schuldbewußter Miene das Gerät ausschaltet. Alice steht wieder auf.

»Mrs. Friedmann, es tut mir leid, Ihnen mitteilen zu müssen, daß Ihr Mann John tot ist.« Während sie das sagt, erhebt sich die Polizistin, kommt zu ihr und nimmt ihre Hand. Alice spürt, wie ihr Arm sanft nach unten gezogen wird. Sie will, daß ich mich hinsetze, denkt sie. Sie setzt sich hin. Vertrautes sieht plötzlich sehr sonderbar aus. Ihre Stiefel liegen noch immer an der Stelle, wo sie sie gestern abend ausgezogen hat, und die lange Lederlasche des einen ragt in

323

die Öffnung des anderen hinein. Sie starrt Johns Schreibtischlampe an, als sähe sie sie zum ersten Mal. Der Schirm,
an dem lange mit Perlen besetzte Fransen hängen, ist ein
klein wenig schräg gestellt.

»Wir haben seine Leiche heute morgen in den Trümmern
gefunden.« Sie streichelt Alices Hand. »Er war in einem
Zeitungsladen, um sich eine Zeitung zu kaufen.«

»Wie blöd von ihm. Er kriegt doch alle Zeitungen in der
Redaktion«, sagt Alice. »Bestimmt hat er vergessen, auf dem
Weg nach draußen ein Exemplar mitzunehmen. Das pas-
siert ihm andauernd.«

»Ah ja. Ich verstehe.«

Alices Bein fängt heftig an zu zucken. »Hibbeln« nennt
ihre Mutter das immer. »Ich heiße Raikes.«

»Wie bitte?« Die Polizistin beugt sich näher zu ihr herüber.

»Ich heiße Raikes«, sagt Alice, dieses Mal mit deutliche-
rer Stimme – vielleicht etwas überdeutlich? Sie will nicht
unhöflich erscheinen. »Sie haben mich Mrs. Friedmann genannt. Ich habe aber meinen Namen bei der Hochzeit behalten.«

»Oh.« Die Frau nickt bedächtig. »Entschuldigen Sie bitte, Mrs. Raikes.«

Alice schüttelt den Kopf. »Nein. Ms. Raikes. Aber nennen Sie mich ruhig Alice.«

»In Ordnung, Alice.«

Der Mann räuspert sich. Alice erschrickt. Sie hatte ihn
ganz vergessen. »Sollen wir jemanden verständigen, Alice?«

Alice starrt ihn ausdruckslos an. »Verständigen?«

»Ja. Ihre Familie oder vielleicht eine Freundin?«

»Meine Familie lebt in Schottland.«

»Verstehe. Was ist mit den Angehörigen von Mr. Friedmann? Möchten Sie vielleicht, daß wir sie holen?«

Alice lacht. Ein kurzes, freudloses Kläffen, durch das sich ihr Hals anschließend wund und zerkratzt anfühlt. »Nein.«

Die Frau bemüht sich angestrengt, ihre Bestürzung zu verbergen.

Alice sucht nach den richtigen Worten für eine Erklärung. »Ich … ich kenne seinen Vater überhaupt nicht.«

Die Frau, die ihre Gesichtszüge inzwischen wieder unter Kontrolle hat, nickt besänftigend.

Alice blickt ihr zum ersten Mal direkt ins Gesicht. »Er ist tot?«

»Ja.«

»Sind Sie sich sicher?«

»Ja. Es tut mir sehr leid.«

Im Laufe des Tages kommt Rachel zu ihr, und später schleichen Ben und Ann auf Zehenspitzen in das Zimmer, in dem Alice zusammengekrümmt wie eine Krabbe auf dem Bett liegt. Aus Anns Augen tropfen Tränen auf den Bettbezug und bilden dunkle Kreise neben Alices trockenem, bleichen Gesicht, sie nennt ihre Tochter »Kleines« und versucht, sie zu überreden, ein paar Löffel von der Suppe zu essen, die Ben auf einem Tablett zu ihnen nach oben bringt.

Irgendwann findet sie sich im Badezimmer wieder. Zum ersten Mal an diesem Tag ist sie allein. Sie legt die Stirn an das kühle Glas des Spiegels und schaut sich selbst in die Augen. Sie fühlt sich gereizt und erschöpft, irgendwie kränklich. Das Haus ist voller Menschen, und sie wünscht, sie würden alle gehen. Mit einer Art siedendem Entsetzen wird ihr plötzlich bewußt, daß sie auf John wartet, denn er kam normalerweise abends um diese Zeit nach Hause. Ihre Hände liegen auf dem Waschbecken. Sie schaut nach unten und sieht seinen Rasierpinsel auf der Ablage. Die Borsten sind immer noch etwas feucht von der letzten Rasur am vorigen Morgen.

Sie sitzen in der Küche um den Tisch herum. Rachel sagt gerade: »Ich habe ihn letzte Woche noch gesehen. Es war Samstag abend, er stand dort am Herd und hat für uns drei gekocht«, als Ann plötzlich aufspringt.

»Was ist das?«

Ein langgezogener, dünner, unheimlicher Ton durchschneidet die Luft. Es verhallt und setzt dann mit neuer Kraft wieder ein und schwillt zu einem gellenden, animalischen Schrei an.«

»Das ist Alice.«

Ann rennt so hastig zur Tür, daß sie ihren Stuhl dabei umreißt. Die beiden anderen hören, wie sie polternd die Stufen hochrennt, und dann hämmert es laut an der Badezimmertür. »Alice! Laß mich rein! Mach die Tür auf! Bitte, Alice!«

Aber jener kaum menschlich zu nennende Schrei schallt weiter ungehindert durch das Haus.

Teil 3

Wieder einmal fällt Alice die Wechselhaftigkeit, die gnadenlose Ungerührtheit von Spiegeln auf. Als sie vom Wohnzimmer in den Flur geht, erblickt sie ihr Spiegelbild, bleich und großäugig wie ein ängstliches Gespenst. Der Anblick läßt sie stehenbleiben, und sie betrachtet sich selbst in dem Spiegel. Ihre Augen schimmern unnatürlich, und die Haut um sie herum sieht bläulich, eingefallen aus. Sie hat so viel Gewicht verloren, daß ihre Wangenknochen schroff hervorragen, ihr ein ausgezehrtes, knochiges Aussehen verleihen. Die goldenen, geschnitzten Cherubine auf dem Rahmen lächeln sie in gezierter Pose an.

John muß sich unzählige Male in diesem Spiegel gesehen haben wenn er morgens zur Tür hinausging oder wenn er, so wie sie jetzt, auf dem Weg nach oben war. Irgendwo in den Tiefen des Spiegels muß ein Abbild von ihm gespeichert sein. Warum nur weigert der Spiegel sich bloß, ihr etwas anderes zu zeigen als ihr eigenes, regloses Gesicht, wo sie sich doch nichts auf der Welt sehnlicher wünscht, als noch einmal einen Blick auf John zu werfen? Wenn sie in noch trübseligerer Stimmung ist, stellt sie sich vor, daß er sich direkt hinter dem Spiegel befindet, das Gesicht an das Glas gedrückt, mit ansieht, wie sie unter ihm vorbeigeht, ihn vermißt, um ihn trauert, es aber nicht schafft, daß sie ihn hört, egal, wie heftig er auch an die Scheibe klopft.

Sie wendet sich ab und geht die Treppe hoch. Draußen ist es heiß und drückend, womöglich wird es später ein Gewitter geben. Im Hintergrund hört sie das Rauschen des langsam fließenden Verkehrs auf der Camden Road.

Oben im Schlafzimmer liegt Lucifer zu einem Ball zusammengerollt auf dem Bett und schläft. Alice streicht mit der Hand über sein warmes Fell, und er gibt einen schläfrigen, kaum hörbaren Laut von sich, als Zeichen, daß er sie erkannt hat.

Sie nimmt zwei tiefe, bebende Atemzüge und spürt, wie die vertrauten, niederdrückenden Wellen von Trauer über sie hinwegzurollen beginnen. Ihre ersten Tränen tropfen auf das Fell des Katers, dann legt sie sich zusammengekrümmt neben ihn. Er öffnet die Augen einen Spalt, schaut zu, wie sie schluchzt, die Finger einer Hand in den Mund gesteckt. Die Matratze vibriert. Unter ihrem Kopfkissen holt Alice ein T-Shirt von John hervor, das immer noch nach ihm riecht und drückt es sich ans Gesicht.

In der Schule hat ihre Englischlehrerin einmal zu ihr gesagt: »Hoffentlich wirst du nie die Erfahrung machen müssen, daß ein gebrochenes Herz körperlich weh tun kann.« Keine Erfahrung ihres bisherigen Lebens hat sie auf dieses Leid vorbereitet. Die meiste Zeit fühlt sich ihr Herz an, als habe es sich mit Wasser vollgesogen, und ihre Rippen, ihre Arme, ihr Rücken, ihre Schläfen und Beine sind allesamt von einem dumpfen, hartnäckigen Schmerz befallen: Aber in Momenten wie diesem quält sie die Unfaßbarkeit und die Unumkehrbarkeit des Geschehenen so sehr, daß sie wie gelähmt ist und oft tagelang kein Wort sagt.

Später steht sie auf, geht im Zimmer herum, beschäftigt sich mit verschiedenen alltäglichen Verrichtungen; sie trocknet sich die Tränen und wirft den Klumpen feuchter Papiertaschentücher in den Mülleimer, sie holt sich ein Glas Wasser, nimmt ein Aspirin, zündet ihre Öllampe an und zieht die Bettdecke gerade, nachdem sie Johns T-Shirt sorgsam zurück unter das Kopfkissen gelegt hat. Sie läßt sich ein Bad einlaufen und weint erneut ein wenig, während sie im dampfenden Wasser liegt. Am Wochenende ist es am schlimmsten: schier endlose Stunden, die sie allein im Haus verbringt. Durch seinen Tod ist alles andere unwichtig geworden, daher kommen ihr die Dinge, mit denen sie sich gelegentlich die Zeit zu vertreiben versucht – Bücher, Filme, Leute treffen –, belanglos und banal vor.

Sie trocknet sich langsam mit einem dicken Handtuch ab. Ihre Haut fühlt sich trocken und rissig an, als hätten die vielen Tränen, die sie in den letzten vier Monaten geweint hat, sie ausgedörrt. Alice geht im Bademantel nach unten und schmiert sich ein Sandwich. Sie ißt es im Stehen, da sie immer noch nicht die Kraft aufbringt, allein am Tisch zu essen, zwingt sich, die nach Asche schmeckenden Brotklumpen runterzuschlucken. Abgesehen von dem Geräusch ihrer halbherzigen Kaubewegungen herrscht im Haus völlige Stille. Sie will tot sein.

Ben stand allein vor dem Raum mit den Fahrkartenschaltern und schaute durchschnittlich alle drei Minuten auf seine Armbanduhr. Die roten Ziffern der Digitaluhr auf der Tafel mit den Abfahrtszeiten beachtete er nicht, denn er traute der Uhr nicht, aber seine eigene Uhr ging genau, das wußte er. Er zog sie jeden Tag auf. Das tat er jeden Morgen als erstes. Sie hatten bereits zwei Züge verpaßt, und er wollte nicht auch noch den nächsten verpassen, wollte nicht noch eine weitere Nacht in dieser Stadt verbringen. Er wollte nach Hause, wollte, daß seine Tochter bei ihnen zu Hause war, weit weg von hier, und wieder oben in ihrem alten Zimmer schlief. Aber vor allem wollte er natürlich, wie ihm jetzt wieder einfiel, daß diese Sache nie passiert sei.

Er sah, wie Ann eilig den Bahnhof betrat, und er reckte sich, hob winkend eine Hand. »Ann! Hierher!«

Seine Lippen fühlten sich aufgesprungen an, und er befeuchtete sie. Ann lächelte nicht, als sie näher kam. Er musterte ihr Gesicht, denn er war, ohne es zu wollen, neugierig, wie es sein mochte, eine Leiche zu identifizieren. Ann hatte darauf bestanden, es zu tun – Alice sei dazu nicht in der Lage, hatte sie zu ihm am Morgen, während der kurzen, im Flüsterton geführten Beratung bei Alice im Flur gesagt. Rachel hatte angeboten, an ihrer Stelle hinzugehen, aber Ann hatte gesagt, nein, sie würde es selber tun. Rachel hatte nicht protestiert und Ben auch nicht. Wie war es, hätte er sie gern gefragt. Bist du dir sicher, ganz sicher, daß er es war? Kein Zweifel möglich? Warum hatte es so lange gedauert, und wie ... wie sah er ... wie um Himmels willen sah es dort aus?

Ann blieb bei ihm stehen und schaute sich, ohne ihn zu begrüßen, nach allen Seiten um. »Wo ist Alice?« fragte sie. Ein Muskel dicht unterhalb ihres Auges zuckte immer wieder, ließ dabei ihr Auge nach oben hüpfen.

Ben starrte fasziniert das Auge an. »Wie war's?« erkundigte er sich und legte ihr eine Hand auf den Arm. War es schlimm, wollte er eigentlich sagen. Tut mir leid, wenn es schlimm gewesen ist. Sie schüttelte seine Hand ab. »Wo ist Alice?« wiederholte sie.

Ben zuckte die Achseln. »Ich glaube, sie ist zum Zeitungskiosk gegangen.«

»Das darf doch wohl nicht wahr sein!« fuhr sie ihn an. »Wie konntest du nur so dämlich sein?«

Sie entdeckten sie vor dem Zeitungsstand stehend, die Hände vorm Gesicht. Die meisten Leute, die an ihr vorbeigingen, machten einen Bogen um sie, einige von ihnen schauten sie jedoch neugierig an. Jede der Zeitungen hatte auf der Titelseite ein Foto des in die Luft gesprengten Gebäudes und eine Schlagzeile in fetten, schwarzen Buchstaben. »Tote in Trümmern gefunden«, »Die verschütteten Opfer des Londoner Bombenattentats«.

Sie nahmen sie beim Arm und führten sie in ihrer Mitte zu dem abfahrbereiten Zug.

Was soll man mit all der Liebe anfangen, die man für einen Menschen empfindet, wenn er nicht mehr da ist? Was passiert mit dieser übriggebliebenen Liebe? Verdrängt man sie? Ignoriert man sie? Sollte man sie jemand anderem schenken?

Ich wußte nicht, daß es mir möglich war, ständig an jemanden zu denken, daß jemand ohne Unterlaß akrobatische Sprünge durch meine Gedankengänge vollführen konnte. Alles andere war für mich nur eine unwillkommene Ablenkung.

Ich wußte, ich hätte mich von seinen Sachen trennen sollen. Den Anblick von etwas, das mit seinem Körper in Berührung gekommen war, fand ich unerträglich. Seinen Computer und sein Faxgerät schenkte ich seinen Freunden. Zwei von ihnen, beides Hünen, kamen vorbei, schlurften verlegen ins Wohnzimmer, nahmen die Kartons, brachten sie zu ihren Autos und knallten die Kofferraumdeckel über ihnen zu. Ich glaube, sie fühlten sich verpflichtet, mir eine Weile Gesellschaft zu leisten, also setzten sie sich zusammen mit mir an den Küchentisch, tranken mit schnellen Schlucken kochendheißen Tee, stellten mir zögernd Fragen, ohne je auf John zu sprechen zu kommen. Als es für sie Zeit war, zu gehen, erhoben sie sich mit sichtlicher Erleichterung.

Auf dem Weg vom Haus zur U-Bahn kam ich immer an mehreren Wohltätigkeitsläden vorbei, und ich nahm mir regelmäßig fest vor, all seine Sachen in einen davon zu brin-

gen. An einem Wochenende öffnete ich sogar voller Entschlossenheit die Türen unseres Kleiderschranks, in der Absicht, alles darin, was ihm gehört hatte, in den Oxfam-La-
den an der Camden High Street zu schaffen. Aber als ich
den Geruch einatmete, der aus den Falten und dem Gewe-
be der Kleidung entwich, wußte ich, daß ich dazu nie fähig
sein würde. Seitdem ist es mir nicht mehr möglich, jene
Wohltätigkeitsläden mit denselben Augen zu sehen wie zuvor: Sie müssen voll sein mit der Ausbeute von Tragödien
und Verlust.

Rachel kramte in ihrer Tasche nach der Sonnencreme. »Alice.« Sie stupste die reglose Gestalt neben sich an. »Alice!«

Alice setzte sich auf und schob ihre Sonnenbrille hoch in
die Haare. »Was?«

»Schmier dich damit ein, sonst holst du dir 'nen Sonnen-
brand.«

Rachel schaute zu, wie sie etwas Creme aus der Flasche
auf ihre Handfläche drückte und dann mit der anderen
Hand auf Schultern und Armen verteilte. Sie saßen in dem
hohen Gras auf dem Parliament Hill. Es war der erste Tag
des Jahres, an dem die Sonne richtig heiß schien. Über ihnen beschrieben die Lenkdrachen der Drachenfreaks, bei
denen der große, freie Abhang des Hügels besonders beliebt
war, Kreise und Zickzackmuster am blauen Himmel.

»Erzähl mir, wie's dir geht«, sagte Rachel.

»Gut.« Alice schaute sie dabei nicht an, sondern fummelte mit dem Deckel der Sonnencremeflasche herum.

Rachel riß ihr die Flasche aus der Hand. »Verarsch mich
nicht, Raikes. Gut? Das muß ja wohl ein Irrtum sein. Du
siehst aus, als hättest du seit Tagen nicht mehr geschlafen
und dürftest inzwischen nur noch knapp über vierzig Kilo
wiegen.«

Alice seufzte und schwieg. In der Ferne glitzerte der Badesee.

»Hör mal«, fuhr Rachel fort, »sag mir ruhig, ich soll mich um meinen eigenen Kram kümmern, wenn dir danach ist, oder rede von mir aus stundenlang über John, oder schrei dir die Seele aus dem Leib. Das ist mir alles recht. Erzähl mir aber gefälligst nicht, daß es dir gutgeht.«

Alice lächelte zaghaft. »Okay. Willst du es wirklich wissen?«

»Ja, das will ich.«

»Mir geht's grauenvoll.«

»Wie grauenvoll?«

»Einfach ... grauenvoll ...« Alice schlug mit der Faust auf den Rasen. »Er fehlt mir. Er fehlt mir. Er fehlt mir. Er ist fort. Er ist tot. Ich kann's nicht glauben, und ich will es auch nicht glauben.« Sie brach ab. Rachel umarmte sie, und Alice heulte an ihrer Schulter. »Tut mir leid«, sagte sie zwischen zwei Schluchzern.

»Red doch keinen Stuß.«

Alice machte sich los und setzt sich gerade hin. »Es ist einfach alles so ... beschissen, Rach. Ich weiß, daß es mit der Zeit besser werden wird, aber mein Schmerz ist so furchtbar ... so ermüdend, so hartnäckig, und ... ich ertrage das Leben ohne ihn nicht ... Nachts kann ich nicht schlafen, weil er nicht da ist, und morgens komme ich nicht aus dem Bett, weil er nicht da ist, und es kommt mir so ... sinnlos vor, irgend etwas zu tun, mich anzuziehen, zur Arbeit zu gehen, weiterzumachen, tapfer zu sein, denn ... er ist nicht da. An einem Tag war er noch da ... und dann nicht mehr ... und das ist alles so ungerecht, so gemein ... Die Leute sagen zu mir, ach, du bist ja noch jung, du wirst darüber hinwegkommen, du wirst jemand anderen kennenlernen, aber die Vorstellung, mit jemand anderem zusammenzusein, ist für mich

so grotesk ... geradezu lachhaft ... denn ich will nur ihn,
und das ist nicht möglich und wird nie mehr möglich ... Ich
bin es einfach leid, Rach ... Ich bin es leid, diese Last mit
mir herumzuschleppen. Ich hatte mich so sehr daran gewöhnt, glücklich zu sein, und jetzt spüre ich immerzu diese
zentnerschwere, erdrückende Last der Trauer in meiner
Brust ... und ich habe eine Riesenwut ... ich bin wütend,
daß es ihn erwischt hat und nicht jemand anderen ... und
ich bin wütend auf ihn ... weil er mich allein gelassen hat ...
und ich weiß, es klingt albern, aber ich bin sauer auf ihn, weil
er vergessen hat, sich die bescheuerte Zeitung aus der be-
scheuerten Redaktion mitzunehmen ... denn sonst wäre er
jetzt noch am Leben ... weil er nämlich überhaupt nicht in
den Zeitungsladen gegangen wäre ... Vielleicht würde er sogar jetzt zusammen mit uns hier auf der Decke sitzen ... und
das ist einfach unerträglich ... daß alles reiner Zufall war
und es genauso gut jemand anderen als ihn hätte treffen
können ...« Alice verstummte, als sie das Rascheln von
Schritten im Gras hörte. Hastig wischte sie sich mit den
Händen über das Gesicht. Eine Frau ging mit einem kleinen Mädchen an der Hand vorbei: Das Mädchen schaute
sich immer wieder zu Alice und Rachel um. »Mami, warum
weint die Frau?« Ihre klare, hohe Stimme drang deutlich zu
ihnen herüber.

Die Mutter zog sie an ihrem Ärmchen herum und flüsterte ihr etwas ins Ohr. »Warum?« sagte sie erneut. Die
Mutter nahm sie auf den Arm und trug sie weg; der zarte
Kopf mit den blonden Haaren hüpfte an der Schulter auf
und nieder. Alice beobachtete sie mit hängenden Schultern,
ausgelaugt und erschöpft von ihrem Gefühlsausbruch. »Und
das ist der andere Punkt«, sagte sie matt. »Was?«

»John wollte ein Kind haben. Er hat immer wieder An-
deutungen gemacht, und schließlich hat er es ganz offen ge-

sagt. Ich habe nur gelacht und geantwortet, vergiß es, mein Lieber … Er war enttäuscht, versuchte aber, es sich nicht anmerken zu lassen … Wir haben dann erneut darüber gesprochen, und ich habe gesagt, vielleicht in einem Jahr oder so, aber eigentlich habe ich ihn nur vertröstet, denn ich wollte gar keins … und dann ist er gestorben … und weißt du was, jetzt sehne ich mich so nach diesem Kind, daß ich es kaum aushalte … Manchmal habe ich das Gefühl, genauso sehr um dieses Kind wie um ihn zu trauern … Ich war so dumm, auf so unglaubliche, lächerliche, egoistische Weise dumm … denn wenn ich einverstanden gewesen wäre … hätte ich es inzwischen … ich hätte etwas, worin er fortleben würde … ich hätte für alle Zeiten Johns Kind gehabt … aber statt dessen habe ich weder das Kind noch ihn und schleiche einsam und allein durchs Haus.«

»Du hast mir nie erzählt, daß du ein Baby wolltest.«

»Na ja, ich wollte ja auch keins. Damals jedenfalls. Ich hatte keine Lust dazu – eher im Gegenteil. Ich hab zwar schon irgendwie gedacht, daß wir eines Tages ein Kind haben würden, fand aber, daß … wir noch jede Menge Zeit hätten, es uns zu überlegen …« Alice verstummte und stützte den Kopf in die Hände. Rachel wartete, bis das regelmäßige Tröpfeln ihrer Tränen aufgehört hatte. Direkt über ihnen sausten die Drachen auf und nieder.

»Noch was?«

Alice schniefte. »Entschuldige bitte.«

»Wofür?«

»Weil ich dich mit all dem belästige.«

Rachel gab ihr einen zarten Klaps aufs Bein. »Klar, deine Allerweltsprobleme sind wirklich stinklangweilig. Komm mir ja nicht auf den Gedanken, daß ich das nicht hören will. Ich möchte dir helfen, verstehst du?«

Alice nickte. »Danke. Du bist wirklich gut zu mir.«

»Was soll denn das? Werd jetzt bloß nicht sentimental. Wo ist der Wein, den du mitgebracht hast?«

Alice klemmte sich die Flasche zwischen die Knie und zog den Korken heraus. Er löste sich mit einem lauten *Plopp* vom Flaschenhals. Zwei der Drachenfreaks drehten sich mißbilligend zu ihnen um.

»Prost!« grölte Rachel. Sie wandten sich eilig ab. Rachel richtete den Blick wieder auf Alice. »Kannst du dir vorstellen, wie es wäre, mit jemandem auszugehen, der das ganze Wochenende mit einer Schnur in der Hand hier rumsteht?«

»Schscht«, flüsterte Alice lächelnd, »sie können dich hören. Und Drachen steigen lassen macht übrigens großen Spaß. Du solltest es mal probieren.«

»Erzähl's mir jetzt bitte nicht, daß du so was schon mal gemacht hast.«

»Doch, habe ich. John hat mir einmal einen Drachen geschenkt.«

»Tut mir leid, Alice, ich wollte nicht …«

»Nein, nein, das ist schon okay. Es war … es ist, meine ich, denn soweit ich weiß, hängt er immer noch hinter der Haustür … Es ist ein kleiner roter Drachen mit zwei Schnüren. Wir haben ihn manchmal zusammen steigen lassen. Ich fand das toll. Ich konnte es allerdings nicht besonders gut. Meist war ich vor lauter Begeisterung unkonzentriert, aber es ist ein herrliches Gefühl. Wirklich aufregend.«

Rachel rollte sich auf den Bauch und zündete sich eine Zigarette an. »Na ja, wenn du es sagst.« Sie schaut zu Alice hinüber. »He, vielleicht ist es das, was du brauchst.«

»Was?«

»Ein bißchen Aufregung. Vielleicht solltest du deinen Drachen wieder mal steigen lassen.«

Alice schüttelte den Kopf. »Nein, ich glaube nicht.«

»Warum nicht?«

»Ich kann mir nicht vorstellen, es ohne ihn zu tun.«

»Ich bin sicher, daß es gehen würde. Und es würde dir bestimmt guttun.«

»Gewisse Dinge kann man nun mal nicht allein tun, Rach. Drachen steigen lassen gehört dazu. Man braucht jemanden, der ihn zu Anfang festhält und hochwirft, und das würde ich dir nicht zumuten wollen. Ich weiß, du würdest es gräßlich finden.« Alice gab ihr ein Glas Wein. »Worauf trinken wir?«

Rachel hob ihr Glas. »Auf John.«

Ehe das hier passierte, habe ich mich oft gefragt, wie lange ich wohl noch leben würde. Vielleicht würde ich mir in ein paar Jahren eine tödliche Krankheit zuziehen. Oder ich würde noch vor meinen fünfundvierzigsten Geburtstag von einen Blitz getroffen werden oder bei einem Flugzeugabsturz oder einem Autounfall umkommen oder das zufällige Opfer eines Psychopathen werden.

Aber von Krankheiten, Blitzen und Psychopathen einmal abgesehen, durfte ich mir eine realistische Chance ausrechnen, siebzig oder achtzig Jahre alt zu werden. Oder sogar noch älter. Ich konnte aber nicht glauben, daß ich so lange leben würde. Sie überstiegen mein Vorstellungsvermögen – jene vor mir liegenden vier oder fünf Jahrzehnte, die ich ohne dich würde verbringen müssen. Womit sollte ich all die Zeit ausfüllen? Ich fand es grausam, selber so gesund, lebendig, offenbar unzerstörbar zu sein, während dein Leben auf so mühelose, beliebige Weise vernichtet worden war.

Ich war fasziniert von den Frauen aus früheren Jahrhunderten, die an gebrochenem Herzen gestorben waren, die sich einfach ins Bett gelegt hatten und dahingeschwunden waren. Genau das wollte ich auch: Mein sehnlichster Wunsch war, mich hinzulegen und zu spüren, wie das Leben von mir wich. Jeden Morgen war ich von neuem fassungslos, wenn ich die Augen aufschlug und sie mich durchströmte, wie der Saft einen Baum, diese Lebendigkeit, diese unleugbare Kraft der Natur. Mein Herzschlag, das Heben und Senken meiner Lunge, das steife Gefühl in meinen Muskeln, das mich aufzufordern schien, trotz allem aufzustehen, meine Beine zu benutzen, meine Arme zu strecken.

Und sogar jetzt noch, nachdem ich vor das Auto gelaufen bin – ein tonnenschweres Ungetüm aus Stahl, Chrom und Glas, das die Straße entlangbrauste –, klammert sich mein Körper immer noch an mein Leben, und ich gehöre, wie Persephone, weder dem Diesseits noch dem Jenseits an. Ich weiß nicht, wo ich lieber wäre. Der Tod erscheint mir mühsam und nur schwer faßbar.

Beth hat Schwierigkeiten, Alice, den Menschen, den sie vorgestern noch gesehen hat, mit der reglosen, lebensgroßen Puppe in dem Bett vor ihr gleichzusetzen. Ihre Haut wirkt künstlich, wie aus Wachs. Beim Medizinstudium wird ihnen andauernd gesagt, laßt keine emotionale Bindung zu euren Patienten entstehen, betrachtet sie lediglich als einen Körper mit Krankheitssymptomen, aber wie soll das gehen, wenn die Patientin die eigene Schwester ist?

Im Krankenhaus riecht es nach scharfem Desinfektionsmittel und aufgewärmtem Essen, ein Geruch, an den sie sich wird gewöhnen müssen. Ihre Eltern sitzen nebeneinander auf den beiden einzigen Stühlen im Raum. Sie reden darüber, wo sie heute zu Abend essen wollen: Ihre Mutter hat die Nase voll von dem Kantinenessen in der Cafeteria. Ben sagt, es geht ihm genauso, aber er kennt kein einziges Restaurant in London.

»Warum fragen wir nicht jemanden, ob er uns hier in der Nähe etwas empfehlen kann?« schlägt Beth vor.

Sie unterbrechen ihren Wortwechsel und schauen sie an, als wären sie erstaunt, daß ihre Tochter möglicherweise eine gute Idee gehabt hat.

»Ja, aber wen?« sagt Ann.

»Wir könnten eine der Schwestern fragen.«

»Welche denn?«

»Die große.«

»Die finde ich unsympathisch.«

»Gut, dann eben die jüngere.«

»Die jüngere mit den blondierten Haaren? Glaubst du, die weiß so etwas? Das wage ich zu bezweifeln, Ben.«

Beth legt die Finger um Alices Handgelenk und schaut zu ihr hinunter. Alices Pulsschlag ist deutlich zu spüren. Sie hat einmal gelesen, daß Menschen im Koma häufig wahrnehmen, was um sie herum gesagt und getan wird. Wie würde Alice reagieren, wenn sie hören könnte, was hier gerade los ist? Sie würde sie bestimmt am liebsten anherrschen, sich doch verdammt noch mal endlich zu entscheiden, so wichtig sei das ja schließlich nicht.

»Alice?« flüstert Beth. »Hörst du sie? Sie streiten sich darüber, wohin wir heute abend essen gehen wollen.«

Hört Alice sie? Ihr Gesicht ist ausdruckslos. Sie sieht tot aus, denkt Beth. Alice sieht wie eine Leiche aus. Beth hat Leichen gesehen, hat sie mit einem Skalpell geöffnet, das ihr vorkam wie der Griff eines Reißverschlusses in der Haut; sie hat ihre Hände in die Körper toter Menschen gesteckt, sie hat das Herz eines einunddreißigjährigen Mannes aus dessen Körper geholt, es war schwer, und sie brauchte beide Hände dafür. Alice sieht tot aus, aber Beth weiß, daß es nicht sein kann, denn das Beatmungsgerät bewegt sich, und das EKG zeichnet die Kontraktionen ihres Herzens in Form einer grünen, wellenförmigen Linie nach. Aber Alices Haut hat das blutleere, stumpfe Aussehen, das Beth mittlerweile kennt. Sie merkt, daß sie die Gestalt im Bett kräftig durch-schütteln möchte.

»Mexikanisches Essen mochte ich noch nie«, sagt ihre Mutter gerade. »Das weißt du doch.«

Hinter Beth geht die Tür auf, und sie dreht sich um. Ihre Eltern verstummen. Ein etwas ungepflegter Arzt mit einem Stift hinterm Ohr steht im Türrahmen. »Hi«, sagt er. »Wie geht's Ihnen?«

»Hallo«, sagt Ben. »Danke, gut. Das hier ist Beth, unsere jüngste Tochter.«

Der Arzt geht mit sehr langsamen Schritten zum Bett und schaut Alice eine geraume Weile ins Gesicht. Dann dreht er sich zu Beth um. Er ist Mitte Dreißig, vielleicht auch jünger, und hat dunkle Ringe unter den Augen. »Beth«, wiederholt er nachdenklich, »die Medizinstudentin, stimmt's?«

Beth sieht, daß er seine Hand beinahe zärtlich auf die von Alice gelegt hat, und verspürt sofort den Drang, sie wegzu-schieben. Wie kann dieser Mann es wagen, ihre Schwester zu berühren? Alice würde ihn widerlich finden, ihn sofort als aufdringlichen Angeber entlarven und mit ihm nichts zu tun haben wollen. Beth blickt ihm, quer über Alice hinweg, ins Gesicht und sagt in dem Tonfall, den Alice immer ihre Fräulein-Unnahbar-Stimme nennt: »Ganz recht. Und Sie sind ...?«

Der Mann nickt lediglich. Ben beugt sich auf dem Stuhl vor. »Das ist Dr. Coleman, Beth. Er kümmert sich um Ali-ce.«

Dr. Coleman hält Beth die Hand hin. »Nennen Sie mich Mike.«

Beth schlängelt sich, von der Toilette kommend, zwischen den Tischen der Krankenhaus-Cafeteria hindurch und läßt sich, bei ihren Eltern angekommen, gegenüber von ihnen auf einen Stuhl plumpsen. Sie sind schließlich doch wieder hier gelandet. Der Raum ist leer, bis auf die Frau in dem grünen Kittel hinter der gläsernen Essenstheke und ein paar Ärzten, die sich in gedämpften Ton unterhalten, ohne das Essen auf dem Tablett, das vor ihnen steht, anzurühren. Beths Vater schenkt ihr einen Becher Tee aus einer verbeulten Edelstahlkanne ein.

»Was ist eigentlich mit diesem Mike los?« fragt Beth.

»Wie meinst du das?«

»Also, ist der verliebt in sie oder was? Das wäre ja wieder mal typisch Alice – ein Kerl verliebt sich in sie, ungeachtet des klitzekleinen Problems, daß sie im Koma liegt.«

»Red doch keinen Unsinn, Beth.« Ann spitzt ihre Lippen und nimmt einen Schluck ihres dampfenden Tees. »Er ist Arzt. Er macht bloß seine Arbeit.«

»Versäumst du jetzt viel an der Uni?« erkundigt sich Ben, um das Thema zu wechseln.

Beth gießt Milch in ihren Tee und rührt mit einem Plastiklöffel um. »Geht so. Ich habe gestern mit meiner Studienbetreuerin gesprochen, nachdem Neil da war. Sie sagt, ich könne so lange wegbleiben, wie ich will.«

»Das ist nett von ihr.«

»Ja. Stimmt.«

Ben drückt die Hand seiner Tochter. »Bestimmt wird sie wieder gesund werden«, sagt er.

»Glaubst du das wirklich?« Beth schaut ihrem Vater direkt in die Augen.

»Ja. Das glaube ich.«

Beth probiert ihren Tee. Er ist stark, hat zu lange gezogen.

Ben steht auf. »Ich bestelle uns ein Taxi. Dann können wir

zurück nach Camden fahren«, sagt er. »Du siehst furchtbar müde aus, Beth. Ich habe bei Alice im Abstellraum ein Feldbett für dich aufgestellt.«

Beth beobachtet ihren Vater, wie er quer durch den Raum zu den Münztelefonen geht. Ann hat eine Zigarette aus ihrer Handtasche geholt und sucht offenbar nach ihrem Feuerzeug. »Mum! Laß das.« Sie zeigt auf ein Schild. »Hier drin ist Nichtraucher.«

»Oh.« Ann fummelt mit der Zigarette herum, und sie fällt ihr aus der Hand. »Das habe ich völlig vergessen.«

Beth erwartet, daß ihre Mutter die Zigarette wieder aufhebt, aber statt dessen beugt sie sich über den Tisch und fixiert Beth. »Beth, erzähl mir alles über Alices Besuch in Edinburgh.«

»Da gibt's eigentlich nicht viel zu erzählen«, sagt Beth, erstaunt über die plötzliche Wißbegier ihrer Mutter. »Sie ist angekommen und kurz darauf wieder abgefahren.«

»War sie ... Wirkte sie deiner Meinung nach .... irgendwie ... verstört, als sie wegfuhr.«

»Äh. Ja, du hast recht.«

»Weißt du wieso?«

»Nein. Keine Ahnung. Das haben Kirsty und ich uns hinterher auch gefragt. Sie ging aufs Klo, und als sie fünf Minuten später wiederkam, war sie ganz merkwürdig und abweisend.«

»Aufs Klo?« wiederholt Ann. »Sie ging aufs Klo? Welches Klo?«

»Mein Gott, Mum, das weiß ich doch nicht. Wahrscheinlich dieses neue High-Tech-Klo in der Bahnhofshalle.« Beth denkt angestrengt nach. »Ja, wenn ich es mir recht überlege, muß es das High-Tech-Klo gewesen sein, denn sie hat uns vorher um Kleingeld gebeten.«

»Kleingeld?«

»Ja. Man braucht ein Zwanzig-Pence-Stück, um da rein-zukommen.«

»Um wieviel Uhr war das?« Ann schaut jetzt nicht mehr Beth an, sondern blickt über die Schulter zu Ben hinüber. Er spricht in den Hörer und hält sich mit der Hand das freie Ohr zu.

»Was sollen all diese Fragen?«

»Das kannst du dir doch denken«, sagt Ann im Flüster-ton. »Weil ich es wissen will. Antworte mir, Beth. Wieviel Uhr war es?«

»Ähm … warte mal … Alices Zug ist gegen elf ange-kommen. Also wird es wohl schätzungsweise Viertel nach oder zwanzig nach elf gewesen sein.«

»Zwanzig nach elf. Bist du dir sicher.«

»Ja«, sagt Beth. »Aber was spielt das schon für eine Rol-le?«

»Da kommt dein Vater«, verkündet Ann mit lauter Stim-me, als Ben sich ihnen rasch nähert und im Gehen mit dem Kleingeld in seiner Tasche klimpert.

Ich kann immer noch nicht glauben, daß du fort bist. Ehe das hier passierte, bin ich oft aufgewacht und habe mich für den Bruchteil einer Sekunde gefragt, wieso ich dieses be-drückende Gefühl der Trauer in der Brust spürte und wieso mein Kopfkissen naß war. Ich vergaß immer wieder, daß du nicht mehr da warst, denn ein Leben ohne dich kam mir ab-surd vor. Einfach absurd.

Aber du bist gestorben. Und das ohne jeden Grund.

Ein paar Tage nach deinem Tod druckten die Zeitungen ein Foto des Mannes, der die Bombe gelegt hat, durch die du gestorben bist. Auch er starb bei der Explosion, und er war noch jung, jünger als du. Meine Familie tat in dieser

Zeit alles, um zu verhindern, daß ich eine Zeitung in die
Hände bekam, aber ich sah das Bild trotzdem, und weißt du
was, ich empfand keinen Haß auf ihn. Ich wäre gern zu seinen Eltern gegangen und hätte sie gefragt: Wie fühlen Sie
sich, fühlen Sie sich genauso wie ich, sagen Sie, wie fühlen
Sie sich?

Jemand hat mir Annie auf den Schoß gesetzt. Wie sonderbar. Ich erinnere mich gar nicht daran. Es muß Kirsty gewesen sein. Ich drehe den Kopf nach rechts. Kirsty sitzt, genau wie ich, auf der Rückbank des Autos, sie hat das Gesicht
zum Fenster gewandt, und zwischen uns ist unser Vater.
Meine Mutter fährt, ihre beringten Finger umklammern das
Lenkrad. Sie findet es furchtbar, in London Auto zu fahren.
Beth sitzt neben ihr. Ich frage mich für einen Moment, wo
Neil ist. Ich bin mir sicher, ihn vorhin gesehen zu haben. Zusammen mit Jamie, dem Baby.

Mir ist heiß. Ich trage komische Sachen. Ich habe heute
vormittag gebadet, und als ich zurück ins Schlafzimmer
ging, sah ich meine Mutter am Fenster stehen und mit zornigen Bewegungen die Preisschilder von einem neuen Kos-
tüm abfummeln. Sie grummelte: »Da sich eine Begegnung
zwischen dir und diesen Schweinehunden nicht vermeiden
läßt, werde ich wenigstens dafür sorgen, daß du gut aus-
siehst.« Der Stoff ist aus schwarzer Schurwolle, die mir auf
der Haut kratzt, die Jackenärmel sind zu kurz und der Rock,
für mich ungewohnt, wadenlang. Außerdem ist er so schmal
geschnitten, daß ich nur kurze Schritte machen kann. Ich
komme mir in diesen Sachen alt vor.

Ich beuge mich vor, mein Kinn streift Annies Kopf, und
ich drehe die Fensterkurbel ein paarmal herum. Das Fenster
rutscht ruckelnd nach unten, und eisige Luft strömt durch
den Spalt herein. Annies Körper versteift sich in meinen

Armen, sie macht ihre mandelförmigen blauen Augen ganz weit auf. Ich schaue zu, wie sie einen Arm nach oben streckt und ihre winzigen, biegsamen Finger in den Spalt schiebt. Sofort reißt sie sie wieder zurück und drückt sich die Hand gegen die Brust. Ich umschließe sie mit meinen Fingern. »Na, war das zu kalt?« frage ich sie.

Plötzlich drehen sich die anderen alle zu mir um.

»Was hast du gesagt?« »Wie war das?« »Entschuldigung?« »Wie bitte?« »Hast du was gesagt?« sagen sie, alle gleichzeitig.

Ich schaue auf Annie hinunter. Ihr Haar, das büschelweise auf ihrem zerbrechlich wirkenden Schädel wächst, ist so hell, daß es Fäden aus Rohseide gleicht. Blaue Streifen durchziehen wie Diagramme ihre Stirn. Ich weiß nicht, wann ich zuletzt meine Stimme gehört habe. Versuchsweise räuspere ich mich, presse dann aber die Lippen aufeinander. Ich riskiere es, im Geiste seinen Namen zu sagen: John. Ein weiterer Versuch: Er ist tot.

Annies Augen huschen unruhig über die Straßen, durch die wir fahren. Auf einmal hebt sie erneut ihren Arm, spannt ihren sehnigen, kompakten Körper vor Anstrengung an. Ihre Fingerknöchel treten hervor, und sie streckt den Zeigefinger aus. »Und!« verkündet sie mit Nachdruck und blickt erwartungsvoll zu mir hoch.

Es entsteht eine Pause.

»Sie meint ›Hund‹«, sagt Kirsty. »Sie hat irgendwo da draußen einen Hund gesehen.«

Ich schaue aus dem Fenster. Keinen Meter von uns entfernt geht ein Paar den Bürgersteig entlang. Der Mann hat eine Hand in die Gesäßtasche von der Jeans der Frau geschoben. Die Frau ist offenbar wütend, sie hat ihm stirnrunzelnd das Gesicht zugewandt, redet auf ihn ein und unterstreicht ihre Worte mit kurzen, ruckartigen Gesten, bei denen seine Hand in ihrer Tasche jedesmal zuckt, als gehörte sie zu einer Marionette. Neben ihnen her trottet, unbeeindruckt von ihrem Zorn, ein Hund mit struppigem braunem Fell, der eine rote Leine im Maul hat.

Unser Auto fährt wieder los. Ich blicke über die Schulter, ihnen hinterher, und als wir um die Ecke biegen, streiten sie sich immer noch. Sie sind stehengeblieben, und er hat die Hand aus ihrer Tasche genommen. Dann sind sie nicht mehr zu sehen. Annie hat sich umgedreht und mustert mich aufmerksam. Wir sehen uns nicht besonders oft. Sie drückt die Zeigefingerspitze gegen mein Kinn. Eine meiner Tränen fließt zufällig auf ihren Finger und über ihre Hand und verschwindet dann unter ihrem Ärmel. Sie nimmt die Hand weg und guckt erstaunt auf den Ärmel ihres Pullovers. Der Wagen hält an und alle steigen aus. Ich öffne die Tür und drücke Annie an mich. Unbeholfen winkele ich die Knie an, und dann stemme ich mich mit tief gebeugtem Rücken hoch, damit Annies Kopf nicht gegen den Türrahmen stößt. Ich merke, daß in die Menschenansammlung auf dem Bürgersteig plötzlich Bewegung gerät, und es ertönt das gedämpfte, klackende Geräusch von Schuhsohlen auf Asphalt, als sich mir eilig Schritte nähern. Dann bin ich von drängelnden Menschen umringt, Blitzlichter leuchten hell auf, und Fragen prasseln auf mich nieder.

»Mrs. Friedmann, möchten Sie einen Kommentar zum Tod Ihres Mannes abgeben?«

»Stimmt es, daß John sich mit seiner Familie zerstritten hatte?«

»Ist das Ihr Kind, Alice? Ist das John Friedmanns Tochter?«

»Schauen Sie bitte hierher, Alice.«

Ich halte eine Hand schützend vor Annies Kopf. Sie krallt sich mit ihren Fäusten so fest an den Kragen meiner Bluse, daß ich Angst habe, keine Luft mehr zu kriegen, und ihr immer lauter werdendes Schreien bohrt sich in mein Ohr. Dann schiebt jemand, ein Freund und Arbeitskollege von John, der von irgendwoher aufgetaucht ist, die Leute zur Seite, faßt mich am Arm und zieht mich weg. Kurz darauf sind wir durch mehrere Türen hindurch, und Beth ist an meiner Seite, und Annie wird mir abgenommen, und mein Vater faßt mich bei der Hand. Auf einmal ist es vollkommen still.

Der Anblick des Sarges ist ein Schock. Er ist da drin, sage ich im Inneren zu mir, sein Körper liegt direkt hinter den Wänden dieses Holzkastens. Es kommt mir sehr wichtig vor, den Sarg genau zu inspizieren, mit der Hand darüber zu fahren, die Maserung des Holzes auf der fein geriffelten Haut meiner Hand zu spüren. Ich gehe auf ihn zu, und jetzt sehe ich die breiten Messingschrauben mit den klobigen Köpfen, die den Deckel geschlossen halten. Ein Gefühl der Enge schnürt meine Brust ein. Ich überlege mir, was für einen Schraubenzieher ich wohl bräuchte, um die Schrauben zu lösen, und ich nähere mich immer mehr, bin inzwischen ganz nah dran; ich strecke bereits die Hand aus, als ich spüre, wie mich jemand an meiner anderen Hand zurückzieht. Verblüfft schaue ich nach unten und sehe, daß mein Vater sie immer noch festhält. »Hier entlang, Alice«, sagt er zu mir. »Komm, setz dich.«

Aber ...

»Komm mit«, sagt er sanft.

Ich bin so dicht dran. Noch zwei Schritte, dann könnte ich meine Hand auf den Sarg legen. Ist das Holz glatt? Fühlt es sich warm an? Könnte ich die Wange darauf legen? Ich drehe mich zu meinem Vater um. Es wäre nicht schwer, ihm meine Hand zu entwinden und die zwei Schritte zu gehen. Ich sehe, wie sich hinter ihm meine Familie in die vordere

Reihe setzt und mich besorgt anschaut. Neil ist auch da, er hat Jamie auf dem Arm. Und hinter ihnen ist ein Meer aus Gesichtern, so viele Gesichter – kannte John derart viele Leute? –, die mich alle mehr oder weniger verstohlen anblicken, und plötzlich fällt mir ein, daß einer dieser Menschen Johns Vater sein muß. Ich folge meinem Vater und setze mich zwischen meine Eltern. Vielleicht wird mir ja nachher gestattet, den Sarg zu berühren.

Ich höre zu, wie ich einatme und ausatme, ein und aus, ein und aus, die Lungen füllen sich mit Luft und stoßen sie dann wieder in die Atmosphäre aus. Die Luft, die in mich einströmt, stelle ich mir als Licht vor, das einen dunklen Raum erhellt. Ehe ich es verhindern kann, läuft mein Gedankengang in eine vertraute Richtung, und ich frage mich, wie es ist, wenn man versucht zu atmen, aber fast nur Staub und abgestanden riechende, giftige Gase einsaugt; oder wenn man kaum atmen kann, weil man unter einer tonnenschweren Schicht aus Beton und Eisen verschüttet ist. War er sofort tot, oder war er noch stundenlang am Leben, bei Bewußtsein, und hat nach Atem gerungen, in der Hoffnung, gerettet zu werden? Die Polizei konnte mir das nicht sagen. Ich spüre von neuem eine bedrohliche Welle der Panik in meinem Bauch aufsteigen, und ich muß meinen Blick starr auf den Mann richten, der vorn neben dem Sarg steht, und mich auf seine Worte konzentrieren, damit ich nicht laut losschreie.

Es ist Sam, Johns Studienfreund, und er redet und redet, und zu Beginn jedes Satzes breitet er die Hände aus, öffnet die Finger wie Blumenblätter, und am Ende jedes Satzes legt er die Hände wieder aneinander. Ein und aus, ein und aus. Ich sehe ihn an, aber ich höre ihm nicht zu, denn ich will nicht wissen, was er sagt, denn nichts davon nützt etwas, und nichts davon wird ihn zurückbringen, und nichts von dem, was diese Menschen sagen, wird die Tatsache ändern, daß er in diesem eckigen Kasten liegt und ich unbedingt dorthin gehen und das Holz berühren will. Ich höre Annie etwas rufen, und Kirsty murmelt ihr zu, sie soll still sein, es dauert nicht mehr lange, die arme Annie, es muß furchtbar langweilig für sie sein. Dann höre ich Sam meinen Namen sagen, und es ist, als würde eine Nadel auf einer zerkratzten Schallplatte immer wieder zurückspringen, und ich bekomme Angst, Angst davor, all diese Leute könnten von mir erwarten, daß ich nach vorn gehe und etwas sage, denn ich wüßte gar nicht, was ich sagen sollte, denn ich will bloß mit der Hand über den Kasten streichen, ein einziges Mal würde mir schon reichen, und ich würde auch nicht weinen und vor all diesen Leuten eine Szene machen, denn ich weiß, davor fürchten sich meine Eltern am meisten. Vor seinem Vater.

Sein Vater. Ich drehe den Kopf nach hinten. Ich will ihn sehen. Mein Blick schweift über die Reihen voller Gesichter. Ich kenne all diese Leute. Manche lächeln mich kurz an, manche nicken. Jemand winkt. Ich winke nicht zurück – und habe ein schlechtes Gewissen deswegen –, aber ich will einfach nur einen Blick auf ihn werfen. Ich will einfach nur wissen, wie er aussieht, und ich will, daß er mich sieht und denkt, das also ist Alice.

Meine Mutter zupft an meinem Ärmel und murmelt: »Alice«, in einem Tonfall, der mir klarmacht, sie will, daß ich mich wieder umdrehe und mich ordentlich hinsetzte, aber ich gehorche nicht. Auf der anderen Seite des Saals, jenseits des schmalen Mittelgangs, sitzt eine Gruppe mir unbekannter Leute. Johns Verwandte. Ich bin mir sicher. Sie sind zu sechst oder siebt. Es sind vier ältere Männer in dunklen Mänteln darunter. Ich merke, daß ich nach jemandem Ausschau halte, der wie John aussieht, ich suche nach einem älteren Pendant zu seinem Gesicht, aber ohne Erfolg.

Eine Frau, die bei Johns Zeitung arbeitet, liest ein Gedicht vor. Ich höre einzelne Leute schluchzen, und neben mir stützt mein Vater die Stirn auf eine Hand. Es ist schon komisch, ich habe John oft damit aufgezogen, daß diese Frau meiner Ansicht nach ein Auge auf ihn geworfen hatte. Ich will mich gerade wieder zu seinen Verwandten umdrehen, als ein merkwürdiges elektrisches Surren ertönt. Unter dem Sarg haben kleine Räder sich zu drehen begonnen, und er bewegt sich langsam auf eine Öffnung in der Wand zu, die bisher von Vorhängen verborgen war. Keiner hat mir erzählt, daß so etwas passieren würde.

Ich springe auf, meine Beine halten nur mit Mühe mein Gewicht, aber sofort greifen meine Eltern nach mir und ziehen mich wieder nach unten.

»Nein!« Ich wehre mich mit aller Kraft. »Nein, bitte, ich will doch bloß …«

Meine Hände werden fast von den Händen meiner Eltern zerquetscht, und ich beobachte mit Entsetzen, wie der Sarg langsam in das Loch rollt und verschwindet. Dann reiße ich meine Hände los, denn ich will mit ihnen mein Gesicht bedecken. Ich drücke beide Hände auf meine Augen, und ich weigere mich, sie wegzunehmen, denn ich will nie wieder irgend etwas sehen.

Rachel hat sich bei Alice untergehakt. Sie stehen in der Nähe der Tür. Viele Leute kommen zu Alice – hauchen ihr einen Kuß auf die Wange, schütteln ihr die Hand, sagen Worte, an die sich Alice, kaum daß sie in der Luft verhallt sind, schon nicht mehr erinnert. Sie schaut den Lippenbewegungen zu, nickt häufig, spricht aber nicht. Rachel hingegen spricht, und Alices Mutter, die Alice nicht sehen, aber hören kann, ebenfalls. Jemand gibt ihr ein gelbes Plastikgefäß.

Sie nimmt es zwischen beide Hände und starrt es mit leerem Blick an. Rachel hält eine Hand darunter, denn sie befürchtet, Alice könne es fallen lassen. Auf der Vorderseite klebt ein kleines silbernes Etikett, auf dem in einer häßlichen Kursivschrift »John D. Friedmann« steht. Alice betrachtet das Etikett und fragt sich gerade, ob man es abmachen kann, als links von ihr ein Mann mit leiser Stimme sagt: »Sie müssen Alice sein.«

Sie dreht sich zu ihm um. Es ist einer der Männer im dunklen Mantel, und er streckt ihr die Hand entgegen. Sie muß das Gefäß in die linke Armbeuge legen, erst dann kann sie nach seiner Hand greifen. Sie ist warm, und er hält ihre Hand länger fest, als von ihr erwartet.

»Ich bin Nicholas«, sagt er und fügt dann hinzu: »Johns Onkel.«

»Ja, ich weiß.« Alice probiert vorsichtig ihre Stimme aus. Sie klingt unnatürlich hoch und brüchig. Sie fährt sich mit der Zunge über die Lippen und holt tief Luft. »John hat mir von Ihnen erzählt.«

»Alice«, sagt er, »wir … damit meine ich mich und die übrige Familie … möchten Ihnen sagen, wie leid uns … das alles tut.«

Rachel hält sie ganz fest. Alice nickt.

»Außerdem«, sagt er, und sein Blick wandert dabei unwillkürlich zu einem Mann, der ein paar Schritte hinter ihm steht, »würde Daniel gern wissen … sofern es Ihnen nichts ausmacht, uns das zu erzählen … wo sie den Inhalt verstreuen wollen.« Er zeigt auf die gelbe Urne.

Alice schaut über die Schulter zu Johns Vater hinüber. Er ist kleiner und stämmiger, als sie gedacht hat, mit kurzgeschorenem, grauem Haar. Niemand ist bei ihm, er schaut durch die Flügeltüren auf die Leute, die in Gruppen draußen auf dem Bürgersteig stehen, und während sie ihn be-

trachtet, streicht er sich mit der Seite des Zeigefingers langsam über ein Augenlid. Es ist eine Bewegung, in der unendlich viel Erschöpfung und Trauer liegt, und in dem Moment,
und nur für die Dauer dieses Moments, liebt sie ihn. Sie
liebt ihn tatsächlich. Es fühlt sich an wie das ungewohnte,
schmerzhafte Dehnen eines selten benutzten Muskels. Sie
schaut sogar auf ihre Armbanduhr. Um 15.04 liebte ich deinen Vater.

Sie schraubt den Deckel der Urne ab und schaut hinein.
Sie ist gefüllt mit feinem, weißlichem Puder. Sie steckt ihre
Finger hinein und reibt die Körner zwischen Daumen und
Zeigefinger. Sie klumpen sich zu winzigen Flocken zusammen. Alice schraubt den Deckel wieder auf die Urne und
drückt sie Nicholas Friedmann in die Hand. Er ist total verblüfft. »Sind Sie sich sicher?« fragt er.

Ann, die plötzlich neben ihr aufgetaucht ist, sagt: »Denk
dran, Alice, du bist dazu nicht verpflichtet. Du könntest es
später bereuen. Überleg es dir gut.«

Er berührt sie unschlüssig am Ärmel. Sie nickt zweimal.
Er geht zu Johns Vater, flüstert ihm etwas zu und gibt ihm
die Urne. Er wiegt sie in den Händen und hält sie, genau wie
Alice es getan hat, schräg nach hinten, um das Etikett zu lesen. Dann schaut er zu ihr herüber. Ihre Blicke treffen sich
kurz. Sie steht da, denkt, daß er gleich zu ihr kommen wird,
und sie schluckt all die Worte hinunter, die sich auf ihrer
Zunge ansammeln, aber dann wendet er sich ab, geht durch
die Tür und die Stufen hinunter, nach draußen in die helle
Wintersonne.

Ann fand North Berwick anfangs grauenvoll. Einfach grauenvoll. Sie fand es grauenvoll, daß egal, wohin sie ging – in
Läden, an den Strand, in dem Park, in die Bücherei –, jeder
genau wußte, wer sie war. »Sie müssen die Frau von Ben Rai-

kes sein« oder »Sie sind bestimmt die junge Mrs. Raikes«, oder »Sind Sie nicht Elspeths Schwiegertochter?« Da sie nicht wußte, wie sie auf diese Begrüßungen reagieren sollte, wickelte sie sich fester in ihren Mantel ein und fuhr mit den Fingern über die Ränder der Münzen in ihrer Tasche. Sie war diesen Leuten gegenüber von Anfang an im Nachteil, das wußte sie genau, denn sie hatte keinen blassen Schimmer, wer sie waren, und hatte daher natürlich auch keine detaillierten Kenntnisse über deren Leben oder über die letzten vier Generationen ihrer Vorfahren. Menschen, die sie überhaupt nicht kannte und auch gar nicht kennenlernen wollte, sprachen sie auf der Straße an. »Wie gefällt es Ihnen bei uns?« »Spielen Sie Golf?« »Warum kommen Sie nicht mal auf eine Tasse Tee vorbei?« »Woher stammen Sie eigentlich?« Sie konnte sich nicht unsichtbar machen. Es war, als würde sie mit einem großen Schild auf dem Rücken herumlaufen. In ihren Augen war die Stadt, eingeklemmt wie sie war zwischen dem Meer und den öden Flächen der landwirtschaftlichen Felder, ein Hort der Klatschsucht, Beschränktheit und krankhaften Neugier. Und die Leute mochten sie nicht. Sie hielten sie für eine hochnäsige Engländerin – das war ihr klar, und es kümmerte sie nicht.

Also ging sie nach einer Weile nicht mehr in die Stadt. Oder nur noch in der Winterdämmerung, wenn sie ihren Kopf wegen der Windböen, die immer durch die schmalen Lücken zwischen den roten Sandsteinhäusern in der High Street pfiffen, gesenkt halten konnte, und deshalb niemand sie erkannte. Tagsüber blieb sie allein in dem Haus, das ihr Heim sein sollte, in dem sie sich aber fremder fühlte, als je zuvor irgendwo anders. Sie streifte durch die Zimmer und prägte sich ein, wo sich bestimmte Gegenstände befanden; sie wollte genau wissen, wo alles war, wie es sich zu einem Ganzen zusammenfügte.

Dann bekam sie ein Kind, und für ein Weile wurde es besser, und sie wagte sich sogar öfter aus dem Haus. Ihr gefiel der Anblick von ihr selbst mit der Kinderkarre, die dunkelblau war und quietschende Metallräder hatte. Statt Ann anzuschauen, schauten die Leute jetzt in die Karre. Und immerhin war Kirsty blond, rosig, und fröhlich. »Oh, ein kleines Engelchen«, sagten sie, und Ann dachte, sie würden sie jetzt vielleicht besser leiden können, weil sie Kirsty mochten. Sie hatte zum ersten Mal das Gefühl, ihr Leben im Griff zu haben: sie hatte ein Kind, einen Ehemann und ein Haus, das zwar nicht ihr gehörte, in dem sie sich aber nun, da sie das Kind hatte, sehr viel heimischer fühlte, und Elsbeth war so nett gewesen, ihr zuzureden, das Kinderzimmer neu zu streichen und so viele Blumen, wie sie wollte, im Garten anzupflanzen. Manchmal sah sie ihr Spiegelbild in einem Schaufenster – mit Mantel, Einkaufstasche und Karre –, und dann dachte sie: Da ist eine schicke junge Mutter unterwegs, um für ihren Mann etwas zum Abendessen zu kaufen. Der Tonfall ihrer Stimme kam ihr immer noch mißtönend und fremdartig vor, wenn sie in einem Laden sagte, was sie haben wollte, aber irgendwie spielte das keine so große Rolle mehr.

Bei einem dieser Einkaufsbummel, bei denen sie die Stadt mehr und erkundete, ging sie in einen Antiquitätenladen. Drinnen empfing sie ein Mann mit dunklen Augen und langen Wimpern. Ann sah sich im Laden um, und als sie sich wieder zu dem Mann umdrehte, hatte er, ohne sie zu fragen, Kirsty aus dem Wagen gehoben und hielt sie an seine Brust. »Ich habe einen Sohn, der fast genauso alt ist«, sagte er. Er sprach mit demselben Akzent wie Ann. Vor seiner Schulter wirkte Kirsty winzig klein. Dann kam Alice auf die Welt, die von Geburt an schwarze Augen und schwarze Haare hatte. Ann kam sich neben ihr wie ein Fotonegativ vor, und es war ihr unmöglich, sie voller Selbstvertrauen herumzufahren. Sie ertrug die Bemerkungen der Leute über dieses Baby nicht – so arglos sie auch sein mochten. Wenn sie ihr Spiegelbild mit Alices Kinderkarre in einem Schaufenster sah, erblickte sie keine junge Mutter, sondern eine Ehebrecherin.

Während der Taxifahrt zurück zu Alices Haus sitzen Ben und Beth gemeinsam auf der Rückbank und unterhalten sich. Ann hat den Kopf gegen das Fenster der Beifahrertür gelehnt. Es wird immer früher dunkel. Bald wird Johns Tod ein Jahr her sein. Anns Atem hinterläßt auf der Glasscheibe neben ihrem Kopf kleine Tröpfchen, die aber immer wieder verschwinden, sobald sie Luft holt. Am Samstag ist Alice etwa um elf Uhr zwanzig auf dem High-Tech-Klo der Waverley Station gewesen.

Sollte Alice wieder aufwachen, sagt Ann sich, könnte das Geheimnis herauskommen, von dem du glaubtest, es sei sicher, seit du Elspeths Leiche in ihrem Zimmer gefunden hast. Vielleicht wird Alice nicht wieder aufwachen. Oder vielleicht doch. Während das Taxi durch die Dunkelheit braust und Beth hinter ihr Ben eine Geschichte erzählt, in der ein Hund und ein Frisbee vorkommen, malt sich Ann die Szene aus: Sie und Ben stehen an dem Bett. Plötzlich bewegt Alice sich, sie streckt sich, schlägt die Augen auf. Sie schaut sie an, schaut Ben an, macht den Mund auf und sagt –

Womöglich würde sie gar nichts sagen. Womöglich hat sie gar nichts gesehen. Womöglich war sie aus einem völlig anderen Grund verstört, und es ist der reine Zufall, daß Ann zur selben Zeit mit –

Und selbst wenn Alice sie beide gesehen hat, muß sie ja nicht automatisch annehmen, daß der Mann eine Rolle in ihrem Leben spielt, daß er mehr ist als der Liebhaber ihrer Mutter.

Aber Ann weiß tief im Inneren, daß Alice die Fähigkeit besitzt, im Handumdrehen den Kern einer jeden Situation zu erfassen. Auch sie kennt jetzt die Wahrheit, genau wie jemand anderes. Und Ann weiß, daß Alice nicht zu den Menschen gehört, die Dinge auf die lange Bank schieben. Wenn Alice aufwacht, wird sie sie zur Rede stellen. Wahrscheinlich sofort.

Aber was, wenn sie nicht aufwacht? Was dann?

Alice springt durch die Türen der U-Bahn, als sie sich gerade schließen. Es ist Samstag gegen Mittag, und der Zug der Northern Line ist relativ leer. Während er ruckelnd die Station Camden Town verläßt, geht sie ans Ende des Waggons und setzt sich einer älteren Frau gegenüber, die ein Kopftuch trägt und eine Plastiktüte voller Kinderspielzeug dabeihat. Alice wird bis Kensington fahren, dort den Bahnsteig wechseln und die nächste U-Bahn Richtung Norden nehmen, die sie zurück nach Camden bringen wird, wo sie dann höchstwahrscheinlich erneut den Bahnsteig wechseln und mit ihrem Ritual von vorn beginnen wird.

Diese U-Bahn-Touren sind eine feste Angewohnheit geworden, allerdings würde sie das niemandem gegenüber zugeben. Aber es ist für sie der einzige Weg, um sich vorübergehend besser zu fühlen – die Anonymität, das einlullende Ruckeln der Waggons und die Ziellosigkeit der Fahrten haben etwas an sich, das auf sie beruhigend wirkt.

Heute läuft der letzte gemeinsam mit ihm verbrachte Morgen immer wieder vor ihrem inneren Auge ab. Als sie an jenem Tag aufgewacht ist, war er schon aufgestanden und duschte gerade.

Sie drehte sich um, legte sich auf die noch warme Stelle, wo sein Körper gelegen hatte, und kuschelte sich in die Bettdecke. Fünf Minuten gönne ich mir noch, sagte sie sich. Sie hörte, wie John nach unten stapfte und in der Küche herumhantierte. Dann kam er wieder die Treppe hoch, öffnete die Schlafzimmertür und krabbelte über das Bett zu ihrem zusammengerollten Körper. »Aufstehen, aufstehen«, säuselte er und küßte ihren Nacken.

Sie kreischte auf, als sein feuchtes Haar ihre bettwarme Haut berührte. »Du bist ja ganz naß, John.«

»Ich hab dir Tee gemacht«, sagte er und stellte den Becher auf den Nachttisch, ehe er neben ihr unter die Decke schlüpfte. Sie drehte sich zu ihm um, und für eine Weile lagen sie sich in den Armen, die Gesichter einander zugewandt.

»Weißt du, was ich jetzt gleich sage?« fragte er.

»Ja.«

»Und was?«

»Du sagst: ›Acht Uhr, Alice.‹«

»Nein. Falsch. Ich sage: Halb neun, Alice.«

Sie packte seinen Arm. »Du lügst.«

Lachend schüttelte er den Kopf.

»Ich glaube dir kein Wort«, fuhr Alice fort. »Das ist bloß ein mieser Trick, um mich aus dem Bett zu scheuchen.«

»Ich fürchte nein.« Er hielt ihr seine Armbanduhr vor die Nase.

Sie machte sich von ihm los und stand auf. »Oh, Mist, ich werde zu spät kommen. Das ist deine Schuld. Du hättest mir eher Bescheid sagen sollen.«

Er lachte erneut, sprang aus dem Bett, und zog sich seine Hose an, während sie ins Bad düste.

Als sie zehn Minuten später die Küche betrat, war der Tisch gedeckt, und eine Scheibe warmer Toast lag bereits auf ihrem Teller. »Du bist wirklich ein Engel«, sagte sie zu seinem Kopf, der fast vollständig von der Zeitung verdeckt war. Sie schlang den Toast hinunter. John faltete die Zeitung zusammen und legte sie neben sich auf den Tisch. »Was liegt bei dir heute an?«

Sie verzog das Gesicht. »Nichts Aufregendes. Wir kriegen wieder mal eine Schulung für die Benutzung der neuen Datenbank, die uns ständig versprochen wird, die aber noch immer nicht installiert ist. Und wie sieht's bei dir aus?«

»Ganz gut. Ich muß heute nachmittag in Islington jemanden interviewen, aber ansonsten wird wohl nicht viel los sein.« Er gähnte und streckte sich. »Laß uns übers Wochenende wegfahren«, sagte er.

»Wohin?«

»Weiß nicht. Ich habe einfach Lust, mal aus London rauszukommen. Wie wär's mit St. Ives?«

»St. Ives? Ist Cornwall nicht ein bißchen zu weit für einen Wochenendausflug?«

»Ach was, du Schlaffi, das wird Spaß machen. Wir suchen uns eine nette kleine Pension, gehen am Strand spazieren, besuchen die neue Tate Gallery, bleiben den ganzen Vormittag im Bett.« Er stand auf und stellte seinen Teller auf das Ablaufbrett der Spüle. Als Alice nach seinem Tod vom Aufenthalt bei ihren Eltern zurückkehrte, stand der Teller immer noch an genau derselben Stelle. Es dauerte Tage, bis sie sich überwinden konnte, ihn abzuwaschen. Auf dem Messer befanden sich immer noch schmierige Margarineabdrücke seiner Finger.

»Abgemacht.«

»Ich muß jetzt los.«

Alice stand auf und brachte ihn zur Tür. Er umarmte und küßte sie. »Bis heute abend«, flüsterte er ihr ins Ohr. »Tschüs, Schatz.« Er ging hinaus und winkte ihr von der Pforte aus noch einmal zu. Sie schloß die Tür, und als sie durchs Wohnzimmer ging, sah sie ihn durch das große Fenster, wie er, den Kopf wegen des kalten Windes gesenkt, gerade dabei war, den Reißverschluß seiner Jacke zu schließen. Dann war er verschwunden, wie ein Schauspieler, der in einer Filmszene abgeht.

Tränen fließen über Alices Gesicht und tropfen von ihrem Kinn auf ihr T-Shirt. Es ist kaum jemand in dem Waggon, aber auch wenn es anders wäre, würde sie das nicht kümmern. Sie versucht, ihr Gesicht am Ärmel abzuwischen, aber er ist bereits feucht. »Wollen Sie ein Taschentuch?«

Es ist die ältere Frau ihr gegenüber, sie beugt sich mit einem mitfühlenden Blick zu ihr herüber, in der ausgestreckten Hand eine Packung Papiertaschentücher. Alice zögert. »Nur keine Hemmungen, meine Liebe, Sie sehen aus, als könnten Sie ein Taschentuch gebrauchen.«

»Danke.« Alice nimmt sich eines, in der Hoffnung, daß die Frau nicht versuchen wird, ein Gespräch anzufangen. Nachdem sie sich die Nase geputzt und das Gesicht abgewischt hat, steckt sie das Taschentuch in die Tasche ihrer Jeans und blickt verstohlen zu der Frau hinüber. Verdammt, sie schaut sie immer noch an.

Die Frau räuspert sich und beugt sich erneut vor. »Sie weinen wegen eines Mannes, stimmt's?«

Alice starrt sie verblüfft an, dann nickt sie.

»Hab ich's mir doch gedacht.« Die Frau schnalzt mißbilligend mit der Zunge. »Also, wenn Sie mich fragen: Der Kerl ist es nicht wert.«

Alice erhebt sich schwankend und hebt ihren Rucksack vom Boden auf. Sie würde am liebsten brüllen: Er ist tot, er ist tot, und er war es wert, aber sie wartet schweigend, bis der Zug mit einem Ruck anhält. Sobald die Türen aufgehen, verläßt sie den Zug und mischt sich unter die Leute auf dem Bahnsteig.

Alice geht mit Elspeth einkaufen. Alice darf die Sachen nach Hause tragen. Einige werden in Einkaufstüten getan, die Alice später beim Gehen gegen die Knie schlagen. Essen und Reinigungsmittel soll man nicht in ein und dieselbe Tüte tun, sagt Elspeth. Dosen zusammen mit Reinigungsmitteln sind erlaubt. Obst soll man nicht im Einkaufsnetz transportieren. Es bekommt davon Druckstreifen. Alice weiß, daß sie das Netz mit beiden Händen vor sich her tragen muß, wenn eine Packung Eier darin ist. Diese Packungen sind aus grauer, sich feucht anfühlender Pappe, und es paßt immer ein halbes Dutzend hinein, was sechs Stück bedeutet. Ehe Elspeth die Eier kauft, öffnet sie den Deckel und stellt die Eier in den schützenden Halterungen auf den Kopf, um sicherzugehen, daß auch keines einen jener feinen Haarrisse hat, aus denen dann Flüssigkeit in die Pappe sickert. Wenn Alice die Eier trägt, klappt sie den Deckel auf, nimmt jedes einzelne in die Hand, um es wieder andersherum, mit dem flacheren Ende nach unten, in die Schachtel zu legen. Einmal ist ihr dabei die Packung aus der Hand gerutscht, und die Eier sind auf dem Bürgersteig zu einer chaotischen Masse aus gelben Dottern, geborstenen Schalen und glibbrigem, farblosem Eiweiß zersprungen. Machtnichtsmachtnichts, hat Elspeth damals wieder und wieder gesagt.

Heute haben sie nicht viel eingekauft. Ein brauner Laib Brot beult das schwarze Einkaufsnetz aus, das Alice in Händen hält. Früher hat Alice sich dieses Netz oft über den Kopf gestülpt und es mit überkreuzten Armen an den geflochtenen Griffen am Körper hinuntergezogen. In dieser Aufmachung war sie dann der »Netzmann«. Aber das ist lange her. Heute hat Elspeth eine Freundin getroffen, und die beiden unterhalten sich schon seit einer Ewigkeit draußen vor dem Antiquitätengeschäft. Alice mag diese Freundin nicht besonders: Sie ist immer stark gepudert, und jedesmal, wenn sie Alice küßt, muß Alice wegen des muffigen, kreidigen Geruchs niesen. Alice beginnt, ganz leicht an Elspeths Hand zu rütteln, und biegt mit den Zehen die Sohlen ihrer Sandalen nach oben. Ohne die Unterhaltung zu unterbrechen oder nach unten zu schauen, zieht Elspeth sie einmal kurz am Arm, was, wie Alice genau weiß, bedeutet, daß sie sich benehmen soll. Sie entwindet ihre Finger Elspeths Griff, geht zum Schaufenster des Antiquitätenladens und drückt die Nase dagegen.

Zuerst sieht sie bloß, wie winzige Tröpfchen schemenhaft die Umrisse ihrer Nase und ihrer Lippen auf der Scheibe nachbilden. Dann legt sie die Hände tunnelförmig um die Augen, damit sie trotz des hellen Sonnenlichts etwas sehen kann, und späht durch die Scheibe. Sie war noch nie in dem Laden: Drinnen ist es dämmrig, verschiedene Gegenstände hängen an der Decke, und nicht weit vom Fenster entfernt steht eine gewölbte Glasvitrine voller Perlen, Ohrringe und Ringe.

»Wollen wir mal reingehen?«

Alice wendet ihren Blick wieder der Straße und deren Spiegelbild im Fenster zu, und sie sieht, daß Elspeth sich inzwischen neben sie gestellt hat.

»Ja.«

Im Laden kommt es ihr kälter als draußen auf der Straße vor. Alice steht vor einem Tisch, dessen Platte so blank poliert ist, daß sie glaubt, wenn sie sie berührte, würden sich um ihre Finger herum kreisförmige Riffel bilden und zum Rand ziehen. Sie schaut hoch und betrachtet die dunkelroten Wände: federbesetzte Fächer, goldgerahmte Gemälde der Landschaft von East Lothian, ein ausgestopfter Affe mit Glasaugen, der einen Silberteller in Händen hält, eine Vase mit schlankem Hals, blau gemusterte Teller, die auf kleinen gebogenen Eisenstäben an der Wand lehnen, ein Lampenschirm, von dem auf Schnüren aufgezogene violette Perlen herabbaumeln. Da Elspeth im hinteren Raum mit der Verkäuferin redet, läuft Alice zu einem blanken Drehständer voller Kleidungsstücke. Sie kennt diese Art Ständer aus den Geschäften, in die sie mit ihrer Mutter geht, und sie findet sie toll. Sie gibt ihm einen Schubs nach links: Die Kleidungsstücke auf den Bügeln huschen an ihr vorbei, begleitet von dem leisen Rascheln, wenn Seide über Seide reibt, einem überschwenglichen, geheimnisvollen Geräusch. Alice duckt sich und taucht in der Mitte des Ständers wieder auf, umgeben von altmodischen Kleidern und Blusen und Röcken und Schals. Sie fährt mit der Hand ehrfürchtig über die Innenseiten der Kleidungsstücke, und die Berührung mit den Stoffen jagt ihr einen kühlen Schauder über die Haut. Sie dreht sich ein ums andere Mal im Kreis, betrachtet die Kleider, bis ihr so schwindelig wird, daß ihr Blick verschwimmt. »Du bist vermutlich Alice.«

Alice schaut unter ihrem Pony hoch. Sie besteht immer darauf, daß ihr Pony gerade abgeschnitten wird und ihre Augenbrauen berührt. Kürzer darf er auf keinen Fall sein. Wenn ihre Mutter, die ihren drei Töchtern immer eigenhändig die Haare schneidet und sie zu diesem Zweck nacheinander auf einen Küchenhocker setzt, versucht, den Pony kürzer zu schneiden, kreischt Alice, bis ihre Lippen blau anlaufen. Einmal geriet sie an einem Haarschneide-Tag derart außer sich, daß Ann sie auf den Boden gestellt und ihr mit der Rückseite der Haarbürste auf die Beine geschlagen hat.

Es ist ein Mann, der sich mit den Ellbogen auf den Ständer stützt und zu ihr hinunterschaut. Alice kann ihn nicht genau erkennen, aber sie glaubt nicht, daß sie ihm schon einmal begegnet ist.

»Ja«, sagt Alice, den Kopf emporgewandt. »Stimmt.«

Er streckt die Arme nach ihr aus, und Alice spürt, wie die

Hände des fremden Mannes sie unter den Achseln fassen, ehe sie den Boden unter den Füßen verliert und hoch in Richtung Zimmerdecke schwebt, vorbei an einer niedrig hängenden roten Laterne, über die sich blau-grüne Drachen schlängeln. Dann strebt ihr der Fußboden wieder entgegen, und sie wird vor dem Mann abgesetzt. »Hab ich's mir doch gedacht«, murmelt er und mustert ihr Gesicht so eindringlich, daß Alice in den hinteren Raum späht, um festzustellen, ob Elspeth noch da ist. Steckt sie in Schwierigkeiten? Der Mann ist groß, hat dicke, kräftige Arme, und sein Haar ist länger als das ihres Vaters. Er reicht ihm bis über den Kragen seines ausgebleichten blauen Hemdes. Er trägt Segeltuchschuhe ohne Socken. Einer der Schuhe ist mit einer sehr kurzen roten Schnur zugebunden.

»Ist das dein Laden?« fragt Alice.

»Ja.« Er nickt.

»Dann gehören all die Sachen also dir?«

Der Mann lacht. Alice hat keine Ahnung, wieso.

»Tja, so kann man das auch ausdrücken.« Er hockt sich vor sie hin, so daß ihre Augen auf gleicher Höhe sind, und legt eine Hand um ihren Oberarm. »Sag mal, was gefällt dir hier drin am besten?«

Alice zögert keine Sekunde, sie zeigt sofort auf die rote Laterne mit den Drachen. Sie ist begeistert von ihren gelenkigen, schuppigen Körpern, ihren imposanten Schwänzen und ihren wild dreinblickenden, gelben Augen. »Was ist denn das da?« fragt sie und zeigt auf die merkwürdigen, herabhängenden, haarähnlichen Fäden an ihren Kiefern.

Der Mann schaut auch hin. »Ich weiß nicht.«

»Könnten Flammen sein.« Alice tritt näher heran. »Nein, glaube ich nicht.«

»Stimmt. Du hast wohl recht. Vielleicht sind es Kiemen. Ich glaube, das sind Seedrachen.«

363

»Seedrachen?« wiederholt Alice und dreht sich zu dem Mann um. Von denen hat sie noch nie etwas gehört.

Er zuckt die Achseln. »Vielleicht gibt es die nur in China.«

Er setzt sich auf einen mit dunkelrotem Samt bezogenen Stuhl. »Weißt du, was ich gerade machen wollte, als du reinkamst?«

Alice schüttelt den Kopf.

»Ich wollte testen, ob die hier« – er hält eine Perlenkette hoch – »echt sind.« Der Mann nimmt Alices Handgelenk, biegt ihre Finger auseinander und läßt die Kette spiralförmig auf ihre Handfläche sinken. »Die beste Methode ist, sie mit der Haut eines Menschen in Kontakt zu bringen. Echte Perlen werden dann warm und fangen an zu schimmern.« Alice und der Mann starren die mattweißen Kugeln auf ihrer Hand an. Die Perlen in der Mitte der Kette sind am größten; an den Enden sind sie unglaublich winzig, so klein wie Blumensamen. Dem Mann fallen ein paar Haare ins Gesicht, während er und Alice warten, und der Abstand zwischen ihnen ist so gering, daß einige davon auch auf Alices Haare fallen. Sie tritt verlegen einen Schritt zurück, schaut aber immer noch genau hin, ob sich bei einer der Perlen ein schwaches Leuchten zeigt. Plötzlich reißt er ihr die Kette weg. »Das dauert vielleicht doch zu lange. Die andere Methode ist, sie an einem Zahn zu reiben. Echte Perlen fühlen sich wie Sand an. Mach den Mund auf«, befiehlt er.

Alice gehorcht, zeigt eine Reihe makellos weißer Milchzähne. Der Mann legte eine Hand auf ihr Kinn und schaut ihr direkt in die Augen. Mit der anderen Hand reibt er mit der größten Perle aus der Mitte der Kette über den Schmelz ihrer beiden Vorderzähne.

Alice konzentriert sich. Sie spürt etwas Rauhes, Körniges,

eine Art kratziges, schabendes Gefühl. »Sie sind echt!« sagt sie. »Sie sind echt!«

Der Mann lacht und nickt. »Gut gemacht, Kleine.«

Dann setzt er sie auf einen Stuhl vor einen Spiegel und bindet ihr die Halskette um. »Na? Was meinst du?«

Sie ist für Alice zu lang, ein Teil der Perlen verschwindet im Ausschnitt ihres T-Shirts. Der Mann starrt sie im Spiegel an, eine Hand auf ihrer Schulter.

»Du hast einen englischen Akzent, stimmt's?« sagt Alice. »Meine Mami ist Engländerin.«

Er nickt sehr langsam, und er will anscheinend gerade etwas sagen, da sehen sie beide im Spiegel, wie Elspeth hinter ihnen auftaucht. »Komm mit, Alice«, sagt sie. »Wir müssen los.«

Alice steht vom Stuhl auf.

»Gib dem Mann seine Kette zurück.« Elspeth dreht sie um und macht sich daran, den Verschluß auf der Rückseite zu öffnen. Der Mann holt aus seiner Brusttasche ein schmales silbernes Behältnis, aus dem er sich eine Zigarette nimmt. Er zündet ein Feuerzeug an, das er in seiner Hosentasche hatte, und hält die Flamme an die Zigarette. Ein schwacher Duft nach Vanille zieht durch den Raum. Alice hebt die Hände, um die Perlen ein letztes Mal anzufassen.

»Nein, nein«, sagt er, wedelt mit der Hand und atmet einen bläulichen Rauchkringel aus. »Ich möchte, daß sie die Kette behält.«

»Das können wir unmöglich annehmen«, sagte Elspeth, und Alice spürt, wie die Perlen durch ihre Finger rutschen, als ihre Großmutter die Kette wegzieht. Elspeth hält die Kette dem Mann hin. »Nein. Im Ernst. Ich will sie ihr schenken.«

»Seien Sie doch nicht albern«, sagt Elspeth, in dem für sie typischen Tonfall, der, wie Alice immer findet, gleichzeitig lustig und ernst klingt, und sie drückt ihm die Perlen in die Hand. »Ein schöner Geschäftsmann sind Sie mir.«

Elspeth dreht sich um und schiebt Alice, die Hände auf ihren Schultern, zur Tür. Mit einem Mal stehen sie wieder auf der Straße, und Elspeth gibt ihr das Einkaufsnetz mit dem Brot, und bald darauf gehen sie Hand in Hand den Hügel hinauf nach Hause.

Alice setzt sich auf und späht zu dem Wecker auf dem Nachttisch hinüber. Sie seufzt bebend und reibt sich das Gesicht. Erst vor zehn Minuten hat sie zuletzt nachgeschaut. Sie wirft sich wieder auf das klamme Kopfkissen. Vielleicht sollte sie aufstehen, aber was hätte das für einen Sinn? Ihr ist prickelnd-heiß, und sie strampelt mit den Beinen ungeduldig die Bettdecke weg. Das Scheinwerferlicht der auf der Straße vorbeifahrenden Autos streift über die dunkle Zimmerdecke.

Sie liegt jetzt seit vier Stunden im Bett und kann immer noch nicht einschlafen. Sie ist so müde, so furchtbar müde: Sie weiß, der Schlaf würde ihr guttun, aber ihr jagen pausenlos Gedanken durch den Kopf, unkontrollierbar, so wie ein Fahrrad, das im Leerlauf einen Abhang hinunterrollt. »Bitte, bitte, bitte, ich will schlafen«, sagt sie mit zusammengepreßten Zähnen ins Leere.

Sie dreht sich auf die Seite und versucht, tief durchzuatmen und sich auf ihre Lieblingsmethode, sich selbst in den Schlaf zu wiegen, zu konzentrieren, eine Phantasievorstellung, wie John ins Zimmer kommt, sich auf die Bettkante setzt und mit ihr spricht.

Sie ist gerade bei der Stelle, wo sie sich das leichte Zerren an der Bettdecke vorstellt, als er sich auf dem Bett niederläßt, da schnellen ihre Augenlider hoch. Ihr Körper verkrampft sich, und sie gräbt die Fingernägel in die Handflächen. Noch mal von vorn: Sie hört die Tür aufgehen, dann seine Schritte, sie kann seine leisen Atemzüge hören, er tritt neben sie ans Betts, sie sieht, wie sich seine Silhouette vor dem Fenster abzeichnet …

Sie setzt sich kerzengerade hin. Ihre Kiefer sind so fest aufeinandergepreßt, daß ihr Kopf an den Seiten weh tut. »Nein, nein, nein.« Sie zieht sich mit beiden Händen an den Haaren und fängt gleichzeitig an, hemmungslos zu weinen – langgezogene, abgehackte Schluchzer, durch die sie husten und nach Luft ringen muß.

Seit etwa einer Woche hat sie einen leisen, aber hartnäckigen Verdacht, den sie immer wieder unterdrückt, ignoriert, in die hinterste Ecke ihres Kopfes verbannt, weil sie sich weigert, ihn zur Kenntnis zu nehmen.

Sie vergißt allmählich sein Gesicht. Sie kann sich nicht mehr genau vergegenwärtigen, wie er aussah. Seine Gesichtszüge, die sie genauso gut kannte wie ihre eigenen, verschwinden aus ihrem Gedächtnis.

Alice tappt voll Panik aus dem Bett und läuft die Treppe hinunter. Im Wohnzimmer reißt sie Schubladen auf und holt eine Schachtel mit Fotos nach der anderen hervor. In ihrer Hektik läßt sie eine davon fallen, und der Stapel aus glänzenden Rechtecken segelt im hohen Boden auf den Teppich. Sie stürzt sich begierig auf sie, schnappt sich Fotos, auf denen ein lächelnder John in Spanien zu sehen ist, in Prag, bei der Renovierung des Hauses, bei ihrer Hochzeit, am Regent's Canal. Sie legt sie nebeneinander auf den Boden und kniet sich hin, um sie genau zu betrachten.

Als das elektrische Surren des Milchwagens auf der Straße näher kommt, sitzt sie reglos mitten auf dem Fußboden, die Knie bis unters Kinn hochgezogen, die Haar zerzaust im Gesicht hängend. Umgeben ist sie von einem rutschigen Meer aus Fotografien.

Sie holt tief Atem, schließt die Augen und beginnt erneut bei seinem Haaransatz. Sie hat seinen Pony parat, seine Stirnfalten, die Wölbung seiner Schläfen, aber das war es auch schon. Sie kann sich exakt an einzelne Details erinnern, den Schwung seiner Augenbrauen, die Haarwirbel auf seinem Kopf, die tiefschwarze Farbe seiner Iris, das Kratzen seiner Bartstoppeln, die Ausbuchtung seines Adamsapfels, die nach oben gebogene Linie seiner Lippen; aber sobald sie versucht, all dies im Geiste zusammenzufügen, entsteht lediglich ein verschwommenes Trugbild.

Wie kann das sein? Wie ist es möglich, daß sie sein Gesicht so rasch vergessen hat? Wird es immer so weitergehen, wird er nach und nach aus ihrer Erinnerung verschwinden?

Sie friert. Ihre Füße fühlen sich eiskalt an. Sie umfaßt sie mit den Händen, steht aber nicht auf, sondern beginnt, sacht vor und zurück zu schaukeln. Das Sonnenlicht wandert in immer länglicheren Dreiecken über den Boden. Der Briefträger wirft ein paar Briefe durch den Schlitz. Irgendwann im Laufe des Vormittags klingelt das Telefon, aber sie bewegt sich auch dann nicht, als ihre Kollegin Susannah auf den Anrufbeantworter spricht: »Ich wollte bloß wissen, ob du heute noch kommst, Alice.«

Am späten Nachmittag hört sie auf zu schaukeln, steht langsam, mit steifen Gliedern auf, läuft, ohne nach unten zu schauen, über die Fotos und legt sich wieder ins Bett.

Ich tapste vorsichtig auf bloßen Füßen über die glitschigen Fußbodenkacheln im Umkleideraum des Oasis-Sportcenters. Die Luft war feuchtwarm, und es roch durchdringend nach Talkumpuder und Deospray. Frauen in verschiedenen Stadien der Entkleidung säumten die Wände. Das Hintergrundgeräusch war eine Mischung aus Stimmengeschnatter, dem Rauschen der Duschen, einem erheblichen Anteil

Gekicher, entfernten, hallenden Rufen aus dem Schwimmbad und dem schwachen Hämmern der Musik eines Aerobic-Kurses irgendwo im Gebäude. Es war kurz nach fünf, es schien, als hätten sich die meisten der Angestellten aus den Büros in Covent Garden und Bloomsbury nach Feierabend hier eingefunden und warteten nun auf den Beginn eines Kurses, zogen sich fürs Fitneßtraining um oder zwängten sich in einen Badeanzug. Am Rand des Schwimmbeckens wickelte ich meine Haare zu einem Knoten auf meinem Kopf zusammen und zog mir die Chlorbrille über die Augen. Sofort war alles um mich herum kobaldblau: Von Badekappen unkenntlich gemachte Köpfe schwammen, gemäß den Regeln, die am Beckenrand angeschlagen waren, brav im Uhrzeigersinn herum, nur ein einzelner Mann durchpflügte im Butterfly-Stil rücksichtslos die langsame Bahn. Gemächliche Schwimmer zuckten zusammen, wenn er sie mit Gischt vollspritzte. Ich runzelte die Stirn. Ich kann Leute wie ihn nicht ausstehen.

Ich stieg auf der Aluminiumleiter ins Wasser. Es fühlte sich kalt an, und eine kribbelnde Gänsehaut überzog meinen Körper. Als das türkisfarbene Wasser mir bis zu den Rippen reichte, ließ ich die Leiter los und glitt langsam hinunter, die Handflächen leicht gegen die glatten Keramikkacheln gedrückt. Mein Herz fühlte sich so schwer an, daß ich glaubte, ich würde bis auf den Boden sinken. Während der Arbeit hatte ich mich pausenlos zusammengerissen, hatte mit der Kulturbehörde telefoniert, eine Besprechung mit Anthony gehabt, einer Frau von einem *Black-Literature*-Projekt aus Manchester unsere Bibliothek gezeigt.

Die blauen Halbkugeln meiner Brille füllten sich mit brennenden Tränen. Ohne hochzukommen, um Luft zu holen, drehte ich mich um und stieß mich von der Wand ab. Nach zwei langen Zügen durchbrach mein Kopf die Wasseroberfläche, und ich rang nach Atem, schob meinen Körper aber blindlings vorwärts.

Vier rasch durchschwommene Bahnen später kauerte ich mich auf die Treppen im flachen Ende. Meine Muskeln schmerzten, und in meinem Adern pochte das Blut so heftig, daß mir schwindelig war. Unter den Rippen spürte ich ein scharfes Stechen. Ich nahm die Brille ab, atmete tief durch, saugte meine Lungen mit der warmen, nach Chlor riechenden Luft ein und hielt mich dabei am Handlauf fest.

»Hi.« Eine Stimme unterbrach meine Gedanken, und ich sah neben mir einen rotblonden, gebräunten Mann mit Kinnbart, der mich mit blitzendweißen Zähnen anlächelte. Ich erkannte ihn wieder, er war der Mann, der viel zu schnell durch die langsame Bahn geprescht war. Er saß mit vorgebeugtem Oberkörper da, die Hände auf die Knie gestützt.

»Hallo.« Ich tat so, als würde ich das Gummiband meiner Brille verstellen.

»Wie geht's?«

»Ganz gut«, sagte ich in dem teilnahmslosen Tonfall, den ich mir extra für solche Situationen antrainiert hatte.

»Ich habe dich schon ein paarmal hier gesehen. Du kommst oft her, stimmt's?«

Ich zuckte die Achseln, ohne ihn eines Blickes zu würdigen. Ich spürte, daß er einen kräftigen Körper mit ausgeformten, harten Oberarmmuskeln hatte; die Wärme, die er absonderte, konnte ich auf meiner sich abkühlenden Haut fühlen. Ich starrte auf mein zerstückeltes Spiegelbild in dem krabbeligen Wasser. Meine Beine waren von Lichtfetzen marmoriert, mit Wassertropfen betupft. Ich versuchte, ihm telepathisch zu verstehen zu geben, daß er verschwinden sollte, denn ich merkte, daß sich in meinen Augen schon wieder die Tränen sammelten und sie jeden Moment überzuquellen drohten.

»Wie heißt du?«

Ich schüttelte den Kopf, unfähig, ein Wort herauszubringen.

»He, ist mit dir alles in Ordnung?« Er berührte mich am Arm. Ich zuckte zurück, legte meine Hand auf die Stelle, wo er mich angefaßt hatte. »Was ist denn los? Hab ich irgendwas Falsches gesagt?«

»Bitte lassen Sie mich in Ruhe.«

Ohne die Brille wieder aufzusetzen, stieß ich mich vom Beckenrand ab und schwamm mit ruckartigen, ungleichmäßigen Zügen ans andere Ende, kletterte aus dem Wasser und griff nach meinem Handtuch, das ich zusammengefaltet auf eine Bank gelegt hatte.

Später saß ich am Küchentisch, die Füße um die Stuhlbeine gewickelt, das Kinn in die Hand gestützt. Meine Haut roch schwach nach Chlor. Meine Haare waren immer noch feucht. Ich wußte, ich sollte eigentlich das Chlor auswaschen und sie ordentlich trocknen, aber ich konnte mich nicht dazu aufraffen. Ich wußte ebenfalls, daß ich etwas essen sollte, aber was für einen Sinn hatte das, was für einen Sinn, verdammt noch mal?

Ich seufzte müde und schaute durch die Hintertür in den Garten. Die Himmel begann gerade, eine dunklere, indigoblaue Farbe anzunehmen. Nachdem ich den Schlüssel vom Haken genommen hatte, schloß ich die Tür auf und ging hinaus in den Garten. Im Laufe des Nachmittags hatte es geregnet, und von den triefnassen Bäumen tropfte immer noch das Wasser in monotonem, trostlosem Rhythmus. Ein frischer, natürlicher Duft nach feuchter Erde lag in der Luft, durchmischt mit dem scharfen, süßlichen Geruch vermodernder Blätter.

Ich saß lange auf der Bank unter dem Baum, und während ich zuschaute, wie in den rückwärtigen Fenstern der

Nachbarhäuser die Lichter angingen, kroch langsam die Feuchtigkeit durch den dünnen Stoff meines Rocks. Irgendwann tauchte der Kater im Dämmerlicht auf, den Schwanz zu einem Fragezeichen emporgereckt, und gesellte sich zu mir.

Über mir wiegten sich die Äste in dem auffrischenden Wind. Der Kater strich mit gekrümmtem Rücken in engen Kreisen um meine Knöchel. Dunkle, tiefblaue Wolken jagten über den Himmel. Als ich direkt hinter mir ein Geräusch hörte, drehte ich mich um, und während der Bewegung schien in mir etwas zu rutschen, als würden sich elektrische Kontakte plötzlich verschieben und ein Stromkreis auf einer anderen Bahn durch mich hindurchfließen. Ich begriff etwas. Ich begriff in diesem Moment, daß die mir unvertrauten Gefühle des Unglaubens und des Entsetzens sich zu einer Gewißheit verhärtet hatten: Er wird niemals zurückkommen. Er war tot. Ich hatte die ganze Zeit versucht, es mir selbst klarzumachen, und jetzt wußte ich es. Mein Herz wußte es, mein Kopf wußte es, mein Körper wußte es. Er wird niemals zurückkommen.

Ich saß eine ganze Zeit lang regungslos da, fühlte mich so benommen, als wären meine Sinne abgeschaltet worden. Übrig blieb nur eine sonderbare Art von Frieden: Ich fühlte mich wie ausgehöhlt, als sei mein Körper mit nichts anderem als Rauch gefüllt.

Ich schaute hoch in den Himmel. Das Violett war in eine düstere Abenddämmerung übergegangen, und Grüppchen von Vögeln saßen auf den Telefonleitungen, die sich vom gegenüberliegenden Haus zum Dachvorsprung meines Hauses spannten. »Das Leben geht weiter« – wie viele Leute hatten mir das schon gesagt. Ja, das verfluchte Leben geht natürlich weiter, aber was, wenn man das nicht will? Was, wenn man ihm Einhalt gebieten, es zum Stillstand bringen oder sogar mit aller Kraft gegen den Strom der Zeit ankämpfen und in die Vergangenheit zurückkehren will, damit sie nicht länger Vergangenheit ist. »Du wirst darüber hinwegkommen« – das war auch so ein Satz. Ich wollte aber gar nicht drüber hinwegkommen. Ich wollte mich nicht an die Tatsache seines Todes gewöhnen. Das war das Letzte, was ich wollte.

Abrupt stand ich auf. Es war inzwischen dunkel. Lucifer begleitete mich, bis ich die Pforte hinter mir zuschlug. Ich marschierte den Bürgersteig entlang, das Echo meiner Schritte hallte von den Häusern wider. Ich hatte kein Ziel. Ich nahm bloß dieses Loch wahr, dieses klaffende Loch, wo eigentlich mein Herz hätte sein sollen. Ich hatte einmal gelesen, daß das menschliche Herz faustgroß ist, aber dieses Loch mußte viel größer sein. Es schien sich über meinen gesamten Oberkörper zu erstrecken und fühlte sich kalt an – als würde der kühle Wind geradewegs hindurchwehen. Ich kam mir zerbrechlich und gewichtslos vor, erwartete beinahe, von einer Windbö weggeweht zu werden.

In der Nähe der U-Bahn-Station wurde es auf dem Bürgersteig immer voller. Ich überquerte zwischen zwei der zahllosen, stadtauswärts fahrenden Autos die Straße, und bog dann, um dem Strom der mir entgegenkommenden Fußgänger auszuweichen, in eine Seitenstraße ein. Ich habe keine Ahnung, wie lange ich an jenem Abend herumlief oder durch welche Gegenden ich kam. Ich erinnere mich, daß mir unterwegs einmal jemand: »Ist mit ihnen alles in Ordnung, junge Frau?« hinterher rief, und ich muß in der Nähe des Regent Parks vorbeigekommen sein, denn ich weiß noch, wie die sonderbaren Schreie der Zootiere zu mir herüberwehten. Irgendwann ging ich in einen Tag und Nacht geöffneten Supermarkt. Drinnen liefen Leute um die Regale herum, füllten Einkaufskörbe mit Eiscreme, Wein und Obst, halbherzig überwacht von einem gelangweilten,

373

vermutlich schlechtbezahlten Teenager an der Kasse. Ich lief zwischen ihnen hindurch, fasziniert von den farbigen Verpackungen, den Hinweisen auf Sonderangebote und den grellbunten Verkaufsständern. Ich fuhr mit der Hand über die Regale: gelbe Käseklumpen, gewachstes Obst, in Plastikfolie eingeschweißte Kuchen. Als meine Hand auf etwas Weiches und dennoch Hartes traf, blieb ich stehen. Es war ein Wollknäuel, leuchtend rot, der gezwirbelte Strang zu einer festen Kugel zusammengerollt. Ich wog es in den Händen. Meine eine Hand war naß von den Tränen, die ich mir vom Gesicht gewischt hatte, aber die Wolle saugte die Feuchtigkeit auf, speicherte die salzige Flüssigkeit in dem labyrinthisch verschlungenen Faden.

Ich war wie erstarrt vor Verlangen nach dem Wollknäuel. Es kam für mich nicht in Frage, den Laden zu verlassen, ohne es mitzunehmen, aber ich hatte kein Geld dabei; dazu hatte ich das Haus zu übereilt verlassen. Ich warf dem Teenager an der Kasse einen verstohlenen Seitenblick zu: Er starrte durch das Fenster zur U-Bahn-Station auf der anderen Straßenseite hinüber. Links neben mir war eine Frau von der Entscheidung zwischen verschiedenen Sorten Dosensuppe völlig in Anspruch genommen. Also tat ich es. Ich schob das Knäuel rasch unter meinen Pullover. Dann ging ich zum Ausgang und schaute mich nur einmal kurz um, ehe die Tür hinter mir zufiel.

Jamies hohes Wimmern drang bis in die Tiefen ihres traumlosen, zombiehaften Schlafs. Ein paar Augenblicke lang lag sie bloß mit offenen Augen da und starrte die dunkle Zimmerdecke an. Ihre Gliedmaßen wollten ihrem Gehirn nicht gehorchen. Neben ihr drehte sich Neil unbeeindruckt im Schlaf herum. Wie schaffte er das? Wieso war sein Gehirn, im Gegensatz zu ihrem, nicht auf die Schlafgewohnheiten der Kinder programmiert? Als Jamies Wimmern sich zu einem zornigen, hicksenden Schreien steigerte, schaltete sie ihren inneren Autopiloten ein: aufsetzen, die Beine aus dem Bett schwingen und durch das Chaos aus zusammengeknüllten Socken, Bilderbüchern, deren Pappeinbände sich an den Ecken auflösten, weil zu oft ein Baby daran genuckelt hatte, verstreutem Spielzeug, einem Stapel Still-BHs, Trinkfläschchen und Neils Schuhen hinüber zum Bettchen stolpern.

Winzige, rot angelaufene Hände und Füße strampelten in der Luft. Jamie lag auf dem Rücken. Als er sie sah, füllte er seine Lungen, um einen gigantischen Schrei auszustoßen. Kirsty hob ihn rasch hoch, dämpfte sein Weinen, indem sie seinen verkrampften Körper an ihre Schulter drückte, trug das warme, kompakte Paket ins Wohnzimmer und setzte sich mit ihm aufs Sofa. »Na, du«, murmelte sie, während sie ihr Nachthemd aufknöpfte, »was soll dieser Lärm?«

Kaum war ihre Brustwarze in seinem Mund, da schwieg er. Seine Finger umschlossen besitzergreifend einen ihrer Finger, und die einzigen Geräusche kamen nun von seinen leisen, schnellen, flachen Atemzügen und seinem hungrigen, schmatzenden Saugen.

Es war eine warme Nacht. Kirsty bog und streckte ihre Zehen im Rhythmus von Jamies Schluckbewegungen und lehnte sich in die Kissen. Sie spürte, wie das betäubende, süchtig machende Opiat des Schlafs in sie einsickerte. Ihre Hände erschlafften, ihre gekrümmten Finger lösten sich von der Handfläche und die Verspannungen in ihrem Rückgrat ließen nach. Sie glitt langsam in die Bewußtlosigkeit hinüber.

Das nächste, woran sie sich später erinnerte, war das beunruhigende Gefühl, daß noch jemand in ihrer Nähe war.

Sie riß den Kopf hoch, in Erwartung, Neil im Schlafanzug im Halbdunkel vor ihr stehen zu sehen. Aber das Zimmer war leer. Kirsty war merkwürdig zumute. Ihr Herz pochte laut. Sie hatte keine Ahnung, wieviel Zeit verstrichen war. Jamie schlief in ihren Arm, die weiche eckige Fontanelle in seiner Kopfhaut pulsierte.

Alice. Alice war noch wach. Irgendwo. Sie wußte es einfach. Kirsty hatte sie seit Wochen nicht zu fassen bekommen. Entweder war Alice bei all ihren Anrufen nicht zu Hause gewesen, oder sie war nicht an den Apparat gegangen. Kirsty verdreht den Kopf erneut, nur um sicherzugehen, daß ihre Schwester nicht doch, aufgrund irgendeines bizarren Zufalls, im Zimmer war, dann stand sie auf und stemmte den schlafenden Jamie auf ihre Schulter.

Im Flur hockte sie sich hin, legte Jamie auf ihren Schoß und wählte Alices Nummer. Es klingelte einmal, und schon ertönte Alices Stimme, angespannt und müde: »Hallo?«

»Hi, ich bin's.«

Sie hörte, wie ihre Schwester Luft holte und dann in hemmungsloses, herzzerreißendes Schluchzen ausbrach. Kirsty preßte den Hörer ans Ohr, und ihr rannen die Tränen übers Gesicht und fielen auf Jamies Strampler, während sie, den Hörer ans Ohr gepreßt, mit anhörte, wie Alices Trauer sich durch die Telefonleitung ergoß, und sie sagte sanft: »Ist ja gut, Alice. Wein nicht. Wein nicht. Ist ja gut.«

Das ging zehn, fünfzehn Minuten lang so, vielleicht auch noch länger. Unablässig kreiste in Kirstys Kopf, wie auf einem Endlosband gespeichert, der Gedanke: Meine Schwester ist 700 Kilometer entfernt, sitzt mitten in der Nacht ganz allein weinend zu Hause. »Alice«, sagte Kirsty schließlich. »Warum rufst du uns nicht an, wenn es dir so schlecht geht? Ich ertrage den Gedanken nicht, daß du allein vor dich hin heulst.«

Alice begann, von Schluchzern unterbrochen, stockend und atemlos zu sprechen: »Ich halt's einfach … nicht mehr aus … Kirsty … Es ist, als wäre etwas … mein Leben … ist völlig aus der Bahn geraten … früher war ich … immer so glücklich … habe das Leben genossen … und jetzt kommt mir alles so sinnlos vor … Finde keinen Trost … Ohne ihn ist alles zwecklos … Ich fühle mich innerlich wie tot … Ich fühle überhaupt nichts mehr … Am liebsten wäre ich tot … Manchmal habe ich das Gefühl, den Boden unter den Füßen zu verlieren … Komme mir einfach nur tot vor … Ich spüre überhaupt nichts mehr.«

Nachdem Kirsty schließlich den Hörer aufgelegt hatte, ging sie zurück ins Schlafzimmer und legte Jamie in sein Bettchen. Dann schlüpfte sie selbst ins Bett, schlang die Arme um Neil und schlief ein, die Wange in die Vertiefung zwischen seinen Schulterblättern gedrückt.

Der Laden hat eine schmale Doppeltür. Nur der eine Flügel läßt sich öffnen. Alice muß sich seitwärts hindurchquetschen, und ihr Rucksack bleibt dabei am Türgriff hängen.

»Ah, hallo, Sie sind's«, sagt die Frau hinter dem Tresen mit fröhlicher Stimme. Alice öffnet die Lippen zu einem geräuschlosen Gruß und geht schnurstracks zu den breiten, kistenähnlichen Regalen, die mit Wollknäueln vollgestopft sind, jeweils eine Farbe pro Kiste. Hinter ihr fährt die Frau mit ihrem Telefongespräch fort. »… und da habe ich zu ihr gesagt, noch ein Kind zu kriegen, das wäre für dich eine Katastrophe. Ich würde mich gar nicht darum kümmern, was er will. Gib dich mit dem einen Kind zufrieden, such dir einen guten Arzt und laß dich von ihm fachmännisch ausräumen. Aber du kennst sie ja …«

Alice lauscht ihrem eigenen Atem, um die Stimme der

Frau zu verdrängen, liest die eng gedruckte Anleitung für ein Strickmuster, drückt Knäuel mit den Fingern zusammen, reibt mit der Wolle über ihre Wangen, um zu überprüfen, wie weich sie ist, und sucht sich dann mehrere federleichte, silbrige Stricknadelpaare in unterschiedlicher Dicke und Länge aus. Dann trägt sie alles zum Tresen. Die Frau sagt in den Hörer: »Tut mir leid, ich muß jetzt Schluß machen. Ja … ja … ich rufe dich später noch mal an.« Sie dreht sich zu Alice um und tippt deren Einkäufe mit pinkfarben lackierten Fingernägeln ein, die aussehen wie kandierte Blütenblätter. »Ihr Mann ist wirklich ein Glückspilz. Nicht jeder hat eine Frau, die ihm so viele schöne Sache stricken kann«, sagt sie, während sie alles in eine Plastiktüte steckt und die Stricknadeln dabei klappernd gegeneinanderstoßen.

Alice dreht den schmalen Platinreifen am Ringfinger ihrer linken Hand herum. »Ja«, sagt sie und preßt dann ihre Lippen aufeinander, um weiter nichts zu sagen. Sie hat Angst, sie würde diese Frau mit ihrem übermäßig geschminkten, übermäßig freundlichen Gesicht sonst anschreien.

Draußen drückt Alice sich die neuerworbenen Stricknadeln gegen die Brust, und sie lehnt sich am Rand des überfüllten Platzes gegen eine Mauer, um Atem zu holen. Sie fühlt sich benommen, als wäre sie mehrere Treppen hochgerannt.

Sie kann jetzt nicht zurück zur Arbeit gehen. Sie kann das einfach nicht. Sie weiß, sie sollte dort anrufen und Bescheid sagen, daß sie nach Hause geht, aber das fällt ihr erst ein, als sie schon in der U-Bahn Richtung Camden Town sitzt. Und da ist es bereits zu spät. Sie wird morgen früh eine Ausrede erfinden. Sie wird erzählen, daß ihr unwohl war oder so.

Zu Hause liegt sie erst einmal eine Weile auf dem Bett,

noch immer im Mantel, die Plastiktüte und ihren Schlüssel in Händen. Als das Licht am Himmel langsam schwächer wird, setzt sie sich aufrecht hin, klemmt ein Kissen zwischen die Wand und ihren Rücken, leert die Tüte und breitet den Inhalt vor sich auf der Bettdecke aus. Sie legt das Strickmuster über ihre Knie, nimmt sich das erste Wollknäuel und sucht nach dem Ende des Fadens. Dann fängt sie zu stricken an; die kühlen Nadeln drücken sich in die Falten am unteren Rand ihrer Handflächen, die Spitzen klacken gegeneinander, der Wollfaden rutscht durch ihre Fingerspitzen, wird verwoben, zu einem stetig größer werdenden, komplizierten Maschengebilde verflochten. Der Rhythmus der Bewegung ist eine Offenbarung für sie: rein, herum, durch, raus; rein, herum, durch, raus. Die Bezeichnungen für die Strickmuster haben etwas Solides, Biederes: Patent, Zopf, Hahnentritt.

Wenn eine Reihe fertig ist, wird die mit Schlaufen bedeckte Nadel in die andere Hand genommen, und die jetzt leere Nadel sticht in die erste Masche.

Zu Anfang war es natürlich hoffnungslos. Die heruntergefallenen Maschen ribbelten das Gestrickte wie ein hartnäckiger Virus von innen her auf. Diese ersten Versuche schmiß sie weg. Aber nach ein oder zwei Wochen fielen ihr keine Maschen mehr herunter, und schon bald brauchte sie gar nicht mehr hinzuschauen. Es gibt einem ein Gefühl der Befriedigung, etwas zu tragen, was man selbst hergestellt hat. Während ihre Arme sich in dem beruhigenden, regelmäßigen Rhythmus bewegen, schaut sie hinunter auf die ineinanderverschlungenen Maschen, die ihre Arme bedecken: Ich habe jede einzelne davon gemacht.

Als ein langer, schwerer Maschenbart von einer der Nadeln herabhängt, hört sie auf. Sie legt das Strickzeug beiseite, setzt sich auf die Bettkante, die Füße auf den Boden gestellt, und starrt mit leerem Blick zum Fenster. Gelegentlich, meistens dann, wenn sie ein paar Tage allein zu Hause gewesen ist, überkommt sie in ihrer Einsamkeit ein so heftiger Zorn, wie sie ihn seit ihrer Kindheit nicht mehr gehabt hat. Was soll man bloß tun, wenn man mit neunundzwanzig Jahren den einzigen Menschen verloren hat, mit dem man glücklich sein könnte? Heute nagt jedoch nicht die Wut an ihr. Heute will sie ihn einfach nur wiederhaben, sie will ihn wiederhaben, und das schmerzt mehr, als sie in Worte fassen kann. Sie sitzt da, auf ihren Händen, schlenkert mit den Beinen und scharrt dabei mit den Füßen über den Boden. Sie empfindet für niemanden etwas – außer für ihn. Natürlich. Es geht immer um ihn. Sie fühlt sich, als wäre sie zusammengeschweißt; hart und spröde. Nichts und niemand erreicht sie. Sie ist so unbeweglich wie ein Stein und genauso kalt.

Als Rachel sie vormittags bei der Arbeit angerufen hatte, hatte sie gesagt, wenn sie nicht käme, würde sie nie wieder ein Wort mit ihr reden, deshalb war Alice bis um acht im Büro geblieben und ging jetzt durch den leeren Raum, um das Licht und die Computer auszuschalten. Sie schminkte sich ein wenig im Klospiegel, betonte ihre Wimpern mit Mascara, malte sich einen leuchtendroten, fröhlichen Mund an und ging dann die fünf Treppen hinunter. Ehe sie das Haus verließ, ordnete sie noch die Faltblätter für einen Literaturwettbewerb auf dem Ständer neben der Tür.

Es war ein warmer Abend. In der Neil Street drängten sich die Menschen. Sie lief vorbei an ihnen, vorbei an den vielen neonbeleuchteten Läden. Die Bar, in der Rachel sein wollte, befand sich nahe des Seven Dials in einem Souterrain, das man über eine Stahl-Wendeltreppe erreichte. Schon während sie hinunterstieg, konnte sie Rachel gemeinsam mit einer anderen Frau an einem Tisch im hinteren Teil des Raums sitzen sehen. Die beiden unterhielten sich angeregt.

»Alice! Da bist du ja!« Rachel stand auf und umarmte sie. »Das ist Camille.« Die Frau schenkte Alice ein zögerndes, mitfühlendes Lächeln und schaute sie aus ihren blassen, milchigblauen Augen an. »Ich freue mich sehr, dich kennenzulernen«, sagte sie in leiser, vertraulich klingender Stimme. »Rachel hat mir alles über dich erzählt. Geht es dir inzwischen ein bißchen besser?«

»Danke, mir geht's gut«, sagte Alice kurz angebunden.

»Wie schön.« Camille lächelte sie strahlend an.

Alice fühlte sich körperlos. Nach der lauen Luft auf der Straße kam es ihr in der Bar unglaublich heiß und laut vor. Die Leute an der Theke versuchten, mit lauter Stimme die Aufmerksamkeit des Barkeepers auf sich zu ziehen. Von jedem der Tische stieg eine bläuliche Wolke Zigarettenrauch auf, und die Gesichter der Leute waren allesamt gerötet und wirkten irgendwie verkrampft, als ginge es ihnen nur darum, daß jeder sah, wie gut sie sich amüsierten. Alice schaute Rachel an, die gerade Camille zuhörte, und sie hatte das Gefühl, sie auch nicht besser als diese Camille zu kennen. War sie wirklich ihre Freundin? Es kam ihr vor, als sei es Jahre her, daß sie beide einander gekannt hatten. Alice starrte hinab auf ihre Hände in ihrem Schoß und trank dann mehrere große Schlucke aus ihrem Glas, um zu versuchen, ihre Zunge zu lockern. Sie schaute wieder hoch, richtete den Blick auf die beiden Frauen ihr gegenüber, bemüht, dem Gespräch der beiden zu folgen.

»Und wo seid ihr hingegangen? Wie war er?« fragte Rachel. Sie sah, daß Alice sie anschaute und beugte sich zu ihr. »Camille hat sich gerade von jemandem getrennt, mit dem sie – Wie lange warst du mit ihm zusammen?« Sie wandte sich wieder an Camille.

»Anderthalb Jahre.«

»Anderthalb Jahre zusammen war, und gestern abend ist sie mit einem Typ ausgegangen – das erste Rendezvous, seit das mit ihrem Ex vorbei ist.«

Alice versuchte, interessiert zu wirken.

»Also, wir sind in eine Bar in Islington gegangen.«

»Welche?« fragte Rachel.

»Barzantium oder so ähnlich. Gegenüber von der U-Bahn-Station.«

»Die kenne ich. Und? Erzähl weiter.«

»Wir haben ein paar Cocktails getrunken, uns ein bißchen unterhalten, und er hat mir lang und breit von einer Theorie erzählt, die er hat.«

»Und die lautet …?«

»Also, Manuel sagt –«

»Warte mal«, unterbrach Rachel sie. »Er heißt Manuel?«

»Ja.«

»Woher kommt er?«

»Seine Eltern sind, glaube ich, Südamerikaner. Also, willst du die Theorie nun hören oder nicht?«

»Ja, Entschuldigung. Red weiter.«

»Manuel vertritt die Theorie, daß man nach dem Ende einer Beziehung nicht in so eine Art Winterschlaf verfallen sollte, was ich seiner Meinung nach mehr oder weniger getan habe. Er sagte, man solle möglichst schnell wieder mit jemandem ausgehen. Das sei die beste Methode, darüber hinwegzukommen.«

»Warum?«

»Er sagt, es habe keinen Zweck, sich dem Schmerz hinzugeben, man solle sich statt dessen lieber eine Übergangsperson suchen, eine Art menschliches Betäubungsmittel.«

Rachel schnaubte. »Menschliches Betäubungsmittel, ach du meine Güte. Laß mich raten: Hat Manuel rein zufällig das großherzige Angebot gemacht, dein menschliches Betäubungsmittel zu sein?«

»Nein, nein, du irrst dich. Er sagte, die Menschen brauchen etwas, das ihnen einen Kick versetzt, damit sie sich wieder ins Leben stürzen.«

»Klingt für mich verdächtig nach einem verzweifelten Versuch, dich anzubaggern«, sagte Rachel, lehnte sich zurück und trank ihr Glas leer. »Was meinst du dazu, Al?«

»Ein menschliches Betäubungsmittel?« wiederholte Alice, immer noch mit dem Gefühl, außerhalb ihres Körpers zu schweben.

Camille starrte sie verwirrt an. Rachel wirkte plötzlich entsetzt, knallte ihr Glas auf den Tisch und redete hastig drauflos: »Alice … Camille hat damit bestimmt nicht gemeint … Bei dir ist das natürlich was anderes … Ich meine … O Gott, Alice, es tut mir leid … Ich fasse es nicht, daß wir da eben in deiner Gegenwart so darüber geredet haben … das war wirklich selten dämlich, und –«

Alice stand auf und nahm ihre Jacke von der Lehne. »Ich glaube, ich gehe jetzt lieber.«

Als sie die Shaftesbury Avenue überquerte, hörte sie hinter sich eilige Schritte auf dem Bürgersteig, und dann holte Rachel sie ein und hielt sie am Arm fest. Sie blieb stehen, schaute ihre Freundin aber nicht an.

»Alice, es tut mir furchtbar leid.«

»Schon gut, Rach. Das macht wirklich nichts. Ehrlich. Ich hatte einfach keine Lust … noch länger in der Bar zu bleiben.«

»Tja, das kann ich dir wahrhaftig nicht übelnehmen. Vermutlich würde ich den Preis für die unsensibelste Freundin aller Zeiten gewinnen.«

»Ach was, Unsinn«, sagte Alice. »Red doch keinen Scheiß.«

»Na ja, ich rede lieber Scheiß als über menschliche Betäubungsmittel.« Alice schaute Rachel an, und beide mußten lachen. Rachel schlang die Arme um Rachel und drückte sie fest an sich. »Weißt du, Alice, ich ertrage das nicht.«

»Was erträgst du nicht?«

»Daß ich nicht nachempfinden kann, wie es dir wirklich geht.«

»Ich finde, du kriegst das ziemlich gut hin.«

»Nein«, Rachel schüttelte den Kopf, »das stimmt nicht. Ganz und gar nicht. Aber schließlich kann wohl auch niemand auf der Welt genau nachempfinden, was du durchmachst.«

Die Antwort, die Alice gab, war ihr bisher noch nie in den Sinn gekommen, und sie überraschte sie so sehr, daß sie ihr anschließend nicht mehr aus dem Kopf ging: »Doch, sein Vater.«

Es war nicht schwierig gewesen, die Adresse herauszufinden. Sie hatte Johns Sachen in dem Abstellraum durchsucht und hinten in einem Karton ein Schulbuch mit verblichenem roten Umschlag entdeckte. Auf dem Vorsatzblatt stand in einer runden, jugendlichen Version seiner Handschrift geschrieben: »Sollte dieses Buch verlorengehen, bitte zurückschicken an« und dann die Adresse.

In ihrer Mittagspause war sie extra in ein Papiergeschäft gegangen und hatte einen Block Briefpapier gekauft. Es war festes hellblaues Papier mit einer geriffelten Struktur. Wenn man es gegen das Licht hielt, wurde das verborgene Signet des Herstellers sichtbar. Richtiges erwachsenes Briefpapier. Für wichtige Briefe. Oben auf dem Block lag ein Blatt mit dicken schwarzen Querlinien, die einem zu geraden, ordentlichen Zeilen verhelfen sollten.

Alice schob dieses Blatt unter den ersten der blauen Briefbögen und rückte es gerade. Dann füllte sie ihren Federhalter, indem sie die goldene Feder in die tiefschwarze Flüssigkeit tauchte, den Druckknopf hinunterdrückte und dann wieder losließ. Sie wischte die Feder an ihrer Hose ab – die war sowieso schwarz, was spielte das also schon für eine Rolle.

In die obere rechte Ecke schrieb sie ihre Adresse. Die Feder fuhr kratzend über die Maserung des Papiers. Darunter schrieb sie das Datum und lehnte sich zurück, um das bisherige Ergebnis zu begutachten. Las man zuerst die Adresse, wenn man einen Brief bekam, mit dem man nicht rechnete? Das bezweifelte sie. Wenn Alice solch einen Brief bekäme, würde sie rasch den Text überfliegen und sich die Unterschrift am Ende anschauen. Vielleicht war die Adresse also gar nicht nötig.

Alice riß das Blatt ab und hatte es schon halb zerknüllt, als sie aus reinem Aberglauben in die Schublade neben sich legte. Sie wollte die Sache auf keinen Fall verderben.

»Lieber«, schrieb sie und hielt dann inne. Wie sollte sie ihn anreden? »Daniel« fand sie zu lässig, zu vertraulich, aber war »Mr. Friedmann« nicht zu gestelzt? Sie umklammerte den Füller fester. Das konnte sie bis zum Schluß offenlassen, am Ende hinzufügen. »Es war mein Wunsch, Ihnen zu schreiben«, begann sie. »War«. Klang zu sehr nach Vergangenheit. Schließlich wollte sie es immer noch, deshalb schrieb sie ja. Alice trennte auch dieses Blatt von dem Block, warf es zu dem anderen in die Schublade und starrte dann auf das neue, leere Blatt.

Was genau wollte sie sagen? Sie wußte bloß, daß sie seit der Begegnung mit Rachel an dem Abend ununterbrochen über diesen Brief nachgedacht und den Wunsch verspürt hatte, Kontakt mit ihm aufzunehmen. Aber das konnte sie ihm unmöglich schreiben. Vielleicht war es das beste, ihre

Beweggründe ins Unreine zu schreiben und dann erst den Brief zu formulieren.

Alice drückte die Feder auf das Blatt. Ein winziger runder Tintenklecks bildete sich, ehe ihr Stift rasch über die eisblaue Oberfläche glitt. »Weil ich mit Ihnen reden will.« Dann: »Weil ich wütend auf Sie bin.«

»Weil ich Ihren Sohn geliebt habe.« Noch während sie dabei war, die Worte »Weil John jetzt tot ist, er ist tot« zu Papier zu bringen, sagte sie zu sich selbst, daß sie damit aufhören müsse, daß sie sich doch fest vorgenommen habe, so etwas nicht zu tun, nicht in eine solche Stimmung zu geraten, während sie versuchte, seinem Vater zu schreiben. Und als sie merkte, wie ihr die Tränen kamen und über ihr Gesicht und ihren Hals liefen und in ihren Pullover sickerten, war sie so wütend auf sich selbst, daß sie sich mit ihrem Ärmel grob über das Gesicht wischte. Dann sah sie, daß Tränen auf das Papier getropft waren, dort wellige Flecken gebildet und die Tinte völlig verwischt hatten. Sie riß, inzwischen laut schluchzend, das Blatt ab, und entdeckte, daß die Flüssigkeit in das darunterliegende Blatt gedrungen war, und auch in das nächste und das übernächste. Alice riß ein Blatt nach dem anderen ab, bis sie ein makelloses fand, und sie hielt die Feder darüber und versuchte, sich zu beruhigen und über weitere Gründe nachzudenken, versuchte, von vorn zu beginnen, denn sie wußte, falls es ihr nicht gelänge, sich zusammenzureißen, würde es in ein paar Minuten zu spät sein. Aber sie stellte fest, daß sie bloß immer wieder seinen Namen schreiben konnte, und nach einer Weile mußte sie aufgeben, und sie weinte und weinte, über seinen Schreibtisch gebeugt, die Hände auf die Arme gelegt.

Es ist sonderbar, mir meinen Körper in irgendeinem Bett liegend vorzustellen. Ich stelle ihn mir vor und überlege, wie er aussieht. Ich denke darüber nach, daß ich jede Besonderheit kenne, jede Pore, die Linien in meinen Handflächen, die Narben aus meiner Kindheit, die kleinen farblosen Kreise von der Pockenimpfung und die Tätowierung auf meiner Schulter. Ich denke an den Tag, an dem ich sie habe machen lassen: ein feuchtheißer Tag in Bangkok, an dem ich im Zimmer eines Hotels erwachte, wo es vor Kakerlaken nur so wimmelte. Die Laken hatten sich um meine schwitzenden Beine gewickelt, der Verkehrslärm von der Straße, die sich neunzehn Stockwerke unter mir befand, war bereits deutlich zu hören, und ich dachte, heute lasse ich mich tätowieren. Ich trat hinaus in die Gluthitze, setzte meine Sonnenbrille auf, Schweißperlen krochen bereits wie langsame Insekten die Wölbung meines Rückens hinunter, die Mischung aus Abgasen und schwüler Luft prickelte in meiner Lunge. Ich lief durch die Straßen, vorbei an Leuten, die auf dem Bürgersteig bei Garküchen aßen, vorbei an Reihen aus Gemüseständen in schmalen, schattigen Gassen, unter zahllosen Wäschestücken hindurch, die zum Trocknen über Bambusstäben vor Wohnungsfenstern hingen, an starkbefahrenen, lauten Straßen entlang, vorbei an den Verkäufern von gefälschten Markenuhren, durch einen Park, wo alte Männer in schwarzen Hosen und weißen Kitteln die langsamen, hypnotischen Tai-Chi-Bewegungen vollführten oder gegeneinander Schach spielten, vorbei an Läden, die Kacheln und Wasserhähne verkauften, bis ich vor dem kleinen Tätowierstudio stand, das mir ein paar Tage zuvor aufgefallen war. Es sah von außen dreckig aus, und die Fotos von Leuten mit geröteter Haut, die stolz ihren neuen Körperschmuck präsentieren, brachten mich beinahe von meinem Entschluß ab. Drinnen zog ich mein T-Shirt über die Schulter hinunter. »Da«, sagte ich.

Der Mann maß mein Schulterblatt mit den Händen ab, und seine trocknen Finger knisterten dabei auf meiner

Haut. »Aber ein chinesischer Drache«, sagte er, »ist vielleicht nicht das Richtige für Sie.« Ich sah ihm in die Augen. »Ich will ihn trotzdem.«

Er zuckte die Achseln und wischte meinen Rücken mit Desinfektionsmittel ab. In einer Ecke dudelte süßlicher, säuselnder China-Pop in einem Radio. Ich schaute zu, wie der Mann die Tätowiermaschine mit flaschengrüner Tinte füllte. »Sie sind sich sicher?« fragte er, als er den summenden Apparat dicht über meine Schulter hielt.

»Ja.«

Es tat nicht weh, oder vielmehr war es ein eigenartiger Schmerz, so wie Eis manchmal brennt. Hinterher verdrehte ich, mit dem Rücken zum Spiegel, den Kopf und schaute über meine Schulter. Der Drache war grün mit goldenen Augen, einem roten Schwanz, und roten Strichen, die aus dem Mund kamen.

»Toll. Vielen Dank«, sagte ich lächelnd, »vielen Dank«, und ich tauchte wieder in den Lärm, die Hitze und das Gedränge auf der Straße ein, auf der Schulter einen verborgenen Drachen.

Ben steht als erster auf. Ann hört, wie er und Beth unten frühstücken – das Klappern von Tellern und Besteck, das deutliche Murmeln ihrer Unterhaltung. Ann weiß, sie sollte auch aufstehen und nach unten gehen, aber die Küche ist so klein. Sie kann die Vorstellung nicht ertragen, wie sie drei immer wieder zusammenstoßen würden, während sie Wasser kochen, in Alices Schränken nach Teebeuteln suchen, herausfinden, wie der Toaster funktioniert, den Kühlschrank aufreißen, um nachzuschauen, ob Margarine da ist. Ihr würde übel werden, wenn sie etwas äße, das Alice für sich eingekauft hat.

Ann setzt sich auf und lehnt sich gegen die Wand. Sie hat schlecht geschlafen. Das Bett riecht immer noch unverkennbar nach Alice, und Ann hat während der Nacht stundenlang die Hügel und Täler in der Bettdecke angestarrt, die von ihrem Körper und dem ihres Ehemanns herrührten, und dabei versucht, sich zu erinnern, auf welcher Seite des Bettes Alice immer schlief.

Ben hat die Vorhänge ein Stück geöffnet. Ann sieht die Häuser auf der anderen Straßenseite. Sie wirken ungeheuer nah, ihre Fenster sind nur einen Steinwurf von Ann entfernt. Wie hält Alice es in derart leicht einzusehenden Zimmern aus? Sie muß sich doch ständig beobachtet fühlen.

Ann schaut sich um und stellt mit Unbehagen fest, daß sie dort, wo sie sitzt, in der Mitte von Alices und Johns breitem Bett, sich selbst und den größten Teil des Bettes in dem Spiegel an der gegenüberliegenden Wand sehen kann. Sie dreht den Kopf zur Seite und sieht, daß der Schrankspiegel eine Seitenansicht des Bettes bietet; und ein hoher Standspiegel rechts von ihr vervollständigt den 180-Grad-Blick. Ann will sich gerade voll Verblüffung fragen, wieso sich jemand im Bett betrachten will, als ihr schlagartig der Grund für dieses Arrangement klar wird. Blut steigt ihr in die Wangen, und sie sieht sich drei Spiegelbildern ihrer selbst im Nachthemd gegenüber, die alle errötend eine Hand auf dem Mund drücken. Rasch steht sie auf.

Im Bad versucht Ann, das ekelhafte eidechsenähnliche Tier in dem Aquarium zu ignorieren. Sie hatte gehofft, es sei vielleicht gestorben, seit sie das letzte Mal bei Alice war. Aber es ist immer noch da, schwebt wie immer mit gespreizten Beinen im Wasser und schaut sie aus seinen winzigen Augen dämlich an. Seine Haut ist von einem durchsichtigen weißlichen Hellrosa, das Ann mit Krankheit assoziiert, und sie stellt angewidert fest, daß man die Adern und inneren Organe direkt darunter sehen kann. Sie erwägt, ein Bad zu nehmen, aber der Gedanke, daß dieses Tier sie dabei ununterbrochen beobachten würde, schreckt sie davon ab.

Ben ruft ihr von unten zu, daß er und Beth ins Krankenhaus fahren wollen, und fragt, ob sie mitkommen will. Ann antwortet, sie sollen sich um sie keine Gedanken machen, sie brauchen nicht auf sie zu warten, sie kommt später mit einem Taxi nach.

Als sie weg sind, genießt Ann erst einmal die Stille, die Einsamkeit. Sie hat es noch nie leiden können, rund um die Uhr mit anderen Menschen zusammenzusein. Auf dem Fußboden im Schlafzimmer steht Alices kleiner Rucksack. Ann setzt sich auf einen Stuhl, öffnet den Rucksack und schaut hinein: Stifte, eine Sonnenbrille, ein Flugblatt für die Lesung irgendeines Schriftstellers im South Bank Centre, Alices Filofax, ein Elektroschocker, in den in silbernen Buchstaben der Name »Galahad« eingestanzt ist, ein kleines Plastikschaf (Ann betrachtet es überrascht, hält es an einem der Hinterbeine in die Höhe. Es hat Hörner und einen grellrosa Euter. Sie findet es geschmacklos und legt es schnell wieder hin), eine U-Bahn-Monatskarte, ausgestellt an der Haltestelle Camden Town, gültig bis nächste Woche (das Paßbild von Alice läßt sie zusammenzucken), ein Fettstift für die Lippen (mit schräger Spitze), ein paar Schmerztabletten. Ann breitet das alles zu ihren Füßen aus und starrt es an, als würde sie ein Gedächtnisspiel spielen, bei dem gleich jemand einen Gegenstand wegnehmen wird und sie dann sagen muß, welcher fehlt. Dann greift sie nach dem Filofax und schlägt es auf. Viele Eintragungen stehen nicht darin. Ann erfährt, daß ihre Tochter am 24. April um 15 Uhr eine Besprechung im Büro hatte. Am 27. Mai haben sich Alice und Rachel im Riverside Cinema die 17-Uhr-30-Vorstellung eines Filmes mit dem Titel *Time of the Gypsies* angeschaut. Für das letzte Wochenende gibt es keine Eintragungen. Ein Novemberwochenende hat Alice mit einem Strich markiert und daneben »Norfolk?« geschrieben. Als Ann den Kalender durchgeblättert hat, fallen zwei Bahnfahrkarten heraus: Hin- und Rückfahrt von London nach Edinburgh. Zweiter Klasse, ein Erwachsener, null Kinder.

Ann schiebt alles zurück in den Rucksack und steht auf. Ohne selber zu wissen, was sie vorhat, öffnet sie Alices Kleiderschrank. Die Kleidungsstücke, die an der Stange hängen, sind fein säuberlich getrennt – Alices auf der einen Seite, Johns auf der anderen. Ann streicht über die Sachen, und die Metallhaken der Bügel stoßen klackend gegeneinander. Johns Hemden hängen, jeweils zwei oder drei übereinander, auf Bügeln, und seine Hosen sind zusammengefaltet über die Querstrebe geschoben. Alices Seite, über zwei Drittel der Stange, sieht abwechslungsreicher aus, es ist eine Mischung aus Samt, Seide, Stickereien, glitzernden Strickjacken, Kleidern mit Spitzenbesatz. Unten im Schrank liegen Schuhe quer durcheinander – ein Turnschuh steckt zwischen zwei schwarzen Sandalen; ein Riemchenpumps mit lächerlich hohen Absätzen liegt auf einem klobigen, schlammbeschmierten Stiefel. Dort, wo Alices Sachen auf Johns treffen, hängt ein rotes Trägerkleid direkt neben einem leicht zerknitterten, blauen Baumwollhemd. Ann weint, als sie die Sachen so nebeneinanderhängen sieht, sie weint minutenlang. Und sie weiß nicht, wem die Tränen gelten: ihrer Tochter, ja, bei dem Gedanken an ihren möglichen Tod fühlt sie sich, als wäre sie ein Handschuh, der von innen nach außen gekrempelt worden ist; John, der nicht hätte sterben dürfen, da Alice ihn doch so sehr geliebt hat; und zum Teil gelten die Tränen auch ihr selbst, deren Kleider nie so neben denen eines anderen Menschen hängen konnten.

Die Wohnzimmertür ging langsam auf, und Alice schlich herein, ein Kissen gegen die Brust gedrückt. Es war später Vormittag, aber da sie die Vorhänge noch nicht geöffnet hatte, lag der Raum im Halbdunkel. Das Klingeln des Telefons hörte abrupt auf, als der Anrufbeantworter ansprang: »Alice? Hier ist Rachel. Ich weiß, daß du da bist, also nimm den Hörer ab.«

Alice rührte sich nicht, sondern starrte teilnahmslos an die Decke. »Na los, Alice geh ran … Okay. Das ist jetzt die … warte mal … die sechzehnte oder siebzehnte Nachricht, die ich auf deinem Apparat hinterlasse. Ist das Ding kaputt? Haben wir uns zerstritten, ohne daß ich es gemerkt habe? Lebst du noch?«

Alice hörte, wie ihre Freundin seufzend eine Pause einlegte. Das Tonband knisterte leise. »Na gut. Wie du willst. Ich melde mich wieder.«

Erst nachdem sie aufgelegt hatte und der Apparat das kleine Ritual aus Zurück- und Vorspulen des Tonbandes beendet hatte, verließ Alice das Zimmer und schloß die Tür hinter sich.

Rachel klopft noch einmal mit den mittleren Fingerknöcheln gegen die Tür.

»Wer ist da?« ruft Alices von drinnen.

»Ich bin's. Mach gefälligst auf.«

Einen Augenblick herrscht Stille, dann ertönt das schnappende Geräusch, wenn ein Schloß entriegelt wird. Die Tür geht auf. Die beiden Frauen starren sich an, Rachel eine Hand in die Hüfte gestemmt, die Lippen geschürzt. Rachel ist verblüfft, weiß aber nicht genau, wieso. Alice sieht verändert aus – gut sogar. Ihr Blick ist leuchtender, und ihre Wangen haben mehr Farbe.

»Also?« fragt Rachel.

»Also was?«

»Also, was ist los?«

»Nichts.« Alice schaut sie trotzig an. »Wie meinst du das.«

»Du rufst mich nicht an, du reagierst nicht auf meine Nachrichten. Alice, es ist schon fast drei Wochen her, daß wir uns zuletzt gesehen haben.«

»Wirklich?« sagt sie unbestimmt, und ihr Blick folgt einem Wagen, der auf der Straße vorbeifährt.

Rachel seufzt, denn sie begreift, daß die Art von Unterhaltung nichts bringt. »Darf ich denn wenigstens reinkommen?«

»Ähm.« Ein Anflug von Panik huscht über ihr Gesicht, dann läßt sie den Türgriff los. »Ja, warum nicht.«

»Danke«, murmelt Rachel, als sie den Flur betritt.

Alice trommelt mit den Fingern gegen den Kessel, während sie darauf wartet, daß das Wasser kocht. Rachel sitzt am Tisch, schaut sich auf der Suche nach einem Gesprächsthema um.

»Ist die Strickjacke da neu?«

»Welche?«

»Die da.« Rachel zeigt auf eine rote Strickjacke, die über einer Lehne liegt.

Alice nimmt sie in die Hand, faltet sie zusammen und legt sie wieder an genau dieselbe Stelle wie zuvor. »Ja.«

»Sieht schick aus. Woher hast du die?«

Alice, die ihr gerade den Rücken zugewandt hat, murmelt etwas.

»Was?«

»Ich sagte, die ist selbstgestrickt.«

»Ach ja, und von wem?«

»Von mir.«

»Ehrlich …?« Rachel ist perplex. »Du meinst, du hast sie gestrickt?«

»Ja. Was ist denn daran so ungewöhnlich?«

»Nun, ich wußte zum Beispiel gar nicht, daß du stricken kannst.« Alice stellt einen Becher Tee vor Rachel hin und setzt sich. »Das habe ich mir selber beigebracht.«

»Das finde ich schon ein bißchen sonderbar. Zu welchem Zweck denn?«

»Zu welchem Zweck? Was meinst du mit ›zu welchem Zweck‹? Warum strickt man wohl?«

»Na ja, ich weiß nicht. Alte Frauen wie meine Großmutter stricken, weil sie nichts Besseres zu tun haben. Aber du hast es doch nicht nötig, dir mit so was die Zeit zu vertreiben.«

»Mir macht es Spaß.«

»Was? Stricken?«

»Ja.«

»Alice, ist dir eigentlich klar, wie trübselig sich das anhört? Hast du etwa die ganze Zeit, statt mich anzurufen, abends allein zu Hause gesessen und gestrickt?«

»Vielleicht? Was ist daran so schlimm?«

»Was daran so schlimm ist? Alice! Verdammt noch mal …« Rachel bricht ihre Standpauke ab und schaut über den Tisch zu ihrer Freundin hinüber. In dem hellen Sonnenlicht, das durch das Küchenfenster scheint, ist ihr gerade aufgefallen, daß Alice ihren neuen, gesunden Teint einer Schicht sorgfältig aufgetragener Schminke zu verdanken hat.

Da sie weiß, daß sie etwas sagen sollte, ihr aber nichts einfällt, steht Rachel auf und hebt vom Stuhl neben der Tür einen flaschengrünen Pullover, an dem Alice offenbar gerade arbeitet, an den Nadeln in die Höhe. Er ist ziemlich lang und weit, und Alice braucht nur noch das untere Bündchen fertig zu stricken. Rachel hält ihn gegen das Licht und betrachtet das kunstvolle Maschengewebe. Der Anblick beunruhigt sie etwas, ohne daß sie genau wüßte, wieso. Sie dreht sich zu Alice um, die immer noch am Tisch sitzt. »Der hier ist aber ein bißchen zu groß für dich. Für wen ist der?«

Alice schaut hoch, und der Ausdruck zornigen Entsetzens, der augenblicklich ihre Miene entstellt, verblüfft Rachel. »Faß ihn nicht an. Leg ihn wieder hin.« Alice ist im Nu bei Rachel und reißt ihn ihr aus den Händen.

Rachel schaut zu, wie Alice den Pullover behutsam zusammenrollt. Aus irgendeinem Grund wecken die Farbe, die Wollsorte und der V-Ausschnitt bei ihr unwillkürlich die Assoziation an John. Alice strickt diesen Pullover für John, denkt Rachel, sie strickt ihrem toten Mann einen Pullover.

»Al«, hebt Rachel an, dann beißt sie sich auf die Unterlippe. »Ist alles in Ordnung, ich meine, wie geht es dir?«

Alice nickt, noch ehe sie antwortet: »Mir geht es gut.«

Alice wählt die Nummer, schaut dabei vor jeder Ziffer in das aufgeschlagene Buch neben ihr, wartet ab, hört, wie es in der Leitung klickt und dann klingelt. Sie stellt sich das Telefon als ein schwarzes, altmodisches Modell mit richtiger Gabel vor, das vielleicht neben der Haustür oder auf einer Fensterbank steht und beim Klingeln ihres Anrufs vibriert. Sie stellt sich vor, wie er es hört – womöglich liest er oder wäscht ab oder sieht fern –, innehält, hochschaut und durchs Zimmer geht oder aus dem ersten Stock nach unten kommt – langsam, denn hat er nicht einen etwas schwerfälligen Gang gehabt? – und nach dem Hörer greift.

Alice legt auf. Sie bleibt noch eine Weile sitzen. Sie steht auf und geht zweimal durchs Zimmer. Sie stellt die Blumentöpfe auf der Fensterbank anders hin, dreht die Rückseite der Pflanzen ins Licht, zupft vertrocknete Blätter ab und zerknüllt sie in der Hand. Dann setzt sie sich wieder neben das Telefon. Wählt erneut die Nummer. Dieses Mal wartet sie länger, lauscht dem entfernten Tuten. Es klackt in der Leitung, als er abnimmt, aber noch ehe er etwas sagen kann, legt Alice auf. Sie hat keine Luft in den Lungen. Ein prickelndes, taubes Gefühl reicht über ihren ganzen Rücken bis hinauf zu ihrer Kopfhaut.

Alice steigt aus dem Taxi. Die Straße ist schmal und macht eine S-Kurve. Hohe Ligusterhecken trennen die Grundstücke vom Bürgersteig. Die Hausnummern sind in die schmiedeeisernen Pforten eingelassen, die neben den mächtigen grünen Hecken geradezu zierlich wirken. Sie begegnet keinem einzigen Menschen, während sie den Bürgersteig entlanggeht, kein Auto fährt an ihr vorbei. Der Verkehrslärm von der sechsspurigen Durchgangsstraße hinter ihr wird langsam leiser. Es sieht hier ganz anders aus als bei ihr, mehr wie in einem Vorort, lauter Einzelhäuser mit Garage und breitem Vorgarten. Als sie sich der gesuchten Hausnummer nähert, erfaßt sie eine Art Erregung.

Ein schnurgerader Steinweg, der den Rasen durchschneidet, führt von der Stelle, wo Alice steht, zur Haustür. Aus einem Sprinkler schießt in hohem Bogen Wasser auf ein Blumenbeet: Ein Teil des Wegs wird davon naßgespritzt und ist dunkel verfärbt. Hier also ist John aufgewachsen, denkt Alice, hierher kehrte er nachmittags von der Schule zurück, hierher kam er ein letztes Mal, als er seinem Vater von mir erzählt hat. Die Fenster sind nicht erleuchtet, zeigen nur ein Spiegelbild des Gartens. Hinter einem der Erdgeschoßfenster sind die Vorhänge zugezogen. Alice findet das Haus ziemlich groß, sie kann sich nicht vorstellen, wie es ist, allein darin zu wohnen. Neben dem Tor wächst ein Rosenbusch. Die roten Rosenblüten, die noch vor einer Woche einen herrlichen Anblick geboten haben müssen, hängen schlaff herunter oder sind bereits abgefallen. Alice schaut nach unten und sieht, daß der Bürgersteig zu ihren Füßen mit ihnen übersät ist. Ein schwacher, süßlicher Geruch nach verwelkten Blütenblättern liegt in der Luft. Er erinnert sie an … an Leichenkränze … und … Alice wendet den Blick ab, schaut zum Haus hinüber, schaut gen Himmel, schaut auf die Bäume. Die Haustür geht auf, und Alices plötzliche Tränen lassen den Umriß des Mannes verschwimmen, der herauskommt und die Tür hinter sich zuschließt.

Sie sprintet vom Tor weg und versteckt sich in der Einfahrt zum Nachbargrundstück, eine Faust zwischen die Zähne geschoben. Hat er sie gesehen? Was würde sie zu ihm sagen? Sie ist auf die Begegnung mit ihm nicht vorbereitet, nicht im geringsten. Sie kann keinen klaren Gedanken fassen, ist nicht fähig, sich die richtigen Worte zu überlegen. Sie späht um einen bepflanzten Steinwall herum und sieht, wie er durch die Pforte kommt und sie zumacht. Er hat eine gestreifte Einkaufstasche mit Metallhenkeln dabei, und er nimmt sie in die andere Hand, um die Pforte zu schließen. Dann geht er weg.

Alice zieht sich die Kapuze ihres Sweatshirts über den Kopf, und als sie das tut, wird ihr mit Schrecken bewußt, daß es ursprünglich John gehörte. Wie konnte sie nur so dämlich sein? Ein paar Sekunden lang überlegt sie voller Panik, wann John es gekauft hat und ob die Gefahr besteht, daß Daniel es wiedererkennt. Dann tritt sie hinaus auf den Bürgersteig und folgt ihm in einigem Abstand, den Blick auf seinen Rücken und die blanken Absätze seiner Schuhe gerichtet.

Am Ende der Straße biegt er rechts ab und geht den Abhang hinunter in Richtung der Läden und der U-Bahn-Station, die sie auf der Hinfahrt aus dem Taxi gesehen hat. Er macht langsame, ungleichmäßige Schritte, hat den Rücken ein bißchen vorgebeugt, und Alice fällt auf, daß er viel älter wirkt als ihre eigenen Eltern. Bei einem Feinkostladen, vor dem mehrere Stiegen voller Äpfel aufgebaut sind, bleibt er stehen. Sie duckt sich hinter eine Telefonkabine, bis er weitergeht. An der nächsten Kreuzung wartet er zusammen mit ein paar anderen Leuten darauf, daß die Autos stehenbleiben. Sie drückt sich im Eingang einer Bankfiliale herum. Würde er sie wiedererkennen, wenn er sie sähe? Würde er wissen, wer sie ist, wenn sie auf ihn zukäme? Mit welchen Worten würde sie sich vorstellen? Nachdem er die Straße überquert hat, saust sie, kurz bevor der Piepton der Ampel aufhört, hinterher, gerade als er die Stufen zur Bücherei hinaufsteigt.

Im Inneren der Bücherei ist es still. Der schwach erleuchtete Korridor hat einen rötlichen Steinfußboden und eine dunkle Holztäfelung. Es riecht nach vielen Büchern, jener unverkennbare, trockene Geruch, der im Hals kratzt. Durch die gläsernen Schwingtüren sieht sie, wie er sich beim Rückgabetresen anstellt. Er holt drei Bücher aus seiner gestreiften Tasche, legt sie übereinander auf den Tresen und schiebt sie neben sich her, wenn sich die Leute vor ihm ein Stück vorwärtsbewegen.

Alice betritt den Raum und stellt sich hinter ein Regal mit Kinderbüchern. »Hallo, Mr. Friedmann«, hört sie die Bibliothekarin sagen. Er greift in die Innentasche seines Mantels und holt ein Brillenetui heraus. Nickend murmelt er etwas, das Alice nicht versteht, dreht sich dann um und geht zu einem der Lesetische.

Alice beobachtet ihn. Sie weiß, daß er Rentner ist. Verbringt er so seine Tage? Er zieht seinen Mantel aus und legt ihn über eine Stuhllehne. Dann nimmt er Platz und rückt die halbmondförmige Brille auf seiner Nase zurecht. Er schlägt eine der an Holzstäben befestigten Zeitungen auf und fängt an zu lesen.

Jetzt wäre genau der richtige Moment. Sie zieht an dem Band im Saum der Kapuze. Würde er den Kopf heben und geradeaus gucken, würde er ihr durch das Regal hindurch direkt in die Augen schauen. Sie geht an der Wand des Raums entlang, stolpert dabei fast über eine Frau, die einem Kleinkind auf ihrem Schoß etwas vorliest. Dann ist sie ganz nah bei ihm, so nah, daß sie sich bloß vorbeugen und die Hand ausstrecken müßte, um ihm auf die Schulter zu tippen. Und was dann? Er würde sich umdrehen, in das Gesicht der Frau blicken, die ein Sweatshirt seines verstorbenen Sohnes trägt, und was dann?

Er hat eine Hand um den Nacken gelegt, die andere liegt schlaff auf dem Tisch. Von ihrer Position aus kann Alice durch seine Brillengläser sehen: Die Zeitungsschrift dahinter krümmt und dehnt sich. Sie muß bloß eine Armbewegung machen oder etwas sagen, mehr ist nicht nötig. Ein Adrenalinstoß jagt durch ihren Körper, und es rauscht in ihren Ohren. Sie wird es tun. Sie wird es jetzt tun. Jetzt sofort.

In diesem Moment tritt eine andere Bibliothekarin, eine ältere Frau mit blassem, sommersprossigen Gesicht, gegenüber von Daniel und Alice an den Tisch. »Hallo, Mr. Friedmann. Wie geht es Ihnen?«

Er zuckt zusammen. Schaut hoch. Die auf dem Tisch liegende Hand verkrampft sich, die Fingernägel schaben über die Zeitung. »Gut«, antwortet er. »Danke der Nachfrage.«

Alice erträgt es nicht, sie kann es einfach nicht ertragen. Ohne Vorwarnung schießen ihr brennende Tränen in die Augen. Die Oberflächenspannung hält sie einen Moment lang zurück, wodurch die über den Tisch gebeugte Bibliothekarin, sein Rücken, die Zeitung und die Bücherregale im Hintergrund vor ihren Augen verschwimmen, als würde alles in ihrem Gesichtsfeld schmelzen, und dann fließen sie über ihr Gesicht. Seine Stimme. Er hat dieselbe Stimme wie John. Es ist Johns Stimme. Er spricht mit leichtem polnischen Akzent, aber das Timbre und die Tonhöhe sind identisch. Es hätte genausogut seine Stimme sein können, er hätte der Mann sein können, der eben in dieser Bücherei gesprochen hat. Aber er war es nicht, und das ist für sie unerträglich.

Instinktiv läuft sie los, um den Tisch herum, an der Bibliothekarin vorbei, die sie jetzt anstarrt, deshalb schlägt sie die Hände vor das Gesicht und kann auf dem Weg zum Ausgang nur durch die Ritzen zwischen ihren Fingern hindurch sehen. Sobald sie draußen ist, rennt sie los, stürmt an den Leuten auf dem Bürgersteig vorbei weicht beim Überqueren von Straßen Autos aus; sie rennt und rennt, rennt so lange blindlings immer weiter, daß sie, als sie schließlich anhält, keine Ahnung hat, wo sie ist.

Beth, nur bekleidet mit einem T-Shirt, trifft ihre Mutter im Wohnzimmer an. Sie ist spät aufgestanden, fühlt sich ganz matschig im Kopf. Ihre Mutter trägt eine Schürze (Beth fragt sich, wo die her ist, ob ihre Mutter sie mitgebracht hat. So etwas kann unmöglich Alice gehören) und Gummihandschuhe, und in der einen Hand hält sie einen Staubwedel, in der anderen den Staubsauger. Beth weiß, das kann nur eines bedeuten: Ann plant ein Hausstaub-Massaker.

»Morgen«, sagt Beth träge.

»Hallo.«

»Was hast du vor?«

»Hier muß dringend mal saubergemacht werden.« Ann marschiert zum Schreibtisch, schichtet Zettel zu einem schiefen Stapel auf und staubt die frei gewordene Fläche ab. »Dieses Haus ist ja geradezu ein Fall fürs Gesundheitsamt. Ich weiß nicht, was in deine Schwester gefahren ist.«

»Mum, ich finde, du solltest –«

»Ich meine, *also wirklich*.« Ann reißt eine Schublade auf,

holt lauter zusammengeknüllte, blaue Blätter Papier heraus und wird sie in einen Plastikbeutel.

»Tu das nicht, Mum.« Beth geht zu ihr hinüber und schaut die Blätter Papier im Müll an. Auf einigen von ihnen stehen ein paar unleserliche Worte. »Hör auf damit. Alice wäre es nicht recht. Du kannst doch nicht einfach etwas wegschmeißen, das ihr gehört.«

Ann geht weg und beginnt, am Sofa zu zerren. »Hilfst du mir bitte mal, Beth? Ich möchte lieber nicht wissen, wann unter diesem Ding zuletzt staubgesaugt worden ist.«

Beth überlegt, ob sie versuchen soll, ihre Mutter auch von dieser Aktion abzuhalten, kommt aber gerade zu dem Schluß, daß man bei Ann nicht viel erreicht, wenn sie einen Putzanfall hat, und sie beim Staubsaugen wahrscheinlich noch am wenigsten Unheil anrichtet, als das Telefon klingelt.

»Telefon«, sagt Beth.

Ann hört auf, die Schnur von Alices Staubsauger zu entrollen. Es ist das erste Mal, daß das Telefon klingelt, seit sie hier sind. Beth hat nicht genug an, um so spät am Vormittag noch durch das Haus zu spazieren, also geht Ann in den Flur und hebt den Hörer ab.

»Ja, bitte?«

»Hallo.« Eine Männerstimme. Klingt eher älter. Zögernd. »Ich bin mir nicht sicher, ob ich die richtige Nummer gewählt habe.«

»Doch, das haben Sie«, sagt Ann, für einen Moment aus dem Konzept gebracht. »Das heißt, ich meine, hier spricht nicht … Alice ist … nicht da.«

»Ich verstehe.« Er klingt verlegen. Ann wird ungeduldig. Er soll sich beeilen, sie hat schließlich nicht den ganzen Tag Zeit.

»Könnten Sie ihr bitte etwas ausrichten?«

Ann schweigt. Wer ist dieser Mensch, der keine Ahnung hat, was los ist. Sie weiß nicht, wie sie es ihm sagen soll – ist er ein Freund von Alice? Ein Kollege? Der Gasmann?

»Könnten Sie ihr bitte sagen, daß … daß ich sie letzte Woche gesehen habe, ich habe sie in der Bücherei gesehen. Und ich habe versucht … ich bin ihr nach draußen gefolgt, aber sie ist zu schnell weggelaufen. Ich habe überall nach ihr gesucht, konnte sie aber nirgends finden. Würden Sie ihr bitte ausrichten … Ich will sie schon seit langer Zeit anrufen … seit Monaten … aber ich hab's immer wieder verschoben. Und seit letzter Woche nehme ich es mir jeden Tag vor … aber erst heute … also …« Er bricht ab, holt dann tief und geräuschvoll Luft, offenbar, um allen Mut zusammenzunehmen. »Ich glaube, was ich eigentlich sagen will, ist, daß … ich gern … mit ihr reden möchte. Ich würde mich gern mit ihr treffen.«

»Wer sind Sie eigentlich?« will Ann wissen.

»Ich heiße Friedmann. Daniel Friedmann. Ich bin Johns Vater.«

Ann sieht einen Mann vor sich, der im hellen Sonnenlicht, die Urne mit Johns Asche im Arm, ein paar Stufen hinuntergeht, und Alice, wie sie ihn dabei beobachtet. Zorn steigt, unerwartet und heftig, in ihr auf.

»Ach so.« Sie schaut hoch und sieht ihr Gesicht in dem großen goldgerahmten Spiegel an der Flurwand. »Hören Sie, Mr. Friedmann, hier spricht Alices Mutter. Ich fürchte, ich kann Alice Ihre Nachricht nicht ausrichten. Wollen Sie auch wissen, wieso?«

»Oh. Ich –«

»Alice wurde von einem Auto angefahren. Sie liegt im Koma. Mir scheint, Sie haben die Angewohnheit, zu lange zu warten. Meine Tochter liegt im Koma. Und sie wird vielleicht sterben. Was sagen Sie nun?«

Ann knallt den Hörer auf und läßt ihn dann, als die Leitung unterbrochen ist, neben dem Apparat dicht über dem Boden in der Luft baumeln.

Ann schlüpft durch die schwere Doppeltür am Eingang zur Intensivstation. Es herrscht dort kaum Betrieb, und die wenigen Leute, an denen sie vorbeikommt, beachten sie nicht weiter.

In Alices Zimmer stellt sie einen Stuhl dicht an das Bett, damit sie dem Gesicht ihrer Tochter nahe ist. Sie nimmt ihre Handtasche vom Schoß und schiebt sie unter den Stuhl. Sie legt eine Hand auf Alices Hand, die erstaunlich warm und steif ist, zieht sie aber rasch wieder weg. Sie fragt sie, was wohl mit Alices Haaren passiert ist, nachdem man sie abgeschnitten hat. Wurden sie verbrannt? Ann rutscht mit dem Stuhl noch dichter an das Bett heran und beugt sich über Alices Ohr. »Alice«, hebt sie an, »ich möchte dir etwas sagen.«

Als Ann eine Bewegung hinter dem Fenster wahrnimmt, hält sie inne. Eine Krankenschwester geht vorbei, die einen Mann unbestimmten Alters untergefaßt hat. Die Haut des Mannes ist fahl, faltig, wirkt so steif wie Packpapier, und seine mühsamen Schritte erinnern an die eines Astronauten. Sein Kopf hängt zur Seite. »Sehr gut«, sagt die Krankenschwester munter. »Das klappt ja schon viel besser als gestern.«

Anns Blick schwenkt zurück zu ihrer Tochter, dann zurück auf ihren Schoß. Sie zupft ein paar Haare von ihrem Mantel, läßt sie durch die stickige Luft des Zimmers schweben, beugt sich dann wieder vor. »Ich habe ihn geliebt«, flüstert sie. Um sie herum summt die Krankenhausmaschinerie.

»Wirklich geliebt. Du sollst wissen, daß ich –«

Die Tür geht auf, und Ben kommt herein. Er hat zwei Becher und drei Bücher dabei. Er schiebt die Tür mit dem Fuß zu. »Hallo«, sagt er. »Ich habe dir Tee mitgebracht.«

Ann lehnt sich auf dem Stuhl zurück. »Danke.«

»Ist dir Tee recht?« fragt er, als er ihn ihr gibt.

»Ja. Ist mir recht.«

»Oder möchtest du lieber Kaffee?«

»Kaffee ist auch okay.«

»Ich habe für mich Kaffee geholt. Aber du kannst ihn gern haben.«

»Wie du willst, es ist mir egal.«

»Oh. Also was: Tee oder Kaffee?«

»Ich sagte doch, es ist mir egal. Ganz wie du willst.«

»Mir ist es auch egal.«

»Ben.« Ann räuspert sich. »Ben, ich muß mit dir reden.«

Ben hat ihr den Rücken zugewandt. Er legt die Bücher auf den Nachttisch, stellt den Becher obendrauf und wendet sich dann an Alice. »Hallo«, sagt er, in seinem speziellen Ich-rede-mit-meiner-bewußtlosen-Tochter-Tonfall. »Wie geht's dir heute?«

Ann staunt einen Augenblick darüber, daß sie es selbst in einem solchen Moment noch schafft, sich über ihn zu ärgern. »Ben? Hast du mich gehört?«

Er reagiert immer noch nicht, streichelt statt dessen Alices Arm. »Ben! Ich rede mit dir. Oder versuche es wenigstens.«

Er dreht sich halb um. »Ann, wenn es ums Abendessen geht, darüber haben Beth und ich schon gesprochen, und wir –«

»Es geht nicht ums Abendessen.«

»Oh.« Er setzt sich hin.

»Ben«, beginnt Ann, »ich muß dir etwas sagen ... über Alice. Weißt du, falls sie wieder aufwacht –«

»Wenn«, korrigiert Ben sie.

»Falls«, wiederholt Ann beharrlich, »falls das passiert, dann …« Ann stellt fest, daß ihre Hände schweißnaß sind. Sie verschränkt die Finger ineinander. »Dann sollten wir vorher über etwas gesprochen haben.«

Ben springt auf. »Ich glaube, mir steht der Sinn doch mehr nach Kaffee.« Er nimmt sich den Becher. »Bist du sicher, daß du mit Tee zufrieden bist?«

»Laß mich doch endlich mit dem Scheißtee in Ruhe!«

Sein Kopf bewegt sich ruckartig, so, als hätte sie ihn geschlagen. Einen Augenblick lang hat es den Anschein, daß das Zimmer, in dem sich sonst die Leute nur in gedämpftem Ton unterhalten, schockiert über ihre laute Stimme ist. Es herrscht eine gespannte Stille. Dann setzt sich das Beatmungsgerät in Gang, Alices Brust senkt sich, und der Bann ist gebrochen.

»Die Sache ist die«, sagt Ann, jetzt mit leiserer Stimme. »Ich bin mir nicht sicher, ob Alice –«

»Nein«, murmelt Ben. Ann schaut ihn über die Erhebung von Alices Körper hinweg an. Er hat seine Hände über Augen und Stirn gelegt.

»Was meinst du mit ›nein‹?«

»Sag es nicht. Ich will es nicht hören.«

»Du weißt doch gar nicht, was ich –«

»Doch, natürlich«, unterbricht er sie. »Natürlich weiß ich es.« Er nimmt die Hände vom Gesicht. »Du mußt mich wirklich für einen Trottel halten.«

»Ben … ich …« Sie hat das Gefühl, die Kontrolle über sich selbst zu verlieren. Es kommt ihr vor, als würde sich ihr Inneres zusammenklumpen, als höhlte etwas Kaltes ihren Körper von den Rändern her aus, so daß von ihr nur eine Hülle aus Haut und Knochen übrigbleibt. Ann steht auf, geht stolpernd von ihrem Stuhl weg, klammert sich an die Fensterbank und stößt dabei mehrere von Alices Karten um.

Woher weiß er es? Hat er sie zusammen gesehen? Hat Elspeth es ihm doch erzählt?

»Wie lange weißt du es schon?« fragt sie, den Rücken ihrem Ehemann zugewandt.

»Von Anfang an.«

»Seit ihrer Geburt?«

»Ja«, seufzt er.

»Woher?« Ann ist fassungslos, kann es nicht glauben. Sie dreht sich zu ihm um.

Er lacht beinahe. »Hast du denn in all den Jahren nicht durchschaut, wie so etwas in North Berwick läuft? Alle wissen alles. Und es gibt immer Leute, die es einem erzählen, Leute«, er zuckt bei einer lange Jahre verschütteten Erinnerung zusammen, »denen es Spaß macht, es einem zu erzählen. Aber als Alice auf die Welt kam und ich sie auf den Arm nahm … weißt du noch, wie ich sie zwei Stunden nach der Geburt im Krankenhaus auf den Arm genommen habe? Sie schrie und strampelte wie wild. Du warst total erschöpft, und ich habe sie auf meinen Armen durch den Flur getragen, damit du schlafen konntest, und ich habe sie mir angeschaut und gewußt, daß ich dasselbe für sie empfinde wie für Kirsty, daß ich sie nicht weniger liebe, mein Beschützerinstinkt ihr gegenüber genauso stark ist, und ich sagte mir: Ben, hör nicht auf die Klatschmäuler, entweder sie ist von dir, oder sie ist es so gut wie, und was für eine Rolle spielt das im Endeffekt schon? Natürlich habe ich unter dem Zweifel gelitten, mein Gott, und wie ich manchmal darunter gelitten habe, vor allem später, als die Ähnlichkeit immer deutlicher wurde, aber jedesmal, wenn ich glaubte, es nicht mehr ertragen zu können, sagte ich mir, daß es bei Vaterschaft um mehr geht als nur um die DNA. Sie bedeutet mir ebensoviel wie Beth und Kirsty.«

»Warum … warum hast du nie ein Wort gesagt?«

»Warum? Weil ... weil, was hätte das für einen Sinn gehabt, Ann? Ich wußte es, du wußtest es. Es wäre ... abscheulich gewesen, die ... Sache ans Licht zu zerren. Alice und ihre Schwestern – wie hätten die drei es verkraftet? Und Elspeth ... es hätte Elspeth das Herz gebrochen. Du weißt doch, wie nahe sich die beiden standen. Elspeth hätte dich dafür gehaßt. Was hätte ich davon gehabt?«

Ann blickt hinunter auf ihre Füße. »Ben, ich glaube, sie weiß es ... Alice, meine ich. Ich glaube, sie hat es herausgefunden.«

Ben stellt seine übereinandergeschlagenen Beine nebeneinander hin, legt dann den einen Fuß aufs andere Knie und umklammert den Knöchel mit den Händen. »Was soll das heißen?« fragt er.

»Ich meine ... in Edinburgh ... als sie neulich da war ... Ich glaube, sie hat uns gesehen.«

»Dich und ihn?«

Ann nickt.

»Ihr beide ...?« Die Falten auf Bens Stirn und um seine Augen werden tiefer, während er nach den passenden Worten sucht. »Ihr seht euch immer noch?«

Ann nickt erneut.

Ben beißt sich auf die Unterlippe, schluckt, seine Augen schweifen von seiner Frau zurück zu dem leblosen Körper auf dem Bett. »Ich verstehe.«

Am deprimierendsten an diesen Fällen findet Mike, daß man nach einer gewissen Zeit die Patienten aufgibt. Sie werden in ein kleineres Zimmer verlegt, auf eine entlegene Station; die Frage, ob ein solches Leben noch lebenswert ist, wird aufgeworfen, das Für und Wider von Sterbehilfe erörtert; die Verwandten werden, anfangs natürlich sehr dezent, auf das Thema Organspende angesprochen. Der Boden der Krankenhausflure gleitet unter seinen Füßen hinweg, dann biegt er in den langen, verglasten Verbindungssteg ein. Es gibt noch ein paar Untersuchungen, die er anordnen kann. Er könnte sie für eine weitere Computertomographie anmelden, erneut eine Lumbalpunktion machen. Aber er sagt sich auch, daß er entscheiden muß, ob das alles überhaupt noch Sinn hat, ob er den Termin für das Abschalten der Apparate, zumindest für sich selbst, festlegen sollte.

Vor ihm geht ein älterer Mann, den Mike eigentlich schon überholen will, seit er diesen Flügel des Krankenhauses erreicht hat, aber es kommen ihnen so viele Leute, Sitzwagen und Betten entgegen, daß Mike sich nicht am ihm vorbeidrängeln mag. Das Tempo des Mannes ist ein bißchen langsamer als sein eigenes, und deshalb muß Mike regelmäßig drei oder vier kurze Trippelschritte machen, um dem Mann nicht in die Hacken zu treten.

Zu Mikes Verdruß geht der Mann durch die Doppeltür am Eingang zur Intensivstation. Er seufzt, ruft sich dann aber ins Gedächtnis, daß er jetzt sowieso gleich da ist. Sie kommen an zwei Krankenschwestern vorbei, deren Blicke kurz auf dem Mann verharren und dann, etwas länger, auf Mike.

Der Mann bleibt vor Alices Zimmer stehen. Das kommt für Mike derart überraschend, daß er fast mit ihm zusammenstößt, und als er den Kopf zur Seite dreht, liest er, zur selben Zeit wie der Mann, den Namen »Alice Raikes« auf dem kleinen weißen Türschild. Der Mann beugt sich vor, öffnet die Tür, geht hinein und schließt sie hinter sich. Mike tritt an das Fenster heran, vor dem jene spiegelnden Lamellen hängen, die die Streifen des eigenen Gesichts reflektieren und dazwischen in schmalen Schlitzen einen

Blick auf das Zimmer ermöglichen. Er sieht, wie der Mann einen Stuhl an das Bett heranzieht und sich setzt.

Ich bin irgendwo. Schwebe. Verstecke mich. Gedanken sausen in mir herum, so willkürlich und zusammenhanglos wie die Kugeln in einem Flipperautomat. Ich denke an die Party, auf der John und ich uns nicht getroffen haben, daß wir uns damals in dem Raum umkreist haben müssen wie Motten eine Glühbirne. Ich denke an meine Großmutter, die mir einmal erzählte, daß sie ihre Aussteuer selbst gemacht hat. Ich stelle mir vor, wie sie mattschimmernden, korallenroten Seidenstoff durchschneidet. Die Griffe der schweren Stoffschere hinterlassen rote Abdrücke auf ihrem Daumen und ihrem Zeigefinger; sie schlägt die leicht ausgefranste Kante um, säumt sie mit winzigen, schrägen Stichen und näht eine breite Spitzenborte daran fest. Ich denke an den Garten in North Berwick und an meine Mutter, wie sie mit einer Hacke die Erde in den Beeten auflockert, Unkraut herauszupft und dessen verschlungene Wurzeln kräftig schüttelt, damit nur ja kein einziges Körnchen Erde verschwendet wird. All das denke ich und auch sonst noch dies und das, als ich irgendwo jemanden sagen höre: »Hallo, Alice.« Einfach so. Zwei Worte werden in meine Sphäre geweht. Und ich kenne diese Stimme. Es ist John. Und er spricht zu mir. Und plötzlich herrscht eine Atmosphäre wie in dem Augenblick zwischen Blitz und Donner: Die Luft um mich herum scheint zu vibrieren und sich zu verdunkeln, und ich verliere die Kontrolle, ich treibe auf etwas zu oder durch etwas hindurch, durch etwas, das mir vorkommt wie ein schmaler, sich immer weiter verengender Spalt, und einen Augenblick lang frage ich mich, ob es das jetzt war, ob der Moment gekommen ist, ob ich sterbe, und ein Teil von mir lacht, macht sich über den ganzen Unsinn von wegen Tunnel und Licht lustig, denn so fühlt es sich nicht an, überhaupt nicht, aber ich lache nicht sehr laut, denn ich konzentriere mich mit aller Kraft darauf, mitzubekommen, ob er weiterspricht. Wenn ich Antennen besäße, würden sie vibrieren, wären bis zum Anschlag ausgefahren, um auch das leiseste Geräusch einzufangen, und dann höre ich es wieder: Er räuspert sich, und ich möchte am liebsten heulen und schreien, wo bist du gewesen, du Mistkerl, wie konntest du es nur wagen, mich im Stich zu lassen. Aber dann höre ich: »Ich habe schon seit langem vor, zu dir zu kommen. Schon seit Monaten.«

Es ist jemand anders. Es ist jemand anders, und ich habe das Gefühl, als würde mir von neuem das Herz brechen.

Ich weiß jedoch, wer es ist. Er spricht wieder und sagt, daß er zu lange gewartet hat und ob ich ihm verzeihen kann, und ich weiß nicht, ob ich das kann, und ich denke gerade darüber nach, als seine Stimme plötzlich nah bei mir ertönt, sehr nah, so nah, daß ich fast spüre, wie sein Atem an den Seiten meines Kopfes entlangstreift; dann merke ich, daß ich die ganze Zeit vorwärts oder nach oben gesogen werde, und ich bin mir nicht sicher, ob ich das auch will, unsicher, ob ich versuchen sollte, Wasser zu treten oder trotz dieser Strömung wieder zurück nach unten zu schwimmen, aber wie es scheint, bin ich ihr wehrlos ausgeliefert, mein Kopf steigt immer schneller empor, einer Oberfläche entgegen, die mir unbekannt ist oder die ich vergessen habe, und jetzt schnappe ich nach Luft, meine Lungen fühlen sich zum Ersticken eng an, und Bläschen sprudeln wie Perlenschnüre aus meinem Mund.

Danksagung

Mein Dank gilt: Alexandra Pringle, Victoria Hobbs, Geraldine Cooke, Kate Jones, Barbara Trapido, Elspeth Barker, William Sutcliffe, Flora Gathorne-Hardy, Saul Venit, Ruth Metzstein, Georgie Bevan, Jo Aitchison, Ellis Woodman, John Hole sowie Morag und Esther McRae.

Anne LeClaire

Tür an Tür

Die Würfel sind gefallen. Zumindest für die zwanzigjährige Opal, die wild entschlossen ist, ihren Freund zu verlassen und ein neues Leben zu beginnen. Und da die Würfel die Zahl Drei zeigen, steht fest, dass sie sich mit ihrem kleinen Sohn genau dort niederlassen wird, wohin drei Tankfüllungen sie bringen...

Ein gefühlvoller Roman über Liebe und Verlust, aber vor allem über das langsame Wachsen einer wunderbaren Freundschaft.

400 Seiten, gebunden

NICHOLAS EVANS

Man nennt ihn den Pferdeflüsterer: Tom Booker, der es wie kein anderer versteht, kranke und verstörte Pferde zu heilen.
Annie hofft, dass er ihrer Tochter Grace und deren Pferd Pilgrim helfen kann, ein schweres Unfalltrauma zu überwinden. Als sie Tom in Montana begegnet, wird auch sie in den Bann des charismatischen Einzelgängers gezogen. Sie erkennt, dass nur die Kraft der Liebe alte Wunden heilen kann ...
»Eine tief bewegende einzigartige Liebesgeschichte!«
Robert Redford

43187

GOLDMANN

TANJA KINKEL

Man schreibt das Jahr 1640. Während in Europa Glaubenskriege und Herrschaftskämpfe toben, stößt in Frankreich ein Mann in das Zentrum der Macht vor: Richelieu, Kardinal und Erster Minister Ludwigs XIII. Er scheint unangreifbar, bis ein geheimnisvoller Fremder auf die einzig verwundbare Stelle in seinem Leben zielt: seine Nichte Marie.

»Vierhundert Seiten voller Träume. Tanja Kinkels Stärke ist die Psychologie, ihre Figuren sind facettenreich und glaubwürdig!«
Facts

44084

GOLDMANN

*Das Gesamtverzeichnis aller lieferbaren Titel erhalten Sie
im Buchhandel oder direkt beim Verlag.
Nähere Informationen über unser Programm erhalten Sie auch im Internet unter:*
www.goldmann-verlag.de

★

Taschenbuch-Bestseller zu Taschenbuchpreisen
– Monat für Monat interessante und fesselnde Titel –

★

Literatur deutschsprachiger und internationaler Autoren

★

Unterhaltung, Kriminalromane, Thriller
und Historische Romane

★

Aktuelle Sachbücher, Ratgeber, Handbücher und
Nachschlagewerke

★

Bücher zu Politik, Gesellschaft, Naturwissenschaft und Umwelt

★

Das Neueste aus den Bereichen
Esoterik, Persönliches Wachstum und Ganzheitliches Heilen

★

Klassiker mit Anmerkungen, Anthologien und Lesebücher

★

Kalender und Popbiographien

★

Die ganze Welt des Taschenbuchs

★

Goldmann Verlag • Neumarkter Str. 18 • 81673 München

Bitte senden Sie mir das neue kostenlose Gesamtverzeichnis

Name: _____

Straße: _____

PLZ / Ort: _____